约瑟夫·康拉德小说创作的"复意性"研究

校潇 ○ 著

A Research on Ambiguities in the Creation of
Joseph Conrad's Fiction

中国社会科学出版社

图书在版编目（CIP）数据

约瑟夫·康拉德小说创作的"复意性"研究 / 校潇著 . —北京：中国社会科学出版社，2023.6
ISBN 978 – 7 – 5227 – 2397 – 6

Ⅰ.①约… Ⅱ.①校… Ⅲ.①康拉德（Conrad, Joseph 1857 – 1924）—小说研究 Ⅳ.①I561.074

中国国家版本馆 CIP 数据核字（2023）第 143889 号

出 版 人	赵剑英
选题策划	宋燕鹏
责任编辑	金　燕
责任校对	李　硕
责任印制	李寡寡

出　　版	中国社会科学出版社
社　　址	北京鼓楼西大街甲 158 号
邮　　编	100720
网　　址	http：//www.csspw.cn
发 行 部	010 – 84083685
门 市 部	010 – 84029450
经　　销	新华书店及其他书店
印　　刷	北京明恒达印务有限公司
装　　订	廊坊市广阳区广增装订厂
版　　次	2023 年 6 月第 1 版
印　　次	2023 年 6 月第 1 次印刷
开　　本	710×1000　1/16
印　　张	23
插　　页	2
字　　数	303 千字
定　　价	128.00 元

凡购买中国社会科学出版社图书，如有质量问题请与本社营销中心联系调换
电话：010 – 84083683
版权所有　侵权必究

>>> 前　　言

　　19世纪末20世纪初是世界历史全球化的重要转折时期，约瑟夫·康拉德（Joseph Conrad，1857—1924）是这一历史时期备受瞩目的重要作家，也是一位活在激辩与论战中的小说家。康拉德作品无论在价值取向、思想意识还是创作风格上都不是单一、明晰的，而是意义多重复杂、含混不清，且常常充满自我矛盾的。这种含混朦胧的矛盾对立，不仅体现在康拉德小说创作过程中所设置的种种文本谜团里，也同时体现在康拉德分裂的多面思想意识以及读者与评论家对文本产生的多样批评阐释上。这些多样批评阐释所引发的争论历百年而不息，其中一个重要原因就是康拉德作品对全球一体化的深度观照。为了更深入地推进康拉德研究，本书拟从康拉德身处的波澜壮阔的全球一体化背景出发，采用威廉·燕卜荪的复意理论（Ambiguity），通过文本细读的方式，找寻并挖掘出康拉德文本中深厚的思想底蕴以及作者对全球一体化的深度观照，这对于康拉德研究具有重要学术价值。

　　其一，从全球一体化背景出发探讨康拉德及其作品，不仅能帮助我们更深层次、更加清晰地了解作品的深层内涵，也有助于梳理分析社会历史环境以及文化潮流的发展趋势，深入剖析在精神破碎、社会瓦解、动荡分裂的社会政治历史环境中作家创作时的思想动态和情感动机。对于我们在当下的全球化时代如何面对复杂的政治、经济、文化各方面的问题，如何处理自我与他者的关系，也具有深刻的借鉴和启示意义。

其二，虽然处于社会和历史转型期的作家往往都具有不同程度的多重性、矛盾性，但是，康拉德的复意性与其他作家相比显得更为含混和深奥，也更具有思想价值与国际视野。因而，运用复意理论对其复意性的研究，可以创造一个多元化、宽容的对话空间，确保不会单一化和统一化，使我们可以清晰、辩证、整体地看待康拉德的小说创作并促使我们对康拉德小说创作的意义和价值作理性的深入思考。

其三，康拉德作品中对全球一体化的观照所展现出的多重复意性集中代表了他思想观念上的怀疑性与前瞻性，是他整体的艺术思想精华。从全球一体化背景出发对康拉德小说创作复意性的研究，可以使我们从更高更深的层面反观与诠释康拉德的小说创作，更加准确、客观地认识康拉德及其作品，认识他在文学史上的地位与意义。

长期以来，国内外批评家们从众多理论视角出发，对康拉德小说创作进行了大量阐释与分析，对康拉德研究做出了巨大贡献，让我们得以从不同方面、全方位了解康拉德。如：外国学者威廉·班克罗夫特的《约瑟夫·康拉德：他的生活哲学》、J. H. 斯内普的《约瑟夫·康拉德》、伊安·瓦特的《康拉德在19世纪》、理查德·科勒的《约瑟夫·康拉德：研究》、约翰·多齐尔·戈登的《约瑟夫·康拉德：一个小说家的诞生》、中国学者宁一中的《狂欢化与康拉德的小说世界》、胡强的《康拉德政治三部曲研究》、庞伟奇的《直面虚无的灵魂救赎——约瑟夫·康拉德创作精神主体研究》、李文军的《文化批评视角下的约瑟夫·康拉德研究》等。但是，到目前为止，学术界围绕康拉德创作思想的方方面面始终争论不下，针锋相对，无法达成共识。评论家们始终不能清晰地探寻到康拉德设置的层层表象下的深层内涵，始终拨不开笼罩其上的层层迷雾，无法真正深入到康拉德的思想深处，批评家们几乎在所有问题上一直争论不休。

比如，关于康拉德思想取向的研究，包括康拉德作品对殖民主义的矛盾认识问题、对女性态度的争论、对康拉德的政治取向问题等方面，学界众说纷纭。尼日利亚黑人作家查诺·阿契贝强烈谴责康拉德彻底的种族主义倾向，把东、西方完全对立起来，而英国学者亨特·霍金则认为康拉德其实是站在反对种族主义立场的。而关于康拉德对女性态度的问题，激进的女权主义者尼娜·施特劳斯、贝特·伦敦、肖瓦尔特以及中国学者孙述宇等都坚称康拉德具有明显的性别歧视，是典型的父权制拥护者，而那德哈夫特和苏珊·琼斯则为之辩护，认为传统认识对康拉德的女性观有很大的限制，女性角色在小说中比我们想象的更为重要。

又如，关于康拉德的精神文化、声望与地位以及世界观等方面的讨论也是褒贬不一，莫衷一是。对于作家康拉德的思想意识和创作意图，很多批评家们都表示他是一个难以捉摸和把握的小说家，文本中体现出的悖论和僵局源自于作家思想意识上的矛盾。如美国学者特里·伊格尔顿指出康拉德的艺术是一种导致僵局和困惑的意识矛盾的艺术；英国学者基思·卡拉班也指出，康拉德敏锐地认识到世界的一切是处于矛盾斗争当中的，人具有双重特性；伍尔夫则认为读者在阅读康拉德作品的时候总是会发现这种不协调感，使读者产生困惑。

再如，关于康拉德作品的评价，评论家们对康拉德同一作品往往有截然相反的评价。如康拉德后期作品《阴影线》，F. R. 利维斯对这部小说评价甚高，认为它要高于康拉德饱受赞扬的代表作《黑暗的心》，认为康拉德这部小说的成功在于其无处不在、普通却又具体的船员形象。康拉德研究史上重要的评论家爱德华·W. 赛义德也认可《阴影线》是康拉德极为优秀的经典作品。可是仍然有不少评论家坚称这部小说与其他后期小说一样呈现质量下降的趋势，认为《阴影线》的结构层次不够丰富与复杂，文本架构和叙事手法显得较为普通和平淡。

　　总之，到目前为止，关于康拉德小说创作的争论仍在胶着中，研究立场的固化与研究视角的单一直接制约着研究的深化，康拉德小说文本众多矛盾表现背后所蕴含的深刻历史印记以及他对人类文明忧思和一系列哲学与人文思考并未得到有效发掘，这从另一个方面又限制了康拉德研究的深化与拓展。因此，从全球一体化背景出发，在康拉德小说研究中引入"复意性"的范畴与方法，或可以一个新的视角认识康拉德，更深入、准确地把握其作品的精神内核。

　　本书拟从全球一体化背景出发，借用"复意性"这一英美新批评流派的研究范畴与方法，探讨康拉德及其作品。以康拉德小说创作复意性背后所蕴含的历史变革及人文精神为切入点，探讨他所处的时代对其作品的深刻影响，历史地反观并诠释康拉德小说创作中的复杂、含混与矛盾，发掘其中蕴含的对人类文明的忧思以及一系列哲学与人文思考，在新的全球化视野中为推进康拉德研究略尽绵薄。

作者

2022 年 12 月

>>> 目　　录

绪　论 …………………………………………………………（1）

第一章　康拉德小说研究的学术史回顾 …………………（13）
　　第一节　关于康拉德写作风格的研究 ………………………（14）
　　第二节　关于康拉德思想取向的研究 ………………………（25）
　　第三节　关于康拉德作品的评价 ……………………………（34）
　　第四节　关于作家康拉德的评价 ……………………………（39）

第二章　康拉德及其时代 …………………………………（51）
　　第一节　曲折的人生经历 ……………………………………（53）
　　第二节　动荡巨变的时代 ……………………………………（77）
　　第三节　多元文化中的取舍 …………………………………（94）

第三章　复意性人物解析 …………………………………（104）
　　第一节　康拉德作品中人物的多重人格 ……………………（105）
　　第二节　"英雄"与"反英雄"的矛盾形象 ………………（131）
　　第三节　"自我"与"他者"形象的差异 …………………（159）

第四章　悲观主义与乐观精神的复意所指 ………………（180）
　　第一节　康拉德小说的悲观主义 ……………………………（181）

第二节　康拉德小说的乐观精神……………………（209）

第五章　殖民主义与反殖民主义的复意表达……………（231）
　　第一节　关于殖民者与被殖民者的双面文本…………（233）
　　第二节　关于殖民主义与反殖民主义复意的矛盾
　　　　　　解读……………………………………………（249）
　　第三节　殖民主义与反殖民主义矛盾解读的解读……（258）

第六章　男权思想与女性意识的意图复意………………（274）
　　第一节　男性叙事视角…………………………………（274）
　　第二节　女性关怀者……………………………………（291）
　　第三节　对康拉德意图复意的理性思考………………（300）

结　　语……………………………………………………（322）

主要参考文献………………………………………………（332）

后　　记……………………………………………………（359）

>>> 绪　　论

约瑟夫·康拉德（Joseph Conrad，1857—1924）是19世纪末20世纪初英国文坛重要作家之一，他有着与其他同时期作家迥异的人生经历，焕然一新的创作风格，丰富高超的小说技巧，成熟复杂的多重视角，以及超越时代的全球化意识。他通过自己的小说创作以及对叙事艺术的革新，不仅赋予生命与生活以丰厚而严肃的意义，并对英国小说传统的承继以及现代派小说的发扬作出了无可替代的贡献，被众多评论家们冠以"现实主义作家""浪漫主义作家""海洋作家""热带作家"等称号，老舍先生也高度褒扬他是一个"近代小说界中的怪杰"，是"近代最伟大的境界与人格的创造者"[1]。

这位处于世纪之交、人生经历复杂的作家，无论在人格内涵、价值信念、精神思想上，还是在创作风格与形式上，都不是单一、明晰的，而是具有多重复杂意义、含混不清、摇摆不定，且常常充满自我矛盾的。他的诸多作品把读者置身于迷雾之中，层层叠叠，具有种种不确定性。诸如：他创作了众多海洋、丛林题材的小说，描述了数量颇多、形象生动的船与船员的故事，被认为是一位善于讲述海外历险，延续继承浪漫风格传统的"最有本事的说故事者"[2]，可是他却反复

---

[1] 老舍：《近代最伟大的境界与人格的创造者》，《老舍文集》第15卷，人民文学出版社1990年版，第298、307页。

[2] 老舍：《近代最伟大的境界与人格的创造者》，《老舍文集》第15卷，人民文学出版社1990年版，第300页。

强调自己关注的核心只是人的存在与生命的价值；他把道德视为生命的至高境界，对人性、人心和人生的关注始终如一，推崇小说的镜像及心灵净化、道德洗礼功能，故事的主题也总是聚焦在对社会道德问题的总结和思索方面，然而他故事中的众多人物却往往拥有"黑暗的心"，总在面临人生重大选择的时刻失足陨落，故事的结局充斥着孤寂、悲观和落寞；他的小说被誉为"悲剧的典范"，环境的冷漠与人类的无情盘互交错，可是他笔下命运多舛的人物却总是能在绝望悲观的世界中激发起积极的情绪，竭尽全力与命运抗争；他往往通过强调西方白人的道德沦丧与人格扭曲来批判种族主义，痛斥种族偏见，字里行间都表露出白人殖民者的贪得无厌与残暴无能，可同时似乎在不经意间流露出欧洲人在面对非洲问题时固有的帝国主义控制论与"白人至上"观，带有绝对优越感，居高临下地去看待未受过良好教育、落后穷困的非洲黑人及其他有色人种。

正因为他的小说题材、内容如此丰富多样，叙述艺术如此多重相悖，作家内在的思想观念如此复杂、不确定，致使批评界对其人其作品的评价也充满了复杂性和矛盾性。这些因素共同构成了康拉德小说创作的"复意性"特征和含混意义，这无疑是康拉德及其小说研究的独特魅力之所在。

康拉德在英国文学史和世界文学史上的重要地位毋庸置疑，康拉德小说创作的复意与含混所引发的争论与对立也是世所公认的。到目前为止，关于康拉德小说创作的争论仍在胶着中，研究立场的固化与研究视角的单一直接制约着研究的深化，康拉德小说意蕴的复杂与含混特别是文本众多矛盾表现背后所蕴含的深刻的人类文明忧思及一系列哲学与人文思考更未得到有效发掘，这从另一个方面又限制了康拉德研究的深化与拓展。

基于此，本书借用"复意性"这一英美新批评流派的研究范畴与方法，以康拉德小说创作的"复意性"为研究对象，以康拉德小说创作复意性背后所蕴含的思想及人文精神为切入点，反观并诠释康拉德小说创作中的复杂、含混与矛盾，发掘其中蕴含的对人类文明的忧思以及一系列哲学与人文思考，在新的全球化视野中为推进康拉德研究略尽绵力。

"复意性"（Ambiguity）这一文学概念源自20世纪30年代英美新批评的一个重要人物威廉·燕卜荪（William Empson 1906—1984）。威廉·燕卜荪师承语义美学批评的创立者以及新批评文论的奠基者瑞恰慈（I. A. Richards，1893—1979）。西方学界传统中固有的对文本意义的单一和明确性的肯定被1930年燕卜荪的著名论著 Seven Types of Ambiguity 所打破。在这本论著中，他提出了核心术语 "Ambiguity"，这个词语被认为是西方文论的一个重要的范畴。"Ambiguity" 在英文中的含义有两种：一种含义为语义不明确，含混不清，模棱两可；一种含义为一语多义，能用两种或者更多的意思来解释。而燕卜荪的批评理论对该词语的语义进行了一些扩展，使用了这个词的引申义，导致对该词汇的定义更加复杂和含混，寓意并不那么明晰易懂。也正因为此，国内翻译界第一次出现围绕一个文学术语而产生多达十几种译法的现象①。我们不难发现，研究者们在众多的文论研究中使用了诸如"朦胧、模糊、暧昧、歧义、含混、复义、复意、多义、多意"等多种译名，

---

① 燕卜荪著作 Seven Types of Ambiguity 的核心术语 "Ambiguity" 在中国翻译界有多种译名，主要有：《朦胧的七种类型》（见周邦宪、王作虹、邓鹏译，中国美术学院出版社1996年版）、《七种意义不明确的话》（见朱自清：《朱自清全集》第九卷，江苏教育出版社1998年版，第309、310页）、《复义七型》（见赵毅衡选编：《"新批评文集"》）、《多义七式》（见朱自清：《朱自清说诗》，上海古籍出版社1998年版，第181页）、《七种朦胧论》（见赵瑞蕻：《离乱弘歌忆旧游——从西南联大到金色的晚秋》，文汇出版社2000年版）、《七种含混形态》（见袁可嘉：《"新批评派"述评》，《文学评论》1962年第2期）、《七种歧义》（见朱自清：《朱自清全集》第九卷，江苏教育出版社1998年版，第296页）、《晦涩七种类型》（见王佐良：《怀燕卜荪先生》，《外国文学》1980年第1期）、《七种歧义类型》（见张金言：《怀念燕卜荪先生》，《博览群书》2000年第3期）等十几种译名。本书选用的是周邦宪、王作虹、邓鹏诸位先生的译本《朦胧的七种类型》。

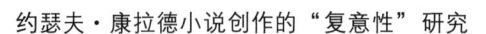

各有其义，各有其理。

在中国文学界，最早研究燕卜荪论著的学者是朱自清，朱自清的翻译成为中国学界对"Ambiguity"最早的译名。他发表了《诗多义举例》[①]一文，首次选用了"多义"这个译名，但是他在不同场合采用过不同的译法，如他曾于1935年演讲《语文杂谈》整理稿中称"文字又有多意（ambiguity），不可只执一解"[②]。这里他明确指出"多意"意为"Ambiguity"。

首先，我们认为朱自清译名采用的"多"无疑是正确的，因为文学语言的语义繁复冗杂，的确是可以称之为"多"的。语言符号具有任意性，索绪尔曾指出，语言符号的"能指"和"所指"是任意联系在一起的，文字具有歧义性，语义是有差别的，具有丰富性和多重性。不仅仅是词汇本身具有多种意义和多种解释，同一句话就可能产生迥异的语义反应，不同的语句甚至文本段落更具有多重的理解和阐释。而燕卜荪本人是如何解释"Ambiguity"含义的呢？他曾在《朦胧的七种类型》一书第2版序言中这样说道："我认为，当我们感到作者所指的东西并不清楚明了，同时，即使对原文没有误解也可能产生多种解释的时候，在这种情况下，作品该处便可称之为'朦胧'"[③]显然，他强调"朦胧"的核心关键在于"多种解释"，文本具有多种不同含义，意义会面临多重解读。我们也发现，燕卜荪虽然极为重视文本意义的多重解读性，但同时，他也强调意义的复杂性和整一性。他所分析的文学作品中，每一个简单的词汇都具有复杂的含义，意义不仅仅是多元的，也是互为补充的一个整体。

---

① 朱自清:《诗多义举例》，载朱乔森编《朱自清全集》第八卷，江苏教育出版社1993年版，第206—224页。
② 朱自清:《朱自清全集》第八卷，朱乔森编，江苏教育出版社1993年版，第205页。
③ ［英］威廉·燕卜荪:《朦胧的七种类型》，周邦宪、王作虹、邓鹏译，中国美术学院出版社1996年版，"第二版序言"第4页。

需要注意的是,在阅读文学作品的过程中,读者对文本的阐释与理解除了具有差异性、含混性、多样性以外,同时也具有统一性和整体性。世间万物皆为复杂且矛盾的一个整体,多样化的并存最终还是会走向整一。因此,"多"只是强调多种意义的并排陈列,却并不能完整地涵盖燕卜荪理论的内涵。而选用"复"则更为贴合燕卜荪的本意。"复"不仅强调了意义的多重,理解的多元,同时也表达了文本由于作家思想的分裂而呈现多种解释,多层结构,还蕴含了文本意义具有复杂性、复合性和含混性的特征。

其次,朱自清选用的"义"字曾得到很多学者的认可,因为燕卜荪本人是这样解释的:"'朦胧'一词本身可以指你自己的未曾确定的意思,可以是一个词表示几种事物的意图,可以是一种这种东西或那种东西或两者同时被意指的可能性,或是一个陈述有几重含义。"[①] 在这里,我们可以知道燕卜荪批评理论的另外一个核心概念是"意义"。他认为,声音是有意的回响,声音最大的价值就在于暗示了丰富的意义。那么文学声音最重要的因素无疑也是其附带的无穷意蕴和深层内涵。作为极为关注"语义分析批评"瑞恰兹的学生,燕卜荪的批评理念与老师一脉相承,认为通过作品文本所传达出作家的全部情感、认识、态度、思想观念皆承载于意义之上,文本分析的目的就旨在挖掘出其内在包含的深层意义。因此,他强调语言的"多义性"。我们可以从燕卜荪论著中对多达两百多部作品的文字语义分析举例,看出他极为重视词汇及文本的意义解读。

就汉语语义而言,"意义"包含了相似却并不完全等同的"意"和"义"。两者相比较,"义"标音又会意,意为"含义、意思",强调客观性和词语的含义。"意"则是由"音"和"心"会意而成,

---

① [英]威廉·燕卜荪:《朦胧的七种类型》,周邦宪、王作虹、邓鹏译,中国美术学院出版社1996年版,第7页。

由声音而体会思想,强调心理意识活动。文学文本带来了作者的声音,也昭示了作者内在的创作思想。通过燕卜荪此后在另一部著作《复杂词的结构》(*The Structure of Complex Words*)[①] 中对术语"Ambiguity"的再次解释,我们可以得知,这个术语的产生不仅仅包含文学文本,还同时涉及读者反应和作者意图,因此"意"也强调主观性的"本意"或"意图"。通过复杂含混的文本表现,我们需要同时结合读者的多重解读来深挖出文本背后深层的思想内涵和底蕴。而对于笼罩在文学作品之上的那种含混与朦胧的特性,我们也需要找出在矛盾与分歧表象背后的谜之根本。康拉德是一个以矛盾性和悖论著称的作家,其作品情节往往被设置得扑朔迷离,我们的研究更应立足于找寻康拉德文本矛盾话语表现下作者的深层"本意",因此采用"意"字似乎更为贴切。

值得一提的是,中国文论也有"复意"这个概念,其最早源自南朝刘勰(约465—约532)的中国古代批评论著《文心雕龙·隐秀》:"隐也者,文外之重旨者也;秀也者,篇中之独拔者也。隐以复意为工,秀以卓绝为巧,斯乃旧章之懿绩,才情之嘉会也。"[②] 刘勰认为,"隐"和"秀"在修辞和表现技巧方面属于比较高级的手段,它们让文章焕发出独特的光彩,读者可以体会到文字以外的意思,文章会显得晦涩深奥,却又自然巧妙。中国文学特别是古典文学十分强调语言的丰富蕴含,意不外露,可以包含多重含义。文学作品的语言往往是话中套话,回味不尽。从其精妙的文思可以看出,刘勰的"复意"与燕卜荪的"复意"虽然意指不完全等同,但却存在异曲同工之妙。

综上,我们认为,文学文本语义含混,句法结构与叙事框架复杂严密,作家思想暧昧矛盾,读者解读意义多重,把术语"Ambi-

[①] William Empson, *The Structure of Complex Words*, Ann Arbor Paperback, 1967.
[②] (南朝梁)刘勰撰,戚良德辑校:《文心雕龙》卷八《隐秀》,上海古籍出版社2015年版,第231页。

guity"译为"复意性"无疑是对本书结合燕卜荪批评理论与康拉德文学创作特征的最佳注脚。

文本分析是文学研究最基本的途径和基石,离开文本何谈文学研究和批评?因此在西方批评界,新批评派提出并擅长的文本细读式评论成为近代文学研究者们十分推崇的方法论。新批评派的文本"细读"法(Close Reading)以瑞恰慈的"提高分辨能力"的细节语义和新修辞结构分析,R. P. 布拉克墨尔的文本形式分析和诗学双关语及意象分析,燕卜荪的诗歌语言词汇的复杂意义分析,克林思·布鲁克斯的悖论语言及反讽结构原则最具代表性。特别是诗歌语言研究的奠基者瑞恰兹和他的学生燕卜荪,他们的文本语言细节分析给后人留下了很多宝贵的成果。新批评派肯定了文本分析为主的批评方法,强调批评应该关注于"本体",批评的焦点应该放在客观的作品本身。文学作品应该用细读的方法从细节出发,通过研究构成文本的语言符号、象征意义、框架结构、修辞手段、情节设置、语境等因素来考察作品存在的价值意义。作品文本是承载所有意义的统一体,是一个有机的整体,文本的整体和语言形式之间具有一种张力,这种张力体现了文本内部各种矛盾因素的对立统一,但文本符号不止具有一个实在意义,"复意"是语言能力的必然呈现。作品的形式是由作家的思想认识来主导的,他通过词义模糊的字词以及复杂多重的语言结构使读者感受到他所要表达的情感和思想。而读者的感受则由于个体的差异千差万别,迥异的阐释与理解交错在一起,造成一种十分复杂矛盾的局面,如此却恰恰创造出文本、语言、阐释者杂糅在一起所产生的一种焕然一新且浑然一体的美感,把文学语言提高到了审美的高度,这就是文本细读批评的艺术价值与意义之所在。

新批评派对文学形式和文本意义的重视是显而易见的,而威廉·燕卜荪在这个基础上倡导"复意美学",从而打破了对文本意义单一确定的传统理解。他擅长对文本词汇进行语义分析,进而指出语言具有"复意"这种特征，复杂且具有多重含混意义。他的论著《朦胧的七种类型》被誉为"20世纪最有影响的作品之一"，他在这本书中提出的概念"Ambiguity"在瑞恰慈那里原本指的是"歧义"，意思是当试图得到参考的精确性和特殊性时而使用了模棱两可、含糊不清的表达，"可能是诗人或者读者的过错"①。这个含义本身带有贬义的成分。而《朦胧的七种类型》这部著作的问世则在批评学中改变并拓宽了"复意"的诗学概念，"指一个单词或表述被用来暗指两个或者更多的含义，或者用来表达两种或更多的情感或态度……就是指多种解释。"② 当然，词汇和语义常常会产生不确定的含义，这是一个众所周知的事实，但是燕卜荪的理论提醒人们更关注语言本身的丰富性与复杂性，他的成就进一步确立了由新批评派倡导的新型解释方法论。读者本能的批评反应大多认为，文本本应具有较为单一明确的指示，我们应该可以从文本中找到作者清晰明了的思想和理念，作者传达给我们的是透明且本真的清晰表达。燕卜荪批评理论的价值就在于让读者开始重视文本中可能存在众多方面的差异性和复意性，而文本带来多重意义的复合及冲突，将会最终导致一系列不确定性以及读者们数不清的矛盾评论与含混阐释。燕卜荪在《朦胧的七种类型》中将语义学理论运用于文学批评，他在书中将"复意"划分成七种类型，并对从古至今两百多段诗歌文本进行了细读分析举证。"复意"这个概念的范围在燕卜荪理论中被扩展到极大。他说："这一字眼所包括的范围之广可能近乎可笑……解释者可按照自己的意愿，通过选择一定的词语，使'解释'朝任何方向发展。"③ 也就是说，一切陈述性的语句

---

① John Paul Russo, I. A. Richards, *His Life and Work*, London: Routledge, 1989, p. 280.
② 关柜云：《文学术语》，中国社会科学出版社2017年版，第5页。
③ [英]威廉·燕卜荪：《朦胧的七种类型》，周邦宪、王作虹、邓鹏译，中国美术学院出版社1996年版，第1—2页。

和段落都可以被纳入研究范围，我们可以对任何文字的解释和意义进行详尽的分析。除此之外，这个分析方法适用的文体也并不仅仅局限于诗歌，而是包括散文、戏剧和小说等其他文体在内，特别是燕卜荪之后新批评的批评家们更是不再局限于批评的方法，而是把主要力量集中在文本的细读原则上。因此，这个批评方法自然也适用于康拉德的小说创作。

燕卜荪把"复意"分成七种类型。第一种类型的"复意"为"参照系复意"（Ambiguity of Reference）："当细节同时以几种方式产生效果，比如与几种相似点比较，几种不同处对仗，'比较'的形容词，淡化比喻以及音律暗示的额外意义"；第二种类型的"复意"为"所指复意"（Ambiguity of Referent）："两种或两种以上的选择意义融为一种意义"；第三种类型的"复意"为"意味复意"（Ambiguity of Sense）："必须具备这样的条件：即同时出现两种表面上完全无联系的意义"；第四种类型的"复意"为"意图复意"（Ambiguity of Intent）："各种选择意义结合在一起，表明作者的一种复杂的思想状态"；第五种类型的"复意"为"过渡复意"（Ambiguity of Transition）："一种侥幸的混乱。作者在写作过程中才发现自己要表达的思想，或者在写作过程中不怀有该种思想"；第六种类型的"复意"为"矛盾式复意"（Ambiguity of Contradiction）："所表述的东西是矛盾的，或互不相干的，读者必须自己解释这些东西"；第七种类型的"复意"为"意义复意"（Ambiguity of Meaning）："是一种完全的矛盾，表明了作者思想中的分歧。"[①]关于这七种类型之间的划分标准其实并没有那么准确和严谨，逻辑也较为混乱，这成为很多研究者批评该理论的焦点所在。就像新批评的主要研究者赵毅衡所指出的，"燕卜荪所说的'七型'，

[①] 以上引用均见［英］威廉·燕卜荪《朦胧的七种类型》，周邦宪、王作虹、邓鹏译，中国美术学院出版社1996年版，目录。

分得并不科学，漏洞颇多。"① 燕卜荪本人面对这种质疑，在其著作的序言中已经做了解释和反驳，但依然显得有些混乱不清，暧昧不明。但是我们可以确定的是，这七种类型的划分显然是按照程度递进的，"用来表明逻辑混乱逐次升级的阶梯"②，越往后排列的类型逻辑混乱的程度越高。当然需要指出的是，燕卜荪的理论还存在着一些局限和疑问，我们在使用中要尽量避免。比如关于过分解读、过分夸张的问题，太过于关注语言的多重语义分析，可能会导致阐释者陷入自我矛盾，解释不清的现象，也可能会导致文本的一般意义被忽略，因此，我们要注意到这些问题，并在使用中尽量避免出现以上问题。

燕卜荪作为文本"细读"法的主要倡导者之一，无疑和其他新批评派的批评家们一样强调语言分析和叙事艺术的重要性。一直以来，批评界对燕卜荪的研究往往有些许偏见，认为他的理论只适用于研究诗歌本身，是诗学的论著，而不适用于其他篇幅较长的散文类或者小说类文学作品，这种论断对燕卜荪是一个很大的误解。他最初的著作的确只强调对诗歌词义和语义的分析，但是燕卜荪在其后 1935 年出版的《牧歌的几种变体》（*Some Versions of Pastoral*）和 1951 年出版的《复杂词的结构》（*The Structure of Complex Words*）这两本著作中极大扩展了他的研究范围，研究文体开始从诗歌扩展到戏剧、散文和小说等其他文体，并逐渐形成了一套完整并富有逻辑的理论体系。研究者们在使用燕卜荪理论解析作品时，关于稍长篇幅的文学作品在实践中运用的不多，因此，如若加强对小说类文学作品文本分析的使用及重视，文学批评研究者们将会拓展文学视野和研究范围，文本细读原则的实践性将会大大加强。而康拉德身为极负盛名的语言大师，他以独特且犀

---

① 赵毅衡：《"新批评"文集》，中国社会科学出版社 1988 年版，第 305 页。
② ［英］威廉·燕卜荪：《朦胧的七种类型》，周邦宪、王作虹、邓鹏译，中国美术学院出版社 1996 年版，第 63 页。

利的语言特色以及恢宏庞大的叙事艺术驰名中外。阅读他的作品，我们不难发现，种种浓郁的对抗感、冲突感、矛盾感和模糊感体现在康拉德小说创作的方方面面，如小说人物形象、故事情节、客观环境、作家思想观念等。康拉德小说中人物极为复杂的矛盾心理，故事紧张的叙述气氛，多元文化的激烈冲突，尖锐对立的象征符号和数量众多的双关语运用等，都让读者始终处于一种惴惴不安的不稳定局面，随时可以感受到深度怀疑所造成的朦胧与复意。这些复杂的矛盾越突出，复意的"张力"就越大，认识的一元性也会更加减弱。这层层叠叠的复意与矛盾使康拉德的小说创作充满了勃勃生机与新生力量，也产生了更大的艺术价值。因此，康拉德的小说适合用燕卜荪的批评理论来阐释和分析。

众所周知，康拉德文学生涯起步较晚，但是作品数量颇多。康拉德小说主要创作阶段从1897—1911年，在这十四年期间，他创作了《青春》《水仙号的"黑水手"》《黑暗的心》《阴影线》《在西方的注视下》《诺斯托罗莫》等一系列令人称赞的作品。1924年8月3日，康拉德在英国的居所逝世，死因疑似为一次心脏病发作。他被安葬在坎特伯雷公墓，他的墓碑上以"社会达尔文主义之父"斯宾塞的诗为悼词："劳累后的睡眠，暴风后的港口，战乱后的和平，生命后的死亡，这是最大的快乐。"[1] 他从这个世界到了另一个世界，驾驶着文学的船依然在读者的心中飘荡，他的话语依然震撼着我们的心灵，并赋予我们强大的可以对抗世界的力量。在这里，让我们用康拉德曾经赞美莫泊桑的话来怀念他吧："虽然人们已经把所有好听的能够赞美的话都表达殆尽了，但还不足以表达对他的喜爱之心，还试图把这些溢美之词像珍珠一样连缀起来变成花环，以此作为对他成就的肯定。他的作品在我们的兄弟民族、友好城邦之间屡为传唱，甚至连荒岛上的野蛮人也知

---

[1] Najder Zdzislaw, *Joseph Conrad*: *A Life*, Camden House, 2007, p. 574.

道他的大名。"①

  从康拉德的人生经历可以知道，康拉德的一生是极富变化的一生，也是跌宕起伏、艰辛困苦的一生。他把对生活的感悟和思考带入了他的小说创作，让他的小说更加富有层次，复意内涵更加浓郁和饱满，因此，阅读他的作品从来都不是一件容易的事。长期以来，国内外批评家们从众多理论出发，对康拉德小说创作进行了大量阐释与分析，对康拉德研究做出了巨大的贡献，让我们得以从不同方面、全方位了解康拉德。但是，面对一个具有多层次复意性，处处凸显矛盾现象的作家，批评家们的理解与认知难免会充满疑惑和纠结，他们的感情也难免会面临异常复杂并模糊不清的局面。这一切皆源自于康拉德作品内容的丰富性、形式的多样性、意识形态的复杂性，以及由此构成的康拉德小说创作的综合复意性。他们之所以围绕康拉德及作品产生如此多的矛盾和争议，原因不在评论家们，而在于康拉德是一个对世界以及人类生存状态持有不断怀疑和悲观的矛盾杂糅体，他身负多种文化元素的滋养，在多重文明与种族差异的碰撞冲突中确定了属于自己独一无二的特性。因此，在康拉德小说研究中引入"复意性"的范畴与方法，或可以一个新的视角认识康拉德，更深入、准确地把握其作品的精神内核。

---

  ① ［英］约瑟夫·康拉德：《生活笔记》，傅松雪译，江苏教育出版社2006年版，第49页。

>>> 第一章
康拉德小说研究的学术史回顾

  从康拉德的第一部作品《阿尔梅耶的愚蠢》问世起，批评家们就开始关注并研究其作品及思想。随着文学批评史的不断进步与发展，文学批评家们尝试用艺术论、价值论、人性论等文学理论来界定康拉德的作品，并作出自己的解释、评价、批判或者为之辩护。他们从社会历史批评、哲学观、结构主义、现代主义、精神分析批评、女性主义、马克思主义、后殖民主义、生态批评等各个角度进行了全方位的分析和解读作品，试图从作品中找到作家深层思想的蛛丝马迹。大家众说纷纭，评价不一，解读异彩纷呈。欧文·诺勒斯的《约瑟夫·康拉德批评文献评注》和理查德·安姆布洛斯尼的《康拉德年表》都详尽地罗列出可能涉及康拉德的研究成果，可依然被评论家们认为，即使内容再扩充5倍，也仅仅只能列出1914年以来出版的康拉德研究著作的冰山一角。[①]除了作品，甚至对康拉德生平和回忆录的研究都不胜枚举。随着研究的深入和时间的推移，人们越来越认识到康拉德的小说创作内容之丰富，思想之复杂，涵义之深刻。康拉德是一位备受瞩目的小说家，同时他也是一位活在激辩与论战中的小说家，他既获

[①] 参见［英］约翰·巴切勒《伊弗斯·赫弗尔特〈约瑟夫·康拉德的法国脸〉，理查德·安姆布洛斯尼〈作为批评话语的康拉德小说〉，欧文·诺勒斯〈约瑟夫·康拉德批评文献评注〉》，刘艳译，载宁一中编选：《康拉德研究文集》，译林出版社2014年版，第404页。

得了众多批评家们的赞赏与肯定，也承受了来自多领域的批评与否定。因而，对康拉德的小说研究的总结与归纳便成为一件十分困难的事情，笔者只是择其大要，进行纲要式梳理，对于批评界的不同声音以及相关学术回顾并未面面俱到，也未进行进一步的评论，囿于学力不逮，难免有疏漏之处。

第一节 关于康拉德写作风格的研究

康拉德小说风格的多样性与矛盾性世所公认，20世纪初，与康拉德写作风格类似的好友福特·马多克斯·福特（Ford Madox Ford）就曾经这样抱怨康拉德小说创作中展现出的种种矛盾现象："几乎从来没有人这样一面扯明朗的幌子，一面又用含糊的帷幕极力遮掩。"[①]康拉德到底属于现代派作家，还是浪漫主义作家？是通俗文学作家，还是精英文学作家？是地域性作家，还是全球化作家？这些争论也是此起彼伏，从未休止。

一 关于叙事话语矛盾及不确定性问题

很多批评家在研究康拉德小说的过程中，发现康拉德小说创作一个明显的特征就是其小说中存在方方面面的矛盾与悖论现象。众多批评家们认为，正是由于康拉德这种叙事话语的多重矛盾以及不确定性导致对康拉德作品解读的难上加难。这种现象使得一些批评家们困惑不已，表示难以理解；还有人表示不满，甚至对其加以斥责。

1936年，E. M. 福斯特（E. M. Forster）在《阿宾哲收获集》（*Abinger Harvest*）中指出，康拉德"有一种根本性的含糊"——这

---

① [美]帕米拉·德莫里：《约瑟夫·康拉德〈个人记录〉中的矛盾：反自传性自传》，王飞译，载宁一中编选：《康拉德研究文集》，译林出版社2014年版，第251页。

句评论成为后世众多评论的起点。他的分析认为康拉德的作品"中间和边缘都是含糊不清的"[1],其文本晦涩难读,根本性原因在于康拉德完全不愿意去解决"他的近期和远期想法之间的差异"[2]。利维斯曾经在《伟大的传统》一书中引用过福斯特对康拉德很严厉的批评话语:"他总在那里允诺要对宇宙说些具有普遍哲理的话,可接下来又硬邦邦地声明他不说了……我们也不必把他写成一个哲人,因为在这一方面,本就没有什么可写的。事实上,根本就无所谓什么信条,不过是一些观点看法而已,还有在事实让这些观点显得荒谬之时便把它们抛弃的权利。观点看法被披上了永恒的外衣,环以大海、冠以星辰,因而便很容易被误认为是信条了。"[3] 由此可见,利维斯在康拉德小说创作矛盾话语方面与福斯特持有相似看法。福斯特还有一句非常有名的评论:"盛装他天才的秘密盒子里装的是雾气而不是宝石。"[4] 这句话常常被后世批评家们引用,显然这是一句对康拉德非常严厉的指责。

同样,伊安·瓦特(Ian Watt)也持有类似看法,他在《康拉德在 19 世纪》(Conrad in the Nineteenth Century)中指出,康拉德与同时代其他作家不同,"似乎接受了自己陷入某个僵局的状况"[5]。1987 年,美国文学批评家哈罗德·布鲁姆(Harold Bloom)同样指出康拉德陷入了隐晦的风格无法自拔[6]。

---

[1] John G. Peters, *The Cambridge Introduction to Joseph Conrad*, Shanghai foreign language education press, 2008, p. 120.

[2] E. M. Forster, *Abinger Harvest*, New York:Harcourt, Brace, 1936, p. 139.

[3] [英] F. R. 利维斯:《伟大的传统》,袁伟译,生活·读书·新知三联书店 2009 年版,第 225 页。

[4] John G. Peters, *The Cambridge Introduction to Joseph Conrad*, Shanghai foreign language education press, 2008, p. 120.

[5] Hugh Sykes Davies, George Watson, *Joseph Conrad:Alienation and Commitment in The English Mind*, Cambridge:Cambridge University Press, 1964, p. 275.

[6] Harold Bloom, *Joseph Conrad's Heart of Darkness*, NY:Chelsea House Publisher, 1987, p. 3.

美国当代批评理论家爱德华·W. 萨义德（Edward·W. Said）承认："康拉德具有毫无争议的重要性又说明学术界喜欢将其专业的'调查'和'解读'加以展示。但尽管这样，康拉德那强有力并且无法削减的奇异性仍让大家摸不透。"他还表示很多作家"解读康拉德的书籍都遗憾地只是徒劳"①。特别是由于康拉德作品字里行间的话语矛盾、暧昧怀疑的叙事语气、复杂的框架叙事、多重的叙述视角、随处可见的明喻暗讽等，都让很多批评家困惑矛盾，一如在迷雾中行走。

20世纪末，诺贝尔文学奖获得者、印度裔英籍作家V. S. 奈保尔（V. S. Naipaul）在《康拉德的黑暗 我的黑暗》（Conrad's Darkness My Darkness）一文中说，他在10岁的时候就在父亲的熏陶下接触到了康拉德的小说，奈保尔指出："小说，尽管本身很简单，但在某些时候，似乎总会让我无法理解。还有用词，那些出于作者的需要、忠实于作者真实感觉的词。那些词挡了道，它们使意思变得模糊不清。《白水仙号上的黑家伙》和《台风》等名著晦涩难懂。"②在这篇文章中，他还转述了H. G. 威尔斯对康拉德的认识，威尔斯1896年在一篇关于《海隅逐客》的文章中这样写道："康拉德先生非常啰唆。与其说是在讲故事，不如说是透过句子的迷雾断断续续地看故事。他还须学会另一半伟大的艺术，即不描写事物的艺术。"③随后，奈保尔又对康拉德的作品风格进行了分析。他认为，康拉德强调准确的重要性，因此他要毫不避讳地描述事情，让小说自己说话，而从确定准确的情形中去找到隐藏的秘密，这就导致了康拉德话语中的故弄玄虚，因此，读者想要深

---

① ［巴勒斯坦］爱德华·赛义德：《如何看康拉德》，载宁一中编选《康拉德研究文集》，译林出版社2014年版，第426页。

② ［英］V. S. 奈保尔：《康拉德的黑暗我的黑暗》，张敏译，南海出版公司2015年版，第199—200页。

③ ［英］V. S. 奈保尔：《康拉德的黑暗我的黑暗》，张敏译，南海出版公司2015年版，第200页。

入明白康拉德的意思变得有些困难。所以，奈保尔承认康拉德作品的多样性，但是也指出这种多样性是不确定的、是有缺陷的。他明确指出："这些作品似乎都有瑕疵""我对作为小说家的康拉德持保留意见，他的创造性想象存在着缺陷和未经使用的方面"。①

21世纪初，批评家塞德里克·瓦茨（Cedric Watts）指出康拉德作品特别是《黑暗的心》文本复杂，具有多重性："它生动、丰富且层次繁多，表面看起来自相矛盾、疑问重重；同时它也交织了多种不同文学成分……被认为是一部超越时代的、罕见的预叙性叙事文本。"② 他指出，康拉德的语言较为明确，可是他常常使用模棱两可和多层次的象征去表达悖论，意象也往往是自相矛盾的，对立的词语被反复使用并且颠覆了词语本身的常用意义。该作品中的叙述者马洛叙事不可靠，是明显的怀疑主义者，他的叙述话语有种间接不坦率的处理。这些叙述给读者带来了困惑，运用了不可信逻辑技巧，让读者的态度和感情不断处于变化之中。此外，他还发现书名的模棱两可也往往预示了复杂和矛盾。瓦茨对康拉德作品的矛盾性和复杂性进行了分析，指出："它的复杂性必定在很长一段时间内仍然能为许多读者的解读提供丰富的意义。"③ "康拉德最具特色的作品在大、中、小事物上都表现出一种悖论倾向，有时这种冲动会导致自我矛盾。"④ 康拉德有一种对矛盾的偏爱，他擅长在小说创作中使用矛盾的结构；另外，康拉德对间接叙述技巧的兴趣也导致了文本整体矛盾感的产生，这些技巧使看起来合理和自然的东西，却呈现出一种荒谬、徒劳或者噩

---

① ［英］V.S.奈保尔：《康拉德的黑暗我的黑暗》，张敏译，南海出版公司2015年版，第201、208页。
② ［英］塞德里克·瓦茨：《论〈黑暗的中心〉》，乔修峰译，载宁一中编选《康拉德研究文集》，译林出版社2014年版，第119页。
③ ［英］塞德里克·瓦茨：《论〈黑暗的中心〉》，乔修峰译，载宁一中编选《康拉德研究文集》，译林出版社2014年版，第134页。
④ Cedric Watts, *A Preface to Conrad*, Peking：Peking University Press, 2005, p.114.

梦般的气氛。瓦茨认为，产生悖论的冲动会带来各式各样的后果，诸如人物的存在就是行走的矛盾体，隐藏或者省略的情节序列带来的误解，延迟解码的大规模发生，等等。但同时瓦茨也承认，模糊性、奇异性、讽刺性和似是而非会给人以复杂的满足。①

二 关于流派归属问题

关于康拉德作品的流派之争在文学批评史上一直占有重要地位，其中，批评家们讨论最多的焦点是康拉德究竟应该被划分为传统浪漫主义派还是归属于现代主义先锋作家阵营。这种对作家属性的难以定位源自于康拉德小说题材的多样化以及写作手法的丰富多彩。

1914年，理查德·科勒（Richard Curle）在《约瑟夫·康拉德：研究》（*Joseph Conrad: A Study*）一书中把康拉德定义为"现实的浪漫主义的作家"②。这本书的问世成为研究康拉德的催化剂，使后世诸多研究者意识到康拉德很难被清晰划分到一个现有的文学流派。他指出了康拉德作品中的高质量，也关注到康拉德运用反讽等小说技巧的语言艺术。

有部分作家认为康拉德应该属于浪漫主义作家。比如：1922年鲁斯·M. 斯托弗（Ruth M. Stauffer）发表的《约瑟夫·康拉德：他的浪漫—现实主义》（Joseph Conrad: His Romantic-Realism）以及1949年沃尔特·F. 赖特（Walter F. Wright）发表的《约瑟夫·康拉德的浪漫与悲剧》（The Romance and Tragedy of Joseph Conrad），都阐述了他们关于康拉德属于浪漫主义作家的思路，此后很多批评家在此基础上不断重温并延伸这个议题。20世纪70年代，大卫·托尔布

---

① Quoted in Cedric Watts, *A Preface to Conrad*, Peking: Peking University Press, 2005, p. 169.

② John G. Peters, *The Cambridge Introduction to Joseph Conrad*, Shanghai foreign language education press, 2008, p. 119.

恩（David Talboone）则试图纠正那些只看到康拉德现代性特征的批评家们，他在1974年出版的《康拉德的浪漫主义》（*Joseph Conrad's Romanticism*）一书中重新回顾了康拉德的浪漫主义情怀，他认为"康拉德其实应该更多地算作十九世纪的作家而不是二十世纪的作家。康拉德更多地和拉迪亚德·吉卜林以及罗伯特·路易斯·斯特文森相似，建议应该跟他们划分在一起"①，并进一步指出，小说中的很多元素都植根于康拉德的浪漫主义思想，他甚至认为英国浪漫主义抒情诗也对康拉德产生了一定的影响。

中国对康拉德的研究批评在1949年新中国成立后进入一个新的时期，一直延续至20世纪80年代初。这个时期因为政治及其他种种原因，对康拉德的研究基本处于停滞状态。在这三十多年间，唯一的研究成果只有1958年人民文学出版社重新出版的《吉姆爷》，由梁遇春和袁家骅合译。他们二人在该书后记中把康拉德归入新浪漫主义文学，认为康拉德虽然也注重人物矛盾复杂心理的刻画，但太过于追求天马行空的想象以及抽象的浪漫热情。2002年，刘文荣出版了《19世纪英国小说史》，他也把康拉德纳入"19世纪传统的小说家"，认为康拉德在很多方面与亨利·詹姆斯一脉相承，其"最大的贡献就在于他对小说艺术所做出的一系列革新，而他的革新基于他对小说艺术的独特思想"。②

还有一部分作家则认为康拉德应该被归类于现代主义作家，认为康拉德在作品中展示了诸多现代性的特征。例如：20世纪60年代的批评家卡尔（Karl）在《康拉德读者导论》（*Conrad reader's Introduction*）中讨论了康拉德对现代主义创作手法的探索使用。C. B. 考克斯（C. B. Cox）在1974年发表的《约瑟夫·康拉德：现代的想象力》（*Joseph Conrad：Modern imagination*）中也明确指

---

① John G. Peters, *The Cambridge Introduction to Joseph Conrad*, Shanghai foreign language education press, 2008, p. 129.

② 刘文荣：《19世纪英国小说史》，中国社会科学出版社2002年版，第347页。

出康拉德只是一个20世纪的作家,他在搞虚无主义和原存在主义,"康拉德的作品带来了异化和承诺,因此导致了不确定性。"①

不仅如此,近代著名的康拉德研究专家 J. H. 斯内普(J. H. Stape)在他的专著《约瑟夫·康拉德》(*Joseph Conrad*)中开专章讨论了康拉德和现代主义的关系。他认为,就康拉德的主要创作时期来看,他无疑属于现代主义作家之列。J. H. 斯内普还把康拉德与同时期其他现代主义作家进行了对比分析。比如,康拉德主要创作时期与普鲁斯特的《追忆似水年华》第1卷出版时间衔接,康拉德立刻着手阅读并表示出十分欣赏的态度;康拉德小说《间谍》出版的那一年,现代主义关于自我分裂的特色研究中最具共鸣的托马斯·曼的《死于威尼斯》也相继问世,他的尼采式思想与康拉德相似;此外,康拉德欣赏的作家安德烈·纪德的《梵蒂冈的地窖》、福特·马多克斯·福特的《好兵》、D. H. 劳伦斯的《彩虹》、詹姆斯·乔治·弗雷泽《金枝》的最后一卷以及詹姆斯·乔伊斯的《一个青年艺术家的画像》等众多现代主义作品都同期出现,因此,可以把康拉德归属于现代主义作家行列。但是 J. H. 斯内普同时也看到了康拉德小说的另一面,认为康拉德承继了现实主义传统,至少他的初期小说是这样。他认为康拉德拥有一个务实的、善于观察的、现实主义的眼光。②

有一些中国学者也将康拉德归类于现代主义作家行列。如:2005年,蒋承勇在《英国小说发展史》一书中指出,从康拉德小说创作的年代来看,其无疑属于现代主义作家之列,因为这一时期正值现代主义小说逐渐兴起,康拉德和福特"对象征主义创作

---

① John G. Peters, *The Cambridge Introduction to Joseph Conrad*, Shanghai foreign language education press, 2008, p. 129.

② Quoted to, J. H. Stape, *Joseph Conrad*, Cambridge: Cambridge University Press, 2000, p. 203.

方法的使用，使他们成为现代主义小说的先声"。① 2005 年，侯维瑞和李维屏在《英国小说史》一书中指出，"由于康拉德对人类道德危机的深入探索和对现代主义技巧的广泛实验……康拉德将现代小说的实验创新和理论阐述又推进了一步……现代主义在英国文学中更加快了发展的步伐"②。2013 年，王守仁在《英国文学批评史》中则提出，康拉德本人认为"小说传统的叙事方式已经过时"，主张"用艺术去探求本质性、普适性原理""通过对比艺术较之科学与哲学的不同来阐释艺术的本质"③。显然，他认为，康拉德高超的小说创作艺术具有现代性的特征。薛诗琦在 2012 年版《康拉德 海洋小说》一书的选本序中指出，康拉德是"西方现代主义文学的先驱之一……在十九世纪传统小说和二十世纪现代主义小说之间起了承先启后的作用"④。她认为，从康拉德的早期小说中可以看到其模仿传统主义文学大家的痕迹，只是康拉德强调人的感官作用，叙事模式十分新颖独特。

还有一部分作家指出，康拉德是一位兼具浪漫主义风格与现代主义特征的作家。如：F. R. 利维斯在《伟大的传统》中认为，康拉德以"成熟的道德敏感性"和司各特、萨克雷、哈代等共同被视作伟大的英国小说家；但同时他又认为康拉德的小说氛围是荒诞的，小说人物的丑陋与疯狂让读者觉得既正常又荒诞，与传统观念不相谐，变成一个个令人费解的谜团。因此，康拉德的小说又具有现代的相关特征。⑤

有些中国学者持相似的观点，认为康拉德具有浪漫主义和现代主义的双重特性。如：蒋承勇在《英国小说发展史》一书中把康

---

① 蒋承勇：《英国小说发展史》，浙江大学出版社 2005 年版，第 280、285 页。
② 侯维瑞、李维屏：《英国小说史》，译林出版社 2005 年版，第 478—490 页。
③ 王守仁：《英国文学批评史》，南京大学出版社 2013 年版，第 226 页。
④ 薛诗琦编：《康拉德 海洋小说》，上海文艺出版社 2012 年版，第 1 页。
⑤ 参见［英］F. R. 利维斯《伟大的传统》，袁伟译，生活·读书·新知三联书店 2009 年版，第 230、295 页。

拉德和创作风格相似的福特·马多克斯·福特放在一起进行分析，认为他们"同样具有现代实验小说的特点"①。他阐述了康拉德在《"水仙号"上的黑水手》序言中表达出的艺术主张和理论追求，也总结了他多部作品体现出的深层思想意识。

王美萍的博士学位论文《康拉德与浪漫主义批判》②则是从题材和叙事方法方面来考察康拉德对浪漫主义的批判性反思。她承认目前大部分的批评家是认可康拉德作为浪漫主义运动继承人身份的，但是她认为，康拉德对浪漫主义三个核心方面是呈现批判态度的。

袁家骅在《"水仙号"的黑水手》译本序中认为，康拉德写作手法跟他的经历一样是呈现多样化特征的，康拉德在一般意义上具有较强的浪漫主义色彩，不过与传统观念还是有较大差异的，他认为康拉德"自称受巴尔扎克的影响要甚于受福楼拜的影响，但是实际情况却正好相反……康拉德的作品既继承了浪漫主义和现实主义的特点，又沁透着与这两种传统截然不同的色彩"。与其他批评家不同的是，他不认为康拉德是现代派的前辈，只是对现代派产生了深远的影响。他同时指出，康拉德是一个很难被划分到任何一个作家流派的小说家，他与传统的浪漫主义和现实主义都不尽相同，因为"很少有作家像康拉德那样在一生中充满惊心动魄的矛盾"。③

三 关于小说技巧问题

很多评论家非常赞赏康拉德复杂的叙事结构及高超的小说技巧，也承认正是这种艺术技巧让康拉德的文本呈现出一种多层宏大的结构，从而产生多重意义和多种阐释。对他小说技巧的关注

---

① 蒋承勇：《英国小说发展史》，浙江大学出版社2005年版，第278页。
② 王美萍：《康拉德与浪漫主义批判》，博士学位论文，华东师范大学，2010年。
③ ［英］约瑟夫·康拉德：《"水仙号"的黑水手》，袁家骅译，上海译文出版社2011年版，第10、13页。

多集中在叙事结构、双重叙事线索、修辞手法的运用等方面。

20世纪30年代左右,中国国内的一些学者开始接触到康拉德的作品。此时中国文学界对康拉德的研究处于一个接受与传播的过程,康拉德作品通过译介开始走向读者,这一时期的译介多为海洋及丛林小说。1931年和1934年,上海的北新书局相继出版了梁遇春翻译的《青春》和《吉姆爷》,其开篇为梁遇春为之所作的序言,他对康拉德丰富的小说叙事技巧表示赞赏,这些译序展现了早期中国批评界对康拉德思想内涵的初步探索与挖掘。梁遇春在《青春》一书末尾所附的文章《Joseph Conrad》中这样介绍康拉德:"他的著作都是以海洋作题材,但他不像普通海洋作家那样只会肤浅地描写海上的风浪;他是能抓到海上的一种情调,写出满纸的波涛,使人们有一个整个的神秘感觉。"[①]

康拉德去世后,樊仲云和老舍都写过纪念他的文章。樊仲云在《小说月报》第15卷第10号刊发了《康拉德评传》,老舍则在《文学时代》创刊号上刊发了《一个近代最伟大的境界与人格的创造者:我最爱的作家康拉德》。老舍在这篇文章中表达了他对康拉德的欣赏:"他竟自给乔叟、莎士比亚、狄更斯们的国家增加许多不朽的著作,这岂止是件不容易的事呢……他不拿写作当作游戏""这位伟大的诗人,到处详细的观察……到那无限的大洋,他提取出他的世界,而给予一些浪漫的精气,使现实的一切都立起来,呼吸着海上的空气……康拉德把海上的一切偷来,装在心里……每逢我读他的作品,我总好像看见了他,一个受着苦刑的诗人,和艺术拼命"。[②] 老舍十分肯定康拉德的语言运用能力和叙事技巧,认为正是因为他滚动式的叙事模式让整个小说的意蕴变得丰厚,他的观点被后来的很多研究者引用并延伸扩展。

[①] [英]约瑟夫·康拉德:《青春》,梁遇春译,北新书局1931年版,第135页。
[②] 老舍:《老舍文集》第15卷,人民文学出版社1990年版,第298、299—300页。

1931年，约瑟夫·沃林（Joseph Warren）在《二十世纪的小说：技巧研究》（*Twentieth Century Novel: Studies in Technique*）一书中专章讨论了康拉德小说的印象主义，因为这本著作的诞生，康拉德研究开始向文学技巧新领域拓展。同年，R. L. 梅格罗兹（R. L. Megroz）的《约瑟夫·康拉德的智慧和方式》（*Joseph Conrad's Mind and Method*）以及爱德华·克兰克肖（Edward Crankshaw）出版于1936年的《约瑟夫·康拉德：某些方面的小说艺术》（*Joseph Conrad: Some Aspects of the Art of the Novel*）这两部著作则提出了一些较为有效的见解和观点，他们抛弃了不加分析的盲目赞赏，而是从情节、叙事技巧以及文本框架结构等方面对康拉德的小说创作提出了自己的见解。他们皆认为康拉德具有丰富的小说技巧，这些小说技巧让文本的丰富性大大增强。

值得一提的是，1940年出现了可以称之为康拉德研究里程碑式的重要作品，就是约翰·多齐尔·戈登（John Dozier Gordon）的《约瑟夫·康拉德：一个小说家的诞生》（*Joseph Conrad: The Making of the Novelist*），这部作品产生的重大意义就在于它立足于小说艺术层面的分析研究，对康拉德文本批评研究起到很大的作用，是"第一部深入地进行历史分析并且研究康拉德作品组织过程的著作"[①]。

1948年，F. R. 利维斯（F. R Leavis）的重要著作《伟大的传统》（*The Great Tradition*）问世。利维斯以《台风》为例，分析康拉德的小说艺术，认为其堪称典范佳作，他认为康拉德对风景的描写的确可圈可点，但对小说人物形象的刻画更胜一筹。利维斯指出，善于刻画人物特别是海员是康拉德的天赋才能之一，也是他作为小说家的特长之处，与其他作家不同的是，康拉德对普通人、普通事的刻画反而展示出高尚崇高的小说艺术效果。

---

① John G. Peters, *The Cambridge Introduction to Joseph Conrad*, Shanghai Foreign Language Education Press, 2008, p. 122.

20世纪90年代，有的学者从语言学和叙事学角度进行研究。如运用福柯权利与话语理论入手的杰里米·豪瑟恩（Jeremy Hawthorn），认为康拉德的叙事手法和意识形态之间具有复杂的关联，只有将内容与形式结合为一体才能使小说文本产生更大的艺术价值。又如，布鲁斯·汉瑞克森（Bruce Henricksen）则从叙事学角度分析了康拉德和叙述主题之间的关系，认为康拉德的作品正在由单一转向复杂，由"独白"转向"复调"[1]。他还运用福格尔的《强迫说话：康拉德的对话诗学》（Coercion to Speak: Conrad's Poetics of Dialogue）以及巴赫金借用音乐术语而产生的"复调理论"，分析和审视了康拉德作品中所体现出来的个人与政治的关系以及现代自我分裂等问题。除此之外，还有雅各布·罗泽在1991年出版了从叙事学角度研究康拉德的著作《康拉德的叙事方法》（Conrad's Narrative Method），他在书中详细分析了康拉德小说创作采用的叙事方法，肯定了康拉德的叙事技巧革新给传统叙事学带来的颠覆。

中国学者陈光兴于2011年出版的《约瑟夫·康拉德小说情节研究》[2]一书则从叙事学理论角度出发，扩展了康拉德小说研究的内容层面。他讨论了康拉德小说所体现出的隔离型悲剧情节模式、重复型悲剧情节模式以及小说中的双重情节等三个方面，认为康拉德的多部小说在情节方面具有明显的重复现象，这种重复现象深化了主题，展现了悲剧的普遍性。

第二节　关于康拉德思想取向的研究

关于康拉德的思想取向，长期以来一直扑朔迷离。康拉德在一

---

[1] John G. Peters, *The Cambridge Introduction to Joseph Conrad*, Shanghai Foreign Language Education Press, 2008, p. 131.

[2] 陈光兴：《约瑟夫·康拉德小说情节研究》，上海外语教育出版社2011年版。

些重大问题和敏感问题上表现出的多重性与矛盾性让评论家们无所适从,不断引发激烈的学术争论。

一 关于对殖民主义矛盾认识的问题

早期的很多批评家们尽管注意到康拉德对殖民主义态度的双重性和矛盾性议题,但是对这一论题的激辩和争论应始于20世纪70年代,引起最多关注的观点来自尼日利亚黑人作家查诺·阿契贝(Chinua Achebe)。1977年,阿契贝在《马萨诸塞评论》第18期上发表了文章《非洲形象之一种:康拉德的〈黑暗的心〉中的种族主义》(An Image of Africa: Racism in Conrad's "*Heart of Darkness*"),与以往研究相比,他对康拉德及作品提出了颠覆性的认识和评价,由此在批评界引发了巨大的争论,可谓一石激起千层浪,他直接又强烈的批判观点具有极大的影响力。他在文中直接痛斥"康拉德乃是一个血腥的种族主义者"①。并指出,康拉德所展示出的非洲人不如人的故事不应该被视作"他伟大的工作"②,其眼中的非洲是一个野蛮、原始、被人嘲讽的另一个世界,是作为欧洲的对立面出现的;在康拉德的小说中,无论是刚果河、非洲的环境氛围,还是非洲居民,特别是非洲女性,都成为西方欲望和需求的载体和对照;康拉德阻止了非洲人使用人类语言表达的基本权力,并且拥有低等级的心灵和野蛮的行为。他还指出,康拉德作为语言大师,善于用词,他所支持的自由主义有很大的局限性,无论如何他都不会使用"非洲兄弟"这样的词语。阿契贝还对白种人习以为常的种族歧视态度表示了极大的愤慨和谴责。

针对阿契贝的观点,也有不少学者站在为康拉德辩护的立场

---

① 阿契贝最初使用"血腥的种族主义者"这个表述,因为措辞过于强烈,阿契贝后来将这一描述改为了"彻头彻尾的种族主义者"。

② John G. Peters, *The Cambridge Introduction to Joseph Conrad*, Shanghai Foreign Language Education Press, 2008, p. 127.

上，认为康拉德的真正思想并非小说文本中所体现出来的那样。如：1979年，亨特·霍金（Hunt Wawkin）在他的论著中提出反对意见，认为康拉德其实是站在反对种族主义的立场上的。

20世纪80年代，约翰·A·麦克卢尔（John A McClure）和贝尼塔·帕里（Benita Parry）则是另辟蹊径，从后殖民主义层面来阐释分析康拉德小说中的殖民主义问题。前者认为康拉德较少意识到如何去改进殖民体系，而后者则运用马克思主义理论指出了康拉德在殖民问题上的矛盾态度。

20世纪末，有部分中国学者也关注到康拉德对待殖民主义的态度问题。如：孙述宇在2000年中文版《海隅逐客》的序言《康拉德的生平与小说》中直言："他有他的种族偏见，我们不必为他隐瞒。他痛恨俄人，不喜德人，而热爱英人……我们亚洲人从被统治的下层所看见的英国殖民者的伪善，他不会看得很清楚……他是个白人，白人的偏见自是难免，看见白人骑在亚洲人头上，也不会很难堪。"[①] 孙述宇认为，康拉德的白人立场显而易见，主角是白人，最终的胜利和荣耀也属于白人，亚洲人被完全排斥在外，似乎是另一种生物。他特别指出了康拉德小说中的中国人形象——古怪诡异。中国人在他的笔下，除了数钱和贩卖鸦片，似乎什么也不会做。他认为康拉德根本没有意愿去了解中国人，更别提从对方的立场来写故事了。

进入21世纪，关于后殖民问题的研究在持续发展。其中一部重要的论著来自彼得·爱得瑞·弗乔（Peter Edgerly Firchow），这本出版于2000年的《展望非洲：康拉德"黑暗的心"中的种族主义和帝国主义》（*Envisioning Africa: Racism and Imperialism in Conrad's Heart of Darkness*）是继阿契贝之后另一部饱受批评家们关注的著作。与阿

[①] 孙述宇：《康拉德的生平与小说》，载［英］约瑟夫·康拉德：《海隅逐客》，金圣华译，译林出版社2000年版，第10—11页。

契贝相反，弗乔则是站在维护康拉德的立场上，他认为康拉德在小说中展现出"非洲人不如人"的人物形象只是形象，而并不是针对非洲的。每个时代都有着自己对种族歧视和帝国主义的理解，康拉德只是从当时的社会背景来做出自己的判断。① 依照弗兰克·瑞福斯1983年对种族歧视的程度划分，弗乔认为康拉德对非洲人的态度仅仅是认可种族差异，属于"轻度"种族歧视，对比利时人则有着种族优越感，属于"中度"的种族歧视。②

中国学者李赋宁在2002年出版的《欧洲文学史》中十分重视和肯定康拉德的文学成就，他认为康拉德受关注"一个重要的原因就在于它们为后殖民文学批评提供了极好的材料"③，随着文学研究者们对后殖民理论越来越多的关注和重视，他的这个观点被诸多文学研究者引用和借鉴。

2005年，特里·古雷西（Terry Collits）连续出版两部专著，特别是《后殖民主义的康拉德：帝国的悖论》（*Postcolonial Conrad: Paradoxes of Empire*）一书，详细分析了康拉德对帝国和殖民的矛盾认识，认为康拉德对殖民主义和帝国主义的矛盾态度存在一种悖论。除此之外，史蒂芬·罗斯（Stephen Ross）的专著是从全球化理论入手，指出康拉德小说文本中展露出的帝国主义意识只是他全球化意识的表达，而并非站在帝国主义和殖民主义的立场看待被殖民世界。

2006年，王守仁、何宁在《20世纪英国文学史》中把吉卜林和康拉德并置在一起论述，认为这两位作家虽然都擅长书写海外题材小说，但是他们对殖民国家的海外扩张行为持有不同的态度

---

① Quoted to, John G. Peters, *The Cambridge Introduction to Joseph Conrad*, Shanghai Foreign Language Education Press, 2008, p. 133.

② 参见［美］托德·库奇塔《彼得·弗乔：〈展望非洲：康拉德的〈黑暗的中心〉中的种族主义与帝国主义〉，琳达·德莱顿：〈约瑟夫·康拉德与帝国罗曼司〉》，乔修峰译，载宁一中编选：《康拉德研究文集》，译林出版社2014年版，第409页。

③ 李赋宁：《欧洲文学史》第3卷上册，商务印书馆2002年版，第37页。

和姿态,"康拉德对投身帝国殖民事业所表现出来的英雄主义持批判态度,他对遭受帝国主义剥削和压迫的民族怀有同情之心,但是这种同情毕竟是有限度的"。①

李维屏主编的《英国短篇小说史》于2011年出版,他在第四章"殖民主义短篇小说"中把康拉德与吉卜林、毛姆并列在一起,并称康拉德为"写殖民故事的水手"②。他在此书中具体分析了《黑暗的心》这部作品,认为我们不能简单地判定康拉德是一个殖民主义者,康拉德只是指出了他所处时代这两个种族的不可融合性,让人们意识到并关注两种文明之间的根本差异。

近年来,越来越多的中国学者把目光投向康拉德对殖民主义的真实态度上,并尝试用各种文学理论来分析背后的深层原因。如2022年,谢冬文在其博士论文《约瑟夫·康拉德小说中的殖民者原型化创伤批判》③中指出康拉德有着反思帝国主义和殖民主义的积极方面,也身不由己被吸附在帝国殖民漩涡当中。他以多种理论为基础来研究和解读康拉德殖民小说中殖民者遭遇到的原型化创伤,并认为殖民者以遭遇创伤的形式悖论性地确认了殖民文明、文化的优越性。

二 关于对女性态度的争论

关于康拉德暧昧的女性态度,这个议题在康拉德研究早期也被许多批评家关注,并逐渐发展成为康拉德研究的主流方向和焦点问题。有的批评家发出质疑的声音,彰显了自己的否定态度,也有的研究者尝试从各种角度讨论康拉德对女性的关爱,还有的认为这两种态度兼而有之。

1914年1月,格里斯·伊莎贝拉·科尔布朗(Grace Isabel Col-

---

① 王守仁、何宁:《20世纪英国文学史》,北京大学出版社2006年版,第13页。
② 李维屏等:《英国短篇小说史》,上海外语教育出版社2011年版,第128页。
③ 谢冬文:《约瑟夫·康拉德小说中的殖民者原型化创伤批判》,博士学位论文,北京外国语大学,2022年。

bron）在《*The Bookman*》上发表了《康拉德的女性》（Joseph Conrad's Women）这篇短篇评论，这是较早指出康拉德作品中女性卑微地位的著作之一。她认为在康拉德的小说中，与男性形象相比，女性的人物形象存在诸多局限。她这个见解的价值在于，自此以她的观点为基点，后世的女权主义者们开拓了一个重要的批评领域。

持有康拉德对女性歧视观点的声音主要集中在女权主义作家及批评家的评论中。如：激进的女权主义批评家尼娜·施特劳斯、贝特·伦敦、肖瓦尔特等都坚称康拉德带有明显的性别歧视，认为康拉德是典型的父权制拥护者。近代的女权主义批评家伊莱恩·肖沃特、约翰纳·史密斯、贝蒂·伦敦等皆认为康拉德将女性排除在对现实的认识之外，排除在男性世界之外，恶毒地诋毁了女性世界。[1]

塞德里克·瓦茨认为康拉德笔下的女性形象对立迥异，这种二分法否认了女性人格的完整。[2] 此外，乔治·吉辛、托马斯·莫泽、黛安娜·布莱顿也都认为在康拉德的小说中女性和小说的主题没有紧密的联系，女性只是帝国男性的陪衬面，诸多小说中的人物形象显然有着男强女弱的巨大差距。很多批评家把目光聚焦在小说中的男性叙事者马洛身上，他对女性的偏见态度显而易见，甚至认为女性和真理完全没有关系。[3] 戈登·汤普森则认为康拉德对女性存在种族和性别双层面的歧视[4]。同样，C. B. 考克斯也强调康拉德潜意识中具有典型的厌女情节，他对女性的描述暧昧而又饱含感伤，他"为自己隐藏的性别恐惧只能找到这样的表达方法。"[5]

20世纪90年代，同样采用当代文学理论阐释的还有依托女权主义理论的鲁斯·L·纳德哈夫特（Luth L Nadelhaft）、苏珊·琼斯

---

[1] Cedric Watts, A Preface to Conrad, Peking: Peking University Press, 2005, p. 181.
[2] 参见宁一中《康拉德学术史研究》，译林出版社2014年版，第24页。
[3] 参见宁一中《康拉德学术史研究》，译林出版社2014年版，第21—22页。
[4] 参见宁一中《康拉德学术史研究》，译林出版社2014年版，第22—23页。
[5] Joseph Conrad, *The Modern Imagination*, London: Dent; Totowa. N. J.: *Rowman and Littlefield*, 1974, p. 163.

（Susan Jones）、安德鲁·罗伯茨（Andrew Roberts）、杰里米·豪瑟恩等批评家。其中，纳德哈夫特在1991年的著作《约瑟夫·康拉德》（*Joseph Conrad*）中阐述了与以往康拉德性别研究不同的论点，他通过分析指出康拉德作品中的女性角色比我们想象的更为重要，传统认识对我们考量康拉德的女性观有很大的限制。而苏珊·琼斯也持有相同观点，认为我们不能简单地把康拉德定义为男性作家，女性在他的小说创作中也占有重要位置，康拉德在思想上还是较为认可女性的，她认为这一点在康拉德后期的一些作品特别是描述爱情较多的小说中可以找到佐证。

中国学者们也有不少文学研究者关注康拉德的女性观。如：孙述宇在2000年《海隅逐客》的序言中指出，康拉德显然具有歧视女性的嫌疑："康拉德的小说，是男性的读物，最适宜的读者是壮年的男子……典型的康拉德的小说，借用《水浒传》的话来形容，所讲的都是男子汉的豪杰事物……说到头来，康拉德是个很不浪漫的人。"[①] 他认为康拉德作品中失衡的男女角色比例，显示出他对女性缺乏关怀和理解。学者李宏也明确指出康拉德具有明显的"有色女性观"，虽然康拉德表达出了对女性的同情，但他对父权制的质疑是非常微薄的。李宏从后殖民批评的视角出发，解析了康拉德小说中的女性角色，认为康拉德对有色女性不仅带有种族歧视，同时还具有性别歧视，"不但带有强烈的'厌女'情绪，而且还继承了自笛福以来欧洲文学对有色人种的表述定式。"[②] 徐定喜等也通过分析康拉德小说中的女性人物形象，承认女性在康拉德小说世界中的位置过于边缘化。[③] 毛艳华则是从生态女性主义的

[①] 孙述宇：《康拉德的生平与小说》，载［英］约瑟夫·康拉德《海隅逐客》，金圣华译，译林出版社2000年版，第8—9页。
[②] 李宏：《康拉德的有色女性观》，《外语研究》2006年第5期。
[③] 参见徐定喜、张建春、刘福芹、李凌《约瑟夫·康拉德的女性观—其短篇小说中的女性人物形象》，《红河学院学报》2010年第6期。

角度，关照了父权制世界观对女性的统治问题。她认为康拉德的小说虽然并不存在女性角色的缺失问题，但是强调了女性始终处于男性当权社会的边缘位置，她们和自然一样处于男性社会的对立层面，成为被压迫者。①

三 关于康拉德的政治取向问题

与丛林小说和海洋小说的批评不同，对康拉德政治小说的关注和研究起步要晚一些。有不少批评家注意到康拉德的政治观较为保守和中立，从康拉德摇摆的政治态度来看较难挖掘出康拉德真正的政治取向。

1957 年，欧文·豪威（Irving Howe）出版了《政治和小说》（*Politics and Novel*）一书，在这部著作中，他辟专章分析讨论了康拉德保守的政治观，指出康拉德保守政治观的背后实质上饱含对革命和政治的排斥与厌恶。

1958 年，格拉德的《小说家康拉德》（*Conrad Novelist*）一书是这一时期非常重要的一部著作，后世批评家们众多对康拉德作品的分析见解都源自此书，他虽然没有形成对康拉德的整体研究理论，但是却从弗洛伊德、荣格心理学入手，着力剖析了康拉德对心理状态和道德挑战的洞察。他承认自己在心理以及政治方面都低估了康拉德，认为康拉德最重要的文学特色就是对心理层面的深入分析及独到的政治观。

20 世纪 60 年代西方对康拉德的研究进入一个高潮期，以至于有评论家称"成果之多，以至于都难以判定哪一本最好"②。对康拉德小说作品的重要研究著作接连出现，特别表现在对政治小说

---

① 参见毛艳华《〈黑暗的心〉所涵盖的生态女性主义观》，《浙江万里学院学报》2011 年第 5 期。

② Eloise Knapp Hay, *The Political Novels of Joseph Conrad: A Critical Study*. Chicago: University of Chicago Press, 1963, p. x.

的阐释上,这种局面的出现与当时风云多变的世界政治气候有着紧密的关联。

这一时期,爱罗伊·耐普·黑(Eloise Knapp Hay)、阿维荣·弗莱希曼(Avrom Fleishman)分别于1963年和1967年出版了涉及康拉德政治小说和康拉德政治观的论著,他们的论著把康拉德的政治倾向变成了一个讨论的关注面。爱罗伊·耐普·黑的论著可以称为"第一部系统全面研究康拉德小说政治内涵的论著"[1]。她在书中提及康拉德的政治小说以及所有小说中蕴含的政治观点,认为"康拉德的政治思想是康拉德哲学世界的一个核心"[2]。她认为,康拉德依存的生活以及社会背景影响了作家的创作思路,使其产生了诸多对社会政治问题的思量,康拉德的政治倾向是较为明显的反对革命派的。阿维荣·弗莱希曼则认为康拉德的政治观没有通常大家公认的那么保守和中立,他关注到康拉德小说中对共同体和无政府状态的着力刻画,通过对康拉德复杂政治背景的分析和小说文本的阐释,指出康拉德的政治思想离不开西方固有的民主传统,并指出需要建立共同体并避开无政府状态。此观点让这部著作成为一个非常有价值的康拉德研究论著。

20世纪80年代,亚伦·福格尔(Aaron Fogel)则运用米哈伊尔·巴赫金的理论关照康拉德的政治小说,认为康拉德在小说创作过程中采用强迫他者说话的方式,体现了康拉德的对话诗学。

2008年,中国学者胡强出版了专著《康拉德政治三部曲研究》,这部著作没有从批评家们关注较多的康拉德海洋和丛林小说入手,而是另辟蹊径,研究康拉德的三部政治小说。他从康拉德政治小说的三个核心视角入手,"分析了康拉德在这三部作品中所

---

[1] Owen Knowles, *An Annotated Critical Bibliography of Joseph Conard*, Hemel Hempstead: St. Martin's Press, 1992, p. 44.
[2] John G. Peters, *The Cambridge Introduction to Joseph Conrad*, Shanghai Foreign Language Education Press, 2008, p. 125.

表达的对物质主义和信仰危机的焦虑、对政治无政府主义和道德无政府主义的焦虑和对身份认同的焦虑"。① 他认为这种焦虑状态映射了康拉德复杂暧昧的政治观。

第三节 关于康拉德作品的评价

对于康拉德作品在文学史上的整体地位,文学评论家们的认识比较一致,但在一些具体作品或具体时段作品的评价上则歧义颇大。有的康拉德小说饱受批评家们质疑,有的获得大量的赞誉,有的则是毁誉参半。

一 对康拉德后期作品质量的评价

康拉德批评史中,对其后期小说质量的争论也是一个颇受关注的议题,批评家们就康拉德的创作是一直保持进步性还是持续衰退的问题持续争论,众说纷纭。

20世纪30年代后期至40年代,一些批评家开始重建康拉德"英国文学重要小说家"的声誉。如:M. C. 布莱德布鲁克(M. C. Bradbrook)、莫顿·达文·扎贝尔(Morton Dauwen Zabel)以及阿尔伯特·J. 格拉德(Albert J Guerard)等。布莱德布鲁克一个重要的贡献就是把康拉德的小说按照时间顺序进行了划分,即康拉德小说的早期作品、成熟时期作品以及衰退时期作品,其划分标准被很多批评家们沿用。

在早期评论中,由于当时盛行英国海外冒险小说,所以康拉德的海洋和丛林作品较受读者欢迎,很多评论家对康拉德早期作品

---

① 胡强:《康拉德政治三部曲研究》,中国社会科学出版社2008年版,"内容摘要"第5—6页。

赞赏有加。如：英国小说家弗吉尼亚·伍尔夫（Virginia Woolf）认为，康拉德早期小说"带有一种气派，好像正在告诉我们一些非常古老而完全真实的事情……它们在我们经典作品中的地位是不可动摇的"①。而对于其后期小说，除了一小部分批评家，如 E. H. 维斯雅克等持赞赏态度外，很大一部分研究者，如 F. R. 利维斯、莫顿·扎伯尔、道格拉斯·休伊特、托马斯·穆瑟、阿尔伯特·杰拉尔德等则持相反观点，他们认为康拉德后期小说质量堪忧，甚至有人认为其作品十分低劣。

亨利·詹姆斯（Henry James）是在对康拉德作品一片赞扬声中少数的持否定态度者。1914 年 4 月 2 日，亨利·詹姆斯在《时代文学副刊》（*Times Literary Supplement*）发表了《年轻一代：第二部分》（The Younger Generation Part 2）的文章。在这篇文章中，他关注到康拉德后期作品的质量问题，建议对康拉德后期作品持保留态度。

1920 年 7 月 1 日，弗吉尼亚·伍尔夫也在《时代文学副刊》（*Times Literary Supplement*）上发表文章，对康拉德的后期作品质量以及女性问题提出了自己的质疑。她一方面肯定了康拉德对英雄的赞歌，但是另一方面，她又特别指出康拉德在写完《台风》后发生了一些微妙的变化，认为在康拉德小说创作的中期之后，康拉德已经无法使他的小说人物形象与故事背景之间保持完美的关系，"他再也不会像他信任他早期作品中的海员那样来信任他后期作品中更加深谙世故的人物。当他不得不指出他们和那个小说家的世界——那个价值和判断的世界——之间的关系之时，对于那价值究竟是什么，他远远不如以前来得肯定"②。她还特别强调后期

---

① ［英］弗吉尼亚·伍尔芙：《论小说与小说家》，瞿世镜译，译文出版社 2000 年版，第 187—192 页。

② ［英］弗吉尼亚·伍尔夫：《论小说与小说家》，瞿世镜译，上海译文出版社 2000 年版，第 193 页。

的小说"牵强附会，而且最讨'男孩和小年轻'的好"①。她的指责曾让康拉德十分气愤。

美国学者塞德里克·瓦茨（Cedric Watts）认为，从1911—1918年这一时间段开始，康拉德的小说开始出现良莠不齐的现象，既出现了一个伟大的成功作品《阴影线》，同时也出现了一个有严重缺陷的作品《机会》。在后期，他的作品如《拯救》《金箭》等虽然篇幅较长，但是题材上却有点像传统老式的爱情和冒险故事，没有什么新意可谈。瓦茨还指出，康拉德晚期的衰落可以解释为年老和堪忧的健康状况，也可以解释为他观点的逐步"正常化"，他的作品中那些引以为傲的价值观，如忠诚、英雄主义等，已经不那么受关注了。② 美国评论家托马斯·穆瑟（Thomas Musser）也指出，康拉德的后期小说把主题重点放在女性身上，特别是处于两性关系和恋爱状态中的女性身上是很不合时宜的。他坚持认为康拉德并不擅长关于两性感情的作品，他对爱情和女人这两方面都是无能为力的，他根本不相信爱情的存在。保罗·威利（Paul Wiley）则认为，康拉德后期小说质量下降的主要原因在于增加销量，"他表现出的对女性爱情的兴趣是他向读者大众所做出的一种妥协"③。

美国学者戈登·汤普森（Gordon Thompson）指出，康拉德写作生涯的第二个时期是从1910年开始的，此时他的身体和精神两方面濒临崩溃，他赞同杰拉尔德等学者的观点，认为康拉德后期小说的确缺乏早期作品那种强大的道德力量和复杂特性。

二 对康拉德同一作品截然相反的评价

批评界对康拉德的研究出现一个奇怪的现象，哪怕面对同一部

---

① Susan Jones, *Conrad and Women*, Oxford: Clarendon Press, 1999, pp. 6–7, 24–26.
② Quoted in Cedric Watts, *A Preface to Conrad*, Peking: Peking University Press, 2005, p. 184.
③ Paul Wiley, *Conrad's Measure of Man*, Madison: University of Wisconsin Press, 1954, p. 3.

作品，批评家们也可能产生截然相反的结论，他们对康拉德一些作品的评判表明了阐释者对康拉德作品意义的不同理解，正是因为康拉德作品无处不在的矛盾和悖论让他们无法做出准确的判断。

20世纪50年代，可以说是康拉德研究的复兴时期，对康拉德及其作品的研究呈现出与新理论相结合的趋势。众多学者开始大规模地介绍康拉德的小说，如《黑暗的心》《吉姆爷》《秘密的分享者》《诺斯托罗莫》《在西方目光下》等等。这些有见地的长篇介绍进一步巩固了康拉德在文学界的大家地位，也让康拉德的更多作品展现在读者面前。随着研究者对康拉德作品了解的不断深入，他们对康拉德作品的认识也往往呈现出不一致甚至相反的观点。

比如关于康拉德后期的作品《阴影线》。有的批评家认为，与康拉德后期作品全部呈现质量下降的趋势相一致，《阴影线》自然也不例外。他们认为，这部小说的结构层次不如《黑暗的心》和《吉姆爷》那样更为复杂和丰富，文本架构和叙事手法显得较为普通和平淡一些。

有的批评家则对《阴影线》予以肯定。如：格拉德在被学界称为康拉德研究权威之作的《小说家康拉德》一书中也论及康拉德后期作品质量衰退问题，但他明确指出《阴影线》可以排除在外。F. R. 利维斯也对《阴影线》评价甚高，认为它要高于饱受赞扬的《黑暗深处》，甚至高于《台风》；认为康拉德的成功不仅在于从船长的视角具体展现事物特征，更在于无处不在、普通却又具体的海员形象。利维斯扩大了对康拉德众多知名作品的评论，他的见解影响了其后众多的评论家们。康拉德文学研究史上的重要研究者之一爱德华·W. 赛义德（Edward W. Said）在他的《康拉德和他的自传小说》（*Joseph Conrad and the Fiction of Autobiography*）一书中，找寻到一个研究康拉德的新方法。他发现康拉德除了创作小说以外，还留有大量的书信，他常常在书信中展露自己的文学理论和观点。因此，赛义德分析了康拉德的几部代表作，并认可《阴影线》这部小说是康拉德极为优秀的后期经典作品。这些批评无疑从另一个方面反驳了康拉德后期作品质量衰退的论点。美国学者塞德里克·瓦茨认为，虽然从1911年开始的八年间，康拉德的小说良莠掺杂，但不得不说《阴影线》却称得上是一部伟大的成功作品。美国学者戈登·汤普森（Gordon Thompson）则认为"除了《阴影线》以外，他后期的小说都因缺乏早期的怀疑主义和质朴特色而显得不尽如人意"①。约翰·A·帕尔默（John A Palmer）持相反观点，他认为康拉德的作品质量保持一致，较为优秀。因此，他建议对康拉德作品时期的划分标准应该发生转变，不能再按照布莱德布鲁克早期、成熟期、衰退期的划分方法进行分类，帕尔默认为最后一个时期应该用"完整实现期"来表述。

除了《阴影线》这部后期作品，康拉德饱受好评的重要代表作《吉姆爷》，批评界也有学者表示无法被归入佳作行列。有评论家认为《吉姆爷》："是枯燥沉闷的，文笔过于细致烦琐，而且难读得不止一点点。"② 甚至还有批评家挑衅地声称康拉德是"一个没有国家和语言的人"③。

对于康拉德的优秀作品《台风》，大部分批评家表示欣赏和肯定。如 F. R. 利维斯曾分析《台风》这部作品并认为其堪称典范佳作，指出："《台风》之长，与其说在于对大自然狂暴力量的那番著名描写，不如说是在故事开头对麦克惠尔船长、朱可斯大副和轮机长所罗门·鲁特的介绍上。"④ 因此，他认为康拉德小说艺术的一个杰出成就就在于善于刻画人物，尤其是对海员形象的描绘。

---

① ［美］戈登·汤普森：《康拉德的女性人物》，刘艳译，载宁一中编选《康拉德研究文集》，译林出版社2014年版，第73页。

② Pall Mall Gazette, *Critical Assessments*, Manchester Guardian, 1900, pp. 285 - 286.

③ Roman Taborski, *Apllo Korzeniowski*, Wroclaw: Zaklad im Ossolinskich, 1957, p. 158.

④ ［英］F. R. 利维斯：《伟大的传统》，袁伟译，生活·读书·新知三联书店2009年版，第240页。

印度裔英籍作家 V. S. 奈保尔表达了与众多批评家们不一样的意见。他在《康拉德的黑暗我的黑暗》一文中指出："小说，尽管本身很简单，但在某些时候，似乎总会让我无法理解。还有用词，那些出于作者的需要、忠实于作者真实感觉的词。那些词挡了道，它们使意思变得模糊不清。《白水仙号上的黑家伙》和《台风》等名著晦涩难懂。"[①]

第四节 关于作家康拉德的评价

对于作家康拉德，很多批评家均表示看不透他的创作意图，认为他是一个高深莫测、难以捉摸的小说创作者，他所设置的文本多重谜团让人们无法真正捕捉到康拉德的真实想法。很多学者都注意到康拉德的创作思想和精神文化存在着方方面面的矛盾，他们认为，文本中体现出的这种悖论和僵局源自于作家思想意识上的矛盾，由此引发了对作家康拉德的种种评价。

一 关于康拉德精神文化矛盾问题

弗吉尼亚·伍尔夫曾指出，读者在阅读康拉德作品的时候，"人们无论在什么时候总会发现别扭和不协调的地方，在他的美感中，可以发现一种不协调的根源"[②]。但她也坦承，一个小说家的眼光必须具有双重性，复杂而又特殊，要讴歌英雄，必须具备双重生活和双重眼光，内外兼顾，而康拉德显然做到了这一点。

对于康拉德小说时常体现出的这种多层次的矛盾性和复杂性，

[①] ［英］V. S. 奈保尔：《康拉德的黑暗我的黑暗》，张敏译，南海出版公司 2015 年版，第 199—200 页。
[②] ［英］弗吉尼亚·伍尔夫：《论小说与小说家》，瞿世镜译，上海译文出版社 2000 年版，第 188 页。

马克思主义者、英国文化批评家特里·伊格尔顿（Terry Eagleton）认为"康拉德的艺术是一种导致僵局和困惑的意识矛盾的艺术"①；认为康拉德特别在殖民主义思想上具有矛盾性，他既不相信殖民主义国家的文明优越，但是也不彻底否定殖民主义。

英国学者基思·卡拉班（Keith Karaban）在分析康拉德作品后指出："（康拉德）所有的小说都建构在对立上，展现在读者面前，作者对之进行了探索但从未真正解决掉……利己主义与利他主义，情感与理智，团结与孤立，道德的腐败与救赎，英雄行为与偶然行为，忠诚与背叛，理想主义与怀疑主义，虔敬与藐视，以及忠实于'一些简单观点'组成的准则和忠实于'自己的感觉真实'的对立。"② 他指出，康拉德十分敏锐地觉察到世界的一切都是处于矛盾斗争之中的，人具有双重特性，对立是不可调和的。

近十多年来，中国学者对康拉德及作品的研究取得了不小的进展，尤其体现在精神文化方面的研究成果上，但他们认识不一，见仁见智。举起要者：隋刚在《康拉德短篇小说选》前言中指出："康拉德的精神生活和他的作品一样充满了矛盾和变化。他既是悲观主义者，又是理想主义者；他既憎恨独裁暴政，又憎恨无政府主义的暴力行为；他既揭露西方文明社会的弊端，又揭露非洲原始部落的野蛮；他既深切同情孤独的个人，又坚决反对利己主义。"③ 同一时期，他具有多重身份，对事情两个方面都不赞成，敏感又难以捉摸。隋刚认为，康拉德执着追求的始终是探求人生的意义，这显然是永无止境的。

薛诗绮在《康拉德 海洋小说》的选本序中肯定了康拉德的重

---

① Cedric Watts, *A Preface to Conrad*, Peking: Peking University Press, 2005, p. 128.
② ［英］基思·卡拉班：《在西方的注视下》，张菊译，载宁一中编选：《康拉德研究文集》，译林出版社2014年版，第153页。
③ ［英］约瑟夫·康拉德：《康拉德短篇小说选》，隋刚、杜芳泽译，外文出版社2000年版，第1页。

要位置，她称康拉德为"英语语言大师"，赞叹康拉德对语言的运用挥洒自如，恰到好处；她也指出，康拉德的海洋小说凸显了双面矛盾，人与自然的矛盾以及人与人之间的冲突。①

赵启光则在《"水仙号"的黑水手》译本序中指出，康拉德的一生是富于变化的，他的思想深深植根于四个民族文化之中，这"四条民族文化之线在康拉德的一生中融合，纠缠，抵触和互相影响着"。因此，他的多样生活经历直接影响着康拉德的创作思想和艺术手法。他强调了"失根性"对康拉德的影响，这促使他的感情复杂微妙，更加难以捉摸。此外，他还注意到康拉德作品中表现出来的文明冲突，陆海矛盾，文明与原始的矛盾，认为"很少有作家像康拉德那样在一生中充满惊心动魄的矛盾"②。

庞伟奇在《直面虚无的灵魂救赎——约瑟夫·康拉德创作精神主体研究》中指出，贯穿康拉德小说创作过程的是骑士精神，这种骑士精神和精英意识使康拉德小说创作的精神主体具有双重特征，分别是悲剧性和矛盾性。③ 他以骑士精神为切入点，关照了康拉德精神主体的多面性及复杂性特征，并强调了悲剧性和复杂性之间的关联。

李文军的著作《文化批评视角下约瑟夫·康拉德研究》④ 则侧重从叙事技巧来分析和阐释康拉德丛林小说中体现出来的矛盾双重性，强调康拉德具有独特的多元文化身份，并分别对作者的殖民主义与帝国主义的态度以及东西方文明冲突这些方面进行了分析阐述。

---

① 参见［英］约瑟夫·康拉德《康拉德海洋小说》，百花出版社1994年版，薛诗绮选本序第1页。
② ［英］约瑟夫·康拉德：《"水仙号"的黑水手》，袁家骅译，上海译文出版社2011年版，赵启光"译本序"第13页。
③ 参见庞伟奇《直面虚无的灵魂救赎——约瑟夫·康拉德创作精神主体研究》，江苏大学出版社2016年版。
④ 参见李文军《文化批评视角下约瑟夫·康拉德研究》，科学出版社2021年版。

除了对康拉德思想意识的难以把握，甚至关于康拉德的身世都扑朔迷离，这一个个谜团甚至困惑着康拉德身边的人。他的妻子和好友关于康拉德生平介绍的著作甚至都会出现这样那样的错误。如 20 世纪初，一个重要的批评家和文学家，也是康拉德好友之一的福特·马克多斯·福特，他于 1924 年发表的《约瑟夫·康拉德：个人回忆》在对康拉德的作品分析以及文学理论等方面被"其他文献证实是最有用的"，但这本书"却一直因为历史和传记的错误而受到严厉批评"①。1926 年，康拉德的妻子杰西·康拉德（Jessie Conrad）的《如我所知的康拉德》（Joseph Conrad as I Knew Him），也因为一些违背既定事实的信息而受到质疑。

二 对康拉德声望与地位的讨论

在康拉德批评史上，康拉德的声望与地位不太稳定，起伏较大。特别是因为康拉德小说的丰富性、复杂性和矛盾性导致批评家们对康拉德的意见不一，有的赞赏，有的斥责，批评家们之间的观点相左，他们不同的理解和态度直接影响到康拉德在文学界声望与地位的上下起伏。

康拉德在世时期，因为海洋文学和骑士文学的盛行，他的小说受到大批读者的欢迎。苏格兰青年批评家理查德·柯尔（Richard Curle）声称康拉德是现世最伟大的、也是最被低估的作家之一。他说："康拉德的作品在文学史上确实标志着一个新的纪元……确信康拉德的时代即将到来，而且他的太阳一旦升起就不会落下……将始终受人由衷的崇敬。"② H. L. 门肯（H. L. Mencken）对他的赞誉为："他所看见的……不仅仅是这个男人的抱负或那个女人的命

---

① John G. Peters, *The Cambridge Introduction to Joseph Conrad*, Shanghai Foreign Language Education Press, 2008, p. 121.

② Richard Curle, *Joseph Conrad: A Study*, Garden city, NY: Doubleday, Page & Co. 1914, pp. 1 – 3, 13.

运,而是宇宙力量那摧枯拉朽般的扫荡与破坏。"① 约翰·巴肯（John Buchan）也认为康拉德"具有更广阔的知识面……比同时代的任何一位作家都更了解世界运行的古怪模式"②。亨利·詹姆斯关注到了康拉德小说中蕴含的理性思考并给予肯定，他曾经这样赞叹："在学以致用上，没有人了解你所通晓的知识和你所拥有的视野，以艺术家的整体来看，这是一种无人企及的权威高度。"③

1924年去世后，有的批评家认为康拉德的影响力和声望是呈现逐渐下降趋势的，如理查德·科勒（Richard Curle）以及格兰维尔·黑格斯（Granville Hicks）等。1930年，他们分别发表文章宣称康拉德的声誉已经不如从前，不能称之为一个理性的社会哲学小说家，只能称之为浪漫冒险作家。

20世纪30年代后期至40年代，一些批评家开始重建康拉德"英国文学重要小说家"的声誉，如阿尔伯特·J.格兰尔关注于康拉德写作的心理探索，他注意到康拉德在创作过程中思想上始终存在的怀疑论。

1948年，F. R. 利维斯的重要著作《伟大的传统》问世，他把康拉德与英国文学最伟大的几个作家齐名，认为康拉德为读者改变了艺术的潜能，其关注的人性意识具有极其重大的意义，他把康拉德列入"英国小说家里堪称大家之人"④行列中，终止了关于康拉德在英国文学地位的争执。虽然他也承认康拉德后期作品质量有所下降，尤其是《金箭》这一作品更是如此，但是"毋庸置疑的是，他的经典地位不会均衡地建立在他的全部作品之上"⑤，

---

① H. L. Mencken, *A Book of Preface*, New York: A. A. Knoph, 1917, p. 63.
② Buchan, *Critical Assessments*, Carabine, ed., 1904, p. 130.
③ Quoted in Edward Garnett, "Introduction" to Joseph Conrad, *Conrad's Prefaces to His works*. New York: Haskell House, 1971, p. 28.
④ [英] F. R. 利维斯：《伟大的传统》，袁伟译，生活·读书·新知三联书店2009年版，第1—3页。
⑤ [英] F. R. 利维斯：《伟大的传统》，袁伟译，生活·读书·新知三联书店2009年版，第224页。

因此要倚仗读者的甄别和限定。

　　文学批评家、文学史家伊安·瓦特曾在1964年深入分析过康拉德《"水仙号"上的黑水手》篇首的康拉德自序，他认为康拉德对自己的文学批评能力是保持怀疑的，并指出康拉德代表着浪漫主义传统，他的成就是建立在浪漫传统上的。而康拉德推崇的"团结"这个概念源自于作家本身意图的表达，瓦特对康拉德的一些用词也表示了自己的怀疑和批评。[①]

　　20世纪后半期至21世纪初，西方批评界众多文学大家都对其表达了赞赏和肯定的态度，康拉德的文学地位和声望开始稳固。如美国20世纪三大小说家欧内斯特·海明威、斯科特·菲茨杰拉德和威廉·福克纳，1982年诺贝尔文学奖的得主加西亚·马尔克斯，2001年的诺贝尔文学奖得主V. S. 奈保尔等都深深钦佩康拉德，他们声称自己的写作在一定程度上受到康拉德的影响。25岁的欧内斯特·海明威曾经回忆说自己发疯般地阅读康拉德的小说，如饥似渴，他还嘲笑有些评论家居然说T. S. 艾略特是一个伟大的作家而康拉德却不是。[②] 他说："我读过的所有书中，没有哪一本书能与康拉德的书相媲美。"[③]

　　中国学者蒋承勇等认为，康拉德和福特·马多克斯·福特一样都是"维多利亚传统写作和现代主义写作的桥梁式人物"[④]，与詹姆斯一样重视心理描绘，其追求形式创新和完美的作品风格，对道德和精神世界进行了细腻丰富的描绘。他们明确指出，康拉德有理论追求的自觉性，作品表达了丰富的象征意义，获得一种雕塑般的立体感和层次感，他把在大海航行的过程当作了人类社会

[①] 参见［美］伊安·瓦特《论〈"水仙号"上的黑水手〉之康拉德自序》，王月译，载宁一中编选《康拉德研究文集》，译林出版社2014年版，第194—209页。

[②] 参见［美］马娅·亚桑诺夫《守候黎明：全球化世界中的约瑟夫·康拉德》，金国译，社会科学文献出版社2018年版，第433页。

[③] Cedric Watts, *A Preface to Conrad*, Peking: Peking University Press, 2005, p. 188.

[④] 蒋承勇等：《英国小说发展史》，浙江大学出版社2006年版，第278页。

的缩影,充斥着种种冲突和矛盾。此外,还认为康拉德"是一个具有道义感的作家,他对人类精神、对人类文化的探索是可贵的,他抛弃了种族优越论,正视殖民扩张的实质,努力去寻找人类心灵和文化的共同点,以建立全人类相互理解、相互同情的基础"。[1]

三 对康拉德悲观怀疑的世界观的讨论

1914—1915年,两本关于康拉德生活和作品的回忆录相继出版,一本是理查德·科勒(Richard Curle)的《约瑟夫·康拉德:研究》(*Joseph Conrad: A Study*),另一本是威尔森·弗洛伊德(Wilson Follett)的《约瑟夫·康拉德:短篇研究》(*Joseph Conrad: A Short Study*)。这两本回忆录提出了一些后世批评家们关注的问题,也引发了众多文学研究者对康拉德的关注和兴趣。特别是弗洛伊德的《约瑟夫·康拉德:短篇研究》一书,该著作关注到了康拉德小说中人与世界的疏离关系,认为在康拉德的笔下,世界被描写成冷漠与无情的存在。弗洛伊德的著作被学界认为是"第一部真正的具有成熟康拉德作品研究价值的书"[2]。

20世纪30年代,阿尔伯特·J·格兰尔德注意到康拉德在创作过程中思想上始终存在的怀疑论。1965年,J.西里斯·米勒(J. Hillis Miller)发表了较短的专著《现实的诗人:六位20世纪的作家》(*Poets of Reality: Six Twentieth-Century Writers*)。他分析了六位20世纪的作家,其中包括康拉德。值得关注的是,他在分析康拉德的专章中提出了康拉德接近怀疑论的观点,他指出康拉德所营造的非理性悲观世界揭示了康拉德思想观念上的怀疑主义。[3]

---

[1] 蒋承勇等:《英国小说发展史》,浙江大学出版社2006年版,第283页。
[2] John G. Peters, *The Cambridge Introduction to Joseph Conrad*, Shanghai Foreign Language Education Press, 2008, p. 120.
[3] Quoted to, John G. Peters, *The Cambridge Introduction to Joseph Conrad*, Shanghai Foreign Language Education Press, 2008, p. 126.

伊安·瓦特则提出了反对意见,他在1979年的著作《康拉德在19世纪》中特别提供了用延迟解码、印象主义和符号学来阐释解读康拉德的方法。瓦特从历史、社会、文化等方面对康拉德作品进行了综合论述,认为康拉德和叙事者都只是让读者看清事情的真相,要避免因此简单认定康拉德是一个虚无主义者。①

20世纪80年代,西方批评家们擅长通过使用各种文学理论来阐释分析康拉德的创作思想。如威廉·W. 邦尼(William W Bonney)从结构主义和解构主义理论出发,指出康拉德作品的虚无存在,认为康拉德的语言具有明显的不连续性,字里行间都存在一种紧张状态。②

2016年,英国作家O'Hara Kieron出版了《约瑟夫·康拉德 今天》(*Joseph Conrad Today*)一书。他关注到康拉德的悲观主义比其他作家都深刻得多,并指出,与康拉德同时期的作家们都无法像康拉德那样理解我们当下生存的世界。他通过悲观主义、怀疑情愫以及对社会制度嘈杂脆弱的表现,让人们做好准备以更好地迎接未来。③

综上所述,我们不难发现,面对康拉德这样一个一体多面、具有明显复意性特征的研究对象,一个多世纪过去了,批评家们至今依然无法准确对康拉德定位。究其原因,在于康拉德是一个具有丰富生活阅历以及深刻复意意识的作家,其人其作品都具有显著的含混性、矛盾性和不确定性,而也正是由于作家的深邃思想和小说文本的丰富内涵造成了批评界对康拉德众声喧哗的作品阐释以及见仁见智的作家定位。我们可以说,有多少康拉德研究者,就有多少研究者眼中的康拉德——有的对康拉德予以全面肯定,有

---

① Quoted to, John G. Peters, *The Cambridge Introduction to Joseph Conrad*, Shanghai Foreign Language Education Press, 2008, p. 129.

② Quoted to, John G. Peters, *The Cambridge Introduction to Joseph Conrad*, Shanghai Foreign Language Education Press, 2008, p. 129.

③ Quoted to, O'Hara Kieron, *Joseph Conrad Today*, Imprint Academic, 2007.

的则全面否认；有的对其部分支持，有的部分反对；有的认为其作品极具价值和意义，有的则认为其作品质量堪忧；即便对受过肯定的针对康拉德的批评，有的评论家也因为其违背既定事实或历史错误等问题持怀疑和否定态度；甚至同一批评家在不同历史时期随着认识的深入也会产生不一样甚至完全相反的结论。我们甚至看到，有的批评家在研究康拉德的过程中饱受康拉德复意特征的影响，不断怀疑自己，对自己充满了质疑，等等，不一而论。

我们还发现，对康拉德其人其作品的研究往往伴随着语气强烈、针锋相对的激烈辩论，肯定、否定与怀疑的声音此起彼伏。总体来说，对康拉德小说的评论持赞赏态度的居多，康拉德作为英国爱德华时代"属于绝对翘楚之列"的"伟大小说家"以及"英语语言大师"[①]，大部分批评家们对他的小说创作赞叹有加。1998年，兰登书屋评选的"20世纪百部杰出英文小说"，康拉德入选作品之多超出了许多文学大家。但是同时我们也看到，自康拉德的第一部作品问世，批判的声音似乎也从未停止过。有的批评家对康拉德的文学地位和艺术性产生怀疑，有的批评家表示康拉德小说作品质量不高，有的批评家对康拉德欲擒故纵、含糊不清的叙事话语表示恼火，还有的对小说中展现出来作者的歧视态度表示难以理解，等等。这些来自批评界的不同声音以及对康拉德思想的难以定位，源自于批评家们对康拉德其人、其作品的多面性、复杂性、矛盾性、不确定性和怀疑性的种种认识。很多批评家们发现并意识到了康拉德所展现出的这种复杂与多面，并试图从不同研究视角，运用各种文学理论加以分析、阐释，但却探寻不到康拉德设置的层层表象下的深层内涵，始终拨不开笼罩其上的层层迷雾，无法真正深入到康拉德的思想深处。

---

① [英] F. R. 利维斯：《伟大的传统》，袁伟译，生活·读书·新知三联书店2009年版，第23页。

通过对学术史的梳理可知，造成上述状况的重要原因是有关康拉德及其作品研究的范畴和方法还存在一些薄弱环节：

第一，以往的康拉德研究者多立足于自身特定立场，去讨论或评论其部分小说。从国际化的视野与第三方的立场出发，从其成长经历、生活环境、社会变迁以及文明发展趋向上，对其进行综合客观的整体研究还不充分，国内学术界对康拉德作品及思想观念上的复意整体研究较少，关注到这个问题的学者也少之又少，多在研究的某一个方面指出其具有双重性或矛盾性特征，没有整体、系统地对作品进行分析考量，没有深入剖析复意性背后的价值和意义。目前对康拉德作品的研究数量虽多，但较为分散，多为单部作品或具体人物研究，且往往就作品论作品，就人物论人物，容易在对康拉德的整体认知上产生误读和误判。

第二，以往的康拉德研究视角较为单一，或从艺术论、价值论、人性论等视角，或以哲学观、女性观、政治观以及精神分析等方法展开讨论或评论，缺少多视角、多方法论的立体视角与多学科交融的研究。目前，国内对康拉德的研究也多倾向于从道德角度及殖民角度等单方面探讨其作品，研究视角较为单一，且多从英语语言文学的角度来阐述分析，从多学科结合本身出发，综合研究康拉德的论文及著作较为有限。

第三，以往的康拉德研究，虽然关注到康拉德小说创作的多重性与矛盾性，但多从文本表象展开讨论，固着于其中的"奇异性""不协调性"或"悖论倾向"，缺少更深层次与更广阔领域的开掘，"一如在迷雾中行走"。国内学术界也是如此，往往执着于矛盾本身，或试图弥合，或试图调谐，缺少对其复意性从浅层到深层的递进发掘，更缺少对康拉德小说创作复意性特征背后所蕴含的更深层次的思想与精神的发掘。

基于此，我们认为，运用"复意性"这一新批评流派的研究范畴与方法，以康拉德小说创作的"复意性"为研究对象，是解决康拉德研究学术史上众多分歧的一条重要途径，具有重要学术意义。

其一，任何处于历史转型期的作家都具有复意性特征，这不仅仅体现在外在的创作手法上、人物形象的刻画塑造上，也包括内在思想表达上都具有多面性和矛盾性。因为众多的对抗与矛盾存在，所以评论界至今无法对作家及作品明确定位。人本身就是复杂的矛盾存在，世界万事万物皆具有复杂性，不存在单纯的人与事，复意性会让作家在创作时让作品的存在和情节的设置更加合理，而考察一个作家的复意性会对他的创作和作品研究更具科学性与可靠性。虽然处于社会和历史转型期的作家往往都具有不同程度的多重性、矛盾性和复意性，但是显然康拉德的复意性与其他作家相比更为朦胧和深奥。通过对其复意性的研究，可以创造一个多元化、宽容的对话空间，确保不会单一化和统一化，使我们可以清晰、辩证、整体地看待康拉德的小说创作，并促使我们对康拉德小说创作的意义和价值作理性的深入思考。

其二，通过康拉德塑造的一个个复杂的人物形象分析，从文本的复意性出发，我们可以从中挖掘出康拉德深藏的人生观和世界观。世界是一个矛盾复杂的存在，矛盾无处不在，生存在世界上的万物都具有多样性和矛盾性。康拉德的伟大就在于他把艰难生存在孤单排他世界中的人纳入他考量和思考的对象，力图展现给读者人与自然的对立、人与人的对立、人性的复杂多变以及人对命运的妥协与抗争等众多的深奥矛盾。他在小说中塑造了形形色色、具有复杂感情和丰富阅历的人物，从这些人物表象的众多矛盾中，我们找到康拉德带给我们关于生存价值与人类未来命运的启示。此外，探讨康拉德及其作品的复意性不仅能帮助我们更深层次、更加清晰地了解作品的深层内涵，也有助于帮助我们分析社会历史环境以及文化潮流的发展趋势，深入剖析在精神破碎、社会瓦解、动荡分裂的社会政治历史环境中作家创作的思想动态和情感动机。

  其三，对康拉德小说创作复意性的研究，可以使我们从更高更深的层面反观与诠释康拉德的小说创作，更加准确、客观地认识康拉德及其作品，认识他在文学史上的地位与意义。康拉德让我们感受到了无处不在的矛盾与冲突。作为一名作家，他笔下人物爱恨关系的紧张脆弱，人物性格的纠结多疑，叙述者评判标准的前后不一，生存状态的焦虑痛苦等等都让我们看到了"复意"的存在和普遍。正是这些复杂的多重性和差异性，才让作家的作品充满了针锋相对，意想不到的冲突。也正因为如此，康拉德小说中的人物形象才能塑造得如此细腻丰满，故事的情节才能更加曲折离奇，引人遐想。康拉德作品中展现出的多重复意性也集中代表了他思想观念上的怀疑性与前瞻性，是他整体的艺术思想精华，他赋予了作品生命的张力。

>>> 第二章
康拉德及其时代

  对康拉德复意性的认识和研究让我们知道，我们不能单一地从某个方面来看待作家作品，也不能单方面用某个理论来诠释定性康拉德，要对康拉德作整体性的把握和全面的分析。我们要从不同的方面综合考察文本的内涵，避免由于单一化、片面化造成认知上的狭隘和偏见，整体综合看待人和事物会帮助我们站在一个理性的高度，来衡量作家和作品的价值。我们认识到，面对一个如此复杂矛盾的研究对象，理论先行的方法是十分不合适、不科学的，理论应该具有丰富性和完整性，我们要从文本出发，在文本研究的基础上对康拉德作整体性的理论关照，不能带有任何理论性的偏执与所好，也不能从点和面来对康拉德及其作品作总体性评价，否则会产生狭隘的认知和固执的偏见。作为文学研究者，我们要保证存在一个多元化、宽容的对话空间，确保不会单一化和统一化，清晰辩证地看待康拉德的复意性。只有这样，才能提炼出他的精神和思想，帮助我们从原点看待康拉德的艺术创作、艺术见解和艺术特征，重新构建康拉德的文明观、人生观和世界观，还原最本色的他。

  当然，任何处于历史转型期的作家都具有复意性，但康拉德的复意性体现得更加突出，更加深刻，更加淋漓尽致，以至于学术界不断用不同的理论和视角加以解读和研究。康拉德是一位如此特别的作家，具有如此高超的、可以导致僵局、困惑、悖论等意识矛盾产生的小说创作艺术，那么从根源上寻找这种复意性的背景和成因成为一件十分有价值和意义的行动。一些新批评派的批评家们认为探寻作者意图是无用的，因为意义的复杂性和读者的多重阐释会导致对作者思想的"误读"。如新批评派的威廉·K. 维姆萨特和蒙罗·C. 比尔兹利在《意图谬见》和《感受谬见》中谈到了对作者"意图"的不同意见，他们在《意图谬见》中指出，作者的创作动机不用纳入考虑的范围，因为我们在小说文本中就可以找到作者的自我意识。他们在《感受谬见》中提出，只在作品中分析文本的意义即可，不必考虑读者的阐释，因为他们的分析和理解来源于不同的人生经验和阅读经验，不会改变作品的意义。他们的理论完全把文本、作者和读者割裂开，忽略了这三者之间的必然联系，这种孤立文本的说法显然是形式主义的。威廉·燕卜荪最初也主张只分析作品，不必考虑作者的因素对文本意义的影响，但是他随后重新申明了对"复意"这个概念的界定，他反对新批评派斩断作品与社会背景之间联系的方法。燕卜荪认为我们应该做分析型的批评家和鉴赏型的批评家，文本意义的产生与作者对作品的态度、作者的思想观念、创作动机都有着千丝万缕的关联，是一个有机整体。因此，我们在研究文本的基础上，还要考虑作者的思想感情对作品文本的影响。就像燕卜荪所说的"读小说的快乐在于，进入一个与自己完全不同的另一个人的生活之中，并建立起与他的亲属关系，与他共哀乐。"①

我们认为，对康拉德作品复意性的探讨也是如此。作为康拉德的研究者，理应进入一个与自己完全不同的康拉德的生活之中，并建立起与他的亲属关系，与他共哀乐。这将有助于更全面地从

---

① Edited by John Haffenden, *The Royal Beast and other Works*, University of Iowa Press, 1986, p. 8.

起点认识康拉德的作品,更完整地理解康拉德的世界观与人生观;有助于将其放置于一个更为完整、更为博大的体系当中,以一个更为恰当的方法整体考量康拉德。因此,我们要考察康拉德作品复意性特色,自然要从康拉德本人及其时代入手。具体而言,就是从他身处其中的复意时代和他独特的复意人生入手。

第一节 曲折的人生经历

作为一名理性的文学研究者,我们应当知道,没有一个康拉德作品中的叙事者应该自动等同于康拉德,但是作品往往是作家自身经历的艺术化表达,康拉德众多优秀作品具有如此明显的复杂化和矛盾化特征,自然与作家本人的人生经历有着密不可分的关系。从本源认识康拉德,了解他对人生意义的理解,我们自然要从他的个人传记出发找寻各种影响因素。"意义是由语境决定的。因为语境包括语言规则、作者和读者的背景,以及任何其他能想象得出的相关的东西。"[①] 人的性格、思维模式乃至世界观、人生观、价值观的塑造都要追溯到人的童年生活以及成长过程中所经历的一切,但是从人生经历和生活背景认识康拉德,并从中找寻康拉德的内在思想根源并不是一件容易的事情。康拉德的人生经历比其作品中的任何一个人物都要来得更加复杂多元,更加崎岖坎坷,也更加惊心动魄。同时,康拉德又不善言辞,交际范围狭窄,性格忧郁内敛,以至于传记作家们至今仍在不断挖掘关于他的各类谜团,其中部分关于他人生片段的描述依然有待商榷,关于他的传记也不如别的作家那样清晰、明朗。

我们知道,康拉德是一名小说家,但是与其他作家不同的是,

---

① [美] 乔纳森·卡勒:《文学理论入门》,李平译,译林出版社2019年版,第71页。

他还是一名海员，一位船长。他是在度过 20 多年海洋生活之后才投身写作成为一名作家的。这 20 多年的水手生涯带给他与众不同的生活体验，也让他有机会来到世界各地，亲眼见证了全球不同地域的文化、习俗和社会变革。正是他人生经历的丰富性与复杂性造就了他超强的感知事物特征的观察力和对细微敏感现象的洞察力，并产生了异于常人的对事物的分析能力及预见能力。康拉德的创作生涯较长，持续了将近 29 年，直至晚年病重依然深深沉迷于小说创作。他一生共创作了 13 部长篇小说、28 篇短篇小说以及 2 卷回忆录。

一 流离失所的童年

回顾康拉德的一生，几乎可以用"痛苦不堪"来形容，流离失所的处境、焦虑不安的心理状态、饱受折磨的身体等都带给康拉德一系列致命的打击和终生的影响。他在儿童时期就常常处于举家搬迁的状态，时常改变的居住地让他极为缺乏安全感，逐渐发展为时时刻刻被寂寞和痛苦包围。他的童年可谓是不幸的，极其复杂的国家背景，十分残酷的生活环境，非常不稳定的家庭状态，都对他成年以后的思想和认知产生了深刻影响。我们看到，康拉德对文学的极度热爱，对革命政治的中立态度，对世界存在的怀疑态度以及浪漫的冒险精神等无疑都来自童年时期的影响。

1857 年 12 月 3 日，康拉德出生于波狄切夫（Berdichev）地区，这里曾为波兰属地，现今归为乌克兰地区。乌克兰人是这一地区的常住居民，但是土地却几乎完全归波兰贵族所有。而康拉德就属于这个古老的波兰世袭贵族，是这个贵族家庭的后裔。在波狄切夫这个康拉德的出生地，当地人十分爱好阅读波兰文学，许多波兰文学作品广为流传。康拉德是独子，但却并未享受到平静、美好的家庭温暖。在他出生时波兰已经被普鲁士、俄国和奥匈帝国瓜分了 60 余年，所以康拉德的父亲，波兰贵族阿波罗成为了一名爱国主义革命者,终日四处奔波致力于波兰独立。他对革命战斗充满高涨的热情,梦想能成为富有魅力的革命领袖。和丈夫一样,康拉德的母亲爱娃也是一名坚决反对俄国统治的爱国战士。她比阿波罗小十三岁,是父母六个孩子中唯一幸存的女儿。康拉德的幼年生活极不稳定,国家陷入骚乱,社会动荡不安,家庭也因为阿波罗与爱娃的政治反抗行动而时常举家搬迁。1861年5月,他们迁至华沙,在这个新的居住地,康拉德的父母依然投身于反抗俄罗斯帝国和政府的革命活动当中,康拉德的母亲不仅自己时刻身穿黑色服装,还分发丧服给其他抗议者,表示为失去的国家服丧。这些激烈的政治反抗活动最终导致他们一家被囚禁在华沙一座城堡的阁楼里,康拉德曾经这样写道:

> 这个城堡的庭院——是我们国家很典型的地方。我对童年的记忆就是从这儿开始的。①

正是由于康拉德父亲不断参与反政府的革命活动,最终他被逮捕并被判有煽动罪,被流放到俄罗斯以恶劣天气著称的沃洛格达地区,这个地区距离莫斯科十分遥远,可想而知,他们全家的生活苦不堪言,甚至他们居住的房屋都是四面透风、斯巴达式的木屋,在寒冷的天气下完全无法保护住在里面的人。在沃洛格达的时光枯燥漫长,波兰人一次又一次的叛乱被俄国统治者无情地武力镇压,这让流亡者们沮丧又悲观。小小年纪的康拉德曾经寄了一张自己的照片给奶奶,此时的他心情十分复杂,他展现出了一种同情却又反抗的姿态。他这样写道:"我们被绝望惊呆了……我亲爱的奶奶,帮我寄蛋糕给我在监狱里可怜的爸爸。"署名为"孙

---

① Najder Zdzislaw, *Joseph Conrad: A Life*, Camden House, 2007, pp. 17–19.

子，波尔，天主教徒，贵族，1863 年 7 月 6 日，康拉德"①。同年，政府当局终于采取了较为仁慈的行动，阿波罗被改判随后被送往乌克兰的切尔尼科夫。这里虽然生活待遇好了一些，环境也相对舒适一些，但是爱娃的身体因为流放的艰苦环境受到极大的折磨和创伤，在 1865 年终因肺结核去世。此时康拉德仅仅八岁，一个如此年幼的孩子目睹了亲人的死亡和激烈的政治斗争，他深受打击。母亲的存在对康拉德来说至关重要，后来他回忆母亲在他的记忆里："比单纯的爱、宽容、沉默、保护的存在更清晰"②。母亲的早逝、母爱的缺失对康拉德成年后的女性观影响甚大，可以说，他对女性疏离、冷淡的态度以及对爱情的偏见理解此时开始萌芽。这直接导致康拉德一生中与女性的接触少之又少，他对女性的理解也失之偏颇，对爱情和婚姻关系的态度不太热衷，十分消极。康拉德的母亲去世后，阿波罗敏锐地注意到这些悲痛的经历给儿子带来了或多或少的情感危机和心理障碍，他曾在信中写道："可怜的孩子……他不知道什么是同年龄的玩伴，他望着我衰老的愁容，谁知道这情景会不会使他年轻的心起皱，使他苏醒的灵魂斑白。"③ 与此同时，童年颠沛流离的生活状态和艰难困苦的生活环境对康拉德的健康也造成了巨大的影响。母亲爱娃去世后，他的健康就开始不断出现各种问题，此时出现的偏头疼和肺炎发作持续影响了他整个一生。长时期的病痛折磨也是造成他一生郁郁寡欢、悲观消极性格的重要原因之一。

康拉德的父亲可以说是康拉德文学之路最初的带路人。他不仅热衷于政治活动，同时也爱好文学创作。阿波罗具有良好的文学基础，并极富浪漫精神，他创作了大量的戏剧以及社会讽刺类型的文学作品。除此之外，康拉德还阅读了数量庞大的各国文学名

---

① Chris Fletcher, *Joseph Conrad*, Shanghai Foreign Language Edition Press, 2009, p. 4.
② Chris Fletcher, *Joseph Conrad*, Shanghai Foreign Language Edition Press, 2009, p. 4.
③ Chris Fletcher, *Joseph Conrad*, Shanghai Foreign Language Edition Press, 2009, p. 5.

著，这些积累为他以后的文学创作打下了坚实的基础，并由此开启了他未来成为海员和作家的双重命运。在这些文学作品中，波兰文学对他影响极大，阿波罗指导他阅读了大量的波兰浪漫主义诗歌，康拉德每天都沉浸在这些阅读材料中无法自拔。后来他曾经这样说：

> 我作品中的波兰身份来自密茨凯维奇和斯沃瓦茨基。我父亲经常大声地读密茨凯维奇的《塔德乌什·潘》给我，让我念出来……我以前喜欢密茨凯维奇……后来我更喜欢斯沃瓦茨基。你知道为什么是斯沃瓦茨基？……他是所有波兰的灵魂。①

在康拉德的童年时期，另一个家人也在他的生命中占有重要地位。除了亲生父亲阿波罗以外，舅舅塔德乌什·波博罗斯基被康拉德视为"另一个父亲"。可以说，塔德乌什·波博罗斯基是康拉德最重要的精神支柱。在母亲爱娃去世四年后，他的父亲就紧随其后也因肺结核病去世了，短时间内失去双亲对年幼的康拉德来说是一个致命的打击，他变成了一个被众人形容为"被悲伤掏空的孩子"。这段时间巨大的悲伤和痛苦带给他极大的不安全感，他性格中的种种不确定性和怀疑精神大概从此时起就深深植入了他的思想和灵魂。他时常处于极度痛苦、极度担忧的心理状态，严重影响了他对世界的认识和健康人格的塑造。他的舅舅则在此时给予脆弱的康拉德极大的温暖和安慰，在康拉德人生每一个阶段，塔德乌什·波博罗斯基都耐心地给予关怀和忠告，随时帮助康拉德解决心理、学业乃至工作上的问题。舅舅的性格与康拉德的父亲截然不同，阿波罗热情浪漫，过于理想化，做任何事都容易脱离实际，而他的舅舅则保守务实，做事谨慎中立，他敏锐地注意

---

① Najder Zdzislaw, *Joseph Conrad: A Life*, Camden House, 2007, p. 27.

到康拉德不稳定的心理状况，并警告说，他应该避免"让位于与你年龄不相称的感觉和想法"①。同时他也关注着康拉德的身体健康状况，康拉德的神经常常处于过于紧张的状态，这导致他时常出现严重头痛的症状，这种病不断发作，从童年时期一直持续到晚年。

　　康拉德孤独冷漠的性格也是我们考察的一个视角。康拉德在童年时期就开始显现出冷淡独立的性格特征，他的学业情况也不太理想，对学习本身兴趣很小，但是比较擅长地理学科；他不喜欢所有的限制，不喜欢古板的循规蹈矩，在家里，在学校，在客厅，他会毫不客气地随便爬②。他的脸上时常带着讥讽的微笑，喜欢对很多事物评头论足，显得有点傲慢。康拉德不擅长与人交往，他更多的是从文学中寻求友谊和冒险，这个世界显然是可以帮他逃避现实的。他仅有的几个小玩伴曾经这样回忆和他相处的时光，有一个小女孩记得"有个小暴君导演自己的爱国戏剧"，还有一个小男孩回忆这个"奇怪的男孩"："告诉我们——他的玩伴们——最不寻常的故事。它们总是与海洋、船只和遥远的国家有关……它们古怪而奇妙，几乎令人难以置信，但从他讲故事的方式来看，这些事情在我们看来就像是真实发生过的事情。编故事的能力——那些仿佛就在你眼前的故事——在他身上诞生了。"③ 显然，康拉德的文学天赋从小就有所表现，而舅舅与父亲的性格差异以及教育方式的不同则培养了他成人后自相矛盾并且具有冲突意识的性格。瓦茨也曾经这样说："康拉德的性格似乎受到他父亲和舅舅的双重影响"④。

　　除了舅舅和父亲，还有一个人在他童年的成长过程中扮演了非

---

① Chris Fletcher, *Joseph Conrad*, Shanghai Foreign Language Edition Press, 2009, p. 8.
② Najder Zdzislaw, *Joseph Conrad: A Life*, Camden House, 2007, pp. 43–44.
③ Chris Fletcher, *Joseph Conrad*, Shanghai Foreign Language Edition Press, 2009, p. 6.
④ Cedric Watts, Preface Books, *A Preface to Conrad*, Peking University Press, 2005, p. 1.

常重要的角色。因为康拉德没有接受过系统的教育，无法进入正规学校学习，只能依靠家庭教师来完成教育阶段。他的家庭教师名为铂尔曼，是一个23岁的医科学生。无论在生活上还是学习上，他都给予了康拉德极大的关怀和帮助，以至于康拉德成长后在很长一段时间内依然与他保持颇为密切的联系。难能可贵的是，除了关注康拉德的学习情况和心理状况，他还洞察了康拉德潜在的文学天分，并给予他充分的鼓励。他说："尽管你的头可能会痛，但是你要挺住""我希望我的学生不会让我失望，并最终成长为光芒耀眼的人"①。当然，康拉德之后能成为一名伟大的作家，他的众多天赋在儿童时期就可以预见，他的母亲爱娃曾经说："康拉德是个好孩子，上帝让他赢得人们的心，真是令人惊讶。"他的祖母也表示同意，她说："没有一支笔能把这个孩子身上所有的善良表现出来……我毫不怀疑我们亲爱的康拉德会成长为一个有着伟大心灵的人。"② 1871年，康拉德年仅13岁，他受到旅行文学的影响，同时也为了躲避政治问题的困扰，他向众人宣布了他想成为一名水手并奔赴海洋的打算。他后来解释说，他读了利奥波德·麦克林托克关于他在福克斯探险队寻找爵士约翰·富兰克林丢失船舶的书，也读了英国上尉弗雷德里克的书③，这些书引发了他对航海事业的兴趣。1873年的夏天，康拉德和铂尔曼去欧洲旅行，在这里，他遇到一位热情洋溢的英国游客，他那种无所畏惧的精神和热情的姿态使康拉德对自己的未来和人生有所顿悟，随后他陷入深深的思考，更加坚定了他想去大海闯荡的念头。

当然，我们看到，其儿童时期动荡不安的社会环境和政治背景是影响康拉德人生观和世界观形成的重要因素之一。他的父母皆死于政治迫害，他的童年时刻处于动荡变幻的政治分裂环境当中，

---

① Chris Fletcher, *Joseph Conrad*, Shanghai Foreign Language Edition Press, 2009, p. 10.
② Chris Fletcher, *Joseph Conrad*, Shanghai Foreign Language Edition Pres, 2009, p. 3.
③ Najder Zdzislaw, *Joseph Conrad: A Life*, Camden House, 2007, pp. 41-42.

康拉德此后坚守一生的对政治的中立立场很大一部分原因源自于其对政治环境的厌恶和躲避的态度。他一方面谴责政府强制打压反对者的反抗行动，一方面也不鼓励无政府主义者的激烈武力抵抗。康拉德作为一个战争的亲历者，亲眼见到了战争和动乱对社会造成的彻底破坏，也看到了战争中无辜人民遭受到的巨大的痛苦和伤害，国家完整和社会稳定的局面是他最渴望却又得不到的东西。他们的家庭长期陷入国家的骚乱当中，再加上波兰拥有四种语言，有四大宗教和众多属于不同阶层的社会阶级，这些综合因素对康拉德的成长和心理建设十分不利，以至于后来他在小说中创造了一系列人格分裂、心理异化、信仰动摇的小说人物，这种影响的消极作用由此可见一斑。

1874 年，康拉德离开波兰。他难以忍受俄罗斯驻军所带来沉重的压抑气氛，终于做出了这样一个很艰难的决定。至此，17 岁的康拉德终于依照他自己的想法，带着在英国船舶上成为一名官员的目的前往法国马赛当水手。当他此后回忆起这个决定时，他的态度十分暧昧与复杂：

> 在一个没有任何解释的世界里，在评价人们的行为时，应该考虑那些无法解释的部分。[①]。

1877 年 8 月 9 日，康拉德收到一封舅舅的来信。这封信关系到两个康拉德人生中重要的决定：康拉德入籍外国的可能性和加入英国商船的计划。

> 你说英语吗……我从来没有希望你归化法国……主要因为义务兵役制……但是我希望你加入瑞士……。

[①] Chris Fletcher, *Joseph Conrad*, Shanghai Foreign Language Edition Press, 2009, p. 10.

……或者重要的南部共和国之一。①

最终，他的舅舅坚持认为康拉德的健康是至关重要的，新鲜的空气和体力劳动可能会使他更加强壮和快乐。此外，他再次强调了责任感和自律的重要性。已经度过青春期的康拉德应该具有能养活自己的能力，明确的责任和严格要求的工作会帮助他尽早融入社会，更重要的是在这个过程中他能学习贸易和经商，作为一个水手兼商人，能把他自己的航海技能和商业活动更好地结合在一起②。至此，康拉德正式开启了长达20多年的航海生涯。

综上，我们发现，康拉德的童年生活是充满变化、痛苦和挫折的，他在故乡所经历的身体和灵魂上的双重磨难使他对世界充满了怀疑和悲观情绪。年少的康拉德对世界充满了怨恨，也充满了不理解和迷惑，母爱的过早丧失使他对女性的态度变得冷漠无情、排斥疏远，他的性格慢慢变得多愁善感、敏感多疑、复杂多变。幸运的是，父亲和舅舅对他无穷的爱和关怀拯救了这个处于寂寞崩溃边缘，饱受心理和身体双重折磨的孩子，就像他写的小说《阴影线》一样，最终来自家人温暖的关怀和坚韧的性格使他成功地越过青春的"阴影线"，从而战胜了内心的心魔，成长为一个勇敢、有担当、有责任心的青年。可以说，在这个时期，"他已经吸收了足够的故土的历史、文化和文学才能最终形成独特的世界观，使他为英国文学做出贡献"③。

二　水手康拉德

考察康拉德独特的复意人生，其复合的水手经历是其中一个重

---

① Najder Zdzislaw, *Joseph Conrad*: *A Life*, Camden House, 2007, pp. 57 - 58.
② Quoted to: Najder Zdzislaw, *Joseph Conrad*: *A Life*, Camden House, 2007, pp. 44 - 46.
③ Stewart J. I. M., *Joseph Conrad*, Longman, 1968, pp. 1 - 5.

要视角。康拉德被批评家和读者们誉为"海洋小说大师""海洋作家""丛林小说家",无疑得益于他二十多年宝贵的航海经验。大多数康拉德的故事,以及小说中的许多人物,往往源自于他航海事业中所遇到的真实的人和事,很少有作家能有如此丰富的人生经验和冒险经历。康拉德二十多年的航海生活中每天接触最多的就是各式各样的水手,他曾目睹了水手们如何与风浪搏击,与大自然搏斗,这种勇敢坚强的精神唤起了他性格中不屈乐观的一面。多年的水手生涯带给他快乐、热情、挑战和希望,他曾经亲身游历过很多国家和地区,如欧洲、非洲、美洲、中东、南太平洋以及澳洲等地。在长期来往于南太平洋的漫长航程中,他熟悉了水手、商人、王公贵族、冒险家、旅行家等,见识到了荷兰人、法国人、中国人、印度人、马来人、非洲土著以及风格迥异的社会和文化,他的脑海中不断产生对世界新的认知。当水手的这段经历磨炼了他坚韧不屈的意志,激发了他的创作热情,特别是他在马来群岛和刚果的经历为他日后的创作提供了丰富切实的素材,这一切都成就了他未来创作题材的多样性和丰富性。康拉德在航行的过程中接触到形形色色的人,他对人与人之间的关系、人与集体的关系、人与社会的关系、人与自然的关系,人性的复杂多变以及世界的丰富多样性都有了客观和直接的认识,对人在世界的存在以及人生存的价值等都有了自己独特的理解。与此同时,他对英雄与理想、崇高与责任以及忠诚与背叛等方面的对弈关系进行了深入的思考和理性的分析,这些复杂的层层面面都被他杂糅在一起放置到以后的文学创作中,共同演化出了小说多重的复意特性。

  康拉德本人虽然不善言辞,但是却很喜欢探寻外在的世界。在这个对他打开了新大门、可以认识新世界的船只上,林林总总的路人总是喜欢向他讲述自己的经历,再加上身旁每天发生的奇闻逸事,给他未来小说创作的故事情节增添了不少生动的素材。他的初期航海生活,十分具有浪漫色彩和传奇色彩,作为一名想象力丰富又具有冒险精神的年轻人,他对一切都充满了兴趣。生活阅历的丰富也增加了生活的快乐和内心的喜悦,沿岸美不胜收的风景,各地颇具特色的风俗都让他的精神生活十分充裕。他甚至还曾在中美洲的一次航行时跟海关官员一起做起了走私枪支军火的生意,这次经历后来被他当作了《诺斯托罗莫》的故事背景。1880 年,他有过一次去曼谷的航行经历,这是康拉德的第一次东方航行,意义重大。他操纵一艘名为"巴勒斯坦"的破船,缓慢航行在大西洋上,途中遭遇大风,包括康拉德在内的 13 名船员拒绝继续他们的航程,在法尔茅斯待了好几个月来修复船只,可惜最终因为煤炭自燃船只被焚毁,显然,这个故事他原封不动照搬给了《青春》这部小说。《吉姆爷》原本也是发生在 1880 年的真实故事,故事原型是被当时媒体热议的"嘉德号"上一名海员弃船逃命的真实社会丑闻。除此之外,他故事中很多角色的名字也源自于他接触过的真实人物,如饱受关注的《水仙号上的"黑水手"》中黑人惠特的名字就取自 1883 年他在"水仙花号"任二副时的一个真实人名,故事里一段关于好望角附近暴风雨的生动描述也源自他航行中的亲身体验。对他来说,把自己的亲身经历搬进他的作品,这的确是一件妙不可言的事情。他当了作家以后虽然不再出海工作,但是每天用文字来回忆之前乘风破浪的生活,这的确可以称得上是康拉德一种心灵上的快乐。

  显然,可以看出,康拉德是一个富有青春激情和生活兴趣的年轻人,可是就像康拉德在《青春》和《阴影线》所描述的那样,青春不是一帆风顺的,而是由众多烦恼和矛盾构建的。没有约束和管教的生活给年轻人康拉德带来的不只是自由浪漫的生活,冒险精神带给他的也不只是勇敢无畏。在康拉德的生命中,有一个非常重大的事件发生于 1879 年初,当时的康拉德只有 21 岁,却举枪对着自己的心脏部位开了一枪,所幸子弹并没有打中要害。我们无从得知具体原因,因为康拉德事后被问及原因时总是回避这个问题，顾左右而言他，但是我们可以想象，这一时期孤寂和悲凉是他生活的主旋律，人生的一切欢乐都被抑郁、压抑的情绪所打败，人被世界吞噬后的冰冷和凄凉只有伤心欲绝的人可以体会。可以说，康拉德通过自己的亲身经历和人生体验感受到了人生的复杂和残酷，对他来说，生活就像一个熔炉，其中滋味，五味杂陈。这种直观感受被他代入了小说，最终形成了他思想上至高的虚无主义和悲观主义。

不可否认，康拉德虽然性格寡淡，但无疑是个极富智慧和天赋的水手。他的语言天赋惊人，在航行的过程中，他很快就可以熟练地使用第二外语法语，还学会了一部分拉丁语、德语和希腊语，掌握了扎实的航海技术和一些地理、物理学知识。他在各种船舶上任职，当过船员，大副，并通过自己的努力最终成为一船之长。在航行的过程中，康拉德始终怀揣着崇高的理想和浪漫的情怀，对海洋有着强烈的归属感，他始终认为自己是属于船的，是属于航海事业的。他曾经回忆起自己在海上遇到的第一次风暴，他说道：

> 我们，或者，相反，他们，当我生命中直到那时瞥见那海水——使她起起伏伏一整天，当我第一次带着少年时代的好奇心听到在船的操纵下的风之歌。千篇一律的和产生共鸣的音符注定要成长为心灵的亲密，逐渐浸入血液和骨骼。伴随整整几十年的思想和行为，仍然像一声责备似的留在安静火炉边的安宁中，在竹筏竹瓦的屋顶下，安全地进入那些令人尊敬的梦境里。[1]

康拉德的航海过程带给他很多初次体验的新鲜感，他的航行充满了冒险，充满了孤独，也充满了对一切未知的兴趣。他曾经在多

---

[1] Chris Fletcher, *Joseph Conrad*, Shanghai Foreign Language Edition Press, 2009, p. 13.

年后回忆起第一次沿着泰晤士河航行的情景。泰晤士河沿途的风景冲击着康拉德的思想,对他的一生都产生了巨大的影响。他这样写道:

> 它让人回想起一个丛林,因为沿着海岸排列的建筑外观令人迷惑、多样、难以穿透,没有计划没有目的的安排,而是像偶然出现的散落的种子一样。它们就像缠绕在一起的灌木和藤蔓植物,遮蔽着一片未开发的荒野的寂静深处,隐藏着伦敦那无穷无尽、生机勃勃而沸腾的生命深处……这是水边的水边。①

显然,在康拉德的第一印象中,泰晤士河虽然是一条河,却如同海洋一般藏匿着原始与文明、黑暗与光明、陆地与海洋的对立与博弈,这种对立感和矛盾感在他的作品中时常会被发现。

1890年,康拉德开启了其航海生涯中一段非常重要的旅程。在这一年,他跟比利时的贸易公司签署了一个长达三年的聘任合同,其中包括去刚果服务。正是这份工作让他经历了去非洲的旅程。康拉德把自己在非洲的经历写进了《刚果日记》,日记有两册,详细记录了康拉德在非洲的所见所闻所感。这次刚果之行,他不停地记录下欧洲殖民者的暴行,他们无情地奴役、折磨、枪杀无辜的非洲土著,丧心病狂的行为随处可见,甚至只要听见枪声就会发现黑人的尸体,场景无比凄惨。这次航行的经历被很多传记作家和批评家认为是他的代表作《黑暗的心》的写作灵感之所在。这些事实也成为他以后为批判殖民主义的罪恶而摇旗呐喊的证据。在《黑暗的心》中,马洛的异域冒险故事,贪婪无人性的殖民者,黑暗原始的丛林,适者生存的丛林法则全都是康拉德

---

① Chris Fletcher, *Joseph Conrad*, Shanghai Foreign Language Edition Press, 2009, p. 24.

刚果之行的亲身经历。他在生命的最后一年时，曾经再次回忆起这次难忘的非洲之旅，他终于实现了自己儿时的诺言，却带有一种不可名状的悲怆：

> 一种巨大的忧思袭上我的心头。是的，就是这里。但是在这茫茫荒野的夜晚，却没有影子一样陪伴在我身边的朋友，没有挥之不去的记忆，只有……对曾经玷污人类良知和地理探索的最卑劣的掠夺行为的厌恶认识。这真是一个对一个男孩的白日梦般理想化现实的终结啊！①

显然，这些经历如噩梦般可怕，他的情绪是极度悲观痛苦的。就这样，人类的愚昧、冲动和贪婪使康拉德心中青春的幻想和美好的理想幻灭，生命是那么的脆弱、可悲，他的心中渐渐只剩下浓重的黑暗。刚果之旅结束后，他回到伦敦定居，这时康拉德整个身心都受到重创，精神高度紧张，头脑和思想在混乱中濒临崩溃，身体也和心灵一样变得破碎不堪，他接连生了几场重病。批评家常说康拉德善于描绘人类在冷漠无情世界的精神考验，他对人物的道德冲突，心理状态，对人类天性中的阴暗面感兴趣，殊不知这都是世界的现实，是众多真实的存在在他心灵中的折射。当然，多年的航海经验孕育了他高尚的职业道德感，对于水手这一职业他满怀深深的尊敬和崇拜，对生命的忠诚和责任是他根深蒂固的优良品质，这种品质也成为他众多小说的核心理念。特别是多部作品中都出现的，被称为"康拉德代言人"的叙事者马洛，就被证实为具有这种崇高的道德品质和职业操守。

从非洲回来后，他并没有完全停下脚步，依然坚持了几年的航海生活，他开始爱上驾驶快速帆船"佗伦斯号"。由此也可以看

---

① Chris Fletcher, *Joseph Conrad*, Shanghai Foreign Language Edition Pres, 2009, p. 50.

出，不管受尽多少折磨，经历多少崎岖坎坷，他的意志力始终是经得起考验的，悲观忧郁的表象下始终深藏了一颗积极坚韧的心。这一点可以说，在康拉德未来小说创作中的人物形象塑造方面被体现得淋漓尽致。1894 年，他正式决定放弃航海事业，此时他已经开始全身心投入小说创作当中，准备把未来的日子都倾注到写作生涯中去。除此之外，他的身体也已经不堪重负，无法再承受剧烈运动和长途奔波。

综合以上方面，我们可以看到，年轻的水手康拉德性格敏感、保守且自负，几十年的水手生涯带给他快乐、激情、挑战和希望，同时却也让他亲身感受到世界的孤独、绝望和凄凉。尝尽生活的百般滋味让他的性格变得敏感又多疑，脆弱又忧郁，这对他未来的小说创作产生了极大的影响。与此同时，他常年的航海经验以及在波澜大海与广袤陆地的见闻阅历提高了小说题材与内容的丰富性与多样性，故事情节的生动有趣都来自他全球的航海冒险经历。他在船这个小社会中准确把握了人性的百变、人生的多重选择、人与人之间的复杂关系等问题，并进行了深刻的思索。他认识到事物的多重性特征，并把对忠诚与背叛、崇高与罪恶、勇敢与懦弱等对立面的理解和体会代入了小说，融进了小说的深刻内涵中，终于成就了一部部伟大的著作。

三 小说家康拉德

显然，别人是弃笔从戎，康拉德却走了相反的路。1889 年，康拉德回到伦敦，租住在皮姆利科的贝斯博乐花园，在这个小小的寓所，他正式开启了另一种意义上的航行。他放弃了一生挚爱的航海事业，转身专注于写作。作为文学家的康拉德显然比水手时期的康拉德更加成熟，他对人生和世界的感悟也更加深刻。

对康拉德来说，1894 年是具有特殊意义的一年，令他终生难忘。这一年他的第一部小说《阿尔迈耶的愚蠢》出版，同时他遇到了自己的终生挚友爱德华·加内特和终身伴侣杰西·乔治。加内特跟康拉德关系十分亲密，他给予康拉德很多小说创作方面的建议和意见，他对文学作品的鉴赏力帮助康拉德接触到更多优秀的作品。阅读了康拉德的小说以后，加内特及时给予他自己的评论和观点，并鼓励康拉德坚持自己的写作道路。康拉德比杰西大16岁，杰西出身贫寒，只是一个普通打字员，他们的感情虽然一直持续，但是却并不那么稳定。加内特曾对他们的感情表示反对，认为他们之间的教育背景存在着明显的差距，可是他和杰西最终还是选择在1896年结婚了。此后康拉德的日子始终消耗在写作上，直到去世。

虽然康拉德文学生涯起步较晚，但是作品颇为丰富。在他开启写作的头二十年，他的小说出版后获得的评论呈现一片压倒性的赞扬，但是奇怪的是，他的作品往往叫好不叫座，售出率不高，所以直接导致他面临多年的经济拮据和财政困难，只能依靠预付稿酬和国家津贴为生。再加上他还要忍受着疾病的侵袭，从儿时起就如影随形的神经性头痛和风湿等疾病把他折磨得痛不欲生，因此他的写作过程是十分艰难的，经济问题和疾病像磐石一样压得他喘不过气，好在最终他克服了这些困难，凭借着自己超凡的毅力坚持了下去。他曾坦率地承认，在写作的过程中，有时候一个故事写不完，就不得不搁置起来，马上开始下一部作品的创作。他已经习惯于把一部长篇小说写了一半搁置一边，迫不及待开始另一部作品，所以小说故事的发展常常不受控制。有时他最初打算写的短篇小说也不由得变成长篇小说，这让当时的出版商一直处于提心吊胆的状态中。他的写作过程较为随意，没有比较完善的写作计划，在故事情节酝酿的过程中，他可能还在预测故事的结局和结论。也正是因为这样，很多故事情节没有提前安排和设计，才产生了很多片段化的故事，零碎地碰撞在一起，造就了故事的不可预测性与复意性。此外，康拉德的小说中常常出现叙述视角不停转换的现象，这使得故事的可靠性大打折扣，使故事的内涵变得极为含混和不稳定。

当然，富有想象是一个小说家必备的素质之一，而想象本身就是自我矛盾的。就像斯戴普所说的：

> 康拉德的目标是关于想象的天生自相矛盾的作用。一方面，它是超出实际或可感知界限的观念不可或缺的来源；另一方面，它也是能够或者说从根本上造成纯粹幻想的机制。①

康拉德绝大部分的作品都来源于个人的真实体验和人生经历，但是也有部分作品源自康拉德的想象力和阅读经验，比如他耗费了大量时间和精力创作的作品《诺斯托罗莫》。小说中虚构的城市、残酷的政治斗争和军事叛乱、传奇人物的人性转变、人物之间的钩心斗角以及理想与现实的纠缠等都显然比其他作品更为烦琐、复杂一些，众多的矛盾对立也更加凸显。康拉德就是这样带着自幼就产生的理想主义的想象和浪漫主义的憧憬走向文学之路的，生活也给予他多重又沉重的打击和折磨，因此，对生活巧妙敏锐的批评也成为康拉德最佳写作才能的表现。如前所述，康拉德起步较晚，但是

> 起步较晚这个事实与背景和零散的经历密不可分，但是，起步较晚非常重要……经验真的存在于过去。写作生涯的辛劳在于挖掘这种经验，在于"寻找"合适的主题以供思考。②

---

① [英] J. H. 斯戴普：《论〈吉姆爷〉》，刘艳译，载宁一中编选《康拉德研究文集》，译林出版社2014年版，第144页。
② [英] V. S. 奈保尔：《康拉德的黑暗我的黑暗》，张敏译，南海出版公司2015年版，第209—210页。

他写作时已经度过了人生的青年阶段，再加上20余年的航海生涯，等他放弃一切准备投身写作时已经将近四十岁了。人到中年，已经积淀下不少人生经验和生活感触，性格也已经稳定成形，这一时期康拉德对人生、对生活都处于成熟的反思阶段，因此他对世界和未来命运的思考才如此深刻，对人性的把握才如此精准。

我们清晰地看到，康拉德之所以会成为一个久负盛誉的伟大作家，之所以成为一个以独特复意性和矛盾性著称的小说家，这与康拉德高超的小说技巧是分不开的。康拉德擅长宏大的作品建构，具有高超的小说技巧和语言组织能力，他的思想体系含混多元，他把对人生和世界的理解与认知嵌入文本中，通过模糊隐晦的词义以及复杂多重的叙事结构使读者接收他赋予作品的深层内涵，表层文本意义与深层内涵意义结合在一起，让文本整体意义变得含混模糊。在小说文本中，文本的整体复意体现在很多层面：叙述者模棱两可、含混不清的语言表达、人物内心的强烈冲突、紧张的叙事气氛、双重情节的对立含混、多元的文化冲突、作者思想的深度怀疑和摇摆不定的态度、丰富的叙事手法，等等，让整个文本横看成岭侧成峰。重重叠叠的复意让文学创作产生异乎寻常的强大力量，给人以强烈的心灵冲击和美的感受，从而让文学作品产生更大的艺术价值，富含勃勃生机。

在叙事风格方面，康拉德作品与传统文学有极大的不同。他的情节设置十分讲究，每一个故事的开头、中间和结尾，每一个词语和句法的使用，每一个情节的勾画都是康拉德悉心营造出来的，每一个视角的转变，每一个叙事人物的塑造都代表着他的小说叙事成就。他擅长：

> 用荒诞的情节来取代故事的逻辑性，用虚化的、富有象征性的空间、场景和人物来取代典型环境中的典型性格，用时序跳跃、交错的心理时间来取代失序递进的物理时间，用隐晦、

暗示性的语言来取代语言的鲜明性。①

康拉德最具代表性的革新就是他创造出来的具有庞大、复杂且复意的小说叙事结构。他对传统的叛离和革新主要体现在叙事视角、叙事结构以及叙事者和作者的关系上面。

在叙事视角上，按照传统小说叙事理论，每一个故事的叙述都应该有一个主要的叙述者，传统小说一般采用第三人称视角，作者置身于文本外，不参与故事的进展，这样的叙事方式有利有弊。好处是十分方便作者想象和创作，可以随时调整作品的细节，而弊端则是单一、不真实感、缺乏联系性、和读者有较大的距离感。而康拉德小说采用的多视角叙事，多个叙事角度同时参与文本，就把文本结构划分成多个层次，更有利于展现事物的复杂和变化，能在错综复杂的框架下架构更含混的情节，文本的阅读体验更强。叙述者的视角若比较全面，作者在小说创作的过程中就会不受视角的限制，更容易把人物的内心挣扎和整个故事的脉络向读者娓娓道来。此外，在故事情节发展的过程中，叙述者看问题的角度随时转换，也会让读者根据视角的不断变化情绪跌宕起伏，思维和情绪随时处于紧张状态，更容易让复意出现。

在叙事结构上，康拉德使用了较为复杂的叙事手段——这是康拉德在叙事结构上的一个重要特点。多个层次的架构让视角转换速度加快，多重叙事角度可以让作品整体的冲突性和复意性增强。康拉德小说的核心就在于他要给读者展现出不同的话语声音，表达对不同层面冲突的理解。这些冲突往往集中在复意最强烈的几个层面，如人与自然的对抗，人与人之间的矛盾，人与世界之间的疏离等，这些冲突都具有极大的诱惑力和戏剧性，会让读者跟

---

① 朱维之、赵澧、崔宝衡、王立新主编：《外国文学史》，南开大学出版社2010年版，第430页。

着叙述者的视角不断往下走。我们看到,在康拉德的小说中,主要叙事者马洛采用了两种叙事方法:一是采用直线向前的不停止模式,紧跟他的航行路线出发,一直在找寻和跟随。比如:马洛一直在黑暗的丛林中追寻库尔兹,我们也紧紧跟随着他的视线转换不同地点来寻找库尔兹的踪影。"库尔兹总是一个人到处跑,跑到遥远的密林深处去。"① 而另一种叙事框架则是由一个个插曲和事件组成的,零碎又复杂,我们也可以称为"母题形成",它包括两个方面,一方面是文本结构或者叙述的组成,另一方面指的是心理的或者社会的内在结构,关系到一些因果关系。② 那么这种框架适合采用圆形的结构,像铁环一样循环滚动,故事头尾相接,互相辉映,从一个情节转向到另一个情节,毫无规律和顺序可言。这种圆形框架结构和传统小说有很大区别,因为"传统的叙述体或故事,是在时间中发生的"③,是按照时间顺序发展的,而《黑暗的心》这部小说就明显采用了这种循环叙事模式,情节的转换是具有反复性和跳跃性的:

  沿河而上的航程简直有点儿像重新回到了最古老的原始世界……一段段漫长的水道不断向前延伸,尽头没入远方阴森的黑暗之中。④

  康拉德在叙事结构上另一个特点是时间与空间的复意错置。故

---

  ① [英]约瑟夫·康拉德:《黑暗的心 吉姆爷》,黄雨石、熊蕾译,人民文学出版社2011年版,第77页。
  ② 参见[美]勒内·韦勒克、奥斯丁·沃伦《文学理论》,刘象愚等译,浙江人民出版社2017年版,第210—212页。
  ③ [美]勒内·韦勒克、奥斯丁·沃伦:《文学理论》,刘象愚等译,浙江人民出版社2017年版,第209页。
  ④ [英]约瑟夫·康拉德:《黑暗的心 吉姆爷》,黄雨石、熊蕾译,人民文学出版社2011年版,第46页。

事的叙事顺序有时候先说结局，再从头说起，时间倒序进行，但是谁也无法知道什么时候又会突然跳跃回来，毫无逻辑顺序可言，逻辑式后退打破了时间和空间的限制，跳出时空制约来看待历史的每一个瞬间。社会向前直线发展，生活现实就是由众多无序的碎片和片段组成的，无序和混乱就是大千世界综合复意的体现。而"零碎"则无疑代表了康拉德叙事艺术的成就，看起来零碎无序的话语，却表达了他对有序世界的反抗和怀疑；看起来支离破碎的片段，则代表了复杂、含混、不确定的人生与世界；看起来不断浮现的真相，却隐藏在一次次的谎言之中，意喻万事皆有无数的可能；看起来模糊不清的故事情节，但却可能是作者的有意为之，因此，我们要客观辩证看待每一件事物。

康拉德擅长使用语言，他运用高超的语言艺术带给读者模糊而不确定的阅读体验。我们意识到，符号具有不可靠性，它的意义可能是多重的。有文学理论家这样认为：

> 文本的意义就是读者的体验（包括犹豫不定、揣摩猜测和自我修正等体验）。如果一部文学作品是根据读者理解的一连串行为构思的，那么对这部作品的解读就可以是关于这种理解和行为相碰撞的故事，充满各种起伏；利用各种程式或期待，设想出各种联系，各种期待或得到推翻，或得到验证。要解读一部作品就等于讲述一个关于阅读的故事。但是一个人能够讲出的关于一部给定作品的故事是由理论家所谓的读者的"期待视野"决定的。对一部作品的解读就是对这种期待视野所提问题的回答。[①]

能够影响读者期待的因素有很多，不同时代的读者在解读同一部

---

① [美]乔纳森·卡勒：《文学理论入门》，李平译，译林出版社2019年版，第66页。

作品时所具有的期待是不一样的。不同历史时期、不同性别的读者，都会改变我们对文本的理解和解读。

作为一名成功的小说家，康拉德出色的写作技巧和讲故事的能力让人佩服，因为创作手法的多样性对阅读作品提出很多复杂的条件和要求，而康拉德用多种写作技巧如故事套故事的多重框架结构、故事叙述视角的不停更换等故意将读者置于不安和摇摆的境地。读者在阅读的过程中就始终处于相对主义的困惑当中，丧失了稳定的解读基础，文本变得不可靠，不确定性增强。康拉德的智慧就在于他给读者营造了如此复杂、烦琐的叙事框架，构建了虚假却又真实的故事叙述，赋予读者一次体会复杂人生的曼妙体验。时代在不断变迁，文明在不断进步，作者要刻画生活的矛盾冲突和残酷的社会现实就必须建立在更为浩瀚的叙事结构上，这样才能体现出人生、世界的杂乱纷繁。除此之外，很多批评家认为康拉德的小说以晦涩难懂著称，读起来甚是费力。这种效果的产生往往是由于他特别注重小说的外在表现形式，创造使用了很多全新的小说技巧，如多重叙事者、碎片化叙事、不可靠叙事者等，他在小说叙事创新方面的努力获得了众多赞誉和认可。作为语言大师，他又善于使用模棱两可的语言表达来增强故事的模糊和复意，故事的结局总是欲说还休，从不提供如何解决文本众多矛盾的方法，也不作任何明确的解释和声明。很多小说甚至没有结尾，欲言又止，这无疑从另一个方面增加了文本整体的朦胧性和复意性，读者需要花费大量的时间来猜测和臆想作者的意图。想象的空间成为矛盾丛生的基地，康拉德创造了矛盾并将其夸大化处理，通过文本反映了矛盾，最终却并未解决矛盾。除此之外，故事的结尾也常常引导读者怀疑用单一理论分析的方法是否恰当，鼓励读者们在掌握了不确定和不可靠证据时做出开放性的选择和判断，这就更使读者陷入一种深层矛盾并模糊的思想意识当中。

在叙事者和作者的关系上，不得不提及多部作品都曾出现过的叙事者马洛。马洛在康拉德小说中，无论是作为小说人物还是叙述者都占有极其重要的地位。许多评论家坚信马洛就是康拉德本人，是他思想意识的代言人。小说的作者参与故事情节可以采用很多方法，他可以站在小说文本外部，谁也无法猜测出他真实的思想，他也可以借助全知全能的视角站在高处俯瞰小说的任何一处细节，甚至可以直接窥探人物的潜意识。虽然康拉德总是试图跳出作品外，但是我们总能从他的小说世界中发现些许思想意识的残留。因为康拉德的思维与马洛是同步的，他们对待殖民主义实质的认识以及对原住民的同情、支持等态度惊人的相似，他们的话语都是含混不清、模棱两可的，甚至性格也高度相似，都容易脆弱、挣扎和悲观。马洛和他一样具有两面性，一边真实再现殖民者的施暴画面，一边和"我们"站在一边，用殖民的眼光叙述着一个个"白人至上"的殖民故事，"充满了欧洲文化至上和帝国有理的观念"。[1] 马洛直接参与了殖民过程，却总是试图让自己置身事外，和其他殖民者脱离开来。他试图跳跃出这个怪圈，用一个观察者的眼光和角度来记录帝国主义的侵略事实，他的叙述过程不时穿插着他的内心历程，断断续续，充满矛盾。马洛是一个充满哲理的人物，他怀疑周边一切，我们很难弄清楚他真实的意图和想法。因此他是不确定的，是饱受折磨的，更是两难的，他的内心一直在殖民和反殖民的矛盾话语中摇摆不定。康拉德和马洛的关系暧昧不明，这种关系在文本意义的体现上十分重要。叙述者和作者之间以及作者和作品之间都有着不可分割的关系，也正因为如此，很多批评家认定康拉德是通过马洛作为叙述者来遮掩和隐藏自己与他一样的矛盾心理。

需要特别指出的是，在康拉德作品文本复意特征的实现中，他

---

[1] ［英］艾勒克·博埃默：《殖民和后殖民文学》，盛宁等译，辽宁教育出版社/牛津大学出版社1998年版，第3页。

对修辞方法的使用几乎达到登峰造极的地步。小说文本中拟人、比喻、排比、对比、象征、讽喻、暗喻等修辞方法的大量出现让整个文本的意象层次变得更加复杂与多元，层层叠加的意象此起彼伏，交相辉映。在这些修辞手法中，康拉德十分擅长使用反讽技巧。"反讽"这个概念是由新批评派的布鲁克斯在1949年确立的，这个文学概念与希腊古典戏剧中的"佯装无知者"和德国浪漫主义文论的反讽概念都不同，它已经成为文本语言的基本原则、方法和态度，成为强调实际意义与字面意义对立的一种文学形式。布鲁克斯把反讽定义为"语境对于一个陈述语的明显的歪曲"，它包括多重样式，"悲剧性反讽、自我反讽、嬉弄的、极端的、挖苦的、温和的反讽等等"。① 康拉德使用的反讽更为灵活，也更为多样。它可能出现在呈现完全矛盾语义状态的语境中，也可能出现在平铺直叙的平淡叙述中。人们不能只从话语表面的意思来理解和分析康拉德的反讽，同一话语有可能指代不一样的意义，也可能引申出的意义和语气是完全相反的，也可能是拐弯抹角、指东为西的，带有一种嘲讽的意味。很多时候我们需要把整部作品从头看到尾，明白语境的意义关联，才能揣摩出作者真正的意思。我们在康拉德的小说中常常会看到叙述者以一种异常平静的语调和冷静的思维来讲述发生着的故事，但是看似平静的表面下却隐藏着一丝别样的情绪，它的表现形式就是反讽。康拉德的反讽有的时候出现在背景中，有的时候出现在人物上，有的时候出现在题材中，还有的时候出现在叙事者评价性的语言里，代表着叙事者的态度和看法，渗透着作者的观念和倾向。他可以用反讽的方式表达自己的思想感情，畅快淋漓地嘲讽人物的可笑以及荒诞的现实。显然，反讽对陈述语明显的歪曲，比直接的呵斥与批判来

---

① ［美］克林斯·布鲁克斯：《反讽——一种结构原则》，载赵毅衡编选《"新批评"文集》，中国社会科学出版社1988年版，第336页。

得更加有力一些。

第二节 动荡巨变的时代

康拉德一直被称为世纪之交的作家，他所处的 19 世纪晚期至 20 世纪早期是欧洲历史上一个非常特殊的时期，被称为"动荡时代"。这一时期正是帝国主义与殖民主义最为繁盛的时期，西欧资本主义为"全球化"运动提供了主要的动力，这一时期也正是"全球化"思想和观念形成的关键时期，整个欧洲乃至世界的社会历史背景都发生了前所未有的巨大变化。此时发生了许多历史上的重要事件，国家之间与国家内部政治斗争剧烈，社会动荡不安，这些变化都给康拉德的思想观念带来了巨大的冲击和影响。不同寻常的时代背景让康拉德与其他作家有所区别，当旧时代和新时代发生接壤和碰撞时，两个时代的精神都会杂糅到一个人身上，自然会产生自我怀疑和自我矛盾，国家和社会的紧张关系也自然让生存其中的人变得神秘兮兮，怀疑且极端。显然，我们在谈及康拉德作品及其观念的复意性时也必须考虑到康拉德身处其中的复意时代。

一　帝国主义时代与殖民主义

康拉德所处的时代，正是工业化潮流席卷欧美社会的时代，在世界范围内兴起的工业革命使人类社会进入一个全新的历史时期。在这个时期中，社会发生了前所未有的一些新变化，比如："美洲的发现、绕过非洲的航行，给新兴的资产阶级开辟了新天地。以前那种封建的或行会的工业经营方式已经不能满足随着新市场的出现而增加的需求了。""世界市场使商业、航海业和陆路交通得到了巨大的发展。这种发展又反过来促进了工业的扩展。"① 传统农业社会宣告解体,现代资产阶级时代来临,这种种变化导致了生产力的解放和物质财富的快速增加。现代的生产方式增加了以越来越大的规模进行生产的必要性,促使世界市场逐渐扩大化,工业不断促使商业发生了巨大革命。而资产阶级的生产方式具有扩张的特性,它把每个单独活动的国家集合在一种世界性的共同活动当中,结束了以往自然形成的每个国家的孤立状态。因此可以说,资产阶级新的生产方式使历史逐渐转变为全球历史。

近代以前,西欧一直处在农业社会,社会封闭,等级森严。从中世纪晚期开始,农奴制度瓦解,"人们相信凭借理性行为可以改变自然环境和社会环境。这意味着摆脱外界对人的束缚。"② 人身的束缚由此得以摆脱;而文艺复兴改变了人们的思想,主张个性解放,提倡科学与理性,号召人们摆脱教会对人们思想的桎梏,人的价值观发生了质的改变,人的思想得到了一定程度的解放;而宗教改革使神权与政权的关系得以改变,民族国家开始形成,它使人摆脱了精神的枷锁。中世纪的束缚被解除以后,城市和资本主义商业迅速发展,人们开始渴望获利,也更具有冒险精神,为了追求财富可以不顾一切。此时,西欧诸多国家相继开启了近代化的步伐。

与之同时,地理大发现与商业精神的形成更推动了西欧的现代化进程,西欧进入了快速发展的新时期。

从某种角度上说,地理大发现与西欧早期的对外扩张其实是同义词。到 16 世纪中叶,伊比利亚人海上新航路的征伐基

---

① [德] 马克思、恩格斯:《马克思 恩格斯选集》,人民出版社 1972 年版,第 1 卷,第 252 页。
② [美] 塞缪尔·亨廷顿:《变革社会中的政治秩序》,华夏出版社 1988 年版,第 98 页。

本完成，建立了最早的西欧殖民帝国。①

重商主义把这些民族国家和资本主义紧密联系在一起，工业、商业、航海业蓬勃发展，各个国家都热衷于远洋探险。特别是大西洋沿岸南端的葡萄牙和西班牙，随着他们航海事业的发展，他们大肆掠夺殖民地，并把目光聚焦在东方宝库上，垄断了欧洲与东方之间的贸易。在这个时期，"海洋已经不再是国家之间的壁垒，反而成为世界交流和贸易的天然航道。"② 在这种背景下，其他欧洲国家想在东方发掘财富的想法也越来越强烈，整个西欧都展露出了贪婪的本性，大量的香料、象牙和黄金白银迷失了他们的眼睛，众多欧洲国家都渴望能在东方拥有自己的一席之地，也梦想在西属美洲殖民地获得属于自己的利益。

  1493 年，在教皇的主持下，葡、西两国划定"教皇子午线"。规定该线以东属葡萄牙，以西属西班牙，这是西方世界第一次"瓜分世界"，标志着殖民时代的开始。③

地理大发现激发了人们对于财富的渴求，这些西欧国家的海外殖民贸易引发了一场轰轰烈烈的商业革命。与过去相比，此时西欧的经济贸易种类、商品的数量、商品交易手段甚至工人的数量都增加到无法想象的规模。君主、政府也都鼓励这种远洋探险行为和可以赚取数倍利润的商业活动，相继投入大量资金寻找新的贸易航线，一种新的商业精神形成。国家的繁荣开始与财富金钱挂钩，商业精神蓬勃高涨。之后，随着世界市场的不断扩展，资

---

① 钱乘旦主编：《世界现代化历程》，江苏人民出版社 2012 年版，第 183 页。
② [美] 菲利普·范·内斯·迈尔斯：《世界近代史》，王国锋译，天地出版社 2019 年版，第 10 页。
③ 钱乘旦主编：《世界现代化历程》，江苏人民出版社 2012 年版，第 361 页。

本主义生产方式开始形成并且在全球范围内扩散，资本主义作为制度和生产方式被确立下来，其内在的本性就是扩张性。这进一步促使这些欧洲现代化开拓的国家加快了全球殖民扩张的步伐。英国和法国的崛起自然也是从民族国家开始的，英国社会稳定、经济繁荣，海上力量也逐渐增强。1588年，英国打败西班牙舰队，宣告正式崛起。英国的海外扩张之路也越走越远，英帝国逐渐形成。法国则到了路易十四时期才依靠专制制度实现了国家的统一，成为欧陆霸主。18世纪英法争霸，这一段时期在某种意义上是英法之间在贸易和殖民方面的较量，英国获得最后胜利，将更多的殖民地占为己有，进一步巩固了其海上霸权和贸易地位。它的胜利得益于英国雄厚的经济力量和政治制度，使之转身成为工业革命的骑手，英国以唯一的世界霸主地位出现。可以说，英国这一时期的历史上最浓重的一笔就是英国在新大陆和亚洲的殖民扩张。此后，英国成为著名的"世界工厂"，经历了一场前所未有的工业革命。工业革命是英国历史上极为重要的一段历史，它为英国后期的战争提供了非常精良的武器装备。

19世纪中期之前，欧洲国家经历了一段又一段令人不愉快的战争，数次失去殖民地和附属国，欧洲政府曾一度失去了占领海外殖民地的兴趣，但19世纪末，这种对抢夺殖民地的兴趣再次复苏，它们重新为了殖民地的扩张而大打出手。此时，欧洲人口大量增加，人口外流到全世界范围内；工业革命带来的新的生产工艺和商品刺激了各国对非文明地区市场控制权的竞争；而英国从殖民地获取的巨额财富与至高的权力也引起了其他欧洲国家的关注和嫉妒，他们意识到了殖民统治的重要性。因此，19世纪的最后几十年，几乎所有的欧洲殖民国家都在疯狂开拓新的殖民地，以此来弥补和代替曾经因战争而失去的殖民地与附属国。而此时，大部分的殖民地已经被瓜分完毕，还有一部分转化为独立国家，因此这些帝国的缔造者们开始把目光投向了非洲大陆。这一时期，很多探险家特别是传教士不断努力发掘非洲大陆,其中一个著名的传教士亨利·斯坦利(Henry M. Stanley)发现了刚果河的流向,也了解了非洲大片盆地的地质构造。自从哥伦布发现新大陆以来,斯坦利的发现可以称之为最重要的地理发现之一。他在著作《穿越黑暗大陆》(*Through the Dark Continent*)中详细描述了自己对非洲的探索,这本书的出现在非洲历史上开辟了一个新的纪元。[①] 也正因为斯坦利对非洲的探索发现,1885 年刚果自由邦建立。斯坦利在刚果建立了驻地,与几百名当地酋长签订协议,获得了土地的统治权。他在刚果河的沿岸及支流区域都建立了数不胜数的邦国,为欧洲殖民者占领非洲土地做了铺垫。英、德、法都积极参与了在非洲掠夺的行为,非洲大陆成为欧洲的猎物。非洲大陆的控制权被移交到殖民者手中,它的沦落深深影响了非洲未来的发展。

而这些"帝国",它们一直代表着绝对的统治和至上的权力,它们管辖着生活着不同种族的广阔领土领域,对生活在其中的民族实施统治。"帝国"与"帝国主义"这两个核心概念不同,说起"帝国",帝国的源头和典范来自罗马,"即使罗马从未取得过西班牙帝国那样的壮举——占领美洲新世界,也不及英国在其鼎盛时期拥有世界 1/4 的陆地与 1/4 的人口。"[②] 而英法这样的帝国显然不仅仅是疆土辽阔的大国,其核心在于宗主国对附属国其它的民族以及人民加以了统治,特别是对于多元民族施加了统治。"帝国主义"在 19 世纪下半叶才在欧洲出现,到了 19 世纪八九十年代,甚至"帝国主义"的内涵被颠覆,渐渐从负面意义转向正面,表达了对帝国的赞美和拥护。直到 20 世纪以后,"帝国主义"才成为一个贬义的词汇。20 世纪 60 年代以后,"帝国主义"这个概念才

---

① 参见 [美] 菲利普·范·内斯·迈尔斯《世界近代史》,王国锋译,天地出版社 2019 年版,第 255 页。

② [美] 克里尚·库马尔:《千年帝国史》,石炜译,中信出版集团 2020 年版,第 14 页。

被"殖民主义"所取代。①而殖民帝国与以往的帝国并不相同,殖民帝国伴随着具有帝国主义性质的资本力量加入,经济要素成为核心。殖民帝国就像康拉德小说中所描述的众多宗主国白人形象一样,他们是老大,注定要领导着别人,代表着自由和秩序,致力于把高度文明传播给落后迂腐的殖民地。帝国主义拥有广大的殖民地,影响了19世纪末20世纪初生活的每一个层面,海外市场带来的经济效益、廉价的劳动力、高收益的土地资源以及数量庞大的被征服的人民,无一不诱惑着渴望获得巨大权力的帝国统治者。当然,帝国主义与殖民主义总是相伴相随,一个国家控制着另一个政治实体,通过武力压迫或者经济社会文化依赖而获得控制权,这种控制可能是直接的,也可能是间接的,但是我们看到,帝国主义者们凭借先进的交通工具,它"把一切民族甚至最野蛮的民族都卷入到文明中来了……它使未开化和半开化的国家从属于文明的国家,使农民的民族从属于资产阶级的民族,使东方从属于西方"②。

西方的殖民扩张行为给殖民国家带来了大量的经济财富,为生产提供了大量原料及劳动力,开拓了海外市场。殖民主义和帝国主义都是资本主义发展的结果,它们的目的就在于资本的疯狂积累,达到财富的最大化。同时,这种殖民行为也破坏了殖民地落后、原始的自然经济,他们动用先进的工业文明手段,肆意杀戮和欺压弱小民族,使殖民地人民陷入水深火热的痛苦生活当中,极大冲击了殖民地的文明和文化。西方人在殖民扩张的过程中,比任何时期都野蛮,可以说,殖民扩张对殖民地国家以及整个欧洲都产生了深远的影响。

---

① 参见[美]克里尚·库马尔《千年帝国史》,石炜译,中信出版集团2020年版,第16页。
② [德]马克思、恩格斯:《马克思 恩格斯选集》,人民出版社1972年版,第1卷,第255页。

更重要的是，资本主义殖民进程产生了许多负面消极的后果，比如贫富分化导致的阶级矛盾加大，工业化社会对人性的撕裂与歪曲，殖民扩张对自然环境的破坏，疯狂掠夺造成全球经济发展失衡等等。其中也包括无数的战争，近现代世界大规模的战争主因都常常来自殖民帝国之间的利益争斗。不同民族间、不同国家间的对抗与战争呈现螺旋上升的局势，特别是第一次世界大战和第二次世界大战更是让人类直面彻底毁灭的危险。战争具有巨大的破坏力，导致了无数人的死亡，对经济对生活都造成了无法计算的后果。欧洲殖民主义和帝国主义的历史背景我们都可以在康拉德的小说中找到对应，他把欧洲殖民者疯狂扩张的过程和残酷的行为，把帝国自认肩负传播文明的使命，为帝国统治寻找正当性等都通过作品一一展现，带到读者面前，而殖民主义与帝国主义给殖民地人民乃至整个世界带来的沉痛后果深深影响了康拉德的思想和观念，也引发了他对于世界的对抗与融合，对于未来局势的深深思索。

二 全球化的历史趋势

众所周知，人类的文明经历了漫长而缓慢的发展过程，在人类的历史中我们随时可以看到世界联合的总趋势。我们的世界是一个一体化的世界，是一个由不同种族和国家联合努力的世界。世界联合才是人类共同的命运，是人类值得为之奋斗终身的目标。

我们知道，"全球化"这个概念并非一个地理概念，而应该从文化角度来剖析其内涵。这个概念"最初是由加拿大赫伯特·马歇尔·麦克卢汉（Herbert Marshall Mcluhan）于1960年提出的，当时他叫做'Global Village'，被译为'地球村'。……已包含了'全球化'的内涵。"[①]虽然这个概念提出于20世纪60年代，正式

---

① 何顺果主编：《全球化的历史考察》，江西人民出版社2012年版，第1页。

使用于20世纪80年代，但是我们可以从之前久远的历史中就可以窥见"全球化"的观念和思想的形成趋势。对于"全球化"这个概念的理解和界定，众多经济学家和社会学家众说纷纭，从不同的角度来分析界定。有的从古代地理学入手，有的从马克思的"世界历史"理论入手，有的从社会学入手，还有的从经济金融一体化或者经济全球化入手。历史上全球化趋势是在深度及广度上都前所未有的新潮流，它的形成具有源远流长的历史背景和变化过程，我们可以尝试从历史背景角度和文化背景来对"全球化"做一个分析，以期更深刻地对康拉德所具有的前瞻性的全球化思想做一个历史背景方面的透视与考察。

全球化的过程是一个各民族多元文化紧密联系所产生的过程，但是在历史上很长一段时期，各个国家和民族的交往都是简短和零碎的。虽然人类众多民族之间的交往呈现区域化特点，为以后的全球化运动做了充足的准备，但是"只有在西欧资本主义产生以后，'全球化'作为一种社会、经济一体化的趋势才日渐显现，西欧资本主义不仅为'全球化'运动提供了主要的动力。也为'全球化'运动的启动和发展过程确立了最初的原点。"[①]

在地理探险和航海活动的时代，欧洲人落脚于世界各个地方，虽然主要是商业活动，并未形成全球性的互联网络，但是他们的活动把每个地域的历史、风俗与文化连结在一起。之后，从西欧向世界出发的资本主义的殖民扩张更是一个持续不断的以西欧为原点向外扩大的过程，西方国家凭借先进的武器和工具，以商站为一个个据点，先后统治了众多大陆，建立了历史上前所未有的庞大殖民帝国。他们对殖民地及附属国建立了有效的统治，行使其统治权力，建立海外市场。当然，资本的无限增值是每一个西欧国家所追求的终极目标。当对内增值达到顶点时，资本就拥有

---

① 何顺果主编：《全球化的历史考察》，江西人民出版社2012年版，第6页。

了向外扩张的能力。

与此同时，帝国强烈的"使命感"也驱使它们努力把自身的高度文明和信仰传递给落后的国家和地域，这些都为"全球化"的扩张提供了巨大的动力。而商业资本具有开放性特征，它把工业生产和市场开发紧紧结合在一起，对"世界市场"的建立就成为其实施的主要任务。英国的工业革命帮助英国成为"世界市场"，它在经济上的辉煌令世界瞩目。资本主义追求利润率，它把优质且廉价的商品推向世界市场，销往被征服的众多殖民地及附属国，他们所交换的是丰富的原料和低廉高效的劳动力，这种交易本身就是不平等的。他们扩张的范围越大，这种通过不平等交易获得的剩余价值就越多。19世纪末20世纪初是帝国主义和殖民主义扩张最繁盛的时期，这个时期：

> 海洋帝国的面积较大，包括西班牙哈布斯堡王朝、葡萄牙、荷兰、英国和法国，但比起幅员更重要的是海洋帝国的性格。与内陆帝国不同，这些帝国在建立之初就打上了全球化的印记。它们在每块大陆、世界的每个角落建立根基。它们产生了世界性的影响，也留下了世界性的政治遗产。[①]

显然，资本主义和殖民主义还引发了"国际社会"的形成与发展。作为资本建立的全球性的经济贸易体系"世界市场"的形成，地理大发现的众多海外探险活动，殖民主义对大半个地球的扩张行为无一不是一个全球性的事件。其发展的每一个阶段都源源不断为世界体系的构建注入了全新的活力与内容。除此之外，帝国本身就是多民族的，它追求的不是共同文化，而是强调文化

---

① ［美］克里尚·库马尔：《千年帝国史》，石炜译，中信出版集团2020年版，第286—287页。

的多元与差异，如精英文化与底层文化的差异等。除了认同自我，他们更热衷于传播自身文明道德或者宗教信仰，帝国主义与殖民主义本身其实就包含了多元文化，人口大量迁徙就是帝国建立的条件之一。

> 由于帝国主义的存在，所有的文化都交织在一起，没有一种是单一的，单纯的。所有的都是混合的，多样的，极端不相同的。①

国际社会形成最初只是局限于欧洲，慢慢通过移民殖民地、建立附属国家等形式把澳大利亚新大陆以及广袤亚非地区都收纳其中，这俨然已经形成了一个范围较广的国际性大集体，将不同地域的社会形式以及文化结构等融为一体。在这个过程中，随着这种全球化趋势的不断推进，每个民族、每个国家之间的联系越来越密切，国际政治、文化、社会之间的矛盾冲突等问题逐渐凸显，各种边界冲突、经济贸易摩擦与日俱增，不稳定的因素越来越多。由此，国际需要搭建一个沟通的平台，需要如同联合国一样的国际组织或机构来协调彼此之间的矛盾，也需要建立共同遵守的规则和条约，这些需求越来越迫切，慢慢才形成了在思想和实践上真正的"国际社会"。可见，

> 全球化进程是以叠加的方式进行的，它的范围可能一开始就是全球性的。……全球化每向前推进一步，都会获得新的内容和动力，直到达到目前的"全球化"。②

---

① ［美］爱德华·W. 萨义德：《文化与帝国主义》，李琨译，生活·读书·新知三联书店2016年版，"前言"第22页。
② 何顺果主编：《全球化的历史考察》，江西人民出版社2012年版，第30页。

当然,"帝国属于过去,而未来是民族的。"① 法国大革命诞生的民族主义是属于现代的概念,但我们却能从长达两个多世纪的历史中看出,帝国并未给民族国家让路,一直以另一种形式如影相随,随时对民族国家加以影响。殖民主义与帝国主义所遇到的众多难题,诸如:如何协调国家与国家之间的民族差异,单一国家内部的多元文化并存与协调,发达国家与发展中国家以及落后国家的关系等等问题,长期存在。

第二次世界大战结束后,西方国家开始认识到西方现代化进程带来的弊端,西方社会开始采用一些手段来修补资本主义和西方社会,比如国家对市场经济进行干预,出手调节社会利益分配等,西方国家在方方面面都逐渐发生了巨大的变化,人们的生活得到保证,社会慢慢趋于平等,财富分配逐渐均衡。与此同时,世界大战以后,人们也逐渐认识到民族主义的狭隘性,国家在战争中具有主导地位,国家与国家之间缺乏世界性组织的联结。他们做出了相关的努力,但是鉴于世界的不平衡发展,始终无法把整个世界都放置于同一个标准之下。在这样一种视角下,重新认识康拉德及其小说创作,或会得到新的收获。

三 复杂的国家历史背景

康拉德与其他英国小说家相比,他的人生经历较为丰富。康拉德出生于俄罗斯统治下的波兰,18 岁时来到法国马赛当了一名船员,1878 年他第一次来到英国,并最终取得英国国籍。所以他的人生历程辗转在不同的国度,接连受到了波兰、俄罗斯、法国、和英国的重大影响,他把自己的这些生活背景代入到文学创作中,成为他大部分小说的故事背景。

康拉德的童年处于被俄罗斯统治下的波兰。18 世纪波兰的分

---

① [美]克里尚·库马尔:《千年帝国史》,石炜译,中信出版集团 2020 年版,第 2 页。

裂以及波兰爱国人士的复国运动带给康拉德的心理创伤一直持续到他去世。他终生的不稳定感和性格上的敏感多疑多源自于他的祖国的分崩离析。欧洲启蒙运动出现后，奥地利、普鲁士、俄国的统治阶级开始推行经济变革，实行"开明专制"和一系列社会改革。18世纪后半期，强大的欧洲国家通过殖民扩张和海外经济往来使资本主义快速发展，他们控制着最重要的海上航道并建立起武器设备齐全的军队。殖民扩张和海外贸易进程稳步壮大，跨大西洋的奴隶贸易达到顶峰，欧洲的水手通过航路进入了世界众多区域，而各大殖民地的原住民也首次打开了通往世界的大门。这个过程充满了冲突和死亡。

> 欧洲与世界其他大洲之间的对话和交流、艰难的贸易、误解以及直接的冲突使这一段历史矛盾重重，又多半以种族镇压和社会分裂而收场①。

与此同时，强大的欧洲殖民国家向外扩张的同时，欧洲列强内部也始终存在着激烈的霸权之争。② 这一时期的波兰受到启蒙运动的影响，各地中小社会阶层和新兴的资产阶级都发动了各类爱国革命运动来反抗俄国统治，他们的爱国行为均遭到了俄国女皇叶卡捷琳娜二世的武装打击。1772年8月，沙皇俄国、普鲁士、奥地利在彼得堡签署了第一次瓜分波兰的条约，波兰因此丧失了约35%的领土和33%的人口，波兰的革命运动由此推向高潮。1793年1月，沙皇俄国和普鲁士签订了第二次瓜分波兰的协定。这两次瓜分波兰的条约使波兰成为一个仅剩20万平方千米的小国家，人口急剧减少，仅剩400万。1794年，波兰人民起义，但被俄国政

---

① ［英］尼尔·麦格雷戈：《大英博物馆世界简史》，余燕译，新星出版社2017年版，第601页。

② 参见齐涛《世界通史教程·近代卷》，山东大学出版社1999年版，第77—82页。

府镇压。1795年1月，沙皇俄国和奥地利签订了第三次瓜分波兰的协定，至此，波兰被完全瓜分完毕，波兰自公元前965年建国，自此从世界的版图中彻底消失，这一消失就长达123年之久。① 康拉德父母及幼年的康拉德亲眼见证了波兰分裂的整个过程，并参加了革命者的复国运动，付出了极为惨烈的代价。康拉德认为，沙皇俄国在整个欧洲造成的影响是毫无根据的，他们扩张领土是以获得利益为最终目的的，扮演着傲慢强势的军事胜利的仲裁人和军事宪兵的角色，做出了一系列侵占他国领土的恶行。

康拉德从波兰来到法国后，法国为他打开了一扇全新的大门。从康拉德年幼时，他就对拿破仑时期的法国深感兴趣。1799年11月，拿破仑·波拿马在大资产阶级的支持下发动了著名的"雾月政变"，不久以后他就宣布上台执政，独揽大权，他废除了封建等级制，公布了宪法，宣布法国为共和国，开始了长达15年的独裁统治。拿破仑为了巩固权力，成为一个掌握生杀大权的绝对控制者，他开始对邻国法国发起战争，入侵了意大利，击败奥地利，并与英国签订了协定。1804年，英法再次开战，拿破仑在次年的特拉法加海战中战败，但是在一个月后打败了奥地利军队，取得胜利。1806年，法国击败普鲁士，并在第二年与俄国交战，最终取得胜利，与俄国签署了条约。此后数年，法国与英国的经济战争此起彼伏。1812年，拿破仑开始入侵俄国，俄国军队实行撤退的焦土政策，法军一路溃败，丧失了补给能力，法国遭受了巨大的损失。此外，拿破仑也因此丧失了将近60万军队的绝大部分兵力，撤退异常艰辛。这场战役的失败是拿破仑灭亡的开始，最终他于1815年6月在滑铁卢一战中一败涂地。② 康拉德在后来谈及法国革命的原因和拿破仑一世的罪恶时说到：

---

① 参见齐涛《世界通史教程·近代卷》，山东大学出版社1999年版，第77—82页。
② Quoted to, John G. Peters, *The Cambridge Introduction to Joseph Conrad*, Shanghai foreign language education press, 2008, p. 20.

如此大的社会和政治动乱，其深刻的社会根源性是值得我们反思的，也是需要我们重新认识的。法国革命不仅改变了王室那不可挽回的命运，而且还涤荡了凌驾于人民头上的神圣不可遣返的王权，扫除了那些腐朽的观念。一向唯自己意愿是从的国王也为自己的所作所为付出了沉痛的耻辱代价。自由和公正之堕落，这是法国革命爆发的最根本原因……拿破仑一世给整个欧洲造成了各种各样的罪恶影响，他就是暴力的代名词。作为国家仇恨的播种者，作为蒙昧主义的制造者，其政治暴行和各种不公正行为带给欧洲人民的罪恶是深远的。①

可见，康拉德对法国革命和拿破仑统治的看法是十分明确的，他认为拿破仑的王权统治造成了如此大的社会动乱，这种罪行显然是不可饶恕的。法国革命对他的影响很大，康拉德在成为小说家后把法国这段历史记录进了他的小说《决斗》、《流浪者》和《武士之魂》。除此之外，他去世时仍在写作、未完成的最后一部小说《悬念》的内容本来也是关于拿破仑统治时期的法国，被设置为关于国家战争与社会争斗的欧洲版本的《诺斯托罗莫》。在这些小说中，康拉德立足于法国历史，书写了个人与国家政治力量的先锋对决。

对康拉德影响最大的无疑还是英国的文化与历史，他在当水手以后学会了多种语言，最擅长的外语其实是法语，但是他最终选择用英文写作，并归化英国，于1886年申请了英国国籍。康拉德生于1857年，他经历了英国历史上繁荣稳定的维多利亚时代和新世纪开始十年的爱德华时代。维多利亚时期从1837年开始，至1901年结束，这个时期的英国是最繁荣、最显赫的时代。维多利

---

① ［英］约瑟夫·康拉德：《生活笔记》，傅松雪译，江苏教育出版社2006年版，第167页。

亚初期是英国历史上一个重要的转折时期,"十八世纪时西方文明的重心在巴黎,十九世纪中叶其重心在伦敦。"① 维多利亚在位时,人口增长迅速,整个社会结构由农转商,城市经济逐渐占主导地位。这一历史时期的英国被称为"世界工厂",它最早完成了工业革命,工业革命以世界性的规模使生产率得到极大提高,资本成倍增长,工业生产在整个欧洲乃至世界发展的速度都达到顶峰。此时的英国国势强盛,伦敦变成了国际交易中心,英镑变成国际主要交换货币。经济的发展给殖民主义提供了强有力的财务支撑,使英国成为世界上最大的殖民主义国家,殖民地遍及全球。可是与此同时,国内社会矛盾不断激化,资本主义剥削带来的极大的贫富差距成为英国社会面临的最大困扰。工商阶层享有极高的社会地位和话语权,而财富只掌握在这样一批少数人手中,佃农被赶出家园,没有了土地资源和资本,完全沦为了纯粹的雇佣劳动者。资产阶级的剥削残酷无情,种种令人震惊的现象屡屡发生。与此同时,英国的人口剧增,不同社会阶层的人之间矛盾重重,各种明争暗斗此起彼伏。而英国人显然擅长以折中的态度来应对困难局面,社会整体还是和平的,不断的改革削弱了民众激进的情绪,整个社会持续稳定发展。历史学家大卫·陶姆孙说:"维多利亚时代的人,至少找到了伟大、稳定,与和平:全世界都为之惊诧艳羡。"② 显然,康拉德由分裂的波兰来到繁荣、稳定的英国,自然内心感触颇多,他具有浪漫主义精神,内心渴望和平、稳定的生活,追求内心的平静和幸福,这应该也是他最终选择加入英国籍的理由之一。康拉德中立的政治观以及中庸的处事态度,显然源自于英国价值观带给他的深刻影响。显然,这一时期英国经济上的霸主地位也让英国人自信满满,对未来充满希望,坚信文

---

① 梁秋实:《英国文学史》,新星出版社1981年版,第1100页。
② 转引自梁秋实《英国文学史》,新星出版社1981年版,第1101页。

明的进步会带来世界的发展。康拉德笔下的白人带着传播文明的使命来到非洲大陆，也是这一时期英国白人的真实写照。

随着爱德华时期的到来，德国、美国迅速崛起，英国的经济发展速度开始放慢。英国人比较传统刻板，守旧务实，没有及时调整产业结构，工业生产率逐渐下降。海外扩张和资本输出加重了英国的经济负担。特别是第一次世界大战后，随之爆发的经济危机更是引发了社会动荡，英国最终丧失了垄断和霸权地位，开始走向衰落。英国社会也开始面临众多的困难和斗争，工人运动和罢工示威不断，由此，英国人的民族自尊心以及优越的自豪感逐渐消失不见，心灵受到沉重打击。此后，英国社会随着历史的发展，中产阶级不断壮大，可是他们面对阶级分明、等级森严的英国社会，依然无法获得应有的尊重和社会地位，因此各种运动四起，愤怒情绪蔓延。英国人此时沉重的失落感、茫然感和对未来的无所适从感也转换为焦虑异化的情绪，这种变化在康拉德的小说中被展现得淋漓尽致。

不可否认，这一时期动荡的政治气候对康拉德的小说创作无疑产生了巨大的影响。康拉德因海洋和丛林题材的小说著称于世，但是我们不能忽略他颇有见地的政治小说。显而易见，康拉德创作的政治小说立足于新旧时代交替之际的政治环境。现实生活中的国家分裂、独裁统治、社会改革、政体垮台、政治暗杀、无政府主义运动等政治事件和行动都能从他的小说中找到影射。他曾经这样痛斥俄国的血腥统治以及暴力带来的罪恶：

>　　19世纪以战争拉开序幕，战争导致了反对当权者腐败的革命。20世纪好像也是以战争作为起点的，那是由道德腐化作为导火索所引发的战争。据此，新型政治体制取代了庞大的行将就木的古老政体的幽灵。100年来，沙皇俄国的幽灵一直飘荡在欧洲人的心头，成为挥之不去的阴影。他坐在独裁政治

的墓石基座上，用其罪恶的黑手笼罩了中西方各国的政治命运，张牙舞爪地切断了空气、阳光、历史传统和全部的世界遗产，他已经用这种罪恶埋葬了数以万计的俄国人民。①

由此可见，19世纪俄国与波兰之间的关系以及俄国的革命斗争对康拉德的小说创作影响巨大。

1812年10月，法国军队占领了莫斯科，此后法国节节败退。随后俄国实行了历史上古称"坚壁清野"的焦土政策，莫斯科满城的大火让不可一世的拿破仑狼狈退出，这个有名的军事战略不仅仅断绝了法军的供给，也破坏了掩体建筑、工业资源和交通等。拿破仑下台后，俄国作为首屈一指的陆上强国称霸四十余年。俄国罗曼诺夫王朝第十五位沙皇尼古拉一世是君主独裁统治的捍卫者，因此俄国的官僚主义越演越烈，人民与政府的敌对情绪也日益强烈。1853—1856年，克里米亚战争爆发，这次战争规模极大，欧洲帝国先后向俄罗斯宣战，战争给参战各方都带来巨大损失。1856年，《巴黎和约》诞生，战争结束。

通过这场战争，俄罗斯意识到了农奴、武器装备与其他国家的差异，农奴制和军队开始进行改革，俄罗斯开始步入现代化。这些改革显然并没有抑制住社会政治动荡，人民要求享有自由，革命活动大大增加。1876年，支持恐怖主义的土地自由党成立，他们主导了刺杀亚历山大二世等一系列革命活动。此时的俄国社会局面极为不稳定，革命者的许多政治暗杀随之发生。专制统治和革命起义彼此交织，互为对立，共同组建了俄国混乱动荡的政治环境。

显然，这一时期复杂的国家历史背景被康拉德移植到自己的小

---

① ［英］约瑟夫·康拉德：《生活笔记》，傅松雪译，江苏教育出版社2006年版，第169页。

说创作中，我们也可以从中窥见康拉德的政治态度。一方面，康拉德对政治有着如此清醒和公正的态度，国家的强大不代表永恒的安定，人们所处的世界随时可能会被充满野心的政客们毁灭，正义和人道主义才能破除这种令人焦虑不安的局面；另一方面，康拉德对专制制度还有着颇为矛盾的感悟和认识。从众多小说文本中，我们发现他对古老君主制还存在着一定程度的理解和赞成。他认为，强大的君主专制具有一定的合理性，人民因为共同的理想团结在一起，形成了更多的爱国主义情绪和国家责任感，社会也会因为共同的决心和统一的信念而更加紧密。综上，我们认识到，康拉德身处其中的杂乱纷繁的政治历史背景以及错综复杂的社会结构是造成康拉德暧昧且矛盾的思想认识的原因之一，他对政治的态度始终是五味杂陈、进退两难的。

第三节　多元文化中的取舍

康拉德所处的时代是一个经历了残酷战争和政治斗争后千疮百孔的时代，也是一个经济快速发展，科学技术与物质文明万象更新的时代。世纪的更迭如同处于一个不稳定的漩涡，一切都充满了未知，这赋予了处于这个时代的人极大的新鲜感、矛盾感和无助感。地理大发现增加了世界上不同地域、不同种族的人之间的沟通与交流，多元文化的碰撞所带来的影响以及社会的价值取向带给作家的意义不言自喻，而我们看到市场经济带来了消费文化、复古文化、复兴文化，却缺乏稳定的立场和价值观做取舍。

一　文化领域的新挑战

在维多利亚时期的六十年间，英国社会经济稳定发展，国家欣欣向荣，人民安居乐业，文化与科学方面都取得了惊人的成就。

维多利亚时代形成了一种独有的价值观和精神信仰，平和安定的国家环境使人们崇尚稳定有序的社会秩序、谦虚自信的道德观念和文化修养。随着时代的发展，爱德华时代到来，特别是第一次世界大战以后这种安定平稳的秩序被打破，英国的宗教信仰、政治思想、道德准则以及价值观等都发生了巨大的变化：人们开始出现思想精神方面的危机，他们否定和怀疑周围的一切，乐观和悲观的情绪交错，思想上的抵触与反叛达到顶峰，等等。

与此同时，科学技术发展迅猛，汽车、飞机开始出现在人们的生活之中，科学与宗教之间的冲突空前剧烈。科学家们对宗教提出怀疑，如边沁提出宗教不过是过时的迷信，而功利主义的反对者们如柯勒律治则认为人们对宗教的需要依然十分强烈。这一时期，科学开始占据了原本只属于宗教的重要地位，人们对科学抱有前所未有的信心。

地质学和天文学在这一时期有着巨大的发现，查尔斯·莱尔考察地质结构后，出版了革命性著作《地质学原理》，之前地球被认为大约有4000年历史，但是他的工作使地球的历史往前增加了几百万年，人的存在在历史轨迹上变得越来越渺小。查尔斯·达尔文乘坐小猎犬号在南美洲海岸外的加拉帕戈斯群岛进行科学探索，通过动物的变化延伸出自然选择理论。20年后，轰动世界的达尔文的《物种起源》于1895年问世，推翻了传统的有关道德自然的各种观念。人被认为与其他物种一样，在大自然艰难发展，适者生存，关于地球和人类起源的观点由此被改写。爱因斯坦关于时空和引力的相对论对物理学的发展起到极大的推动作用，至今也没有任何学说能推翻它。除此之外，迈尔、焦耳和亥姆霍兹提出的能量守恒定律，奥古斯丁—让·菲涅尔发现的光理论，约翰·道尔顿提出的原子理论等都让整个科学界熠熠生辉。

在这一时期，哲学与文化领域也取得了重大进展。叔本华《作为意志和表象的世界》这部著作的问世是对哲学领域的重要贡献,他的哲学思想十分认可康德的表象和本质两分法,物质环境仅仅是现实的表现之一,而意志则潜藏在自然界所有事物的本质当中,它的目标就是寻求满足。人的本质就是无穷无尽的欲望,而这种欲望永远不能被满足,因此这个世界只能是一个充满无尽痛苦的世界。人类在社会中生存,要受到数不清的各种限制,生存就是一个极为痛苦的存在。他的悲观主义极大影响了当时以及后来的众多现代主义作家,而此时弗洛伊德关于潜意识的理论以及柏格森的实证哲学也在精神领域和哲学领域引发了大量的辩论和关注,对人们的精神思想产生了极大冲击。1854年日本的开放和新帝国主义,西方与非西方的世界被彻底打通,两个世界的人开始在文化的各个方面密切地接触。① 文化领域呈现多方面射线化发展,出现了生机盎然的繁荣景象,也带给新世纪很多机遇和挑战。19世纪后出现的这些对西方传统陈旧观点的挑战,导致西方的文明根基出现裂缝,西方的宗教信仰逐渐被质疑,被消解,传统真理被重新审视,个人生存的孤立和异化问题凸显,这种纷杂低沉的文化氛围深刻地影响了康拉德的小说创作,形成了他具有多方面矛盾复意的独特世界观。

而在文学方面,康拉德的主要创作时期集中在维多利亚末期和20世纪前十年的爱德华时期,这一时期在文学史上可谓一个著名的岔路口。

一方面,现实主义文学持续发展,文学界出现了以萧伯纳、贝内特、高尔斯华绥等为代表的社会现实主义剧作家和文学家。他们依然采用传统小说写作方法,作品焦点仍然是关注社会现象和众多社会矛盾,提倡和鼓励人道主义以及人性美德。因为维多利亚后期英国社会矛盾凸显,因此现实主义小说家把小说的实用性

---

① Quoted to, John G. Peters, *The Cambridge Introduction to Joseph Conrad*, Shanghai foreign language education press, 2008, pp. 28 – 31.

和功利性放在首位,许多作家保持关注政治局势,致力于寻找社会改良的解决之道,并认为小说不仅是阐述人生理想、弘扬道德风尚、抨击社会不良现象和社会机构的载体,也是揭露社会现实,讨论社会流行思想的场地。

另一方面,现代主义文学萌芽出现,现实主义文学面临严峻挑战,文学的主流派别开始分流。这一时期出现了以 E. M. 福斯特、D. H. 劳伦斯、T. S. 艾略特,弗吉尼亚·伍尔夫为代表的现代主义作家。这一部分作家对文学创作目的、文学观念和外在表现形式等都有了全新认识,他们开始有意识地打破传统写作方式的种种局限,实验与以往不同的创作手法和小说技巧。现代派作家认可前辈文学家们对社会改良所做的努力,但是认为效果很差,本质上毫无意义。因此,他们掉转枪头,把注意力转向对精神意识矛盾的精细刻画,内心激烈的矛盾冲突变成了小说主要元素,故事和情节则变得次要。除此之外,以詹姆斯为先锋的现代派作家们把小说的外在艺术形式视为写作的重中之重,他们认为传统的单一视角叙事模式让作家直接担任评论者,随时随地阐述自己的观点,这种方法如同道德说教,丧失了小说艺术形式的工整、精致,小说形式杂乱无序,无法称之为艺术。因此,现代派作家们主张采用多视角、多维度的框架叙事模式,多个叙事者同时参与故事的发展,主要叙事者也是故事里的角色之一,叙述自始至终从这个意识中心来观察认识,叙述评论交叉进行,小说的外在形式变得较为严谨和工整。而对此说法,现实主义作家反驳说小说是反映现实的工具,生活本身就是无序、嘈杂、矛盾的,丰富多样并具有偶然性,有序和完美是不存在的。我们看到,康拉德的小说创作时期正值文学界处于多元化并存时期,争论和分歧不休,不同意见此起彼伏,随时随地都有唇枪舌剑发生。现实主义和现代主义两大文学势力共同占据文坛重要位置,各种文学理论,各种文学观念层出不穷。

我们看到，康拉德身处的环境是极为复杂多元的，他置身时代更替的岔路口，置身喧嚣文坛的中央。他就像一个综合的信息汇集地，不仅接收到传统文学对道德教谕的推崇，也同时接收到众多文学好友所传播的现代主义形式风格实验的各类案例。同时，他的性格自小敏感怀疑，多愁善感，他把自己的内心抱负、浪漫理想以及自己对这个丰富多彩世界的认知思考都通过一部部小说展现出来。因此，当传统现实主义和现代主义的特点都杂糅在一个人身上的时候，他的心理难免会陷入自我矛盾，显得暧昧不明。康拉德在作品中试图向人们展示一个真实的世界，但他却并没有选择去除主观判断来客观展示世界，而是关注个人意识，从意识出发考量外部世界。因此康拉德的小说世界通常是真真假假，似真似幻的，让人摸不清真实与虚构世界的边缘。

除此之外，还需要注意的是，虽然康拉德出生时，浪漫主义已经基本消失，但是他早年在波兰受到了如密茨凯维奇等浪漫主义作家的影响，有着大量浪漫主义经典的阅读经验，他性格中又极具冒险精神和高尚的理想，因此浪漫主义仍然是康拉德小说中一个不可或缺的元素。然而我们又看到，他与浪漫主义的关系也是极其矛盾的，一方面他反对因为浪漫冲动而做出愚蠢的行为，另一方面，他又从内心深处肯定和支持这种浪漫冲动。这种矛盾主要体现在他对小说人物行为和心理的塑造上，他笔下的众多人物都拥有浪漫的特质，虽然追求理想的结果以失败告终，但是正是这些理想激励他们努力生存以获取希望。

结合以上方面，我们认为，这三种文学模式与思潮共同在康拉德的思想里留下或多或少的痕迹，潜移默化地影响着他的小说创作。康拉德身处如此复杂的文化环境之中，三种文学流派的文学态度、文学目的、文学风格迥异，众多方面都存在巨大的差异和分歧，多种文学流派的杂糅集中在康拉德身上就表现为浓厚的矛盾和含混复意。康拉德一直致力于寻找人类生存的意义和价值，具有现代主义世界观与价值观。康拉德对现代主义的贡献不可小觑,约翰斯.G.皮特斯曾说:"事实上,他可能是第一位现代主义者。"① 综上种种原因,共同造就了康拉德思想意识上的复意和含混。

二　多元文化的杂糅与失根性

康拉德的人生充满矛盾,富有变化,他早早就背井离乡,独自背起生活的重担,终日在郁郁寡欢中度过。他少年时代就开启了航海之路,带着理想奔赴世界各地。他的生活轨迹受四个不同文化区域的影响,足迹遍布全球,不同国家和地域的居住经历使他熟练掌握了多种语言,阅读了各国的文学经典,他对多国的文化都有所了解,有所涉猎。他在航海过程中遇到的各色皮肤,不同种族的外国人,他们之间的交往和多元文化的碰撞也构成了他小说的主要故事背景。亨利·詹姆斯曾经说康拉德"在文化的意义上……你具有别人所不可企及的权威性。"② 康拉德为英国文学带来了多元化的国际背景,开辟了一个崭新而又特别的舞台。

在文学史上,康拉德显然是一个独特的存在,他有着与众不同的复杂人生经历,他的人生变化与多种民族文化息息相关,不同民族文化的融合和碰撞让康拉德的人生充满了数不清的矛盾。康拉德自小深受波兰文学影响,他在父亲的影响下阅读了大量波兰爱国主义诗歌和名著,激发了他浓郁的文学兴趣。他坐着一艘法国的船离开波兰,接触到大量法国文学作品,他被巴尔扎克、莫泊桑和福楼拜的小说深深吸引,在小说创作的过程中也会不自觉模仿法国作家的创作风格,最终他却选择入籍英国,用英语作为小说的写作工具。他在英国见识到了文明的进步,社会的繁荣及经济的发展,同时也深深体会到国家的富饶、物质的丰裕带给人

---

① John G. Peters, *The Cambridge Introduction to Joseph Conrad*, Shanghai foreign language education press, 2008, p. 32.

② 梁秋实:《英国文学史》,新星出版社1981年版,第483页。

们精神和灵魂上的空虚匮乏。在波兰,他的父母终生从事反革命活动,总是试图通过政变和动乱来推翻政府统治,而耳濡目染的康拉德却没有任何实际行动上的爱国行为,政治倾向始终中立而保守。他爱好航海事业,具有冒险精神,追求浪漫的自由,却不得已因为伤病最终选择在陆地度过自己的后半生。他爱好井然有序的规则,热衷稳定的生活,却无奈地不停举家搬迁,不断处于流动和迁徙的过程当中。在这个过程中,他的思想和创作无时无刻不被四大文化氛围撕扯分裂,精神和思想上都充斥着不安定感和焦虑感。我们看到,康拉德把自己在现实世界中的种种冲突和矛盾通过塑造一大批来自各类文明、各种文化的小说人物来抒发自己对这个多元世界独特的感受,这些经历曲折、精神怀疑、内心空虚异化的小说人物无疑是康拉德自身在作品中的影射。

不可否认,在另一个层面,康拉德是深爱着自己的祖国的,他曾在不同场合多次提及自己对波兰的感情。他的小说始终弥漫着一种特别的精神与道德氛围,他笔下的主人公敢于反抗比自己强大得多的力量,他们勇敢与命运搏斗的举动往往源自于波兰革命战士不屈不挠的精神。1914 年,康拉德这样对一位波兰记者说:

> 英国评论家——因为事实上我是个英国作家——谈论我时常常会说我有些不可捉摸、难以理解。只有你们(即波兰人)能够理解这种难以理解的元素,琢磨这种不可捉摸的东西。这就是我的波兰性。①

正因为有这种深沉的爱才有着刻骨铭心的痛,康拉德灵魂深处具有一种不可磨灭的"失根性"。我们在康拉德的小说中,常常发

---

① M. Dabroeski, Rozmowaz J. Conradem, Tygodnik Illustrowany, Warszawa, 1914, p. 308.

现很多故事情节都强调"忠诚"与"背叛"的对立。我们可以说，在康拉德的心中，有一种难言之隐叫作"对祖国的背叛"。人们常说，失去了祖国庇护的人终生都会处于心灵的漂泊之中，灵魂居无定所。幼时，他的父母死于反革命斗争，父母双方都是爱国战士，而康拉德却没有任何实际的爱国行动，没有参加过任何的政治游行和政治斗争，反而远走他乡，多年再没有回到过祖国。这种举动对思想上相对保守的康拉德来说，应该属于一种不能勇于面对现实的懦夫行为，属于不可原谅的过错。康拉德就像他笔下的吉姆一样，在祖国的危难时刻，他动摇了，并没有采取主动的革命行为来保卫自己的国家，反而像懦夫一样逃跑了，像吉姆一样跳下了那艘承载他生命母亲般的船。除此之外，1886年康拉德申请入籍英国，并开始使用英文写作，很多批评家分析他放弃了使用母语和第二外语的法语写作是因为他打算以英国为家。当然也有批评家为这点做辩护："在利维斯看来，能讲流利的波兰语、俄语和法语的康拉德选择英文写作，是因为看中了英文与道德相关联的道德传统。"[①] 然而，大部分批评家普遍认为，他放弃了母语波兰语而选择了第三语言的英语作为写作语言，这是他内心对祖国语言的舍弃。不仅如此，1889年当他的第一部小说《阿尔迈耶的愚蠢》面世时，他决定放弃使用波兰名字，而使用英语名字约瑟夫·康拉德作为笔名。虽然有的批评家认为"他的波兰名字是 Konrad，但他使用了波兰名字的英国版本——这可能是对波兰浪漫主义诗人密茨凯维奇的爱国叙事诗 *Konrad Wallenrod* 的尊敬"[②]，但是我们相信，这不仅代表了他异国故事的正式开启，也代表他走上了漫长的心理"失根"之路。以上种种行为使他内心时刻感觉背叛了祖国，与自己的母语以及祖国彻底决裂，而他在作品中

---

① 李维屏等：《英国短篇小说史》，上海外语教育出版社2011年版，第128页。
② Jean M. Szczypien, Echoes from *Konrad Wallenrod* in Almayer's Folly and a Personal Record, University of California Press, 1998.

对"忠诚"与"背叛"主题的反复强调也证明他内心深处对于自己出走异国他乡的行为始终耿耿于怀。当波兰最终被彻底瓜分,从世界版图消失长达一百多年,祖国的不复存在更使康拉德失去了家的感觉,从灵魂根源上斩断了依靠,心灵始终在漂泊,居无定所。

我们可以说,康拉德作品通篇浓重的悲观忧伤基调的根源就来自这种"失根的感觉"。儿时的流放和常年的在外漂泊使他丧失了来自生命本源的根性记忆。民族的根性元素是了解一个作家必不可少的因素,可是在康拉德身上,我们显然找不到固定的民族根性,他似乎是属于多个国家、多个民族的。波兰评论家吉隆这样认为:

(康拉德)事实上拥有双重国籍:在习俗、文化及文学遗产方面,康拉德是波兰人;但他也是女王的忠实臣民,英格兰的绝对拥趸,在某种意义上是英国、法国以及整个欧洲传统的产物。①

道格拉斯·克尔在《康拉德精选集》编选者序中也这样说:"似乎可以说,他在任何地方都始终没有完全回到家的感觉。"② 他似乎一直在路上,迷茫而痛苦。康拉德把这种有家不能回、没有归属感的痛苦带入小说的主人公身上。我们不难发现,康拉德笔下的许多人物也像他自身的经历一样,都是从自己的国家出发,前往异国他乡或者黑暗丛林,在这个旅途中犯过错迷失了自我,而最终也会选择以这样那样的形式来赎罪,以求心理上的安慰。这在某个方面体现了康拉德作为一个侨居他国的"异客"对自己多重

---

① [美]亚当·吉隆:《约瑟夫·康拉德作品中的几个波兰文学母题》,王飞译,载宁一中编选:《康拉德研究文集》,译林出版社2014年版,第238页。
② 朱炯强编选:《康拉德精选集》,山东文艺出版社1999年版,"编选者序二"第9页。

身份与价值观的矛盾心理，他通过这样的方式，来宣泄对于自己背叛祖国的行为所产生的内疚和悔恨。我们从作品的字里行间体会到的这种沉重的悲凉和忧郁的思绪，众多评论家把它归结为悲观主义，我们认为他对人类生存状况的担忧，对世界的悲观怀疑以及面对未来产生的陌生恐惧感更多地可能来自于这种面对祖国的愧疚之心和浓郁的乡愁。

多年后，康拉德承认波兰已经失去了历史和自我，语言和宗教也被极度压制，波兰在世界的存在只成为一个地理词汇。他通过对波兰人民心理的分析试图对自己背叛祖国的行为作出解释。康拉德曾经在《生活笔记》中指出，波兰人民内心深处对于亡国灭种的灾难是非常痛恨的，精神上也无法承受，但是为了生存，有时需要违背自己的良心做自己不愿意做的事。有的时候为了减轻心中的痛苦，他企图撕破道德的面纱，让自己可以伪装自己，把正义感深埋在心中。他认为自己就和波兰人民一样，把心如刀绞的亡国之痛深埋起来，掩饰在自己看似冷漠无情的外表下。显然，这种心灵的煎熬是极为尊崇道德荣誉的康拉德所无法承受的，他无法面对这种来自心灵深处的呐喊和厉声谴责，他把自己这种亲身经历的痛赋予他笔下塑造的种种人物，通过他们的心理折磨来缓解自己无法排解的忧伤和罪恶感。这种精神上的痛苦是围绕在他身上悲观主义情愫产生的最主要根源。

>>> 第三章
# 复意性人物解析

  我们细读康拉德小说，会发现其独特严谨的语言风格、字里行间的多义和随处可见的矛盾冲突是文本复意特征的主要表现，如欲说还休的叙述语气、双重的象征物设置、说不清道不明的结尾、含混的精神意识、对立的思想观念等，都带给读者强烈的体验感，而具有多重人格且时常面临道德冲突的人物形象塑造则是康拉德小说创作参照系复意的重要体现，具有明显的多义和美学功能。我们发现，康拉德小说一反传统俗套、刻板的人物形象塑造，创造出大量血肉丰满、形象复杂的圆形人物，让读者领略到了人物的异化感、沧桑感与绝望感。人物形象变得丰满圆润，为英国小说人物从传统到现代的转型找到了契机。

  "巴尔扎克关心影响人的环境，康拉德则关心受环境影响的人。"[①] 人是康拉德关注的中心，就像其他现代派作家一样，康拉德也善于刻画人物的感染力以及在异常社会环境下人物精神和心理的变化。但是，与其他作家不同的是，康拉德对人物内心世界的发掘达到了一个新的深度，对于人物外在联系的认识也达到了前所未有的开阔。无论白人、黑人还是其他各色人等，都栩栩如

---

① [英] 约瑟夫·康拉德：《"水仙号"的黑水手》，袁家骅译，上海译文出版社2011年版，赵启光"译本序"第10页。

生地入其笔下。更为重要的是，康拉德运用高超的写作手法，对其笔下各色人物内心动摇以及性格缺陷的刻画让人物的内在产生极大不确定性，这种不确定性穿插在整个故事情节的发展当中，让整个文本意义变得含混与多义。他通过深刻的发掘和开阔的认识，揭示了人格的复杂与矛盾，刻画出不同文化背景下、不同文化种群间的文化差异与矛盾，具有重要的文化人类学意义。

第一节　康拉德作品中人物的多重人格

康拉德作品的重心是人，人与人的关系，人与自然的关系，人与世界的关系都在他的考察范围内，但我们却很难对康拉德笔下的人物做一个总结和概括，因为看似肯定性的性格特征却会在另一个场景随时转化。我们发现，每到人生的关键时刻，小说中许多人物总是会做出与其性格特征相反的举动或决定，在多部著作中，两个相反性格的人物会成对出现，小说人物使用的语言意义含混不清，词汇意义的多个义项肆意转换，意义随时可能会被颠覆，人物的复意性被展现得淋漓尽致，这构成了康拉德小说一个显著的风格特征。从康拉德作品中，我们更容易发现人们内心深处普遍存在的心理冲突与心理矛盾；更容易发现一个人表象与内在的差异；更容易发现人性深处的复杂与神秘，这绝非简单的善与恶可以概括。在他的作品中的人物身上，"本我"与"自我"的冲突十分鲜明，人物内在的矛盾性被充分揭示，这种心理的矛盾和冲突让文本复意性愈发强烈。更为重要的是，康拉德还由此出发，致力于人性的深度发掘，体现着自觉的人性关怀与思考。

一　人物的"本我"与"自我"

康拉德笔下的代表性人物往往呈现出相似的特征，他们的心理状态表现得极为不稳定，精神随时会被撕扯和分裂，人的"本我"和"自我"通过不断对立和抗争而使人物形象更加饱满，更加具有复意性。他们本性从善，是拥有积极主动生活态度的理想主义者，具有极强的责任感、荣誉感和道德感，对事业和人生都满怀信心。可是，每当他们面临人生重大抉择之时，他们选择的都是逃避责任、懦弱畏缩，不惜背叛自己的理想与信念。在他们的内心世界，个人主义与集体主义、荣誉信仰与自身利益、道德约束与背叛行为之间往往存在尖锐的冲突，故事的结局常常以主人公的死亡谢幕。人生惨剧的每一幕都源自其内心"本我"与"自我"之间的激烈对抗和斗争。

在小说的创作过程中，康拉德不时把自己对道德约束与人性本源互相博弈的理解代入对小说人物性格与心理的刻画过程中，这种博弈本身所产生的冲突和矛盾就构成了多重复意。以《吉姆爷》中的主人公吉姆为例。吉姆是一个具有浪漫主义冲动的年轻人，自小就梦想成为一名临危不惧、勇敢无畏的英雄，为此他来到"帕特纳号"客轮上当大副，他认为自己是一名合格的船员，荣誉感和责任感是他引以为傲的高尚品行，可是一次普普通通的航海过程却成为导致他身败名裂的转折点。在这次航行中，他和海员们的工作是负责运送近千名香客前往麦加，途中船只突发意外，触礁进水，在航船即将淹没之时，贪生怕死的船长和海员们不顾旅客安危选择四处逃亡。此时的吉姆怀揣着英雄梦，渴望像骑士英雄般救人于水火，从而成就自我，完成英勇救人的壮举。可是当危机真正来临之时，他需要在逃跑保命和留下救人二者中做出自己的选择，于是我们很遗憾地看到这样一出悲剧，吉姆选择跳进救生艇逃之夭夭，在他的身上，现实社会法律道德规范的约束最终臣服于人性的自私与脆弱。这个悲剧讲述了一个具有崇高理想的英雄转变成懦夫和罪人的故事，而吉姆也因丧失了自己最为珍视的道德荣誉而终生不能释怀。

在康拉德小说人物中不乏大量殖民者形象，殖民者通常是"本我"的承载，"本我"装满了人类无穷无尽、无法释放的欲望。他们原本来自法治社会和高度发达的国家，理应受到良好的教育和文明的洗礼，可是当他们一旦来到原始的黑暗丛林腹地，对自我的约束就会失控，内心的本我开始疯狂的膨胀，他们的世界只剩下一个目的，那就是攫取财富，烧杀抢掠，无恶不作。如同吉姆，虽然他从拥有先进文明思想的西方世界而来，内心饱含无上的荣耀和优越感，可是当他摆脱掉文明社会的道德体制约束，他便放弃了自我的控制，甚至不把人命放在眼中，生命和责任被肆意践踏。追溯这种行为的根源，我们发现，正是由于人性"本我"和最原始的本能作祟，殖民者来到黑暗大陆后无上的种族优越感使他们内心极度膨胀，最终丧失了自由意志与选择权。当然，我们也看到，"自我"和道德约束不曾放弃控制和管束人们的行为，吉姆曾坚信自己拥有良好的职业道德，在面对危机四伏的海洋时，他有着令人称羡的勇气和果敢的品行，他曾经在犹豫中停下脚步：

"我不能逃走"吉姆开始说，"船长跑了——对他来说那挺好。我不能跑，也不想跑。他们想方设法都脱了身，但在我就行不通。"①

不幸的是，在痛苦的心理摇摆和挣扎中，他最终做出了错误的选择。吉姆曾经这样评价自己的跳船行为，认为自己好像跳到了一个无底洞一样，丢下了八百多名无辜的船客。吉姆的这一行为无疑代表着他从严格律己的"自我"转化为独善其身的"本我"。随着故事的发展，更加可悲的是，吉姆虽然也曾有过道德反省和悔

---

① ［英］约瑟夫·康拉德：《黑暗的心 吉姆爷》，黄雨石、熊蕾译，人民文学出版2011年版，第173页。

悟的瞬间，但他最后在面临法庭审判的时刻，却也只是感叹自己的英雄梦破灭了而已。

我们看到，吉姆自始至终都无法正视这个人生污点，为了从反复折磨他的良心谴责中解脱，他来到马来人的领地"帕多森"岛，被当地马来人贡奉为"爷"，这里的称呼"爷"隐含着对吉姆巨大的嘲讽："他的言行，在某种意义上，被奉为人们行为的标准……"① 吉姆逐渐成为这个马来小岛拥有无上权力的领导者，悠然享受着土著们的敬仰与尊敬。当他渐渐沉溺于东方生活的幸福与平静时，英国白人海盗布朗来到这里并与当地马来人发生武装冲突，吉姆试图让双方和解无果。西方白人之间的惺惺相惜令他做出了偷偷放走布朗的决定，结果悲剧发生了，土著首领多拉明之子被海盗杀害。吉姆不顾阻拦放弃逃走，勇于直面惩罚，孤身一人前去会见土著首领，最终带着慷慨赴义般的姿态死于首领枪下。吉姆的故事可谓是一出人性悲剧，这场惊心动魄的人性严峻考验，自始至终都昭示了人类潜意识中"自我"与"本我"之间的激烈斗争，并以"自我"的胜利而告终。

吉姆是这部小说中的重要象征之一，对这个小说人物背后深层意义的解读数不胜数。关于人物形象的复意性，燕卜荪曾经在《复杂词的结构》一书中指出，相对于短小精悍的诗歌，稍长篇幅的散文、小说、戏剧等文体并不太适用于"语义分析批评"，而更适合用"词意分析批评"。这种对人物形象和主题的分析就在复意七种类型的基础上得到了积极、有效的延伸。这种批评方法需要我们从作品文本中找出重要的关键词，并以此为基点阐释分析人物的性格特征或找寻作者的思想意识痕迹。对于作者来说，他选用了一个他觉得最恰当的词语来表达自己的真实想法，而批评者

---

① Joseph Conrad, *Language and Fictional Self-consciousness*, London: Arnold, 1979, p. 96.

则是从词语本义出发找寻它在语境中不同层次的引申义和暗示义，进而更好地理解作品文本。那么在理论实践中，我们需要寻找与这个人物形象相关的关键词，然后根据词语的多重含义阐释小说文本并挖掘其意义价值。燕卜荪根据自己的批评实践，向读者展示了四种具体研究方法。我们可以根据词汇的复现频率来考量作者有意识或者无意识的意图，出现频率越高，那么这个词无疑就代表了作品的重要特征；我们也可以通过找寻与小说主题密切相关的词语，它往往汇聚了整篇文章的核心观念，蕴含了作品最主要的意蕴；我们也可以找到与人物外表或者性格相关的重要词语，这集中代表了小说主人公最重要的品行，在故事的字里行间都有所体现与表露；我们还可以找到文本中具有多重寓意的词语，如双关语等，这类词语往往体现了整篇小说的主旨和焦点。这几种方法可以交替使用，不固定使用其中一种。语言本身就具有多重蕴意，而小说则是一种汇聚了多重复意性的文体，不同的读者都可以在文本中找到符合自己理解的关键词，因此这个关键词的限定是处于未锁定状态的，读者可以根据自己的理解自由选择。

在《吉姆爷》这部小说中，我们可以看到整部小说在结构上可以分成两个部分。前一部分讲述吉姆弃船逃走的全程，我们可以选择"懦弱"（Cowardly）作为吉姆形象的关键词，而后半部分叙事者话锋一转，吉姆的形象发生了巨大的改变，他在丛林中被封王为爷，最终为了不负自己心中曾经的信仰，怀着成就英雄的梦想慷慨赴死，我们可以选择"骄傲"（Pride）作为关键词，这个词体现了吉姆在面临死亡时，渴望灵魂救赎、毫不畏惧的心态。这两个关键词贯穿了小说整个文本，集中体现了吉姆矛盾分裂的性格特征。

"懦弱"一词的本义为"软弱，不坚强"，这个词义显然是指性格上的缺陷。当然，关键词产生意义还要依赖于小说的语境，从上下文中找出它真正的内涵。文本前半段康拉德在叙述吉姆在法庭回想起那段令他不堪的经历时，也曾说起自己在那次航行中抱有希望，这种希望不仅仅是指事情发生转折的希望，也意味着希望可以避免遇到这种需要做出无奈选择的倒霉事情。他认为自己好像"始终保持着一种奇怪的感到被动的幻觉，仿佛他没有行动，而是忍气吞声地受着那班恶势力的摆布，他们挑中他来做他们恶作剧的牺牲品"①，因此马洛称吉姆是"脆弱""懦弱""粗鲁"的可怜虫，他的灵魂在黑暗中苟延残喘。显然吉姆性格中的灰暗一面是文本一条主线，但是这条主线却是由于他没办法抵抗本我的诱惑而产生的，不是主动的，而是处于被动的。因此这个"懦弱"所产生的意义力度就没有那么强烈，他的本意和在文本中的引申义是有偏差的。因此，这条主线渐渐演化成了一条副线。

　　反观第二个关键词"骄傲"（Proud），该词作为形容词有两个含义，一个是褒义，意为"自豪"，另一个是贬义，意为"自以为了不起，看不起别人"。吉姆从文章开篇就被定性为"自负"的性格，太过于相信和肯定自己，此外，关于他性格的另外一个词语也在文本中反复出现，就是"顽固"这个词语。"顽固"不仅意味着过于相信自己，带有一种目中无人的清高，而且强调绝不改变。果不其然，随着故事的进展，我们可以看到，吉姆自始至终都没有真正意识到自己抛弃乘客逃跑的行为是令人不齿的，是极度懦弱的，他反而认为被人嘲笑为"胆小鬼"是对他人格的一种羞辱。吉姆为什么后来来到马来丛林并对称之为"爷"津津乐道，也是想向世人甚至向自己证明自己是骄傲的，是勇敢的，是值得被尊重的。最终他明知危险却不顾别人劝阻，主动找到部落首领多拉明，让他杀死自己，这种骑士英雄般的疯狂行为也是想证明自己是骄傲的。这里"骄傲"的含义就由贬义转向相反的褒义，他坚

---

　　① ［英］约瑟夫·康拉德：《黑暗的心　吉姆爷》，黄雨石、熊蕾译，人民文学出版社2011年版，第195页。

信自己是自豪的，犯过的错是可以被救赎的。因此"骄傲"逐渐占据了文本的中心，变成了文章的一条主线。不仅如此，这个关键词也符合燕卜荪复意理论的第二种类型，这种类型的复意包括词意复意和句意复意，如果有一个词有两个以上的义项，意义不同，而这两个义项在文本中似乎都说得通，都可以拿来解释，我们就可以说这里出现了第二种的复意。词语多种含义的并存使整个人物形象更加丰满，内涵意义更为丰富多元，复意的效果增强。这是由词义的丰富而产生的含混和复意，在不同的语境可以有相反的理解和阐释。由此我们可以看出，吉姆性格中的反差和矛盾就在这两个带有明显复意性的词汇中被展现得淋漓尽致，这种不同层次的多义和转换就构成了康拉德小说中独特的人物复意。

从康拉德塑造的人物形象中，我们还可以找到人性中的对立面，如"善与恶"、"忠诚与背叛"的复意通贯全篇，这几个核心词语本义与引申义也在不停转换，交替出现，象征着人性中的含混与复杂。比如："善"与"恶"这一对概念意义通常是明确的，"善"意为"善良，品质或言行好"，"恶"意为："恶劣，不好"。因为意义的单一明确，因此我们往往很容易区分这两者的概念。可是康拉德笔下的人物，读者却很难判断善恶，难以下定论，因为他们往往都是难辨善恶，既善又恶，忽善忽恶的。人性和心理状态复杂又善变，朦胧又含混。我们很容易发现，康拉德小说中有这样一大批人物，对自我往往有着清醒的认识，却缺乏临危不惧的淡定；信奉执着与理想的坚守，却没有一颗坚韧而强大的内心。当欲望暴涨，人性陷入摇摆和失控，重如磐石的道德感便无影无踪，消失不见。康拉德曾说："忠诚是人类美德中的美德，而背叛则是罪恶中的罪恶。"[1]《吉姆爷》中，吉姆对善的背叛让人们

---

[1] Joseph Conrad, *Poland's English Genius*, New York: Cambridge University Press, 1942, p. 145.

见证了道德与人性本真抗争失败的惨剧,也目睹了理想主义与英雄主义幻想破灭的悲剧。吉姆的后半生几乎时刻处于内心挣扎的无尽折磨之中,唯有死亡才能让他得以解脱。最终吉姆死了,他的死亡"才真正弥补了他道德上的缺陷",也"暗示了吉姆寻找心灵出路的失败。"①

康拉德通过吉姆的行为与思想斗争,证明了人是复意的矛盾存在,人的内心复杂多变,客观环境和条件的变化会引发人性向另一个方面转换。而平衡的关键就是人们的道德监管,它可以控制引领人之本性,避免误入歧途。古希腊普罗泰戈拉被尊称为"智者",他提出了著名的"普罗泰戈拉命题",认为每个人都是万物的标准和尺度,如果不存在一个标准来判断谁对孰错,那么只能陷入怀疑的泥潭,"他最终走上了一条保卫法律、习俗和传统道德之路。"② 康拉德则通过吉姆进一步昭示了这一命题,他指出,吉姆的悲剧就在于在这个过程中道德监管失控,潜意识和本能冲动主宰了他的全部行为,尊严与理想成为随时可抛弃的存在,最终导致人性沦丧,"自我"被泯灭。在小说中,吉姆在生命的终点以死谢罪是整部小说的高潮,康拉德借此警示世人关注对道德规范准则的坚守以及对自我理想的忠诚。这部小说之所以如此成功,在于康拉德通过对人物复杂多变的心理状态的详细刻画,向我们展示了肆意放纵"本我"的恶果,也让我们见证了"自我"克制力的救赎。康拉德让人们意识到每个人心中都有一只黑暗之手在推波助澜,每个人都可能会面临人性无法控制的那一瞬间,而灾难过后,人们才会醒悟,"自我"的坚韧与稳定才是人性泯灭外的希望之光。这是康拉德在物欲横流的时代传递给人们心灵的抚慰和温暖的希望,就这一点而言,康拉德可谓功不可没。

---

① 徐晓雯:《康拉德与〈吉姆爷〉》,《外国文学》1994 年第 2 期。
② Bertrand Russell, *The History of Western Philosophy*, Touch Stone, 1967, p. 39.

二 人物的"正面"与"反面"

在康拉德的小说文本中，我们注意到他刻意展现出人物的"正面"和"反面"，往往从两条甚至多条叙事线索对人物的心理展开描述。他笔下的人物常常具有优雅和残酷的双面，他们的变化随其国家、种族、性别的不同而不同。这显然是康拉德故意为之，希望通过人物态度和情感的差异来展现出他们人性中的光明面与黑暗面，以此凸显人性的多样性和复杂性。

康拉德的小说特别是丛林小说，主人公身份较为单一，多为白人殖民者。康拉德在其著名的丛林小说《黑暗的心》这个文本中，常常采用白人殖民者受过良好教育的的优雅形象与他们对他者的残酷毒打交叉叙事，以此加强高贵与丑恶之间的反差。这种强烈的对比和冲突大大刺激了读者的感官，让人感同身受，内心感受五味杂陈，文明与野蛮的对抗时刻在读者脑中混乱纠缠。这种阅读感受把人物的多面置于文本表象，加深了人物形象的丰富蕴意，文本的勃勃生机与活力跃然纸上。

在小说中，我们看到，康拉德多数情况下都使用他的御用叙事者马洛直接揭开殖民者高贵的面具，很多情节字字诛心。比如，小说叙事者马洛刚到货运站，便看到他们正在无情鞭打一个黑人，他被打得没命地惨叫，而货运站里的白人则对比明显，彬彬有礼，正举着香槟金瓶子，上面插着一根蜡烛，语调轻松地谈论着墙上的油画。白人们从货运站走出来时，那个挨打的黑人还躲在附近什么地方哼哼着。当他们口中温文尔雅地称呼着"我亲爱的先生"相互道别之际，"那个被打伤的黑人在不远处低低地呻吟着，接着发出一声深深的叹息"①。这种对比强烈的视觉画面不时冲击着读

---

① [英] 约瑟夫·康拉德:《黑暗的心 吉姆爷》，黄雨石、熊蕾译，人民文学出版社 2011 年版，第 35 页。

者的脑海，跟随着殖民者的路线，读者目睹了西方白人殖民者对权力的渴望，对金钱的贪欲，对占有土地疯狂的执念，以及对象牙买卖饥渴般的热情。在非洲丛林，大量属于原住民的财富被掠夺，大片土地被肆意侵占，甚至殖民地的原住民都成为他们皮鞭下的奴隶。他们的到来不仅没有给刚果带来文明，反而让刚果人民陷入了被殖民者压榨欺凌、苦不堪言的境地。这样的人间悲剧正是由于道德沦丧与人性缺失造成的。

在小说中，盘踞刚果的殖民者衣冠楚楚，姿态高高在上，具有崇高的地位，但是他们的行为却是丧尽天良的，他们丧心病狂地四处杀戮与掠夺，完全没有丝毫理性可言。马洛直接痛斥他们为"魔鬼"，他在小说中这样呐喊：

> 我曾经见到过暴力的魔鬼，贪婪的魔鬼，还有欲壑难填的魔鬼；可是，上天作证！这些拿人——我说的是人——当牲畜使唤的魔鬼可真是些强大的、贪婪之极的、红了眼的魔鬼……在那阳光耀眼欲花的土地上，我很快便将结识一个代表着愚蠢的贪婪和残酷、衣服破烂、装模作样、目光短浅的魔鬼……马上感到仿佛是跨进了地狱的一个最阴暗的角落。①

马洛这段话可以称作这部小说的经典段落，短短几句话里面竟然出现了七次"魔鬼"这个词语。按照燕卜荪的"词义分析批评"方法，这个词语的出现频率极高，表明"魔鬼"是马洛赋予白人殖民者形象品格的关键词，不管康拉德是有意识还是无意识地使用这个词语，这个词语都代表了殖民者形象的核心描述。

"魔鬼"（devil）本义指宗教或神话中迷惑人、害人性命的鬼

---

① ［英］约瑟夫·康拉德：《黑暗的心 吉姆爷》，黄雨石、熊蕾译，人民文学出版社2011年版，第21—22页。

怪，引申义比喻邪恶的人或势力。康拉德在这里使用了比喻的修辞手法，用来增强复意性，让殖民者的形象更加立体和直观。殖民者的形象具有一种喻义，指代他们的所作所为像魔鬼一样残忍，他们的嘴脸像魔鬼一样可怕。这种由修辞手法引起的复意在燕卜荪复意七种类型中占据了三种，第一种、第三种和第五种都明确指出了修辞手法的效果会产生复意，而由比喻引起的复意属于复意的第一种类型。燕卜荪指出：

> 暗喻则是对一种引人注意的形象进行观察，观察中包含的若干要素的综合也就是暗喻。它是一种复杂的思想表达，它借助的不是分析，也不是直接的陈述，而是对一种客观关系的突然的领悟。当人们说一种事物象另一种事物时，它们必定具有某些使它们彼此相似的性质。[①]

殖民者与魔鬼的共性是残暴、狰狞的本性，看到这个词语我们就会联想到殖民者的本性，这是最简单的一类复意。这种复意增强了语言带来的效果，让我们感受到语言的丰富性。此外，词义分析法中另外一个方法是通过叙事者的语气来揭示词义，显然我们能通过语境中马洛从平淡到气愤斥责的语气变化来感受到复杂的情感。"魔鬼"这个词本身就是一个贬义词，具有丰富的感情色彩，我们看到这个词就会联想起丰富的含义和意蕴，读者在解读时自然附带有深厚的情感。我们通过段落中马洛断断续续的语气，可以感受到他跌宕起伏的强烈情绪变化，代表着他对白人殖民者的谴责和憎恨达到了一个较高的程度。

然而，令读者感到迷惑和不确定的是，从小说另外的段落，我

---

① ［英］威廉·燕卜荪：《朦胧的七种类型》，周邦宪、王作虹、邓鹏译，中国美术学院出版社1996年版，第3页。

们还可以找到殖民者相当正面的形象,他们可以温文尔雅,有礼节,可以穿着熨烫得笔挺的西装悠闲地喝着咖啡,浆白的袖口在阳光下闪闪发光。这种优雅和残暴的人物形象差异使人产生强烈画面感,不同的读者根据迥异的阅读经验和人生经验生成了不同答案,这会导致读者们进入一种不确定但又引人遐想的感受复意的朦胧状态。

在《黑暗的心》中,我们看到了一个典型的人物形象——白人殖民者库尔兹。他让我们对"魔鬼"这个词语有了对应的形象范本。他如同魔鬼般榨干了被殖民者的血汗,让我们清晰感受到了殖民者的黑暗统治和强权镇压给殖民者带来的灾难。文本中这个重要的人物一方面具有一个极为"正面"的形象,他是一个具有良好道德修养的白人,善良有血性,富有理想,不怕艰难,怀着对工作的热情踏上了可能极为凶险的未知征途。在白人们看来,他毫无疑问是一个勇敢的、坚强的男子汉,一个"曾以高度的细心和巨大的勇气指挥了那次艰苦航行的混血儿",他富有责任感,勇于"负起增进人道主义、改善生活和施行教化的责任"[1]。然而,就是这样一个充满理想的天才,胸怀抱负、满怀热情地前往非洲肩负重任的白人代理商,被康拉德生生地揭下了画皮,展现出另外一副面孔。与库尔兹类似的人物形象在小说中还有很多,几乎每个人物都可以被拆分为两个人,一个善良的自己和一个邪恶的自己。这两种完全相反的形象构成了矛盾和对立,让读者很难对这个人物做出综合的判断。

从康拉德设置的很多小说情节中,我们都可以感受到康拉德人物形象的立体与复意。康拉德善于运用细节性的描写,用大量的矛盾对立和修辞手法让整个文本的意象变得极为朦胧和复杂。比

---

[1] [英]约瑟夫·康拉德:《黑暗的心 吉姆爷》,黄雨石、熊蕾译,人民文学出版社2011年版,第44—45页。

第三章 复意性人物解析

如在文本的后半部分，读者的注意力被集中在"报告"（Report）这个名词上。库尔茨用这份上交给西方世界的报告总结了他在非洲大陆的工作，他给了西方统治阶层一份报告，也给了自己的多重人格一份报告。康拉德借马洛之口描述了库尔茨那份"文笔优美，到处洋溢着动人的才华"的报告，他的叙述十分震撼人心。他这样写道：

> 报告的结论可谓无比宏伟，只不过，你们知道，很难记住。它给我留下的印象是一种充满无比庄严的慈悲心的、非同一般的博大胸怀。这使得我立即感到热情激荡。那正是能言善辩——或者说词藻——激动人心的高尚的词藻所能产生的无穷的力量。其中没有一个字涉及实际问题，从而打乱他流水般的词句的迷人魅力，除了出现在最后一页上的一段说明也许可以看做是对某一方法所作的解释，显然是很久以后草草补上的，笔划显得非常零乱。这段说明很简单，但在这篇向一切利他主义精神发出动人呼吁的文章的最后部分，它却像晴空中忽然出现的一阵闪电，照亮了一切而又十分可怕："消灭所有这些畜生！"①

在这个段落中，读者很难直接辨别出马洛对这份报告的态度，他的叙述语调是矛盾的，也是闪烁其词的，他的语言给读者造成很强的复意感。事情原本可以说得更清晰一些，但是作者觉得可以了，够清楚了，或者这里不用说那么清楚。读者需要根据自己的阅读经验来做出自己的判断，这种复意符合燕卜荪表述的第六种类型的复意。这种类型的复意包括两种情况，一种是语言的模糊表达，不清不楚，人物形象也是模糊的，比较难以把握，也就是

---

① ［英］约瑟夫·康拉德：《黑暗的心 吉姆爷》，黄雨石、熊蕾译，人民文学出版社2011年版，第69页。

我们常说的"朦胧美"。另一种是由陈述的矛盾所构成的复意，我们对某个人物形象产生疑问，对他的回答"是"也可以成立，"不是"也可以成立。这种回答就极富暗示性，马洛不知道应该为哪一面的库尔茨代言，是正面的库尔茨还是反面的库尔茨。我们可以说马洛是站在库尔茨立场上的，但也可以说不是。除此之外，通过这一段文本，我们还看到了"反讽"这个修辞手法带给读者"复意"的冲击力，文本字里行间都表达出马洛对库尔茨的冷嘲热讽，但他的这种情感难以言喻，想要表达对库尔茨毫无人性的宣言的震惊，却又不得不屈从于曾经对库尔茨的崇拜之心。这种矛盾情绪的交织同样也符合燕卜荪第四种类型的复意性特征。

通过文本细读，我们看到，马洛在听闻库尔茨暴行后似乎无法接受自己曾经崇拜的偶像堕落如此，也打算彻底消除自己心中对库尔茨的矛盾情感，于是他继续跟随着库尔茨的脚步来到贸易站。当初看到这份报告中"消灭这些畜生"的震惊在来到这里之后达到了顶峰，他竟然看到贸易站门外挂着一排排当地土著的人头作为装饰物，康拉德以十分细腻的笔触对此进行了描述。马洛最初并未意识到这是什么，只是感到奇怪，因为已经消失看不见的围墙的一根木桩进入了他的视野。他从老远看到一些东西，一些类似于装饰品的东西，可是对照周围荒凉的环境，这似乎显得很不协调。他详细记录下了自己的所见所感：

> 我猛地一转望远镜，不料那已消失的围墙的一根木桩跳进了我的视野。你们记得我刚才对你们讲过的吗，我老远看到一些似乎是用来作装饰的东西，对照着那地方的荒凉景象，使我感到颇有些奇怪。①

---

① ［英］约瑟夫·康拉德：《黑暗的心　吉姆爷》，黄雨石、熊蕾译，人民文学出版社 2011 年版，第 80 页。

随后,他描述了自己的心理状态以及知道真相后的震撼:

> 现在我忽然清楚地看到它了,而我第一眼看到它的反应是,仿佛要躲开一个人的拳头似的把头向后一甩。接着我又用望远镜从一个木桩看到另一个木桩,我现在明白原来我完全弄错了。那些圆球状的东西并不是什么装饰品,而是象征性的标记;它们的含义十分明白却又令人不解,让人吃惊,更使人不安——是引人思索的素材,同时也是一只凌空俯视的老鹰的食物;不过最后必然做了那些肯耐心地往木桩顶上爬去的蚂蚁的食粮。这些悬在木桩顶上的人头,要不是它们的脸全都向着房子那边,一定会更让人印象深刻。其中只有一个,我最初看到的那个,脸朝着我这边。我当时并没有像你们想象的那么害怕。我刚才说我向后一躲,那其实不过是止不住一惊罢了。①

最后,他细心地描述了这些被砍下的黑人的头颅:

> 我本来想,那些圆球一定是木头做的,你们知道。我特意回头再去看那第一个人头——它仍旧挂在那里——深黑,干枯,眼睛紧闭着——仿佛倚在木桩顶上睡着了,那已经干缩的嘴唇露出一线白色的牙齿,正在微笑,对着那永恒睡眠中的一些没有尽头的可笑的梦境不停地微笑。②

从这一整段小说情节中,我们惊奇地发现马洛的叙述语气自始至终都较为平淡,面对如此令人震撼的画面却以一种散文式平静

---

① [英]约瑟夫·康拉德:《黑暗的心　吉姆爷》,黄雨石、熊蕾译,人民文学出版社2011年版,第80页。
② [英]约瑟夫·康拉德:《黑暗的心　吉姆爷》,黄雨石、熊蕾译,人民文学出版社2011年版,第80页。

的语气详细描述事情发生的经过。同时我们也看到，马洛嘲讽的语气从未停止，他叙述故事的过程始终是富有暗示意义的。特别是库尔茨把那些黑人的人头挂在木桩上，他们一定是经历了十分痛苦的过程后惨死的，却"仿佛睡着了"，这里康拉德使用了"暗喻"这个修辞手法表达出对库尔茨浓郁的讽刺。"暗喻"是所有的修辞方法中表达复意性较为强烈的手法之一，燕卜荪称之为第三种类型的复意。这种表达形式看似平淡，但是隐含的意义却愈加复杂。平静的字面含义中隐藏着波涛汹涌的复杂感情，作者的暗示被隐藏在小说文本的字里行间。燕卜荪认为这样的表达方式会产生更深、更强的语言效果，是对读者想象力和领悟力的一种考验，这种类型的复意涉及作者整个的思想状态，通过作者的严密思考，使文本的意义变得深厚和含混，在朦胧的状态下，读者脑海中就会不自觉多出来一些对事情的理解和想象。这个做出判断的过程也许会发生冲突，也许会生发出平行前进的双重情感，但都会使读者的探索更加微妙，也更加复意。

文学作品不是一个使用单一符号系统的体系，而是把无数的符号整合在一起组成一个独一无二的形式，一个词语不仅仅是一个符号，更暗示一种或多种事物。我们常说，小说中丰富的意象是康拉德根据主观感受和直觉经验刻意营造出来的，那么这些意象不仅仅可以通过以视觉化为代表的外在表现出来，还可以通过以暗示性为代表的内在隐喻体现出来。

隐喻作为一种修辞方法，比明喻生动活泼，故事的意义更加耐人寻味，给读者留下的印象更深刻，产生的遐想空间也更大。康拉德运用大量隐喻的目的就是让读者依靠自己来想象，亲身体会这种说不清道不明的模糊感、矛盾感和朦胧感。这些象征性的隐喻在康拉德小说中贯穿始终，频繁出现，并演变成小说文本的核心隐喻。在小说中，我们随时可以发现这些核心隐喻的存在，如"黑暗""荒野""雾""象牙""大海""坟墓之城""船"等等，甚至连"铆钉""贸易站""织黑毛线的女人"等也都成为小说中较为关键的隐喻本体。这些语言符号附带的深层意义构建出无穷的意象,这些意象逐渐演变成象征。因为:

  一个"意象"可以一次被转换成一个隐喻,但如果它作为呈现与再现不断重复,那就变成了一个象征。①

在《黑暗的心》这个小说文本中,还有另外一个反复出现的关键词语"象牙"(Ivory)。这个词语带给我们很多的联想,库尔茨为了象牙来,也为了象牙死。象牙本义就是象的獠牙,这是个具体的物体,意义一元且明确,但是在康拉德的小说中,象牙显然是一个象征,它的含义丰富,具有多重性和含混性。在小说中,象牙象征着象牙贸易,令人疯狂的金钱,同时也象征着黑暗、死亡与灾难。这个词就像一面旗帜,插入了每个人的心中,牵引了整个故事发展,标志着物质和金钱对人的巨大诱惑。故事的高潮发生在库尔茨将死的瞬间,他终于意识到原来象牙并不重要。他说:"你是说,救那象牙?不要跟我说这个,救救我。"② 他此时选择抛弃了象牙,也意味着与珍贵的生命相比,他选择放弃对物质、地位和权力的渴望。此时他希望别人拯救的到底是他的生命?还是荣誉和理想?抑或是更为重要的被泯灭的良心和道德?康拉德并未告诉我们,他希望读者自己去小说中找寻答案。康拉德仅仅描述了库尔茨临死前发出的绝望呼唤:"太可怕了,太可怕了!"这句重复的话语实际是对世人的告诫与警示,这句意味深长的话虽短小,却给人们留下了巨大的思考和阐释的空间。如西格蒙

---

① [美]勒内·韦勒克、奥斯丁·沃伦:《文学理论》,刘象愚等译,浙江人民出版社2017年版,第179页。
② [英]约瑟夫·康拉德:《黑暗的心 吉姆爷》,黄雨石、熊蕾译,人民文学出版社2011年版,第86页。

德·弗洛伊德（Sigmund Freud）所言：

> 自我不仅感受到来自外界的刺激，而且也感受到来自心理内部的刺激……它废除了无限制支配本我中事件的快乐原则，而代之以现实原则。①

库尔兹无疑是与此相反的，他追寻快乐原则，主动选择放弃了人性中的善与"自我"，也主动放弃了作为人而应有的原则与标准。通过库尔兹这个小说悲剧人物的成功塑造，康拉德不仅让我们看清了人性"本我"的为所欲为，也让我们见证了打破人性平衡所付出的沉痛代价。

难能可贵的是，康拉德不仅用高超的写作手法和人物形象塑造艺术，强调了道德和人性中美德的重要性，也思考了人类产生如此错误行为的缘由。早在17世纪，培根、霍布斯等哲学家就已经开始探索人类产生错误的根源，认为人不仅想要保持个人的自由，同时又想支配他人，获得权力，正是这双方面的对立冲突使人生变得险恶。而到了18世纪，随着浪漫主义的发展，哲学家们对道德有了较为感性并且十分尖锐的理解，浪漫主义者认为善恶是人的双重性格，穷人们总是比富人们拥有更多的美德，谨慎、礼貌和理智是最大的美德。当然他们的价值标准和现代价值观念还是有很大区别的，他们认为：

> 人性本质上是自私自利的……人类需要宗教和道德来填充自己，可是，为了将来的利益放弃现在的满足，人类是不甘心的。因此，人的感情如果被激发起来，人们对各种行为约束便

---

① Sigmund Freud, *New introductory Lectures on psychoanalysis*, W. W. Norton&Co, 1995, p. 89.

无法忍受。①

而自由主义思潮的代表人物洛克则指出人类行为的根源是：

> 人类的一切行为都是受追求个人幸福和快乐的欲望所驱使……神制定了道德准则，遵守准则的人死后会进入天堂，而违背的人会被打入地狱……追求当时的快乐或逃避痛苦是人类永远的目的。②

显然，康拉德认为库尔兹的行为显然也是这样，他受到快乐原则的驱使，认为金钱所带来的快乐高于一切，个人幸福才是人生追求的终极目标。也正因为他坚信这个原则会带给他满足感，他来到非洲大陆看到满地的象牙才会欲望失控，无法再忍受和面对道德理性的束缚，不顾一切地渴望满足内心强烈的欲望。

而反观康拉德笔下另一个白人马洛，马洛的出现无疑是康拉德道德观与价值观的完美再现，他是康拉德道德约束理想化的人物。在创作马洛这个人物形象时，康拉德在潜意识中赋予了他自己对完美人性的认识和理解。不得不说，康拉德塑造人物形象的艺术是十分高超的，马洛理性形象的成功塑造完美诠释了德国哲学家康德的伦理学认识，康德认为道德是人性的基础，而人性要服从于德行。道德来源于理性，人类是有理性的动物，人要有义务才会有道德感。人往往有绝对的目的，而人性就是我们行动的目的。康德在他阐述他对道德与人性的理解时指出："人心中一个内部法庭的意识就是良心。"③ 人性要服从于德行，每一个人都要为自己

---

① Bertrand Russell, *The History of Western Philosophy*, Touch Stone, 1967, p. 403.
② Bertrand Russell, *The History of Western Philosophy*, Touch Stone, 1967, p. 410.
③ [德] 康德：《康德说道德与人性》，高适编译，华中科技大学出版社2012年版，第34页。

的行为负责。显然，马洛就是那个与残酷施暴的白人殖民者相对面的"良心"的存在。自始至终，马洛都清醒并清晰地看到白人殖民者的贪婪欲念和堕落腐化，并为此痛心呐喊。马洛的行为举动让我们看到了"超我"严格的道德标准：

> 超我具有一定的自主性，遵循自己的意图行事……在我们的身上，几乎没有别的东西能像我们的良心那样，如此频繁地让我们与自我分离，如此容易地与后者相对立。我倾向于做那些我认为会给我带来快乐的事情，但是考虑到我的良心不允许，我放弃了。①

在文本中，他自始至终都与普通殖民者保有一定的距离，总是置身事外，客观冷静地看待发生在殖民地的一切丑恶，从未失去"自我"。

值得注意的是，康拉德虽然极为推崇道德品行的重要性，可在塑造马洛这个如此"正面"的人物时，却也有意识地让我们看到了他的"反面"。这是由人物心理的复杂冲突而衍生出的一种矛盾对立。康拉德深知，只有这种矛盾对立的存在才会让整个人物形象栩栩如生，丰富立体，因此，他赋予马洛闪烁其词的语言表达和语无伦次的语气矛盾来构建人物形象的复意性。马洛曾多次承认自己的内心深陷矛盾之中，摇摆不定："灵魂！如果有任何人曾经和自己的灵魂进行过搏斗，那就是我！"② 此外，他的叙事语气和态度随着故事的进展也不断产生变化。最初他对库尔兹是充满好奇的，他不断地问船员："请告诉我……这位库尔兹先生到底是谁？"③ 而他在

---

① [奥]西格蒙德·弗洛伊德：《精神分析新论》，郭本禹译，译林出版社 2011 年版，第 51—52 页。
② [英]约瑟夫·康拉德：《黑暗的心 吉姆爷》，黄雨石、熊蕾译，人民文学出版社 2011 年版，第 92 页。
③ [英]约瑟夫·康拉德：《黑暗的心 吉姆爷》，黄雨石、熊蕾译，人民文学出版社 2011 年版，第 34 页。

见到库尔兹之后，通过和库尔兹的接触，他表达了对库尔兹英雄行为的敬佩：

  要说起来，我也是库尔兹先生的一个朋友——差不多是这样。
  在我这儿，库尔兹先生的名声是绝对安全的。
  虽然事实上，那时候他早已经无可挽回的彻底完蛋了，但也正在此时，我们亲密关系的基础开始奠定下来，而且将长期存在下去，永远存在下去，直到最后——甚至还要更久。①

马洛表达了对库尔兹的欣赏与肯定，对库尔兹高度信任，甚至曾断言不管怎么样，在欧洲库尔兹的胜利已经是肯定的了。然而当他看清库尔兹的本质时，马洛对库尔兹的态度由钦佩转变为失望："他本身就是一种无法穿透的黑暗。"而库尔兹死后，他的话语开始逐渐变得矛盾而犹豫，他的态度令人费解。他一边声称自己仍然忠于库尔兹，肯定库尔兹是一个非同一般的领袖人物；但是另一边他也表达了自己的困惑、摇摆和痛苦。他说：

  我所经历的似乎正是他所处的困境。一点不错，他曾经跨出了他的最后一步，在我还有可能收回我的犹豫不决的脚步的时候，他却跨出了悬崖的边缘。也许整个差别就在这里……他的叫喊显然更好，好得多……它仍然是一个胜利！这就是我直到最后，甚至不只最后……仍忠于库尔兹的原因。②

---

  ① ［英］约瑟夫·康拉德：《黑暗的心 吉姆爷》，黄雨石、熊蕾译，人民文学出版社2011年版，第87页。
  ② ［英］约瑟夫·康拉德：《黑暗的心 吉姆爷》，黄雨石、熊蕾译，人民文学出版社2011年版，第98页。

在此后的叙述中，他更是用了大量似是而非的话语多次复现和强调了这种心理矛盾，诸如"我并非很坚定地说""我有些犹豫地说""我不知道""我不知道我这话有几分真实性""我并非很肯定地说"等等。这些模棱两可的话语显然属于"语辞矛盾"，这也是为什么很多读者对马洛的叙述表示疑惑和不解的原因，这种话语中的矛盾会让读者努力从表层意义转向深层意义去探寻真正的声音，叙述语言的暧昧和模糊又使读者"不得不自己去发明一些说法，而读者想到的这种说法又可能互相冲突"①。康拉德用这种手法来表达马洛精神上的迷惑和矛盾。作为叙事者，他的话语本身就具有"不可靠性"，他的叙述矛盾会进一步影响话语的稳定性和确定性，造成不真实感。马洛此后不停地解释和辩解也再次印证了马洛的复杂矛盾心理，折射出作家康拉德内在潜意识中的矛盾。读者无法完全相信叙述者的判断，更无法从他们的犹豫行为中做出准确的分析，读者对这种复意极为迷惑，自然觉得文本好像被笼罩了一层薄雾，难以挖掘出作者的本意。这种解读阐释带来的复意性可以解释为什么很多读者认为康拉德的小说如此晦涩难读。

三 人性的深度发掘

正因为康拉德作品中人物内在性格具有多层次复意性，评论家们见仁见智，从不同维度进行了多方面的阐发。一些比较关注康拉德对人性和道德博弈的批评家和研究者们给予了肯定和赞扬。如威廉·班克罗夫特把重点放在道德训诫方面，认为"康拉德重视道德规范，特别是人类的团结。"② 英国文学批评史上著名的批评家 F. R. 利维斯赞叹道：

---

① [英] 威廉·燕卜荪：《朦胧的七种类型》，周邦宪、王作虹、邓鹏译，中国美术学院出版社1996年版，第277页。

② John G. Peters, *The Cambridge Introduction to Joseph Conrad*, Shanghai foreign language education press, 2008, p. 121.

(康拉德)对人性之深邃和精神恐惧的描写……强调的是难以言传又难以理解的神秘性,对人类灵魂诸多无法形容的潜能感到了震惊。①

当代评论家丹尼尔·施瓦茨则指出康拉德作为一名杰出的英语作家,是一名"人道主义者",他的作品具有"心理深度和道德深度。"② 当然,面对具有如此复杂意蕴的小说家及作品,批评家对其思想认识的理解和阐释往往让人知其一,不知其二。艾伯特·格拉德就表示他对自己曾经错误的评价感到懊悔,他在谈及其专著《小说家康拉德》的写作目的时这样说道:

我曾经低估了作为心理小说家的康拉德,因为我在其作品中没有找到更多、更好的"弗洛伊德式"的梦。③

还有一些评论家关注到康拉德积极的人生观和理想主义的道德观。比如,有的学者认为,康拉德不仅让人们看清了"本我"欲望的复杂与可怕,同时也展现了自我约束力与克制力的存在。康拉德希望以此展现给人们一种积极的人生态度,放纵欲望会使人犯下过错,文明进步也可能会因此受到践踏。了解人性的内涵,才能肩负起促使社会良性发展的义务和责任,文明才能战胜愚昧。④ 还有的学者认为,康拉德试图告诉我们"本我"是可以控制的,"自我"终

---

① [英]F. R. 利维斯:《伟大的传统》,袁伟译,生活·读书·新知三联书店2009年版,第231页。
② Daniel. R. Schwarz, *Conrad: Almayer's Folly to Under Western Eyes*, London: Macmillan Press Ltd, 1980, p. xiii.
③ Albert Guerard, *Conrad the Novelist*, Massachusetts: Harvard University Press, 1958, p. xi.
④ 参见杨福玲、段维彤《解读人性的内涵—从康拉德的小说〈黑暗的心〉看人性的涵义》,《天津大学学报》2011年第4期。

将会战胜"本我",康拉德人物内在人性的多面、复杂,不仅使人们亲身感受到人性迷失的遗憾与迷惘,也能让人们重新找回迷失的自我。① 对于这样的观点,很多研究者表示赞同。他们认为康拉德小说中的许多人物都同时存在超脱道德自律的"超我"和原始的"本我",每到关键时刻,小说主人公就不能控制自己的行动,按照本我意愿行事。我们应该正确地认识自我,不能让潜意识的意愿成为我们行为和意志的主宰。②

除此之外,我们应当看到,康拉德作品中人物的多重复意反映出康拉德对人性的深度发掘,这也是19世纪末、20世纪初西方思想文化领域新思想、新理念、新发展的先声。因而,应当多角度、全方位地对康拉德作品人物内在复意性进行探索。

通过康拉德对吉姆道德忏悔过程的描述,我们可以领悟,他在提醒人们注意如若道德感缺失,将会造成人类精神世界的痛苦与迷惘,指出人类心理意识的不坚定和动摇会产生何种恶果。为了向读者传达这种警示,康拉德把人物放置于道德摇摆与人性沉沦的困境之中,通过主人公来自灵魂的呐喊与人性的复苏,来提示我们如何避免悲剧的重蹈覆辙。不仅如此,这些人性双面对立博弈背后所隐藏的希望和光芒更是康拉德带给读者最大的启迪与思索。小说是主人公的世界,更是作者的世界,我们可以从小说中命运跌宕的人物身上所展现出的道德观与价值取向,来探寻作者本人的道德理想和人生态度。我们认为,康拉德对理想主义、英雄主义的态度是推崇却又迷茫的,对道德感和荣誉感的认识是肯定而又反思的,对命运的思考是悲观而又隐含希望的。

通过对康拉德小说中人物心理复意性的描述,我们还可以看

---

① 参见于丽锦《从〈黑暗的心〉解读人性的内涵》,《贵州大学学报》2010年第1期。
② 参见李昆峰《康拉德〈吉姆爷〉之心理学解读》,《贵州师范学院学报》2010年第7期。

到，康拉德其实是一个"认为世界缺乏确定意义的怀疑主义"[①]的作家，道德重如磐石，被他视作毕生追求和坚守的准则，怎可以如此轻易被自我打破。康拉德勇敢面对人类潜意识与行动之间的矛盾性和悖论性，展现了生命本身的沉重和复杂。他对人性与道德的深度剖析是他对生命、对存在高度的关注，康拉德对荣誉感和道德感的追求与推崇凸显了他对维多利亚时代忠诚信念与理想责任的重视，而他对人性的沉沦以及人性阴暗面的悲观刻画则隐含了他对个人生存状态的困惑与迷茫。正是根深蒂固，无法违背的道德感与对人性深刻洞察的互相抵触，造成了康拉德思想上潜在的焦虑和深度怀疑。

通过对康拉德作品中人物多面行为与矛盾人格的描述，我们又可以看到，康拉德之所以被批评界定位为具有现代主义特色的转型作家，很大一部分原因在于他对人类心理冲突的关注和对人性缺陷的揭示，这种关于人性、道德的复意思想可以通过他笔下众多人物复杂心理状态的剖析得以展现。这一点恰可与精神分析学说理论形成共鸣，从而为我们对其作品的认识找到新的路径与工具。

关于弗洛伊德学说对人性分析的价值，莱斯利·史蒂文已有精辟论述，他认为：

> 说他在本世纪使我们对自己的认识产生了彻底变革，已经是很平常的事。因此，任何一种对人性的充分讨论，都不能不研究他的思想。[②]

弗洛伊德在 1923 年的著作《自我与超我》一书中，把心理结构分

[①] ［瑞］肯尼斯·格拉汉姆：《康拉德与现代主义》，乔修峰译，载宁一中编选《康拉德研究文集》，译林出版社 2014 年版，第 37 页。
[②] ［英］莱斯利·史蒂文：《人性七论》，商务印书馆 1994 年版，第 98 页。

为"本我""自我"和"超我"三个部分。他指出,"本我"是"我们人格中隐晦而不易接近的部分,是一口充满了沸腾着的兴奋剂的大锅,充满了来自本能的力量,但它没有组织,也没有产生共同的意志,而仅有一种遵循快乐原则,以使本能需要得到满足的欲望"①,其代表着人类一切本能的驱动力量。"自我"是调节机制,代表着我们的理智,起媒介的作用,它"是因接近外部世界、受其危险的威胁而产生的有利于自我改变的那一部分,适合于接纳刺激,并作为一种防止刺激的保护物"②。它把不符合社会道德规范的心理冲动转变为适应真实世界的动机。"超我"则是"人格中高级的、道德的、超自我的心理结构"③。它包括良心和道德准则,超我代表着我们良心必须要服从的道德。通过这三者的关系可见,他们的存在必然处于激烈的矛盾冲突中,互相压制,互相抵触,互不妥协。"自我"的作用十分关键,因为它起着协调三者的作用,因此"自我"常常面临以下困境:

> 一仆不能同时侍二主……它伺候三个严厉的主人,而且要尽力使三个主人的主张与要求达到彼此和谐。这些主张却总是背道而驰,且好像总是互不相容。因而自我经常不能完成任务,这也就不奇怪了。这三个暴君是:外部世界、超我和本我。④

可见,人性需要"自我"的调整与控制才能稳定发展下去,维持

---

① [奥]西格蒙德·弗洛伊德:《精神分析新论》,郭本禹译,译林出版社2011年版,第65页。
② [奥]西格蒙德·弗洛伊德:《精神分析新论》,郭本禹译,译林出版社2011年版,第67页。
③ [奥]西格蒙德·弗洛伊德:《自我与本我》,车文博主编,九州出版社2014年版,第142页。
④ [奥]西格蒙德·弗洛伊德:《精神分析新论》,郭本禹译,译林出版社2011年版,第69页。

一定的平衡。康拉德的人性观与弗洛伊德有相似的看法，人作为复杂的世间存在，必定不会只有一帆风顺的经历，人人都会面临痛苦的抉择，善恶双方始终都会如影相随。

综上，康拉德通过对人物心理状态的关注和描绘，折射了康拉德对现代社会道德问题以及人性复杂性、多重性的反思与探索。他通过展现人类精神上的痛苦与迷惘，以及对行为判断的动摇，强调了"自我"和道德约束的重要。康拉德小说整体呈现出一种多样性、深刻性、复杂性和模糊性，这种复意的营造是对现代主义文学的巨大贡献。康拉德的智慧在于，他告诉我们：世间每个人都可能会面临道德和良知的双重考验，不要被人类潜意识中的"本我"任意控制，否则人性会变得贪婪、残忍和堕落。康拉德的小说关注了众多的复意本体——人与自然的对抗、人与社会的互斥、人与世界的相悖，但是他最关注的还是人自身的矛盾，这源自人性的复杂和对自我的追寻。当作为社会人在世界环境中生存，我们关注的焦点应该是如何理解人性并完善人性，以此来避免错误行为的重蹈覆辙。

第二节 "英雄"与"反英雄"的矛盾形象

燕卜荪在《牧歌的几种变体》（*Some Versions of Pastoral*）[①] 一书中提出了"双重情节结构"（Double-Plot Device）的概念，认为

---

① 燕卜荪这部著作"Some Versions of Pastoral"是由伦敦的 Chatto & Windus 出版社于1935年出版。国内学者采用的译名为《牧歌的几种变体》（见李卫华发表在2007年第5期《河北师范大学学报》（哲学社会科学版）《试析燕卜荪"双重情节分析法"》一文），也有译者译作《田园诗的几种形式》（见湖南师范大学秦丹2013年博士论文《燕卜荪史学研究——以语词分析批评思想为中心》、吴学先：《燕卜荪早期诗学与新批评》等）。不少学者对该书予以充分的肯定，认为燕卜荪借助这本书对语义分析批评进行扩充和修正，扩大理论的研究范围。

"史诗与牧歌"这两种截然不同的传统文学题材是可以通过并置而结合为一体的。在史诗中，主人公英雄伟大、不可战胜，但有时候普通人包括孩童、傻子的智慧和才能却会等同于或高于英雄；而牧歌本是描述普通牧羊人生活的文体，却可以和史诗传统相结合来展现伟大的英雄情怀。这种并置结构就构成了文学中最基本的悖论，外在体现为双重情节的设置。根据燕卜荪的理论，这种矛盾和悖论并不需要被消除、被打破，而是可以并存，达到一种和谐的平衡。在小说中，作家设置出由表层内容和深层结构共同构成的双重情节，表层和深层互为影响，加深文本的复意，让小说具有极强的生命力和张力，蕴含意义更加深邃丰富，也使小说的美学意义达到新的高度。

康拉德的小说中显然也存在着这种悖论以及文本内部的矛盾冲突。康拉德的时代是古典英雄渐行渐远的时代，是人们对英雄和英雄时代缅怀的时代，更是人们对英雄解析与重塑的时代。一千个人中会有一千种英雄梦；一千个人中也会有一千种英雄，康拉德笔下同样如此。在他笔下，既有传统的古典英雄，又有兼具英雄与非英雄形象的矛盾着的英雄，还有说不清是英雄还是反英雄的种种人物。康拉德笔下的这些人物，如同《"水仙号"的黑水手》中的惠特，造成了"有多少个评论家就有多少个惠特"的评论盛况，让评论家们不能自已。但是如果细读文本，深入到这种人物形象的复意现象背面，我们会发现，康拉德笔下的各式英雄，并非只是对英雄时代和古典英雄的追忆，亦非只是反英雄的悲歌或英雄的颂歌。他是在昭告世人，英雄时代已一去不返，在没有英雄的后英雄时代，人类应该如何重塑自身的精神与道德。

一 英雄的追忆

我们从康拉德小说文本中不难发现，康拉德推崇英雄，对英雄主义有一种狂热的感情。很多批评家把康拉德归入浪漫主义作家的行列，源自于他本身浪漫主义的特质，他的小说延续了浪漫主义富有想象与理想的风格，产生这种现象的一个根本原因就在于康拉德对于中世纪英雄主义存在的那份执念。中世纪的骑士观对他影响颇深。他心目中的英雄是骁勇善战、足智多谋的，是骄傲顽强、自信满满的，是遵守法则、勇于牺牲的，是一名真正的勇士和战士。所以他在小说创作时，塑造了大量符合他理想预设的英雄式人物：崇尚理想，遵循道德，极富热情，勇往直前。这样的英雄人物形象，显然符合形象学文本上所谓的"程序化"的特征："它们之所以成为体系，是因为讲述'他者'也就是讲述相对于'他者'的'我'，并且也由此勾勒出我们可以鉴别出的三种心态：狂热、憎恶、亲善。"[1] 康拉德曾经这样评价亨利·詹姆斯笔下的人物形象：

> 詹姆斯先生作品中的行动着的男女主人公都是怀着积极乐观的态度去用拥抱生活的，在这乐观向上之中还有着顽强的意志。主人公们拒绝被打败，他们的一生都在以各种方式在人生的战场上驰骋……好战搏击，永不言败。[2]

康拉德极度推崇亨利·詹姆斯，他本人在创作小说人物的过程中，自然而然也以詹姆斯为样本，塑造了一个又一个乐观向上、勇往直前的英雄人物。如：《海隅逐客》中被人称作热血男子汉的岛中英雄威廉斯；《诺斯托罗莫》中在关键时刻挺身而出的诺斯托罗莫；《黑暗的心》中明知路程艰险、前途未卜却还要踏上征程的马洛；《胜利》中勇敢追求梦想，拥有众多冒险经历的"完美绅士"海斯特；《台风》中面对台风的肆虐永远不知疲惫，顽强抗争的马

---

[1] 参见孟华《比较文学形象学》，北京大学出版社2001年版，第211页。
[2] [英] 约瑟夫·康拉德：《生活笔记》，傅松雪译，江苏教育出版社2006年版，第23页。

克惠船长；《阴影线》中敢于直面死亡威胁，极富责任感的新船长"我"；等等。当然还有那一群群在大海上不顾危险、不畏艰难，与大自然搏斗的普通海员们。所以，他笔下的这众多英雄人物，简朴单纯，从梦想出发，为理想奋斗不息，虽然也许并未达到成功的终点，但毕竟他们为了自己深深执着的"英雄梦"付出了青春甚至生命的代价。

康拉德塑造的这些英雄人物大部分是海员。海员是康拉德的老本行，他度过了近二十年的海上生活。对大自然的热爱是其唯一不变的主题。海洋无疑代表着他的理想，代表着他的感情归属。虽然康拉德也创作了不少丛林小说和政治小说，但是我们说起康拉德，对他的第一印象依然是个地地道道的海洋作家。他以海洋为背景，以航海生活作内容，用了大量的环境与细节描写，讲述了一个个扣人心弦的人与自然斗争的故事。如《青春》中的叙述者马洛有一段话间接地吐露了康拉德的心声："你们诸位都知道，有那么些航行，它们似乎注定了是用来解释人生的，它们可以作为生活的象征。"[1] 可见，康拉德本人关注的并不是环境或者事件本身，而是人的心理状态以及人在社会与世界中的存在，是人如何在复杂恶劣的环境中生存下去。显然，在这个生存斗争的过程中，作为一名曾经在海上与海浪及恶劣天气搏斗二十多年的海员，康拉德自然而然地认为海员最符合他对英雄的想象。因为海员极富责任，也具有冒险精神，永不背叛自己的理想和信念。因此，小说中最常用来形容海员的核心词汇就是"勇敢"（brave）和"忠诚"（loyal）。"勇敢"意为"不怕危险和困难，有胆量"，通常人们常常把它和"顽强""坚强"等词联系在一起；"忠诚"意为"对国家尽心尽力"，我们常常把它和"责任""诚恳"等联系在一起。康拉德在刻画海员形象时大量使用了这类词语，强调了

---

[1] 薛诗绮编：《康拉德 海洋小说》，上海文艺出版社2012年版，第2页。

海员的优良品性。所以，人们一提起海员，脑海中就会汇聚所有这个词带给我们丰富的隐含意义。这种具有相似含义的词语群形成了复意并置，互相补充，让小说中的人物形象更加立体饱满，也使词义融入了一个更大的意义整体。康拉德在小说中这样说：

> 作为一名海员，他时刻要与责任联系在一起，责任是他须臾不可分离的伙伴……这种难以捉摸的责任感，激励着一代又一代的航海者。毫无疑问，这种精神已经成为了航海者的一种信仰，虽然它从来都是缄默不语的，但海员们却可以从中体会到海的坚韧，海的顽强。①

不仅如此，康拉德用更为直接和动人的语句描述了成为一名具有责任感和忠诚感的英雄是如何的艰难不易，他说，这样的英雄：

> 做好其实很难，因为单纯只是为了一种精神而奉献终生，无论这种精神何其伟大，都是极不容易的事情。他们把几乎全部的爱和经历都放在对于有限、明确的象征物的获取中了。然后，你想，我们谈论的是什么，海的精神，他们怎么能够对如此虚无的精神感兴趣呢？……这种精神无论对于憨直的海员或是狡猾的海员来说，都是一种痛苦的折磨。②

又如《"水仙号"的黑水手》这部小说，可以说是康拉德一部纪念碑式的作品。作品里的黑人水手惠特形象背后的意义让众多研究者疯狂热议，在文坛上激起了巨大的水花，引起了评论家极

---

① ［英］约瑟夫·康拉德：《生活笔记》，傅松雪译，江苏教育出版社 2006 年版，第 373—374 页。
② ［英］约瑟夫·康拉德：《生活笔记》，傅松雪译，江苏教育出版社 2006 年版，第 375 页。

大的兴趣。这部小说中层层叠叠的意象及数量众多的象征符号，成功地让这部作品成为批评界的关注焦点。康拉德在这部作品中创造了一系列英雄人物，充分体现了康拉德对海洋的热爱和对英雄的崇拜。惠特高大、执着的外表符合康拉德对英雄的形象设定，他虽然冷漠，但与世无争，不会主动伤害他人。这部作品中的船长阿里斯笃和舵手辛格尔敦也是英雄主义的代表人物，他们忠于职守，性格坚韧，时刻把集体主义责任感放在自我之上，关键时刻不是考虑自我，而是把灾难当作对自己的挑战，坚守道德准则和荣誉感。他们言而有信，具有男子汉的英雄气概。比如舵手辛格尔敦的人物形象是这样的："辛格尔敦的生活毫不带有人间的感情，他沉默而无笑容"①，普通无趣的外表下却有着英雄的雄伟气概和英勇行为。他几乎把自己的一生都奉献给了航海，几乎没有在陆地上生活过。这位60多岁的高龄水手没有在家享受天伦之乐，反而终年在海上与风浪、死亡搏斗。当飓风来袭之时，如果不是辛格尔顿在暴风中坚守舵轮三十多个小时，他们的船不可能战胜灾难，取得最后的胜利。这是许多人都无法拥有的坚强不屈的个性和顽强拼搏的勇气。

在小说中，康拉德用尽笔墨来褒扬他们不怕死的英雄气概以及为了理想奉献终生的无私精神！就像叙述者在文中对一群水手的评价一样，这代表了康拉德的心声：

>他们是难以驾驭而易于激动的人；无声无臭的人——但依然不愧为堂堂男子汉，由衷地瞧不起那种为命运困厄而哀哀啜泣的伤感音调。这是他们有独无偶的命运；能够担当起这个命运，在他们看来似乎倒是少数优秀分子的特权哩！他们活了一

---

① ［英］约瑟夫·康拉德：《"水仙号"的黑水手》，袁家骅译，上海译文出版社2011年版，第54页。

世,无言无语,无可诿避,不知道爱情的甜蜜和家室的安逸——死起来也用不着害怕那阴沉沉的狭小坟墓。他们是神秘的海的孩子啊。①

文中,我们找到跟海员联系在一起的另外一个关键词语"船"。船是海员的家,也是海员责任和荣誉的载体,是勇敢与忠诚的象征,坚忍不拔、毫不气馁是具有责任感的英雄必备的品质。想起海员我们就会联想起船,联想起拥有博大胸怀的海洋,联想起责任和勇气,这种核心词语间意义的相互辉映,更加深了人物形象的复意。

康拉德塑造的英雄中,最让他倾心的是那些普通的船员们,对于这些无名之辈,他从不吝啬笔墨,总是细致生动地进行刻画。比如,在《青春》中,他讲述了一艘运煤船"朱迪埃"号上发生的故事。"朱迪埃"号出发不久,船上的煤就发生自燃,船员们无论如何扑救,都未能解决险情,但他们从未想过弃船而去。"朱迪埃"号最终还是发生了爆炸,此时,一只路过的汽船"萨默维尔"号要他们登上汽船,但船员们不肯,汽船只好拖着"朱迪埃"前进,被拖着的"朱迪埃"号上的煤火借助风势,越来越大,船员们果断地砍断缆绳,脱离汽船,继续自救。康拉德对船员们英雄气概的描述在其小说中有较多体现,其中有两个场景尤为典型:一是在爆炸发生后,船员们的工作状态。他这样写道:

是的,我们做的第一件事就是调整那条破船的帆桁!没有人丧生,甚至没有人致残。但人人都或多或少受了点伤。你们真应该看看他们的那些狼狈相!一些人披着破衣烂衫,面孔黑

---

① [英]约瑟夫·康拉德:《"水仙号"的黑水手》,袁家骅译,上海译文出版社2011年版,第32页。

得像运煤工或扫烟囱的,头上光溜溜,像被剃光了头发;另一些人当时在下面休息,被从坍塌的床铺上突然抛下,惊醒后不停地哆嗦,直到我们开始工作时还在呻吟,但他们人人都在干活。这批利物浦的无赖心灵中有着一种高贵的品质,在我的经验中,他们总是不乏这种品质的。这是大海赋予他们阴暗而蒙昧的灵魂的——那包围着他们的辽阔、寂寞的茫茫大海。①

二是一艘运煤船上的煤发生了爆炸,船只随时可能沉没,而且爆炸随时还会再发生,但船员们没有一个人退缩,尽管它们也会"不停地哆嗦",也会"呻吟",但"他们人人都在干活",以至于康拉德由衷地赞叹他们"心灵中有着一种高贵的品质"。

再如,《阴暗线》中,船员们患上了"热病",启航之时,船员们没有任何要求,全部到位,康拉德笔下的船长不由感叹道:"我从来没有看到过这样稳定的船员队伍,正如医生这样对我说:'看来你有一支可敬的船员队伍。'他们不但保持冷静,而且也不要求上岸。"② 更让人感动的是,当船员发现用以救命的奎宁药在上船前被调包,船上已无药物之时,康拉德这样写道船员们异乎寻常的反应:

即使他们要把我撕成碎片,我也不会认为他们过分。我的话音刚落,接下来的一片寂静比最愤怒的咆哮更令人难受。这无声的责备重似千斤,将我压得粉碎。但事实上,我误会了。我好不容易地用坚定的语气说:"海员们,你们明白我的意思了,你们知道这意味着什么。"

我听到一两个人说道:"是的,先生……我们明白了。"③

---

① 朱炯强编选:《康拉德精选集》,山东文艺出版社1999年版,第150页。
② 朱炯强编选:《康拉德精选集》,山东文艺出版社1999年版,第263页。
③ 朱炯强编选:《康拉德精选集》,山东文艺出版社1999年版,第286页。

更为重要的是，这些病中而又无药可用的船员们，给予船长的不仅是谅解与宽容，而且还有一如既往的工作责任。康拉德动情地描述道：

> 夜晚，船上的唯一光点就是指南针的灯。它照亮了来接班的舵手的脸。我们其余人均为黑暗所包围。我走到船尾，看到水手们都躺在甲板上。他们都被疾病折磨得瘦骨嶙峋，连值夜班的人都没安排。那些还能行走的人一直都在自己的岗位上。他们躺在主甲板的阴影中，一旦听到我的命令声，他们就会无力地站起身来，迈着蹒跚的步子，几乎没有一句怨言、一声嘀咕，耐心地在船上工作着。每次我发出命令，都带着痛苦的内疚和同情。①

可以说，这艘船上的每一个船员都是铮铮英雄。这些英雄符合传统英雄观，也是康拉德极度推崇的英雄。他笔下的这些英雄形象的设置，体现出康拉德对于传统英雄观的继承和缅怀，也深深体现了康拉德对于责任与义务、道德与理想、忠诚与荣誉的重视，在他的潜意识中，这些英雄特质都是如同生命一般的存在，深深烙在灵魂里，永不缺席。

那么，看到这些具有责任感和忠诚感的人物，我们能说他们不是英雄吗？但是显然我们忽视了小说中另外一种类型的"英雄"。英雄也是人，那么他就一定是一个拥有多重心理状态、多重人性品格的复意结合体。多重意义在文本中的呈现可能是平行存在的，但是要注意的是他们也是一个矛盾的统一体。在这一点上，燕卜荪和导师瑞恰慈有着不一样的看法。瑞恰慈实际上认为文学批评属于心理学的范畴，他在1922年与奥格登、伍德合著的《美学基

---

① 朱炯强编选：《康拉德精选集》，山东文艺出版社1999年版，第288页。

础》一书中，通过中国哲学家朱熹对《中庸》的阐释，引入一个心理学术语"综感"（Synaesthesis），他认为真正的美就是一种能产生美的平衡状态的"综感"，互相对立的心理冲突需要达到协调统一的状态才会产生美感，这是美学的最高境界，因此这种体现了中庸之道的矛盾意义的调和是最重要的。[1] 燕卜荪强调同时性，意义的并置，意义是多重的，性格特征是复杂的，他们之间可能产生对立、产生冲突，也可能安然相处、和谐共存。因此，我们在文本中看到自始至终康拉德都保持着清醒的认识，因为这样的英雄：

> 做好其实很难，因为单纯只是为了一种精神而奉献终生，无论这种精神何其伟大，都是极不容易的事情。他们把几乎全部的爱和经历都放在对于有限、明确的象征物的获取中了。然后，你想，我们谈论的是什么，海的精神，他们怎么能够对如此虚无的精神感兴趣呢？……这种精神无论对于憨直的海员或是狡猾的海员来说，都是一种痛苦的折磨。[2]

因此，康拉德为英雄的正义面设立了一个对立面——加入了大量内心矛盾挣扎、背叛集体与理想、面对巨大物质和财富诱惑失身的反英雄们。以此证明，无论是谁，无论多有理想，无论多想成为顶天立地的英雄，他终究是一个人，是一个具有矛盾心理，存在悲观怀疑，在世界上艰难求生存的人。

二 反英雄的悲歌

"反英雄"常常被作家运用到人物形象塑造方面，这种人物形

---

[1] 参见孔帅《艾·阿·瑞恰兹与中庸之道》，《宁夏社会科学》2010年第6期。
[2] ［英］约瑟夫·康拉德：《生活笔记》，傅松雪译，江苏教育出版社2006年版，第375页。

象早在古代文学作品中就已存在。如古希腊荷马史诗《伊利亚特》中的阿喀琉斯。他性格敏感，尤其把个人尊严和荣誉看得高于一切，不允许有任何侵犯；他没有等级观念，没有集体观念，只为荣誉而战。阿喀琉斯可以因为与阿伽门农的矛盾置千百万希腊联军于不顾，这一情节也预示了他的死亡，预示着他注定要为此付出沉痛代价。反英雄和英雄一样，往往也具有崇高的理想；本性不坏，但是心理复杂；性格消极被动，行为偏离规则。他们内心往往拥有乐观主义的精神，坚信自己终有一天会成功。可惜他们在追求生命意义，探寻道德价值的过程中，"有一种不由自主的模糊朦胧，一种不确定性，几乎是一种令人迷惑和疲劳的幻灭感。在黑暗之中，我们仅仅抓住了往昔的高贵和响亮的调子：忠贞、热情、荣誉、现身——总是那么美丽"[①]。最终面对现实，无法抗拒诱惑，亲手打碎了自己的英雄梦。

我们发现，康拉德的小说中有着大量似正非邪、是英雄却又非英雄的"反英雄"式人物。英雄梦与反英雄的矛盾对立我们也可以理解为理想与现实之间的矛盾，理想主义者总是幻想自己能成为拯救世界的英雄，做着不切实际的梦。尤其是处于重重矛盾与冲突中的理想主义者总是内心纠结，从而做出错误的判断，从英雄转向反英雄。而被现实挫败后，终究又良心发现，试图回归自己的英雄梦，进而走向一个个重复的恶性循环。在康拉德的作品中，这种颠覆了英雄主义的英雄比比皆是，如阿尔迈耶、威廉斯、高尔德、吉姆、库尔兹、诺斯托罗莫、海斯特、安东尼、乔治等等，他们同样都受困于理想与现实之间的痛苦挣扎，悲怆又矛盾。

康拉德的小说，按照燕卜荪的批评理论，也可以称之为"牧歌的一种变体"。燕卜荪所说的"牧歌"已经改变了牧歌文体原本

[①] ［英］弗吉尼亚·伍尔夫：《论小说与小说家》，瞿世镜译，上海译文出版社1986年版，第77页。

的模样。他在《牧歌的几种变体》中分析了这种文体。牧歌原是西方文学历史悠久的一种文体，具有一种传统的浪漫主义气息。牧歌最早可以追溯到古希腊和古罗马，用诗歌形式描述了牧歌式的田园生活，对理想化的自然环境充满了怀旧。基督教牧歌诗人则利用这个词语的象征意义，使牧歌带上了浓重的基督教色彩。而到了文艺复兴时期，牧歌的形式开始流行起来，这时期的内容开始走向现实，出现了自然与文明社会的冲突，牧歌这种文学形式开始被吸收进其他文学体裁当中，开始出现在长篇抒情诗和戏剧中。而随着文学的发展，牧歌已经逐渐从人们的视野中消失，就像托马斯·胡德所说的"黄金时代不再金黄了，牧歌消失了"[①]。而燕卜荪的论著赋予了这种文学形式一种新的生命力，他认为牧歌存在着两种态度和悖论，文明人对自然人不仅有着骄傲的态度，认为自己有文化，更文明，而且还有着低落的态度，认为自己不如自然人具有人性，真实又自然。因此牧歌的语言、情节、观念中存在着这样的一种悖论。牧歌被燕卜荪赋予了更大的内涵，凡是"将复杂纳入简单"[②]的小说都可以是牧歌的变体，因为双重的感情线和悖论普遍存在于各种文体中，牧歌通过解决这种对抗的矛盾而达到完美的简单境地。任何从这个视角加以阐释的作品，我们都可以看作是牧歌的一种变体。而为了更好地理解牧歌，燕卜荪认为要找寻小说的"双重情节"。不同的人物，情节线索甚至对立的主题都在两个不同的层面上产生联系并相互作用，而牧歌与史诗之间的矛盾就体现在文本的双重情节中，主要情节和次要情节，文本意义的表层和深层相互作用，并结合成为一个整体。这个行为模式我们可以看做矛盾的对立整一。

在康拉德小说的反英雄身上，我们也看到两种情节相互斗争并

---

① Thomas Hood, *The works of Thomas Hood vol. vi*, London: E. Moxon, Son $ co, 1871, p. 142.

② William Empson, *Some Versions of Pastoral*, London: Chatto&Windus, 1935, p. 11.

结合的案例。故事中的英雄形象和英雄故事成为一条明线，而反英雄的形象和失足的故事成为一条暗线。对责任和道德的忠诚和对理想和人格的背叛，对勇气的赞扬和对懦弱的讽刺，对光明的期盼和对黑暗的妥协，对国家的效忠和对本真的抛弃，他们之间产生的矛盾对立就像牧歌与史诗的关系，各个层次的矛盾赋予了意义以多重形式，这两个对立的特征是并置的，但是也会结合在一起，让这样的人物形象产生多重复意。

我们还是以吉姆为例，他是康拉德反英雄人物的代表之一。他同时具有反英雄身上的两种特质，两者互相联系，互相影响，在小说中形成了双重情节。毫无疑问，吉姆有着英雄的一面。最初吉姆也是爱船的，船是海员最热爱的生命：

> 归根到底，对一个海员来说，让那个本该老漂着的玩艺儿在他的驾驭下把底儿给蹭穿了，那可是一件不可饶恕的罪行。也许谁也不会发觉你的罪行，可是你自己却永远也不会忘记那噌的一声——嗯？那等于是你自己的心上挨了一拳。①

他对荣誉和理想有着异乎寻常热情的热情，努力工作，希望能早日实现自己自小就有的英雄梦。他看骑士小说，希望自己能拯救他人，弃恶扬善、获得荣耀；他去大海，要证明自己是一个合格的有责任感的船员；他在海浪中搏命拼搏，要让世人看到他的勇敢和坚强。他的英雄故事在小说中成了一条独立的情节。而他跳下了船，也就象征着他放弃了英雄的理想和荣誉，放弃了自己成为英雄的可能。他抛弃了八百多条生命，做了自己曾经最唾弃的逃兵。这是另外一条独立的情节。这种双层情节的并置结构构成

---

① ［英］约瑟夫·康拉德：《黑暗的心　吉姆爷》，黄雨石、熊蕾译，人民文学出版社2011年版，第48页。

了明显的人物复意性。

双重情节互相影响、相互作用，且具有矛盾冲突。吉姆这个具有英雄理想的白人殖民者，思想和人格无疑都是分裂的：他的思想扎根于欧洲的中心，他的人生舞台却处于世界边缘的野蛮荒凉的殖民地；他渴望成功，希望被人尊重崇拜，却一次又一次做出失败的举动，被人耻笑和鄙视；他在殖民地是"爷"，却没有在白人世界获得尊重、理解和欣赏；他目空一切，自视甚高，内心却时刻处于怀疑、否定、失望和恐惧的折磨之中。在这个故事的第二部分，故事的本质已经发生了变化，已经不再是一个简简单单异国情调的浪漫故事或者骑士般的冒险传奇，吉姆的形象变成了如同太阳神一般的英雄高度。在生命的最后时刻，他竟然带有英雄的精神，选择了"英雄式"的死去，试图证明纵然胆小的他做出了违背道德的选择，却依然实现了另一种意义上的英雄梦。在这里，康拉德笔下的反英雄又转变成了英雄，这个情节的变化让我们看到了情节之间的联系，也使读者不得不思考这种联系和结合所带来的复杂意义。

当然，我们从吉姆这个反英雄形象想到了作者的创作意图，他把自己的思想观念和感性认识融入了这个矛盾形象塑造的过程中。这里，我们也证实了燕卜荪的观点，他认为牧歌体现了作者完全相对立的两种矛盾态度，那么在牧歌中就一定会找到双重情节的存在。康拉德在塑造这个人物的时候，带有自己一贯的英雄主义的意识，可是又时刻对这种英雄主义进行无情地嘲讽和否定。他试图通过吉姆的悲剧让大家对极富冒险主义、空想主义的伪英雄主义精神提高警惕。随着时代的变迁，空有理想的英雄会在关键的时刻脆弱得不堪一击，哪怕是英勇无畏的水手也有人性脆弱的丑态。这样的英雄主义精神受人性观念的冲击，英雄也变成了反英雄，反英雄觉得自己无论做错了什么都还算是个英雄。多么暧昧的英雄观，多么复杂的意象，多么矛盾的人物形象！这个反英

雄角色的成功塑造,让评论家这样夸赞这部作品的成功:

> 《吉姆老爷》有启示作用,不仅因为它强调了《黑暗之心》业已揭示的"文明化"使命的重重矛盾,而且对于进入成熟期的帝国中的英勇冒险行为表现出一种警觉,尽管这种警觉中仍不失钦羡。①

关于反英雄式人物的研究,评论家们多关注以吉姆为代表的"英雄"。其实,康拉德笔下还有一批人物也可以视作反英雄式人物。比如,康拉德的政治小说《在西方目光下》的主人公拉祖莫夫,就是一个有着英雄梦的年轻人,"具有健全的工作能力,怀有理性的抱负"②。就是这样一个年轻人,却出卖了其好友,一个刺杀专制者的革命者霍尔丁。对拉祖莫夫的这一矛盾行为,康拉德是这样解释的:

> 在俄国这块充满幽灵般思想和游魂般抱负的土地上,许多勇敢的心灵最终都放弃了无穷无尽、徒劳无功的斗争,转而投向它那贯穿古今的巨大现实。他们为了安抚自己的爱国良知转而认同专制,就如同一个疲惫的不信教者,承蒙神的眷顾,回归祖先的信仰以求心安。拉祖莫夫如同在他之前的那些俄罗斯人,内心做着自我斗争,感受到这种专制对他的眷顾。③

随着故事的发展,拉祖莫夫转换身份成了专制政权的间谍,长期

---

① 贾小平:《家园政治:后殖民小说与文化研究》,北京大学出版社2010年版,第57页。
② [英] 约瑟夫·康拉德:《在西方目光下》,赵挺译,上海译文出版社2014年版,第3页。
③ [英] 约瑟夫·康拉德:《在西方目光下》,赵挺译,上海译文出版社2014年版,第34页。

活动于欧洲的俄国革命者之中,但时时刻刻忍受着良心的煎熬。终于有一天,他慨然求死,向革命者们公开了自己的作为。他的行为和吉姆一样,这种双重情节产生了悖论,对这一过程,康拉德进行了细致的描述。拉祖莫夫深深地爱上了霍尔丁的妹妹——一个非常崇拜哥哥的革命者,他以死向其表白爱情并坦白自己的罪过。他说:"我一定要告诉你,我到底还是爱上你了。要说出这话,必须先坦白认罪。坦白,离开——死去。"促使他坦白的不仅仅是爱,还有他自己的醒悟。他说:"你心中闪耀的真理之光也促使我说出真相。"① 在向其他革命者坦白罪过时,是在一个"人头攒动,到处都是高谈阔论声"的房间中,拉祖莫夫冷静地向他们坦白了霍尔丁被出卖的过程。随后,康拉德细致入微地描述了拉祖莫夫的表现,他描述道,房间里响起刺耳的嘈杂议论声,拉祖莫夫不得不抬高声调:

"请注意——此人有自己正当的人生理想。但我来这里不是替他辩护的。"

"但你必须讲清楚你是怎么知道这一切的",人群中传来一个严厉的声音。

"一个卑鄙的胆小鬼!"这句简单的呐喊声在房间里愤怒地回荡。"说出他的名字!"其他人大声叫道。

"你们鼓噪什么?"拉祖莫夫轻蔑地说。见他抬起手,众人又陷入沉寂。"难道你们还没听明白,那个学生就是我吗?"

拉斯帕拉忙不迭地从他身旁走开,爬回自己的高凳上。拉祖莫夫见到第一波人潮向自己涌来,以为会被他们撕成碎片。可他们还没碰到他就退回去了,除了喧嚣什么也没发生。真是

---

① [英]约瑟夫·康拉德:《在西方目光下》,赵挺译,上海译文出版社2014年版,第401页。

令人迷惑不解。他的头现在疼得厉害。在喧嚣聒噪声中，他几次听到彼得·伊凡诺维奇的名字，"审判"，有人在绝望地嘶叫，"可这是主动坦白啊。"混乱中一位比他还小的年轻人满目怒火地挤到他跟前。

"我得请你"，他彬彬有礼的措辞下暗含着怨毒的口吻，"先待在这儿别动，叫你干什么你再干什么。"

拉祖莫夫耸耸肩。"我是自愿来的。"①

读完这一段描述，不难发现，拉祖莫夫的慷然与吉姆的慷然异曲同工，实际上都是英雄式的悲壮与英雄的救赎。他犯下的过错和他的英雄救赎构成了文本的"双重情节"，体现了他对立的价值观和世界观。这种多重意义的复意让整个文本生动起来。

又如，康拉德在《文明路上先锋站》中所描述的两个白人殖民者也是另类英雄，是反英雄式人物。这篇小说讲述了凯亦兹和卡利尔两个白人殖民者在非洲一个偏僻的货运站的故事。从标题看，康拉德是要讲述殖民先锋的英雄故事，但是，打开小说，只是两个普通白人在殖民地的日常生活。他把英雄解构成为普通人的普通状态，这无疑体现了"牧歌和史诗"的双重对立矛盾。康拉德明确揭示出，所谓的英雄不过是芸芸众生中最微不足道、最平庸无为的个体，而他们赖以生存的场所则是高度组织的文明社会：

其实很少有人真正意识到自己的生命、个性、能力与魄力都不过是对周围环境的安全笃信不疑的外在表现而已。所谓勇往无畏，泰然自若，稳操胜券；所谓层层情感，种种信条，一

---

① ［英］约瑟夫·康拉德：《在西方目光下》，赵挺译，上海译文出版社2014年版，第406—407页。

切伟大抑或渺小的思想皆不属于个体，而属于群体，属于那个盲目相信它的伦理纲常不可抗拒、它的监察舆论锐不可当的群体。①

他笔下的凯亦兹和卡利尔就是这样的个体。当运送他们的汽艇远离后，二人顿时都像换了一个人。在小说文本中，凯亦兹和卡利尔手挽手走着，肩膀互相依靠着，就像两个孩童在黑暗中摸索前进。他们都感受到了危险的来临，认为这种危险应该在自己的承受范围内，同时又担心是不是自己吓唬自己。两个人在货运站无聊、空虚、游手好闲、无所事事，在辽阔的荒原中，他们显得那么渺小，那么微不足道："他俩生活在这大屋子里，像两个盲人似的仅能辨别顺手摸到的东西（就连这都不甚完全），而无法窥知事物全貌。河流、森林、孕育着生命悸动的莽原就像一片巨大的旷野，即使是光芒万丈的太阳也不能将事物展示得清晰明了。"② 我们接着看到，这样一种朦胧的画面中，突然进入一群当地土人，他们和荒原浑然一体，显得高大、威猛，较之白人殖民者更像是英雄：

> 手持长矛的男人会突然聚集在贸易战的大院里。他们四肢健美，赤裸的身体乌黑黝滑，并饰以雪白的贝壳、耀眼的铜丝。说话时发出混沌粗野之声，行动时英武威严。圆睁睁的眼睛活泛地射出迅疾而剽悍的目光。③

小说的结局又是反英雄式的悲壮，凯亦兹在与卡利尔的一次争执中失手将其打死，又与土人仆从共同伪装卡利尔死于热病。但是，

---

① 朱炯强编选：《康拉德精选集》，山东文艺出版社1999年版，第5—6页。
② 朱炯强编选：《康拉德精选集》，山东文艺出版社1999年版，第8页。
③ 朱炯强编选：《康拉德精选集》，山东文艺出版社1999年版，第8页。

当晚他便有了一个噩梦：

> 发现自己被封在坟墓里一样。"救命！……上帝呀！"
> 这一声惨绝人寰，猝然发出而余音袅袅，像一根利箭刺破这哀哀土地上罩着的白色尸布。三声短促、不耐烦的尖叫接踵而至。于是，一时间，云雾打着圈儿四处翻滚。接着，有更多的尖叫声，飞快而穿透力极强，像某种凶残的野兽被激怒而发出的喊叫，充塞在空气里。进步在河里召唤凯亦兹，那是进步、文明以及种种美德。社会在召唤卓有成就的孩子归来，要呵护他，调教他，评判他，定他的罪；社会唤他回去，回到他曾远离的那垃圾堆里去，这样才合乎公道。①

故事的结局是以凯亦兹的自杀而告终的：他吊死在十字架下，用自己的死亡谢罪，实现了自己的道德救赎和精神拯救。

> 凯亦兹吊死在十字架上悬下的一根皮腰带里。很显然，他是先爬上又高又陡的坟堆，然后将橡皮带的末梢结在十字架架子上，再就将自个挂在那儿了。②

在小说中，康拉德用讽喻和拟人的修辞手法让意象变成画面，使读者跟随叙述者的视线进入到复意的世界。人物内在的两面在康拉德的笔下变成两条线齐头并进，统一结合，互为象征。

在殖民主义大行其道的时代，康拉德的作品都有着相似的故事脉络，一个来自西方文明世界的白人，怀揣理想，长途跋涉，历尽艰难，来到了危机四伏的黑暗丛林。在这里，人物遇到了前所

---

① 朱炯强编选：《康拉德精选集》，山东文艺出版社 1999 年版，第 28 页。
② 朱炯强编选：《康拉德精选集》，山东文艺出版社 1999 年版，第 29 页。

未有的关于人性与道德的考验，故事的结局往往是由于其错误的抉择，最终走向不归路。这类人物的行为具有英雄般的悲壮，但他们绝非传统意义上的英雄，而是另一种由康拉德创造出来的带有英雄主义理想却有着反英雄举动的矛盾的英雄。这类英雄保留了传统主义中的英雄主义气息，主人公能为了理想执着奋斗，勇敢向前，可惜时代变迁，道德理想破灭，成就英雄无望，最终只能接受英雄泯灭的现实。康拉德通过这些具有明显复意性的人物形象让我们知道，在康拉德生存的时代，世人心目中的英雄可能是真实的存在，可能是虚幻的泡影，可能是真假掺杂的英雄，更可能只是一个梦。

三 英雄的挽歌

燕卜荪指出，双重情节具有三个明显的特征：一个是并列并置，一个是具有统一性，还有一个是具有内在联系性。[①] 故事的主线和副线齐头并进，体现了作者矛盾的态度和情感，但是我们也要试图从中挖掘出作者真正对英雄和反英雄的理解，找到康拉德作为创作者真正的"意图"。

我们从文本找寻到，康拉德笔下的各类英雄中，着力最多的是一批老船长，通过对老船长的描述，让人们知道了什么是英雄；通过老船长们的故事，告诉人们英雄的壮举与气概；通过对老船长们命运的揭示，告诉世人时代转换的困惑和迷茫。康拉德身处世纪之交，推崇英雄的时代已经渐行渐远，如何留住心中高大正义的英雄，如何找寻属于这个时代的英雄，如何帮助世人树立正确的英雄观，这是康拉德带给读者的沉重的思考。

我们再次梳理一下康拉德小说文本，不难发现，"船"和"船长"的故事作为对应的两个情节让文本产生了复杂的多重意义。

---

① 参见吴学先《燕卜荪早期诗学与新批评》，高等教育出版社2002年版，第25页。

"船"本意为"水上的主要运输工具",具有承载的功能。"船长"本意为"船舶上的总负责人",具有管理、控制的作用。而在小说中,康拉德显然赋予了他们多重的内涵,这两个词语作为主要的象征物对我们的理解产生了极大的影响。"船"在小说中,已经不仅仅是一个工具,而是象征了整个复杂的社会和整个世界,它包罗万象,不仅包容了人的错误,也见证了人类的成功。"船长"则象征着人类,我们可以自由做出自己的选择,努力控制自己的人生,在世界上艰难生存下去。这种象征意义就是双重情节的第三个特征——相互联系性。因此,作品才充满了丰富的复意性。我们带着"船"和"船长"的象征意义,再来读小说文本,似乎情节和内容复意性都增强了,意蕴更加深厚。而这种具有象征意义的词语往往包含了字面意义和引申意义,这两种意义之间好像有一条线紧紧拉扯着它们,这条线就是"张力"(Tension)。燕卜荪对"张力"的研究原本只是集中于不同意义之间的区别,后来被美国新批评派的艾伦·退特发展为"张力论"。精确明晰指代事物的语言是科学语言,而带有复杂感情和情绪的语言是情感语言。情感语言的结构是复意的、多重的,张力则指的是存在于外延意义与内涵意义之间的力。"我所说的诗的意义就是指它的张力,即我们在诗中所能发现的全部外展和内包的有机整体。"[1] 这就涵盖了词汇的所有意义。"外延指'适合于某一概念的一切对象'。而内涵是指'反映于概念中的对象本质属性的总和'。"[2] 而退特扩展了这个基本的含义,他把意象之间概念的联系称之为外延,感情色彩和联想意义则是词汇的内涵。他认为词语的外延意义和内涵意义都同等重要,张力论就是感情与理性、感觉与思想的融合。我们可以从词语的字面义开始一步步分析比喻的复杂含义,每一个含

---

[1] [美]艾伦·退特:《论诗的张力》,载赵毅衡编选:《"新批评"文集》,中国社会科学出版社1988年版,第117页。

[2] 赵毅衡编选:《"新批评"文集》,中国社会科学出版社1988年版,第108页。

义都是融会贯通的。退特也指出,这个分析意义的过程会因每个人的阅读体验、个人经历、兴趣方法的不同而不同,我们每个人对这个词语都会有自己独特的理解和感受,这个过程随时都会出现有各种各样解释的复意。词汇让读者联想的意义越丰富,张力就越大。由此我们可以看出"船"和"船长"的外延就是它们的词典意义,而它们的内涵意义则因加上了感情色彩产生了众多的暗示意义。优秀的文学作品都是明确清晰的字面义和带有暗示性的联想意义的结合,显然康拉德的作品属于优秀之列。

回到文本,我们发现,康拉德笔下的这些老船长们都有一艘共生共存的老船,所有故事都是老船与老船长共同完成的。按照这一故事框架,我们可以归纳出三个类型的老船与老船长。

第一个类型是船沉人在的老英雄。《青春》中的老船长是这一类型的代表。这篇小说中,和老船长一起出场的是朱迪埃号运煤船。康拉德这样描述它:

> 船在沙德威尔船坞弃置了很长时间,那状况可想而知。上上下下全是铁锈、灰尘和污垢——高的地方积满煤灰,甲板上覆盖着污泥。我真像从皇宫走进一间破烂屋子。那是一条四百吨左右的帆船,有一台原始的起锚机,门闩是木质的,没有一件黄铜制品,船尾方而宽阔。大写的船名下面,有一些镀金剥落的涡形装饰物,还有一个仿佛盾徽的图形,上面写着"不成功毋宁死"的格言。[①]

"不成功毋宁死",不仅写在老船上,实际上也是老船长的英雄写照,是海上英雄们的真实写照。康拉德对途中的描述中,曾特地重复这一理念,他借主人公二副之口,说道:

---

① 朱炯强编选:《康拉德精选集》,山东文艺出版社1999年版,第133页。

船一天接一天地、没完没了地慢慢爬行，在夕阳的映照下，新刷的金漆熠熠生辉，似乎在向渐渐转暗的海面大声呐喊船尾的一行大字："朱迪埃，伦敦；不成功毋宁死。"①

"不成功毋宁死"在文本中重复出现了多次，这句话就像一个信念把船与水手，船与成功，船与坚毅的品格紧紧联系在一起，具有丰富的联想意义和暗示意义。这句话的重复出现是康拉德有意识的强调，他把自己对船与船员的理解，把对水手精神的理解代入了这行文字。这句话每次复现都会让读者感受到作者的强烈意图，读者在阅读小说时就会把词义、语义、作家的感情和他自己的经验结合在一起，使整个文本意义变得更加含混。

老船长出场后的第一个故事十分可爱，当"朱迪埃"号在曼古码头装煤时，被一艘汽船撞击，六十岁的老船长动作十分利索，一把抱起老伴，穿越甲板，跨越船舷，跳进救生艇。他勇敢抱起自己的终身伴侣逃离危险，这的确可以称之为十分了不起的行为。然后，他把老伴放在座板上，自己选择爬上大船，系艇索不知为何松开了，于是他们两人就一起漂走了。康拉德通过这个故事达到了两个效果：一是通过对老伴神话般的救助，彰显了老船长的骑士风度，这是古典英雄的必备；二是通过老船长随后要回到"朱迪埃"号的举动，彰显了其责任意识，这也是一个英雄的必备要素。所以，康拉德在故事结尾，又补充了这样一段描述：（船长）"对我们说：'一个水手不能和老婆搅在一起，真的。瞧我刚才都离开船啦，幸亏这次没出大乱子。'"② 这实际上在强调老船长的责任感丝毫未减。

此后，在"朱迪埃"号的一路冒险与救险的航行中，老船长

---

① 朱炯强编选：《康拉德精选集》，山东文艺出版社1999年版，第144页。
② 朱炯强编选：《康拉德精选集》，山东文艺出版社1999年版，第137页。

几乎默默无闻,直到爆炸发生后,这个沉默寡言、驼背屈腿、几乎畸形的小老头还是平静地一心想着目的地,根本没有觉察到船员们的心慌意乱。当他们决定弃船,登上救生艇时,老船长的英雄形象复活了,拒绝了"萨默维尔"号要带他们走的提议,坚持留下来抢救船上的物品,装上救生艇。在弃船之时:

> 他痛苦地爬起来,看了看大火,看了看火光中的大船四周和远处漆黑漆黑的大海;他看了看星星,星星穿过淡淡的烟雾,在地狱般漆黑漆黑的天上发着微光。"年轻的先下",他说。①

至此,老船长的英雄气概达到极致。英雄的高大形象跃然纸上,表达了康拉德对英雄的极度崇拜和认可。可是英雄的时代已经一去不复返了,康拉德通过文字表达了他对英雄时代逝去的痛苦和不舍。老船焚毁了,船只沉没了,属于英雄的时代结束了:

> 在黑暗的天地间,在血红的火光照耀下的那圈发紫的、闪光的和邪恶的海面上,船在熊熊燃烧。一根耀眼、高大而孤独的火柱耸立在海面上,顶端不断喷出直冲云霄的黑烟。船在猛烈地燃烧着,在大海的怀抱中,在星星的注视下,就像在黑夜中点燃的火葬堆,悲壮而肃穆。这辛勤了一生的老船,得以如此壮丽的寿终,仿佛是上苍的恩惠、赏赐和报酬。当它把疲惫的灵魂交给星星和海洋的时候,那轰轰烈烈的景象犹如光荣的凯旋。天刚破晓时,桅杆都倒下了,一时间火花四射,纷纷扬扬地射向似乎充满耐心而警觉的夜空,充满默默笼罩大海的广阔的夜空。晨曦降临时,它只剩下一个烧焦的躯壳了,静静地

---

① 朱炯强编选:《康拉德精选集》,山东文艺出版社1999年版,第157页。

躺在一团烟雾之中，里面的煤堆仍然没有熄灭。①

　　这段话非常精彩，倾注了康拉德全部的感情。他用了大量的象征、明喻、暗喻、拟人、对比、夸张等修辞手法来增强文本的复意效果。在这里，老船、大海、火、天空、星星都活了起来，为老船送行，让读者产生了极大的视觉冲击力和悲伤感。他把老船的焚毁比喻成光荣的凯旋，这个画面犹如史诗般气势磅礴，词汇的外延和内涵意义都被扩展到极致，这种复意让心灵震撼。在这里读者们也见识到康拉德深厚的语言功底，每一个词语、每一个句子的意义都丰富立体，他的语言能力就像画家在画布上涂色的能力让人惊叹。真实的客观存在和康拉德浓郁的感情交织在一起，形成两条线索，共同构筑了康拉德带给读者的印象世界。

　　第二个类型是船在人去的老船长。如《阴暗线》中的老船长。康拉德为他配置的也是一艘老船，但是代表着一个时代的高贵的船。他借新船长之口描述道：

　　　　我一眼便可看出她是一条高贵的船。她的身体线条极为和谐，桅杆的高度也十分匀称。不论她的年龄和历史如何，她仍保留着她最初的痕迹。她属于那种永远不会显得衰老的船，因为其造型和设计均很完美。尽管她身边的伙伴都显得比她高大，但她看上去出身高贵，有如一匹纯种阿拉伯骏马挺立于一排拉车马之中。②

在这一段叙述中，我们看到康拉德使用了第三人称的"她"，在不同的小说、不同的段落中我们都常常发现康拉德使用"她"来指

---

① 朱炯强编选：《康拉德精选集》，山东文艺出版社1999年版，第158页。
② 朱炯强编选：《康拉德精选集》，山东文艺出版社1999年版，第249—250页。

代船。它表达出了丰富的内涵，包含了充沛的情感和极为巧妙的文风。康拉德把船暗喻成一个姑娘，他不仅把船比喻成人，还比喻成代表女性的"她"。本体和喻体都是具体的事物，并不抽象，但是当我们把这两者并置排列在一起，又很难说明白他们的内在联系。因此，句子的意义更加朦胧紊乱，不同的人会产生不一样的理解。这种复意带给我们一种充满意象的画面感，闭上眼睛我们就可以看到一个姑娘婀娜向我们走来的画面，读者感受到作者对船的强烈感情，康拉德赋予了老船生命，也赋予了老船人的属性。修辞手法拟人的使用也让形象更加鲜活，有生机。文本意义本身就不是单一的，具有极为复杂的意义，再加上康拉德投入丰富的感情色彩，让整个文本的艺术效果得到很大的提升，文本具有强烈的吸引力和诱惑力。燕卜荪将这种复意归为第一种类型的复意：

> 它是一种复杂的思想表达，它借助的不是分析，也不是直接的陈述，而是对一种客观关系的突然的领悟。当人们说一件事物像一件事物时，它们必定具有某些使它们彼此相似的性质。①

燕卜荪认为，这类复意所包含的意义是很难抽取的，它包含了很复杂的意义。当人想起来或者有了更丰富的经验后才发现作家的意思不仅如此。对康拉德来说，他创作时选择的意思比其他意思都更为重要，也更加难以挖掘，这种潜藏在背后的意思可能比作家投诸在文字上的内容更加复杂。

而在这样高贵优雅一艘船上，竟然有过一位匪夷所思的老船

---

① ［英］威廉·燕卜荪：《朦胧的七种类型》，周邦宪、王作虹、邓鹏译，中国美术学院出版社1996年版，第3页。

长，康拉德借大副伯恩斯之口讲述了这位老船长的故事，一个六七十岁的古怪的船长，有着一张铁灰色的脸庞，冷酷、固执且沉默寡言。他有着很多让人觉得不可思议的行为，比如让船在大海上毫无目的地漂泊或者半夜去甲板上取下船帆，他甚至会自己躲在船舱不停地拉小提琴，有时会一直拉琴到天亮，没人知道他这么做的原因。老船长还有很多奇怪行为，他会失踪一周后突然回到船上；他会固执地要把船开到并非目的地的香港；他甚至还想过让这条船随他一起沉入海底，根本没准备让船返航。他从不给船主和自己的老妻子写信，甚至压根儿就没想过要联系他们。他从不关心任何有关工作的事，业务、货运、航线等他都不关心，他只是让船到处漂泊，直到与之同归于尽。老船长最终不治身亡，他走了，悲凉地走了。他的离去实际上映射了一个时代的终结，是最后英雄的消失。这一象征，康拉德在故事开头就已点明，他这样描述新船长到船长室后，坐在了船长之椅上：

  曾经有许多人坐过这把椅子。我的脑海突然而又生动地闪过这个念头，好像他们每个人都在这装饰华丽的隔壁上多少留下了自己的影子；他们又好像组成了一个灵魂，是船长的灵魂，它突然低声地向我诉说漫长的岁月和危险的时刻。[1]

这是康拉德对历史的回缅。他又点出了老船长作为"王朝的最后代表"的宿命，他这样写道：

  在失去光泽的铜框镜里，透过从篷帆泻下的晦暗的光线，我支颐凝望镜中的我。我对自己的审视超越了时空，与其说是出于好奇，不如说是出于另一种感情，它不是对一个可称得上

---

[1] 朱炯强编选：《康拉德精选集》，山东文艺出版社1999年版，第252页。

王朝的最后代表的同情。①

由此我们可以看出,在康拉德的思想中,英雄主义始终是他的心之向往,英雄的时代逝去了,他的悲伤与痛苦溢于言表。

第三个类型是人船皆亡的老船长。如《走投无路》中的老船长惠利。惠利是一位传奇船长,马六甲海峡上有他首航并以他的名字命名的航线。本要安享晚年,为了女儿,不得不重操旧业,到"好好的一艘老船""苏法拉"号上当了船长。他双眼几乎失明,仍成功地指挥着"苏法拉"号航行在东南亚。后来,船员梅西利用了老船长的失明,在罗盘上动了手脚,"苏法拉"号触礁沉没,惠利没有跳下船去,而是选择了与"苏法拉"号一同葬身大海。康拉德动情地写道:

> 在他年老的心中,在他精力充沛的身体中,他不乏一切感情,对失明的恐惧显然不能征服对死亡的恐惧。但为了艾维,他虽然在黑暗中走到犯罪的边缘,却毕竟达到了目的。上帝没有听他的祈祷。光明终止了,从世界上消失了;没有一丝亮光。世界成了黑暗的垃圾堆。为了达到目的,一个姓惠利的已经走到了这一步,再活下去是不体面的,他必须付出代价。②

在三个老船长和三艘老船的故事中,我们可以看出,康拉德歌颂和赞美勇气、善良、坚韧、冒险、团结等一切英雄品质,书写了对于个人价值观和尊严的不懈追求。康拉德赋予了这些典型人物丰富的意义,让他们的形象更加生动、更加立体。但是,我们还是要从中读出康拉德作为创作者的真正意图,他笔下船与船长的

---

① 朱炯强编选:《康拉德精选集》,山东文艺出版社1999年版,第252页。
② 朱炯强编选:《康拉德精选集》,山东文艺出版社1999年版,第453页。

故事其实是古典英雄时代的挽歌,康拉德在故事中明确向世人昭示了英雄时代的逝去,并以此向他心目中的英雄与英雄时代致敬。

第三节 "自我"与"他者"形象的差异

从 19 世纪 50 年代开始,西方众多作家们就把欧洲之外的异域世界设定为欲望或恐惧的想象物,"要么如同明信片上的伊甸园,要么被陈词滥调丑化为邪魔之地…通常意义上的意识形态在此找到了一种符合其模式论的叙述方式"[①]。这种观念源于对异国的一些错乱的看法,这种传统的异国形象,在历史进程中被不断地复制、重复、编纂,逐渐演变成了一种固定、不容易改变的看法。关于异国情调的套话在不断转述的过程中逐渐异化变质,所以大部分作家关于异域世界人物的形象塑造往往是悲怆的,展示了一个由西方白人主宰的世界秩序。白人作为典型形象文本,具有个体独立性和鲜明特点,具有存在的价值。而非白人却只是作为"社会集体想象物"而存在,可以不作为独立个体出现,没有独立存在的价值。人物设定常常被分成两个不可调和的部分:西方世界的白人"自我"和作为"他者"存在的"非白人","非白人"包括黑人和亚非拉地区的有色人种。在康拉德的人物世界中,我们同样可以看到很多具有稳定性形象,有大量固定模式及套话描绘的"自我"与"他者"人物形象。但是,若仅止于此,我们还未真正走进康拉德。在康拉德的人物世界里,无论是自我还是他者,都不是一成不变、形象单一的,而是杂糅、复意的。他竭尽全能地将"自我"与"他者"全方位地展现给读者,实际上是营建了

---

① [法] 达尼埃尔-亨利·巴柔:《形象学理论研究:从文学史到史诗》,载孟华《比较文学形象学》,北京大学出版社 2001 年版,第 233 页。

一个庞大的复意镜像,试图以此告诉世人,世界并非只是白人的自我世界,他者的世界同样丰富多彩,而且可能更具活力与前途。

一 丑陋的他者

原始的或者野蛮的"他者"在整个欧洲文学史上随处可见,他们笔下的"他者"往往也是丑陋的,是落后的,更是脱离于"自我"的存在。康拉德作品中,不可避免地受到西方对于他者格式化描述的影响,运用大量的习惯词汇来描述黑人和亚洲人,这些词汇普遍存在于外在形象和内在的表述以及对名字的选择上。由此,读者们自然会看到那些丑陋的他者。

在康拉德小说文本中,黑人的登场往往伴随着下面两个关键词:"怪物"(Monster)、"黑色的东西"(Something black)。"怪物"的本意是"神话中奇形怪状的妖魔,泛指奇异的东西",引申义为"性情非常古怪的人"。在西方文化中,怪物的形象十分可怕,就像原始动物一样,会攻击人、吃人,会危害别人的存在。而"黑色的东西"就更跟人没有什么关系了,带有侮辱性。文本中,我们还看到白人赋予黑人几个类似的名称:"野人""野蛮人""生番",这样的词汇说明黑人也跟动物没有太大区别,他们喝水只能喝肮脏的河水,食物也没有文明人能吃的食物。在康拉德的小说文本中,黑人基本是没有话语权的,完全没有给予黑人说话的自由,而与之取代的是他们只是会发出单音节的声音,类似动物的低吠。他们没有人类的动作,只能"一簇簇黑色的肢体在挥动,一大堆手在拍,一大堆脚在跺,一大堆身体在摇晃、一大堆眼睛在转动。"① "在我面前的那六十双眼睛显然对我的手势是全都明白的。"他们没有单一人物的出现,一出现就

---

① [英]约瑟夫·康拉德:《康拉德小说选》,袁家骅等译,上海译文出版社1985年版,第533页。

是一大群。他们无知原始，对白人的出现有着"疯狂的恐惧"，称之为"一次巨大的灾祸"①。而他们的样子也十分可怕，"脸上仿佛戴着十分可笑的面具""腰里系着一些黑色的破布，破布头在他们身后像尾巴一样摆动着。我可以看见他们的每一根肋骨，他们手脚上的关节就像绳子上的疙瘩一样鼓了出来；每个人的脖子上都戴着个脖圈，把他们全拴在一起的铁链在他们之间晃动着。"②纵然后来有些文本中非洲人有了一些行动，也完全是以野人形象出现的，如马洛这样形容他见到的非洲人："他们手里都拿着长矛、弓箭和盾牌，行动野蛮，眼里露出凶光。"这是典型的"野蛮人"形象。这类描述把黑人和野蛮人紧紧联系在一起，具有明确的指向意义。黑人不仅野蛮，而且无知："两支长枪、一支重型来复枪和一支带转轮的轻型卡宾枪，这些便是那位可怜的朱庇特的雷火和闪电。"③非洲文化落后，令黑人十分恐惧的雷火和闪电其实只是几只枪而已。黑人被描述成没有见识过先进文明的形象，他们没有任何先进的武器，有的只是自己野蛮的身体。

从这些语言细节我们可以看出，非洲黑人的形象是泛泛的、抽象的、模糊的、复意的。他们的样子被野兽化、物品化处理，丧失了话语权和主动权。就像阿契贝所说的"康拉德不可能赋予非洲的'这些未开化人'以语言能力"④。没有语言，那么自然也没有名字。这样的存在还有什么意义。黑人他者的形象被定型为模模糊糊，看不清面目。这种说不清道不明的感觉自然让整个文本意

---

① [英]约瑟夫·康拉德：《黑暗的心　吉姆爷》，黄雨石、熊蕾译，人民文学出版社2011年版，第27、12页。

② [英]约瑟夫·康拉德：《黑暗的心　吉姆爷》，黄雨石、熊蕾译，人民文学出版社2011年版，第18—20页。

③ [英]约瑟夫·康拉德：《黑暗的心　吉姆爷》，黄雨石、熊蕾译，人民文学出版社2011年版，第82、83页。

④ [英]巴特·穆尔·吉尔伯特等编纂：《后殖民批评》，杨乃乔等译，北京大学出版社2001年版，第186页。

义更加含混不清，如同被迷雾笼罩，这就形成了一种复意。

　　康拉德的小说中还有一类黑人是被白人教化过的。这样的黑人已经有了基本的认知，有了属于自己的脸，不再是模糊一片的了。他们不愿意接受自己黑人的身份，认为肤色的不同让他低人一等，只能做白人的跟班和走狗。他们也不能辨别是非，没有感情，一味听从白人的命令，对白人毕恭毕敬。哪怕看到了被白人打死的黑人同胞的尸体，也毫无反应。如《文明路上先锋站》中的黑人马可拉，不仅不承认自己的身份，而且处处都向白人靠拢，给自己起了英文名，试图把自己和普通的黑人分割开来。这一类黑人丧失了基本的人性，他们不仅可以毫无表情地用棍子暴打黑人，贩卖黑人，甚至可以肆意杀害自己同胞，把头骨都一排一排挂出来。在康拉德的小说中，我们还看到，黑人没有智慧、没有思想，只能做最低级的工作，需要白人的教导和教化才能做一些基本的事情。

　　康拉德对东方人的人物形象塑造稍强于对黑人的刻画。康拉德一些早期小说中开始出现不少马来人，在其笔下，马来人的形象刻画比非洲土著有进步，文明程度要高一些。殖民者的统治方式也采用了明显不同于黑人的手段，一改对非洲人想杀就杀的残酷暴政，变得亲切温和了些许。也许是肤色的不同，没有了欧洲文化里代表邪恶根源的黑色，在小说中部分马来人甚至可以成为白人殖民者的朋友，以唯白人马首是瞻换来一些可怜的好处。他们有自己的语言——马来语，也有了一定的思想，可以进行自己的思考，他们甚至还可以成为白人的女人。比如：阿尔梅耶娶了林格的马来养女，威廉斯爱上了马来女孩爱伊莎，等等。当然，我们也清楚地看到马来人纵然和白人的关系已经稍微亲密了一些，但是却依然无法独立存在，关键时刻依然需要白人下命令、做决定。白人需要东方人，需要他们的辛勤和努力来帮助他们掠夺更多的财富和资源，但是他们之间的地位永远是天差地别的。

　　康拉德对其他东方人的形象描写也似乎充满不屑、不理解的态度和语气，比如他对一个外来移民形象的表述是这样的：

> 他又矮又胖，长着土红色的头发和红色的胡须，穿着一双弹力靴，一身红色的睡衣，裤管塞在袜子里面……这个身材矮小、神经质的嗜血的乞丐。①

康拉德的作品中东方人多作为默默无闻的背景出现，只干活不说话，穿着奇怪的衣服，有着古怪的脾气和性格，不爱与人接触，行为举动都透露出愚昧和无知，这种西方世界对东方人的刻板印象在康拉德的小说中不曾改变。比如《吉姆爷》中的印度人是这样的形象：

> 穿着扣得紧紧的长长的白外套，腰扎红腰带，头裹红包头，光着脚踮着脚尖沿着周边的墙飞快地跑来跑去。不声不响，像鬼一样，又像很多猎狗一样机警。②

又如《"水仙号"的黑水手》开篇不久所提到的亚洲人：

> 划这些小艇的是穿白衣裳的亚洲人，不等靠近舷梯，他们便如狼似虎地吵嚷着要船钱。狂野而尖颤的东方语言的絮聒声，同醉醺醺的海员们的专横语气互相争执……这班人为了些少的数目，从五个安那到半个卢比，便直着嗓子狂呼哀号，竟把那夜空的静谧和平静搅得稀烂粉碎。③

---

① [英]约瑟夫·康拉德：《黑暗的心 吉姆爷》，黄雨石、熊蕾译，人民文学出版社2011年版，第55页。
② [英]约瑟夫·康拉德：《黑暗的心 吉姆爷》，黄雨石、熊蕾译，人民文学出版社2011年版，第71页。
③ [英]约瑟夫·康拉德：《"水仙号"的黑水手》，袁家骅译，上海译文出版社2011年版，第4页。

从这些描述，我们可以看到，康拉德把印度人比喻成"鬼"，又比喻成"猎狗"；又以"如狼似虎"比喻亚洲人。他始终把本体和喻体的关系割裂开，把"人"比喻成"非人"，"鬼"意为"迷信的人所说的人死后的灵魂"，是一种非物质的东西，存在于人类的想象中，是看不见摸不着的抽象物，也没有具体的形象，作者在写作的过程中把一个本应该具体简单的形象比喻成一个更加难以形容的抽象的事物，这种复意显然可以凸显亚洲人的丑陋。

我们发现，康拉德作品中直接出现中国人的次数屈指可数。面对迥异的未知文化，西方人对作为"他者"出现的陌生中国人带有一种恐惧和排斥的态度。他们对黄色人种其实是难以分辨的，他们对中国的了解十分有限，对中国人的看法往往只是凭借想象，以讹传讹，互相矛盾。文学作品中的中国人形象，一般都是格式化的形象，"野蛮""非人道""兽性"——这些形容词往往代表了19世纪西方人对中国人的刻板印象。同样，他们认为中国人另一个显著的性格特征为缺乏个性，在提及中国人时较少作为可与之建立人与人关系的个体，通常西方人提及"中国人"时，往往不是当作独立的个体，而是把它当作一个密集的、不可数的、模糊的整体，或是"中国人群"。① 所以作为一名出身于西方的白人作家，康拉德对中国人的认识必然也受此局限。因而，我们不难理解康拉德作品中的中国人形象往往被他刻画成缺少理想、信仰、品德的人，这种人物色彩灰暗、平淡，令人生厌。比如从小说《台风》开始，文本中逐渐出现中国人的身影，是作为与英国人对立的反面出现的。中国人的形象被描写为：

> 他们没有血色的，皱瘪的黄脸，好像患了肝病哩。马克惠

---

① 参见［法］米丽耶·德特利《19世纪西方文学中的中国形象》，载孟华《比较文学形象学》，北京大学出版社2001年版，第251页。

> 船长特别注意到他们中间有两个伸手展足地仰躺在望台下面，他们刚闭上眼，就同死尸差不离。然而还有三个正在船头争吵不休。还有个巨汉，半身赤裸，肩膀奇伟，迟缓地俯伏在一座绞车上；还有一个坐在甲板上，膝头高耸，脑袋歪倒，姿态很带点儿女孩气，正在编铰他的发辫。①

又如，在《生活笔记》中，他亲口描述过他所见到和相处过的船务人员，东西方人物形象在他的眼中差距甚大。他在海军服役的时候，非英国籍的船务人员占有一定的比例，他们的英国商务航船已经环游了大半个地球，进行了无数次的深海航行，在这些航行的过程中，康拉德接触到来自世界各地形形色色的人。在他的讲述中，他对挪威人的印象是这样的："他们的勇气和直爽的性格受到了大家的一致欢迎"；他对芬兰人的印象是："他们都是木匠，而且还是非常好的木匠"；他对瑞典人的描述是："是我曾经见过的最好、最精确的帆船制造师"；意大利的船员是这样的："脸上总是挂着微笑"；法国人则"是位最好的航海家，永远精力充沛，具有大无畏不可征服的毅力，他可以应对临时出现的各种各样的困难和危险状况"；对荷兰人的评价是："我永远都忘不了他那安静平和的神态，那种虔诚的眼神让所有的人为之动容"；德国小伙子"年轻力壮"；而对于东方的船员，他对印度的水手"了解得很少，他们大多在汽船上工作，并且工作的时间也很短暂"。而他对来自中国的消防员的印象是这样的：

> 眼见为实。没有人曾经与他们讲过话，他们总是单个走在甲板上，来回游荡着；应该说身后拖着的长长的辫子是他们最

---

① ［英］约瑟夫·康拉德：《康拉德海洋小说选》，薛诗绮编选，百花出版社1994年版，第66页。

为显著的外形特征了……这些中国人从来都不和其他人说话，也从来不招惹任何人，他们似乎从来没有要和其他人交往的意识……一到晚上，他们总是那么的沉默和面无表情，以至于我都感觉他们像幽灵一样。①

从康拉德的用词，能看出他对中国人的形象塑造带有明显的歧视和厌恶的情绪，与其他西方作家不同，他是在航海生活中直接接触过中国海员的白人作家，他把对中国人直观的感受放入作品中，刻画出了一群病态的、没有话语权的废物形象。

如果仅仅从康拉德对不同种族形象的区别对待来看，读者一定会得出结论，他似乎是以此反证欧洲殖民统治的合理性和必要性，从这方面看，他的确也可以称作是有着种族偏见的作家。但是，我们必须考虑到康拉德的生活环境与文化背景，还要考虑到19世纪的非洲大陆的确处在黑暗落后之中，无论是历史进程还是文明程度，与同时代的欧洲无法同日而语，这一时期的东方也处在没落与腐朽之中，这些地区的人们表现出的形象难免会带有愚昧、猥琐、自私的品格，行为举动也难免缺乏文明、勇气与责任。从这个意义上我们应该看到，康拉德笔下对他者的描述并非毫无依据。所以，历史背景无疑对作者和读者的判断产生很大的影响。我们更应该看到，作为常年跟随殖民者出海的康拉德，目睹这样的他者，但他并未止步于对他者表象的了解，而是将笔触放到了他者的深处，试图发掘其内在实质；更试图在全球视野下考量自我与他者，寻找人类文明的出路与未来，这是极其可贵的。

此时，让我们再来反观康拉德塑造的白人形象。在康拉德笔下，白人占据了大部分话语权，他们几乎都是有名字的，是故事

---

① ［英］约瑟夫·康拉德，《生活笔记》，傅松雪译，江苏教育出版社2006年版，第352—353页。

的主体，所以白人的形象通常很鲜明。白人形象最大的特点是文明的、有教养的，哪怕身处危险的野蛮之地，也依然保持着形象上的优雅知性。让我们看看文本中康拉德对白人的外在形象是如何描写的吧：

> 他的外貌典雅得令人吃惊，一开头我真以为是什么鬼魂显灵了。我看到了浆过的高领、白色的袖口、淡黄色的羊毛上衣、雪白的裤子、一条干净的领带，还有一双擦得铮亮的皮鞋。①

通过这个细节的描述显然读者会做出这样的判断，康拉德对白人的文明和教养是持肯定、赞赏态度的。但是我们在文本中还能发现，不少的段落使白人形象产生了截然不同的意义：白人光鲜亮丽的外表是建立在对非洲人的殖民统治之上，他们就像声名狼藉的海盗一样，拿破玻璃换象牙，才有了巨大的财富来源。这种"双重情节"的矛盾对比让人物复意增强。白人与黑人生活和外表的巨大差异，强调了本土土著的悲惨遭遇，也勾勒出了殖民者的丑恶嘴脸。小说中主要情节和次要情节之间产生的冲突和矛盾，也反映了社会阶层的矛盾，而文学是社会历史发展的一环，文学家站在自己的角度看待社会的错综复杂，作品就成了调和社会阶层之间各方面矛盾的一个手段。

那么，如何协调双重情节之间的对抗矛盾？燕卜荪的批评理论给出了答案："将复杂融入简单"，通过试图解决矛盾、平衡矛盾达到理想的简单境界。因此我们也可以称之为矛盾双方面的整一性。双重情节的两个方面产生联系并相互作用，最终形成一个整

---

① ［英］约瑟夫·康拉德：《黑暗的心　吉姆爷》，黄雨石、熊蕾译，人民文学出版社2011年版，第23页。

体。作家通过双重情节的设置传达矛盾，读者通过人物形象的转变思考双重情节的联系，从而发现作者的隐含义。双重情节的通性把内在的对抗转化为社会化的利益和价值，往往通过复杂和反讽的交替来表达。双重情节的设置不仅可以讽刺斥责白人殖民者又能美化赞扬统治阶级，既批评又赞扬。给社会下层人物赋予高贵纯洁的品性，也是作家用来调和社会矛盾的一种尝试。

由此我们可以得出结论，白人的形象一定是双重的，可以是英雄，但也会犯错。我们在康拉德在小说中不难发现这样两类白人形象：一类白人外表油腻圆滑、愚蠢奸诈、行为残暴、手段恶劣，他们拥有至高无上的地位和可以领导他人的能力，所以惨无人道地欺压当地人。我们可以依据这些情节解释为康拉德具有反殖民主义的思想意识，表达了他对非洲土著悲惨境遇的同情，撕下来白人殖民者的虚假面具，预示了殖民主义终将灭亡的结局。之前的章节已经提及康拉德在小说中用"魔鬼"来形容白人："我曾经见到了魔鬼、贪婪的魔鬼，还有欲壑难填的魔鬼。"① "魔鬼"这个词具有象征意义，不同的读者会根据对词汇多重引申义的理解试图解析康拉德的思想意识。魔鬼在西方文化里是邪恶的象征，亦是力量和强大的象征。他会诱惑大家犯罪，只要你有着致命的心理缺憾和人生缺陷你就会被魔鬼引诱，和魔鬼做交易。只要你和魔鬼签下契约，他就会实现你的任何愿望。面对如此巨大的诱惑，人心产生动摇在所难免，此处也可以理解为康拉德暗示是殖民地人民被利益引诱，立场不坚定，才会导致如此悲惨、痛苦的境地。因此读者理解和阐释的差异会对康拉德思想的解读变得暧昧和含混。我们可以解释说康拉德对白人有暧昧不清的感情，因为一方面他肯定了白人殖民者的行为是罪恶的，是有违道德的，他们侵

---

① ［英］约瑟夫·康拉德：《黑暗的心　吉姆爷》，黄雨石、熊蕾译，人民文学出版社2011年版，第302、303页。

占了他人的土地，在别人的家园肆意妄为，实施暴行；另一方面，白人就像魔鬼一样，是处于领导者地位的，因为他强大，有力量，所有非白人就应该听从他的命令和指引。

　　当然，还有一类白人形象被定位为拥有英雄梦的反英雄们。这类白人具有明显的矛盾心理和不确定的品格。本性善良，却会做出错误选择，究其原因是因为抵抗不了人性的劣根性，而且容易受社会背景和生存环境的影响，对此读者可能会理解为康拉德试图告诉我们，这是可以被理解和被原谅的。这一类白人形象，我们可以用燕卜荪第七类的复意来解释。第七类的复意将个体间的冲突外现，展现了不可调和的矛盾。按照燕卜荪对复意类型的划分标准设置，逻辑越混乱越处于复意类型的上端，因此，第七类的复意代表着最高程度的矛盾，同一个词汇的两种意义，不仅仅是含混不清、暧昧不明的，而且是通过上下文语境规定出的两个对立的意义，这种复意的整体效果显示出作者内心的绝对矛盾，其心中缺乏一个统一的观念。"这种可能无意义但绝非空白的矛盾既是表现作家心中没有统一的观念又是一种结构。"① 因此，按照燕卜荪复意理论，康拉德在塑造白人形象时，思维角度是矛盾的，殖民观念也是矛盾的。明知作为殖民者入侵他者领土的白人犯下了滔天大罪，却依然认可白人的文明与勇敢特性。对于康拉德这种思想观念上的矛盾，有学者就曾经点明康拉德人物观的核心："康拉德的独特之处在于它一方面质疑西方关于东方的固定看法，通过描写白人的道德缺陷来批评殖民主义和种族偏见，另一方面又自觉不自觉地在延续这些看法。"②

　　关于作家观念中矛盾的不可调和，燕卜荪还指出："对立，还

---

① ［英］威廉·燕卜荪：《朦胧的七种类型》，周邦宪、王作虹、邓鹏译，中国美术学院出版社1996年版，第302页。
② John G. Peters, *The Cambridge Introduction to Joseph Conrad*, Shanghai foreign language education press, 2008, p. IX.

是弗洛伊德派析梦的一个重要因素；显然，弗派术语，尤其是单词'凝结'（Condensation）能有效地运用于对诗的理解。"① 在心理学领域，对立代表不满足，"你要"既意味着"你没有得到"，也意味着"被你的前后关系所规定的对立"，你的潜意识中还要求别的事物。你要认识事物的一个方面，也必须认识另一个方面，把有关联的两个部分都放进去显然比只提到一个部分更为精准。燕卜荪举了一个典型的例子，原始画家会画出两条平行线，因为他们深知实际生活就是一直平行的，而未开化的画家会画出相交线，两条平行线最终一定会相交。对他们来说，这并不矛盾，因为他们只关注线条汇聚这件事，所以只要我们认识矛盾对立的双方面，自然就知道怎么把两者关联到一起。

需要注意的是，康拉德通过这些角色形象塑造，再次强调了文化具有差异性，而差异性本身就包含了矛盾。差异不是简单的一正一反，不是同一性的反面，也不是单纯的"自我"与"他者"的二元对立。我们要承认差异的存在，正视差异性，也要认识到差异也是互相影响、互相制约的。正如法国学者巴柔所说，"我"注视着他者，而刻画出的他者形象也折射和传递出我自身的某一些形象：

> 有一点无法避免，即在个人（作家）或集体（社会、国家、民族）或半集体（思想派别、观点）的层面上，他者的形象既是对他者的否认，又是对自身及自我空间的补充和延伸。"我"要言说"他者"（往往是由于各种迫切且复杂的理由），在言说他者的同时，"我"又否定了"他者"，从而言说了"自我"。②

---

① ［英］威廉·燕卜荪：《朦胧的七种类型》，周邦宪、王作虹、邓鹏译，中国美术学院出版社1996年版，第303页。

② ［法］达尼埃尔-亨利·巴柔：《形象学理论研究：从文学史到史诗》，载孟华《比较文学形象学》，北京大学出版社2001年版，第203页。

对此问题，评论家们争论颇多。赛义德对东方主义和帝国主义的看法是二元对立的，态度比较坚决，没有相互交叉的可能；而后殖民主义批评家霍米·巴巴则认为在二元对立之外还存在一个"第三空间"。这个空间多元文化杂糅，矛盾又模糊，文化差异相互碰撞会产生混杂的空间。有学者曾经这样解释文化的混杂性：

> 就文化身份而言，混杂性是说不通的文化之间不是分离迥异的，而是总是相互碰撞的，这种碰撞和交流就导致了文化上的混杂性。①

康拉德塑造的人物形象来自各大地域，包罗各国文化，这些文化之间的差异不断冲击着康拉德的创作和思维，他笔下产生的人物身份不断受到质疑，总是不断地找寻自己的归属，康拉德深层潜意识中就存在这种根深蒂固的混杂性和复意性。

我们认为，形象研究是跨种族、跨文化的，是具有明显差异性的。"我们用这些差异性可以做什么？唯一的答案是使差异性具有互补性，而非使其永恒化。"②他带给我们对人物身份认同和人性转换的思考，"自我"与"他者"形象在康拉德的人物世界绵延不断，这种现象值得我们深入研究。异国形象要遵从一些强制性规则，这些规则往往是通过作者所处的文化状态以及与他者文化之间的关系来加以诠释的。康拉德的"自我"被限定为西方世界，而"他者"的范围则包含原始落后的非洲大陆和东方世界。原始的或者野蛮的"他者"在整个欧洲文学史上随处可见，康拉德在创作人物形象时自然会深受影响。康拉德生活和成长的时代以及个人生活经历共同造就了其笔下的人物形象，他具有独特的生长

---

① 生安峰：《霍米·巴巴的后殖民理论研究》，北京大学出版社2011年版，第114页。
② [法] 达尼埃尔-亨利·巴柔：《形象学理论研究：从文学史到史诗》，载孟华《比较文学形象学》，北京大学出版社2001年版，第221页。

背景和复杂的人生履历，他当过海员，在成为小说家以前曾经有二十多年都漂泊在大海上，在航海生涯中他接触到了形形色色的各色人种，其中不仅仅有欧洲的白人殖民者，更有来自不同国度和地区的原住民，英国、法国、西班牙、葡萄牙、荷兰等国家的殖民地他都有涉足。作品中的很多情节都源自他的亲身经历，"在一个特定历史时期，一种特定文化中，对他者是不能任意讲和任意写的"①。所以，康拉德小说中的人物就是以现实的定义为基础，加上部分作者的想象创作出来。他们互相对立，互相参照，综合复意。

二 同样丑陋的"我们"

如一些评论家所说，康拉德并未站在"他者"一边，而是始终站在白人世界的"我们"一边，他曾经在《生活笔记》中说起自己是白种人们的一员：

> 在英国船上的白种人中……他们最近的现任都曾经为国家作出过杰出的贡献……我以前曾是他们中的一员，其次，我和他们一起战斗过，我体验过他们那特殊的人生，曾经分享过他们的喜怒哀乐。②

但是，康拉德小说中的人物并未因此而格式化，无论是"他者"人物，还是"我们"中的人物，人物复意的特征在康拉德小说中随处可见。这种复意不仅仅体现在矛盾的对立上，也体现为矛盾的平行并置。除了以大量的篇幅、格式化的词汇对域外人种进行

---

① [法]达尼埃尔-亨利·巴柔：《形象学理论研究：从文学史到史诗》，载孟华《比较文学形象学》，北京大学出版社2001年版，第204页。

② [英]约瑟夫·康拉德：《生活笔记》，傅松雪译，江苏教育出版社2006年版，第353页。

先入为主的描述外，康拉德对在域外活动的白人丑恶之处的揭露也同样不遗余力，他对白人殖民者的残暴、贪婪或者懦弱、无能，都有令人难忘的描述。也正因为如此，分析康拉德作品中人物充分的矛盾和复意，若仅着眼于这些具体描述，我们难以摆脱康拉德为读者们打造的矛盾回旋，更无法跳出评论家们设定的各种矛盾结论。必须转换视角，从概念性辞藻中走出来，到康拉德所描述的丰富鲜活的故事场景中，研究同一故事、同一场景中同时出现的白种人与其他人群，看一下在他们同时存在的状态下如何接受康拉德的评判。

《文明路上先锋站》这部小说出版于1898年，这一年康拉德多部作品问世，《文明路上先锋站》堪称其中一部佳作。因该作品出版于《黑暗的心》问世的前一年，因此，有不少评论家认为，这部作品甚至可以称为《黑暗的心》的"先锋站"。作品中的两个白人主人公凯亦兹和卡利尔是地道的小人物，猥琐、自私、懦弱，他们在货运站附近村子里的邻居们却是坦荡、仁慈、勇武的人物形象。高必拉是这个黑人村子的头儿，他头发灰白，黑黑瘦瘦，走路大步流星，"举手投足间流露着父性的魅力"，对于货运站这两个孤零零的白人，"他便把满腔莫名的亲热移注到他们身上"。康拉德具体描述了他们的友好：

> 他一直亲切友好。作为这一友谊的必然结果，高必拉村里的妇女排成一队穿过芦苇遍布的草地向贸易站走来。每天早上她们会捎来些家禽、甜薯、棕榈酒甚至一只整羊。公司对属下贸易分站总是给养不足。代理们需要在当地谋求供给来维持生活。高必拉的仁慈慷慨使他俩有了保障，过得还挺不错。[1]

---

[1] 朱炯强编选：《康拉德精选集》，山东文艺出版社1999年版，第11页。

不过，好景不长，一支白人商队来到了货运站，要同其做象牙交易。尽管凯亦兹和卡利尔知道他们"不是什么好人"，"他们处处打家劫舍，掠夺女人和孩子"，但还是要与其进行交易，结果，白人商队趁机洗劫了高必拉的黑人村落。惨剧发生后，村中黑人并未对货站实施报复，而是选择了避让。年迈的高必拉是善良的，出于恐惧，他用更多的物品和人力去贡奉邪神恶魔般的白人，但他的心非常沉重，他及时制止了一些年轻的武士杀人放火的行为。他们一如既往地延续着他们的日常，"每逢新月时，高必拉村里的人和过去一样鸣鼓、呐喊、狂欢，只是远离贸易站"①。但是，当货运站的白人试图接近他们时，他们会勇武地予以拒绝。有一次马可拉和卡利尔驾着小舟试图去跟黑人们重修旧好，没想到迎接他们的是一阵箭雨，他们只能狼狈飞奔回府，以保全自己宝贵的性命。通过这些处于同一场景中的白人与黑人形象，我们可以清楚地看到白人殖民者的渺小与黑人原住民的伟岸，这恐怕才是康拉德所要告诉我们的真相。

康拉德另一部小说《走投无路》中，白人与有色人种同处一船，这一场景中的四个白人固然有惠利船长这样的英雄，但其他几位都是小人式的人物。船东兼轮机长自高自大、固执偏狭；大副斯特恩虚伪狡诈、鬼鬼祟祟；二管轮"人到中年，一副不拘行迹的神态，仿佛不声不响地只顾机器，竟失去了语言能力。别人跟他说话时，他唯一的反应就是根据距离远近，或者咕哝一声，或者拉一下汽笛"②，更让人不能理解的是，船东梅西还是航行的破坏者，为了对付惠利船长，他在罗盘上做了手脚，导致了船的沉没。但他们这艘船实际上是由土人们操纵、驾驶着，惠利船长已失明，完全依赖马来人水手长的帮助，基本的画面是：

---

① 朱炯强编选：《康拉德精选集》，山东文艺出版社1999年版，第21页。
② 朱炯强编选：《康拉德精选集》，山东文艺出版社1999年版，第365页。

> 惠利船长手握双筒望远镜站着，身材矮小的马来水手长守在旁边，像一个干瘪的侏儒在侍候一个年迈的巨人。他们在指挥轮船通过沙洲上的浅水区域。①

船上的有色人种人人都在尽职尽责地工作，其工作能力与工作效率不输于任何人。康拉德曾详细描写了一个印度水手探测员的工作状况：

> 船桥下的前甲板上，倾斜度很大的白船篷下，一个年轻的印度水手已经爬出栏杆。他迅速地理了理两腋下的一条宽帆布带，胸部往上一扑，身子探到很远的水面上。他的薄棉衬衫短的齐肩，赤裸着圆滚的棕色手臂，皮肤像女人那么光滑。他完全像旋转投石环索那么吓人地挥舞测深锤：十四磅的重量在空中急速盘旋着，然后突然划出一条弧线，飞到尽可能远的地方。湿漉漉的细绳从黝黑的手指间穿出，发出刮擦丝绸似的声音；铅锤在船舷附近溅落时，金光闪闪的水面上留下一个随即消失的银白色的疤痕。②

康拉德具有高超的语言能力，他让一个有活力、有干劲、有责任感的东方人形象跃然纸上，而反观相对的参照物呢，意义的另外一个方面呢，康拉德借大副斯特恩之口对船上的白人与其他人的工作状况进行了表达：

> 想起白人一到东方就四肢不勤，斯特恩更增加了心中的轻蔑。如果没有惟命是从的土人，他们有些人就寸步难行，还一

---

① 朱炯强编选：《康拉德精选集》，山东文艺出版社1999年版，第363页。
② 朱炯强编选：《康拉德精选集》，山东文艺出版社1999年版，第363—364页。

点都不因此感到羞愧。①

他用讽刺表达了对白人懒惰、傲慢的不屑和嘲讽，通过叙述话语中语气和态度的强烈对比，我们感受到作者的真实"意图"。在这里我们也看到，他通过人物形象的对比和反讽，增加了读者理解意义的难度，但是同时也增强了读者挖掘真相的好奇心。

在康拉德早期小说《青春》中，康拉德描述了曼谷码头的场景，"朱迪埃"号上的船员们刚到曼谷码头，首先遭遇的就是西方白人的大段谩骂：

> 我还没有开口，东方就向我发话了，但操的却是西方口音，那气势汹汹的咆哮，劈头盖脸地泼向不幸的、谜一般的寂静；那怒气冲冲的外国话，夹杂着一些发音纯正的英语词甚至句子。这英语词句听起来虽然并不那么完全陌生，却更加令人惊讶。那狂暴的声音不停叫骂着，滔滔不绝的污言秽语彻底破坏了海湾的宁静。他以骂我猪猡开始，越骂越厉害。什么难听的话都骂了出来，用的是英语。②

在这一语段中，"东方人操着西方口音"显然是一种复意，燕卜荪认为这是作者使用了一种"假对比"，他把词语或对象并排放在了一起，却没有说明对立的理由。"假对比"造成的复意性，重点在于他给了读者模糊感，含混感，让读者自己生发出思考，让作者的理解和想象去发挥作用。接着，康拉德又以强烈的对比，刻画了东方人的宁静，解释了他想告诉读者的真相。他这样写道：

---

① 朱炯强编选：《康拉德精选集》，山东文艺出版社1999年版，第385页。
② 朱炯强编选：《康拉德精选集》，山东文艺出版社1999年版，第162页。

> 我返回码头旁,系好小艇后终于沉沉睡去。我经历了东方的宁静听到了一些东方的语言。但当我重新睁开眼睛时,它的宁静似乎一直没有受到干扰。我躺在阳光下,天空似乎从来没有这么高远。①

这种对比产生的碰撞产生了强烈的效果。所有的这种加强语言的效果,都包含了复意,而这种复意难以言说,因为有种说不清道不明的美感。与其说你得到了关于这种复意更多的信息,不如说你在理解语言的精妙方面和文本内容的丰富方面更加有经验。这也就是瑞恰慈所说的:用燕卜荪的理论方法将有利于读者好的阅读习惯养成。

对于东方人以及未来东方的发展,康拉德显然是带有极其矛盾的心理。因为在他的叙述中充满了话语矛盾。且看这一段文本,康拉德这样描述水手们眼中的东方人:

> 然后我看见了东方人——他们正望着我。整个码头挤满了人。我看见棕色的、古铜色的、黄色的面庞和黑色的眼睛,我看见了东方人的光彩和颜色。所有这些人都纹丝不动、默不作声、大气不出、目不转睛地瞪着。他们瞪着三条救生艇,瞪着黑夜里来到他们岸边的熟睡的水手。周围一片宁静。棕榈树在蓝天下悄然不动;沿海岸没有一根摇晃的枝条;绿荫丛中的房屋从树叶的缝隙中露出棕色的屋顶,那些宽大的叶片明亮而宁静,像是沉重的金属铸造的。这就是古代航海家的东方啊,那么古老,那么神秘,那么灿烂而又阴郁,那么富有生机而又停滞不前,那么危险四伏而又充满希望。站在我眼前的就是东方

---

① 朱炯强编选:《康拉德精选集》,山东文艺出版社1999年版,第163页。

人啊。①

从这段文本我们可以看出,康拉德描述了东方人,也描述了东方世界的环境。此时的东方人已经和之前带有"病态"慵懒的东方形象发生了很大的变化,康拉德用了一些表示颜色的词语,并置在一起,这些形容词暗示他们的生命也开始带有色彩了,也鲜活起来了。当然康拉德的矛盾依然没有解决,他存有忧虑,但也肯定了东方的必然崛起:

> 从此我知道了东方的魅力,看到了它神秘的海岸、平静的海水和棕色民族居住的土地,在那儿,复仇女神悄悄地埋伏着,伺机追击许许多多自以为有智慧、知识和力量的征服者。②

由此我们可以看出,康拉德在对自我与他者矛盾形象建构的表层下,隐藏着对他者世界的期待与希望。世界是一个整体,而非一个个独立排他的存在。人与人是紧密相连的,世界也是密不可分的。艺术是跨文化、跨种族的,是具有明显的差异性的,我们必须放弃考察片面的只言片语,整体看待康拉德的人物观,才能发掘出他内心的真实感触,才能发现他对未来世界的期许。

综上所述,康拉德塑造的人物形象存在着复意性,文本的丰富意义来自他思想意识中的矛盾和挣扎,康拉德一直表现出一种不确定性的态度,我们没有办法得知他到底怎么看待每一个人物,无法得知他真正的思想和看法。与此同时,创作者的矛盾思想体现在文本中,他所创作出的各色人种,各类群体,虽然对立,虽然并存,但却没有哪一个被绝对的神圣化或者恶魔化,人性的两

---

① 朱炯强编选:《康拉德精选集》,山东文艺出版社1999年版,第163页。
② 朱炯强编选:《康拉德精选集》,山东文艺出版社1999年版,第164页。

个层面都在同一个独立个体上彼此制约，随时转换，对立却又相互依存。这种矛盾的人物形象让读者把握不准作者的意图，进而产生了怀疑和犹豫，难以对康拉德的思想倾向做一个明晰的判断。文本的对立情节、作者创作心理的摇摆挣扎以及读者不确定的阅读体验，这些因素共同作用，最终产生了丰富的意义，让康拉德的小说整体散发出一种独特的美学魅力。

>>> 第四章
悲观主义与乐观精神的复意所指

从康拉德小说文本的初始感受看,其作品充溢着强烈的悲观主义色彩,而且,康拉德的悲观主义与很多作家不同,他的悲观意识更浓郁、更复杂,也更强烈。狄更斯也有矛盾和忧郁的性格,但是他认为善良可以消除社会矛盾,教育可以感化作恶者,这种人道主义思想在康拉德这里显然是行不通的。康拉德塑造的人物往往以死亡作为对背叛和罪恶的赎罪,他的思想显然更为极端和沉重。康拉德的悲观意识与乔治·艾略特也不同,艾略特更强调一种压抑中的痛苦,悲伤然后放弃,她更多的是展现对人生的无奈,用自我牺牲来完成人生的道德追求。而康拉德的人生思索显然要更为深刻,他有自己的雄辩,他的悲观更具有一种防御性。人在陌生的环境和荒诞的世界中是十分渺小的,我们被整个世界的黑暗所包围,深陷其中,无力反抗。那种痛苦、无奈和恐惧达到了顶峰。康拉德与劳伦斯的悲伤也各有千秋,劳伦斯的作品也表达了对社会现实的不满,他的悲观更多表现在对现实的逃避上,而康拉德更勇于直面现实的黑暗与残酷,他的视觉范围更广,也更冷漠、更理性一些。

通过细读康拉德小说文本,我们发现,康拉德的悲观主义有着自己独有的特色,更重要的是,他的悲观并非只是悲观本身,其小说的悲观主义涌动着不屈不挠的抗争,是在以悲观为切口,将青春的活力和明天的希望植入其中。他的悲观中蕴含着对时代与人生的思考，昭示着人性的能动与乐观的未来。悲观主义和乐观精神的并置以及一明一暗的两条情节让文本意义更加丰富，也让读者沉浸其中。所以，康拉德是以浓郁、复杂、强烈的悲观孕育能动而富有活力的乐观，构造了悲观主义与乐观精神的深层复意。

第一节　康拉德小说的悲观主义

康拉德深度思考历史与社会的种种问题，深入挖掘人物精神的分裂与异化，向我们传达出一种黑暗、绝望、孤独、怀疑的意向。荒诞的气氛，疏离的情绪，使其作品透露着浓郁的悲观主义情愫。尤其值得注意的是，康拉德通过大量的修辞手法，让整个文本中的悲观主义以多层面的复意加以体现，不仅使文本中的悲观更加浓郁、复杂与强烈，而且，为蕴含其内的乐观主义预留了充分空间。

一　悲观主义于人性

康拉德早年黑暗痛苦的人生经历使他感受到人生消极与绝望的一面，忧郁的苦闷持续影响着他的认识和创作。他很清醒地看到，他身处的世界是非理性的，人生是虚无的；他亲眼见证了维多利亚时期金钱至上、欲壑难填的价值观，痛恨道德理性的泯灭；他的海上阅历，使他看到世界如何变成残酷的黑暗荒芜之地，被囚禁其中的人也变得像木偶一样冷漠、悲观、绝望，失去了应有的感情。他无时无刻不处于怀疑和焦虑的状态，因而，康拉德在《黑暗的心》中让他的代言人马洛大声呐喊："我们在生活中也和在梦中一样——孤独……"[1]

---

[1]　[英]约瑟夫·康拉德：《黑暗的心　吉姆爷》，黄雨石、熊蕾译，人民文学出版社2011年版，第37页。

正因为如此，很多批评家认为，康拉德应该被算作是一个悲观主义作家。如，1948 年 F. R. 利维斯在《伟大的传统：乔治·艾略特、亨利·詹姆斯和约瑟夫·康拉德》中，称康拉德是一个精神上"流离失所"之人，充满了隔绝与孤寂；1949 年沃尔特·F·赖特在《约瑟夫·康拉德的浪漫与悲剧》中肯定了康拉德作品的悲剧性；梁遇春和袁家骅在合译的《吉姆爷·译者序》中，认为康拉德的部分作品是"醉心于分析颓废心理的拙劣作品"；1966 年 J. 希里斯·米勒也发表了讨论康拉德悲观主义世界观的《二十世纪的六个作家》，指出他的悲观的世界观几乎达到了虚无主义；1991 年后现代主义研究的代表之一达夫尼亚·俄迪奈斯·沃肯则肯定了康拉德与尼采世界观的相近之处；中国学者刘象愚在《康拉德作品中的存在主义试析》一文中指出，康拉德的人生充满了悲剧色彩，他的作品在不同程度上表现了存在主义的死亡观；陈光兴所著的《约瑟夫·康拉德小说情节研究》，则从叙事学理论角度出发，讨论了康拉德小说所体现出的隔离型悲剧情节模式、重复型悲剧情节模式等方面，认为康拉德的创作体现出一种较为稳定的悲剧情节模式。[①] 除此之外，还有一些评论家们指出了康拉德作品核心特征是悲剧性，肯定了康拉德悲剧观的高度和深度。

可以说，评论家们对康拉德作品悲观性的讨论是十分充分的，悲观主义色彩在他的众多作品中都可以找到佐证。比如，读康拉德的作品，时常可以感到，人所做出的一切努力都是徒劳的，一切存在都是缥渺虚无的，人生充满了失落感、孤独感和荒谬感。但更为重要的是，康拉德并非停留在悲观表象的悲观主义，在他的悲观主义背后，还有着极为深刻的思想背景和精神探索。

康拉德作为英国新旧时代之间伟大的小说家，有着强烈的社会责任感与使命感，一直关注着时代的变迁，社会的变化。他站在

[①] 陈广兴：《约瑟夫·康拉德小说情节研究》，上海外语教育出版社 2011 年版，第 4 页。

时代前沿，立于当代社会思潮的潮头，进行着不间断的思考。他的思想与叔本华悲观主义、尼采悲剧意识以及萨特存在主义互为表里，充满了悲观的反理性世界观，他对理性表示怀疑，产生了强烈的虚无主义情绪和怀疑主义思想。

19世纪末，尼采的一句"上帝死了"，宣示了宗教衰落后的人们对生存意义的怀疑："面对如此的疾风狂飙，谁还敢从我们苍白疲惫的宗教寻求心灵的安宁？"① 缺乏精神支柱的支撑，人的价值标准也逐渐模糊。人类的意志丧失了管束，精神上的枷锁被打破后就只剩下精神的空虚和迷茫，周围的世界如此荒诞可怕，人与人之间缺乏有效的沟通与理解，人类的精神面临巨大的危机。强烈的无所适从感和无目的感充斥人们的内心，孤独、陌生、焦虑和痛苦的情绪蔓延，人生开始走向虚无。康拉德小说中人与人之间的关系多是如此，人生的意义丧失，人与人之间多处于疏离或者对立的关系中，矛盾斗争此起彼伏，人们否定自我，也怀疑他人，缺乏交流造成他们的内心总是处于孤独与焦虑当中。这种内心矛盾造成了精神上的分裂，人性的堕落与沦丧。存在主义者们认为，人生活在一个与自己对立的世界中，人具有绝对的自由。萨特认为：

> 人首先是一个存在，在把自己投向未来之前，什么都不存在……人是自由的，人就是自由。②

这种自由在某种意义上意味着孤僻与落寞，存在主义者往往比较悲观，我们生活在一个孤立无援的世界上，所有的一切都跟人毫不相干，拥有绝对自由代表着同时也是无依无靠的孤独者，人拥

---

① ［德］尼采：《悲剧的诞生》，周国平译，译林出版社2014年版，第86页。
② ［法］让—保罗·萨特：《存在主义是一种人道主义》，周煦良、汤永宽译，上海译文出版社2012年版，第7—11页。

有选择的自由，按照自己的选择行动并承担生活的责任，但是未来的生活是没有目标的，是盲目的，人只知道人生的终结是死亡，这是人类唯一的最终归宿。正像萨特所说的，人的存在要受到很多的限制，要受到责任与义务、道德与荣誉等方面的制约：

> 存在主义者坦然说人是痛苦的……当一个人对一件事情承担责任时，他完全意识到不但为自己的将来做了抉择，而且通过这一行动同时成了为全人类作出抉择的立法者——在这样一个时刻，人是无法摆脱那种整个的和重大的责任感的。诚然，有许多人并不表现有这种内疚。但是我们肯定他们只是掩盖或者逃避这种痛苦。①

人生存在社会中，难免都肩负着沉重的道德感与荣誉感的重负，我们不能随心所欲地做任何想做的事，所以渴望自由的人们内心开始不满足，进而对人生和信念产生怀疑与动摇，无法面对生活的庞杂和生命的厚重。所以我们看到，康拉德小说中很多人物虽然具有崇高的理想，并打算为之奋斗一生，却在生命的过程中背叛了自我，背叛了良心，也背叛了自己信守的诺言。不仅如此，在康拉德的小说中，他总是强调人是孤立于这个世界存在的，人与人之间有很大的距离感，甚至很多人物乐于把自己藏在套子里，隐藏在阴影中，从不会主动走出来与人交流。因此，文本的整个气氛变得压抑，沉重，读者的情绪也被小说的气氛影响，体会到一种孤单且冷漠的沉寂。我们在康拉德小说中发现了很多活在套子中的人，如《青春》中北海的引航者泽明："他整天躲在船上厨房里面，借着炉火烘干他的毛巾……他是一个悲愁的人，总

---

① ［法］让—保罗·萨特：《存在主义是一种人道主义》，周煦良、汤永宽译，上海译文出版社 2012 年版，第 9 页。

有一粒眼泪挂在他的鼻子尖端发光着"。① 又如《"水仙号"的黑水手》中的厨子,有着惊人的判断力和高人一等的智慧,却总是默默无闻,只听不说,关键时刻才会冒出一句能预示惠特命运的话语。水手唐庚也总是处于孤立的状态:"谁都不理会他,陷入这样的孤独,他唯一可干的事就是想念好望角的各种大风。"② 除此之外,还有很多水手虽然生活在船这个社会集体中,但是每个人却都是孤独绝望的:

> 他们挤在一起挨得紧紧的,心里反而觉得异常孤独。耳畔老听得高声的喧嚣,又经过漫长的时间,保持着深深的沉默,忍受着生存的痛苦。③

再如,《秘密的分享者》中的年轻船长"我",在作为船长领航的第一次航行伊始,他就感到了从没有过的陌生感和窘迫感。如他所说:"对船来说我是陌生人,甚至对自己而言,或多或少也是陌生人"。人无法看透环境,甚至不能看透自己。这是多么可怕的真理。他不仅对船员们一无所知,而且对未来的航程也忐忑不安,紧张和焦虑时刻如影随形,也深刻体现了人精神上根深蒂固的怀疑:"这种陌生人的感觉比任何时候都强烈。我觉得,稍有风吹草动,我就会成为他们眼中的怀疑对象。"④ 小说中的主人公船长"我"一直是孤独和怀疑的代表,他与世间一切都格格不入。个人的抉择与道德的责任感相互对立冲突,个人与社会隔阂严重,一个人孤单地面对世界,这是一场没有胜利可能的抗争。他内心的

---

① [英]约瑟夫·康拉德:《青春》,梁遇春译,辽宁人民出版社2017年版,第5—6页。
② [英]约瑟夫·康拉德:《黑暗之心 水仙号上的黑家伙》,胡南平译,译林出版社2001年版,第52页。
③ [英]约瑟夫·康拉德:《黑暗之心 水仙号上的黑家伙》,胡南平译,译林出版社2001年版,第107页。
④ 朱炯强编选:《康拉德精选集》,山东文艺出版社1999年版,第168、182页。

焦虑不安也反映了他对于人生存价值的疑虑和怀疑，整部小说从开头到结尾，主人公"我"一直处于迟疑难过的内心斗争中，含糊不清，充满焦虑。船上的人也时刻充满了对他人的不信任，怀疑对方，也怀疑自己，人与人之间的交流要费尽心机，装模作样地互相猜忌，每个人之间的关系都特别紧张，整个世界都是处于不稳定和挣扎状态的。

通过康拉德的描绘，我们可以看出，对于人性的悲观，他常常使用关键词"孤独"（Lonely）和"痛苦"（Pain）。"孤独"的意思是"独自一个，孤单"，在文本中暗示人与人之间缺乏联系，每个人都是独立的个体，在遇到困境时无依无靠，无法寻求帮助。而"痛苦"则代表着身体和精神的双重折磨。显然，他认为正是因为孤独生存于世，人与人缺乏交往才使人丧失了生存的意义，变得木讷又无助，令人感慨。而随后，"孤独"和"痛苦"显然已经无法表达人类的绝望，小说中出现了另外一个关键词"死亡"（Death）。比如《胜利》中的琼斯先生，康拉德说起见到他时的场景十分可怕：

> 正是在西印度群岛的圣托马斯岛上的一家小旅馆，我们发现他在亚热带的下午舒展地躺在三把椅子上，独自在一群嗡嗡的苍蝇中间，死尸一样一动不动，有一种阴森可怕的感觉。①

至此，"孤独""痛苦""死亡"三者构成了极度可怕的意象，让读者跟随着康拉德的叙述感受绝望的悲观意识。在小说中，读者自始至终被压抑的氛围所包围。我们感受不到光明与热情的存在，四处弥漫的死亡气息笼罩了整部小说。我们发现，康拉德每部小

---

① ［英］约瑟夫·康拉德：《胜利：荒岛上的爱情》，何明霞、王明娥译，新华出版社2015年版，第5页。

说的主角几乎都以死亡收场，他十分强调人生痛苦经历和死亡发生之间的关联。我们在文本中，找到了许多细节。比如：《黑暗的心》中，库尔兹贪婪凶残，最后病死在异国他乡，被埋葬在黑暗的荒野；《吉姆爷》中，吉姆背叛了自己的理想和信仰，最终被杀死在黑暗丛林，丛林中的其他人也在不停地与死神做着生意；《阿尔梅耶的愚蠢》中，理想幻灭的主人公经历残酷的磨难后，被看似天真烂漫的乡村妻子抛弃，在孤独和绝望的灾难中死去。桑巴河黑暗狂暴，阿尔梅耶的朋友在黑夜出行时被淹死，给他带来了终生的痛苦和绝望；《胜利》在一场钩心斗角的杀戮中结尾，在丽娜和里卡多之间犹如特工杀戮的游戏中，丽娜最终死在琼斯先生的枪下，海斯特也被烧成灰烬；《间谍》中温妮的弟弟被炸成碎片，温妮捅死了自己的丈夫伍洛克，自己也投河自尽，整部作品充满了谋杀和犯罪的诡秘气氛；《诺斯托罗莫》中，诺斯托罗莫为了银锭出生入死，受尽煎熬，后来被枪击，他的合作伙伴德考特跳海自杀。小说中的每个人各怀鬼胎，钩心斗角；《"水仙号"的黑水手》，更是布满从头至尾的死亡预兆，这种四处弥漫的死亡气息时时刻刻萦绕在人们心头，压得人喘不过气。小说主人公黑人水手惠特简直可以说是死亡的化身，由装病一步步演变成真病，小说最终以惠特的病死宣告结束。除此之外，还有无数没有死亡的主角也被折磨得人不像人，鬼不像鬼。由此可以看出，无数的自杀、他杀以及无数悲惨的命运结局构成了康拉德悲观凄凉的小说世界，众多疑云和悬念让人忐忑不安，没有丝毫的安全感。这种孤独是致命的，不仅仅发生在人与自然、社会抗争的过程中，更多地发生在人与人之间的不信任和怀疑中。人的存在如此悲凉凄惨，随时会陷入死亡的深渊。康拉德由此揭示，人与人之间的无法理解与缺少沟通会造成如此可怕的后果。我们生存在世界上，面对强大的自然与社会，人心陷入如此境地，如此可悲又可怜。自由存在的代价，就是陷入自己的世界痛苦挣扎吗？如果长此以往，人们总是处于这种心理状态，人类文明悲剧的发生也就不那么意外了。

康拉德的政治小说不多，只有《间谍》《在西方目光下》和《诺斯托罗莫》等寥寥几本，但是这几部作品却集中展现了康拉德矛盾的政治态度和复杂的怀疑主义哲学思索。我们从康拉德的政治小说中能窥见他所处时代的政治矛盾、社会焦虑、道德丧失和信仰危机等众多问题。他传递了那个时代的"时代精神"和价值观念，阐述了自己的政治立场和政治观念。在这些政治小说中，康拉德展现了在西方资本主义向帝国主义过渡的这个特殊时期，西方人在政治、经济、思想以及精神心理等各层面所经历的转变与他们亲历的前所未有的危机。他的政治小说往往以社会政治斗争为背景，人物大多心思缜密，事件大多烦琐残酷，结局往往充满浓郁的悲剧色彩，体现了康拉德对政治的含混态度和矛盾思想。正是由于康拉德这种悲观政治思想的混乱与复杂最终导致他的政治小说文本产生众多的复意和含混。

康拉德的政治小说立足于新旧时代交替之际的政治环境，他把自己对时代和社会政治的感悟融进了小说，小说的故事背景往往来自真实的社会历史，国家分裂、独裁统治、社会改革、政体垮台、政治暗杀、无政府主义运动等政治事件和行动都被康拉德原封不动搬进了小说的故事情节和背景中。我们从他的政治小说《间谍》《在西方目光下》以及《诺斯托罗莫》中都可以找到他批判却又中立的矛盾政治思想的影射。

他的小说《间谍》被誉为"1907年出版的所有小说中最好的一部"[1]，也是最悲惨的一部。小说描写了外交阴谋和无政府主义的奸诈活动，是其政治悲观主义的代表性作品。有论者认为：

---

[1] Frank. Kermode, *The Art of Telling: Essay on Fi-ion*, Massachusetts, Harvard University Press, 1983, p. 47.

第四章　悲观主义与乐观精神的复意所指

在《间谍》中我们看不到一丝19世纪英国小说中所常见的那种乐观主义情绪；相反，在人物的言行之下总是涌动着一股股世纪末愤世嫉俗与悲观彷徨的暗流。①

间谍的故事是一场令人绝望的多重悲剧：伍洛克和妻子温妮经营一家卖黄色图片和书刊的小店，同时，他也是一名身兼数职的间谍。一名叫做拉丁米尔的外国大使，逼迫他购买了炸弹，并指使他的白痴妻弟将炸弹放置于格林尼治天文台。因为炸弹提前爆炸，他的妻弟葬身火海。深爱弟弟的妻子得知消息后悲痛欲绝，不顾一切刺死了自己的丈夫。《间谍》这部小说里的政治环境极为不稳定，无政府状态下的人们孤立无援，焦虑难安。外国势力的加入，使社会斗争更加凶猛，"他人即地狱"，四面都是可能置你于死地的敌人。人怎么能不加倍怀疑，矛盾重重？这部作品虽短，却引发了评论界的巨大争议。特别是米勒认定康拉德这部作品中的悲剧性已经接近虚无主义，围绕这一评价，甚至形成了一个思想学派，并引发了尖锐争论。比如，弗莱西曼认为，这部小说："仿佛是建立在一个混乱之中的世界，而那挖苦且悲观的作者通过运用艺术手法和增加难度来将它控制"②。萨义德则表示反对。他认为："他破坏了康拉德世界观中最为基本的东西，即永不妥协的悲观主义"③。必须指出的是，康拉德的目的不是为了让我们跟随他感受悲观，而是通过悲观主义的呈现向我们展现社会生存的真理，唤醒大家正确认识社会现实和个人命运之间的关系。

关于政治暗杀，我们自然还要提及康拉德唯一一部把俄国作为

---

① 胡强：《康拉德政治三部曲研究》，中国社会科学出版社2008年版，第161页。
② ［巴］爱德华·萨义德：《如何看康拉德》，田英杰译，载宁一中编选《康拉德研究文集》，译林出版社2014年版，第428页。
③ ［巴］爱德华·萨义德：《如何看康拉德》，田英杰译，载宁一中编选：《康拉德研究文集》，译林出版社2014年版，第428页。

故事背景的小说《在西方目光下》。在这部小说中，他对物质至上、道德无政府主义和文化身份危机感的焦虑溢于言表，他认为是时代造就了这种不稳定与焦虑。这部作品因不可调和的对立冲突引发了对自身存在的思索。这部作品被称为："康拉德自传色彩最为浓厚的一部小说，它涉及康拉德心理最密切相关的一些问题。"① 这部小说中，暗杀霍尔丁的 P 先生就是沙俄政府残暴的暗杀组织杀手，曾担任镇压委员会主席，其手段残忍，毫无人性。康拉德通过对沙俄政府大肆杀戮的描述再现了俄国这一段历史中的残酷政治斗争，他在小说自始至终对沙皇俄国的痛斥和抨击揭示了专治压迫的可怕。在这种专制高压统治下，愤世嫉俗的仇恨充斥了人们的内心，复仇行动随处可见，社会和政治局面处于崩溃的边缘。值得注意的是，在康拉德的小说中，所有的革命者往往都是无政府主义者和社会主义者，他们认为社会问题的爆发是由于私有制度和政治强权专制造成的，革命者拒绝中央集权制的国家管理模式。但是康拉德对待政治的态度显然是十分暧昧的，他不站在政府强权这边，同时他也不站在无政府主义者这边，他对革命派没有一点儿好感。革命派反抗政府的手段较为极端，仇恨在他们思想中根深蒂固。他们心中仅剩下了杀戮和死亡，人性中最美好的部分荡然无存。当然，康拉德对西方文明制度也颇有意见，隐藏在西方民主制度下的恰恰就是种种恶行和弊端。康拉德在小说中着重描绘了众多在这种所谓文明制度下艰难生存的人，他们人格被拉扯，被撕裂，内心时刻处于无尽的挣扎与分裂当中。在这方面，康拉德的政治观显然受舅舅保守又中立的政治态度的影响，他不会站在对立双方的任何一边，且对矛盾双方同时都存有批判意识。专制和反抗这两种政治势力在康拉德的小说中形成

---

① ［美］理查德·拉佩尔：《在西方目光下·序前导读》，载［英］约瑟夫·康拉德《在西方目光下》，赵挺译，上海译文出版社 2014 年版，第 12 页。

双重情节，互相对立，彼此矛盾，造成了异常混乱的局面，这自然给读者的阐释理解造成了一定的困难。

康拉德在这部作品中讲述了沙皇俄国时代，圣彼得堡的一个大学生如何成为政治牺牲品的故事。整部作品的主题都是关于流亡、背叛、抵抗与分裂，让人悲观又沉重。虽然这部小说涉及政治教义、专制制度和暴力革命，但是显而易见，康拉德花了很大的精力在刻画主人公拉祖莫夫的矛盾心理和分裂性格上。康拉德曾经说：

> 我写作这部小说，主要不是为了表现俄国的政治局势，而是要刻画俄罗斯的民族心理。①

这部作品的重点在主人公拉祖莫夫身上，他本是一个有着良好道德情操的少年，深深厌恶革命和政治，他的同学霍尔丁因为暗杀政府要员逃难到他这里，被拉祖莫夫告发。霍尔丁被手段残暴的 T 将军审讯拷打，最终被处死。因为此事，拉祖莫夫被沙皇政府情报机构盯上，被迫当上了政府和革命派的双重间谍。后来，霍尔丁的妹妹爱上了他，他忍受不了良心的折磨，终于说出真相。狂热的暴力革命者得知了一切，疯狂报复，把拉祖莫夫的耳朵打聋。在这一过程中，他的上司完全不顾他的死活，只让他全心全力为专制政体卖命。就这样，他从一名拥有纯真理想的学生变成了一名胸怀仇恨和恐惧，备受心灵折磨的叛徒和间谍。从第一次见到霍尔丁开始，他就陷入了无比纠结的心理矛盾中，是告发还是藏匿，他的内心在不断挣扎。直至他参与到两大政治阵营的争斗当中，他的内心仍被不断拉扯，恐慌怀疑，摇摆不定。与此同时，出卖霍尔丁后的道德谴责也让他

---

① ［英］约瑟夫·康拉德：《在西方目光下》，赵挺译，上海译文出版社 2014 年版，第 1 页。

寝食不安，精神逐渐失控，灵魂被撕裂。

　　阅读康拉德这个政治悲剧的过程并不轻松，读者紧紧跟随小说情节的发展陷入一片狼藉之中，心理混乱而又悲痛。抛开政治格局和社会状态的不稳定，仅仅是人物反反复复的内心折磨已经让读者感受到无尽的压力和阴郁。人存在于这个社会中，即使善良的人性可以抵挡很多的诱惑和压力，让我们想为自己的道德正名，但是，社会和政治强行赋予我们更多的不安、焦虑和多疑，人们被迫行事，苦不堪言。在小说中，霍尔丁的妹妹娜塔莉娅心胸宽广，言语坚定，她坚定并清醒地指出了政治斗争的实质，认为必须唤醒、激励和集中所有民众的坚强意志，她的语气坚定中带着浓浓的哀伤：

　　　　他从未彷徨过。他怎么可能彷徨？……这是他的信仰……当然必须要唤醒、激励和集中民众的意志……这是那些真正的鼓动家的分内之事，必要时为之付出生命也在所不惜。变本加厉的奴役、专制制度的谎言必须被连根拔除，彻底铲清。改良根本行不通。没什么可改的。法律法规，规章制度本来就不存在，有的只是独断专横的指令。有的只是一小撮心狠手辣——或蒙昧无知——的官僚在与整个民族为敌……我们没法和命运做交易，我们没有讨价还价的余地——自由如此昂贵，竟要付出这么多实实在在的美好事物去换取。①

　　西方资本主义制度，带来了经济的繁荣，却造成了人们心灵的空虚落寞，康拉德由此告诉人们，坚定的信念和对生命的爱才是拯救人们的良药。康拉德既反对沙俄政府的独断专行，也不赞成革

---

① ［英］约瑟夫·康拉德：《在西方目光下》，赵挺译，上海译文出版社 2014 年版，第 146—147 页。

命派的疯狂杀戮。他期望读者看见的是他对既有社会制度的麻木绝望和对现实道德混乱问题的重视，也期望读者更多地思考人道主义关怀和人类自身存在的意义。

综观康拉德的政治悲剧小说，我们发现康拉德的悲观思想和矛盾态度主导了文本意义的产生，起到了关键性作用。考察康拉德悲观意识的来源，可以更好地理解康拉德小说创作的复意性。我们看到，动荡的政治气候是他政治悲观主义的源头。动荡不安的政治形势使康拉德的内在思想和心理状态变得极端和分裂，他的复杂和混乱的政治观折射在文本上就是浓郁的悲观复意。

对康拉德来说，他在一个被俄国占领的国家长大，他最先接触到的政体就是作为统治者的俄国。他曾经说过俄国的历史就是他的成长史，他亲爱的家人和温暖的家庭都是被俄国带走的，他一直对俄国充满了刻骨铭心的痛恨。19世纪俄国与波兰之间的关系以及俄国的革命斗争对康拉德的思想影响非常大，当时，俄国社会局面极为不稳定，革命者的许多政治暗杀随时会发生。专制统治和革命起义彼此交织，互为对立，俄国混乱动荡的政治环境成为康拉德一辈子的阴影。

对康拉德来说，最影响他政治倾向和政治态度的因素自然还是自己祖国波兰一波三折的悲惨命运。他的家人都居住在波兰，他的父母都是革命者，也都是因为参加反抗沙俄政府压迫的爱国运动而被流放并最终导致死亡的。从1861年开始，波兰人和俄国统治者之间发生无数激烈的冲突，他们有着浓厚的爱国传统，对于外国的专制统治产生了根深蒂固的仇恨。哪儿有镇压哪儿就有民族起义，这种轰轰烈烈的革命斗争和运动每天都在康拉德眼前发生。有些示威者和革命者会选择正面冲击，和俄罗斯的军队拼个你死我活，有的会选择地下行动和背后暗杀，回应他们的往往是更大的报复和镇压。这种喧嚣的战场和复杂的政治斗争成为康拉德生活的全部。当然，对他来说，对政治活动感触最深也是最直接的印象还是来自父母的护国革命行为,作为在他身边最亲近的革命者,革命思想和政治活动的耳濡目染让他迸发了对沙俄政府的反感,他目睹了沙俄暴政下无数抗议者的死亡,所以强烈地反对独裁的专制政策,这会造成国家分裂和人民的流血受伤。而反观无数前赴后继的革命者,无论是较为温和的还是较为激进的反政府革命者,他们为了保卫自己国家领土的完整和权利的自由,激昂的民族情绪占据全部内心,无数的家庭走向毁灭。当时造成社会不稳定的主要因素也都是因为这些革命者所制造的一系列暗杀和恐怖活动。这些影响波兰命运的无数血腥事件和杀戮活动无疑是儿童时期的康拉德所无法承受的,发生在身边的这一切都深深烙印在康拉德的头脑中,这些印象给康拉德的精神和心理带去了莫大的刺激和伤害,也让他的政治观和价值观变得悲观和焦虑,他的悲观思想我们或多或少均可以在他的政治小说中找到端倪。

毫无疑问,康拉德对祖国波兰的命运是十分专注的,康拉德把波兰面临的政治困境通过作品背景的方式展现在读者面前。如约翰·G. 皮特斯所说:

> 康拉德将这一时期的革命政治作为他许多作品的重要素材。因此,革命分子和无政府主义者在《特工》、《在西方目光下》中显得十分突出。"告密者"和"无政府主义者",虽然《诺斯托罗莫》和"加斯帕·鲁伊斯"的故事发生在南美洲,但它们的革命政治与康拉德欧洲政治著作中所写的几乎没有什么不同。[1]

第一次世界大战爆发后,他对政治的态度开始变得积极,十分

---

[1] John G. Peters, *The Cambridge Introduction to Joseph Conrad*, Shanghai foreign language education press, 2008, p. 23.

看重波兰的命运，努力游说波兰独立。康拉德在战争期间一连写了三篇关于波兰问题的文章，后被收录到他的《生活笔记》中。我们可以从他的笔记中直观了解到他对政治的看法态度以及政治事件和环境对他的创作和政治观塑造的影响。他分别谈到了自己对于独裁与战争的看法，对于瓜分的罪行以及波兰问题的认识。在谈及战争话题时，他认为人们显然知道战争的可怕和残酷，但是不希望人们只关注伤痛、死亡等战争带来的伤害，而是要通过人们力所能及的话语，来了解战争最本质的面目。他希望人们关注"世界关于人道主义实质性的发展和迈进"，并认为"平和的心境完全适合于我们人类思考自身存在的意义问题"①。康拉德对战争的看法展现了他的政治观：他反对战争，反对一切给民众带来痛苦的恶劣行径和灾难，不管这种严重的后果是谁带来的，无论是由政府造成还是革命者造成的，他都表示强烈的愤慨和谴责。他对生命的思考和敬重的态度达到了一定的思想高度。他曾饱含深情地说道：

> 当我们看到一匹由于负重过度而在我们面前累倒跌伤的马时，当我们亲眼目睹一个人在光天化日之下被踩躏于车轮之下，痛苦地翻滚身体的时候，是不是更多唤起了我们对于真实情感的呼唤，更多对于恐怖主义的义愤和对于劳苦人民的怜悯呢？②

康拉德反对独裁统治，期待看到欧洲仲裁者从蒙昧中觉醒，康拉德的伟大在于他从残酷的政治斗争和冰冷的社会现实中意识到

---

① ［英］约瑟夫·康拉德：《生活笔记》，傅松雪译，江苏教育出版社2006年版，第163页。
② ［英］约瑟夫·康拉德：《生活笔记》，傅松雪译，江苏教育出版社2006年版，第163页。

"一个真正伟大的国家不应该起源于羞耻的过去,它应该是真诚和勇气合乎逻辑发展的产物"①。

对于读者们来说,他们清晰而理智地看到,康拉德在小说文本中设置了双重情节,一条情节是康拉德对政治清醒和公正的态度,国家的强大不代表伟大,我们所处的世界很有可能会被充满野心的政客们毁灭,正义和人道主义才能破除这种令人焦虑不安的局面。而另一条对立的情节是他对专制制度有着不同的感悟和认识。他的话语中同时也存在着对古老君主制存在的理解和赞成。他认为,强大的君主专制也有一定的合理性,人民会为了共同的理想团结在一起,滋养更多的爱国主义情绪和国家责任感,社会也会因为共同的决心和统一的信念更加紧密。能抵御大国侵袭才是和平发展的目标。由此我们可以发现,那个时代的政治历史杂乱纷繁,社会结构错综复杂,这一切带给康拉德的是彼此交缠的矛盾认识,他对政治的态度是五味杂陈,进退两难的。

总体来说,康拉德的政治观是悲观和保守的,他没有明显的政治倾向。政治的矛盾对立,时代的动荡巨变给康拉德带来的是深刻的怀疑和焦虑,他一生都对所有的政治活动持有怀疑态度和反对态度,这种认识的改变不仅仅体现在政治观上,也体现在他的世界观和人生观上。复杂矛盾的政治气候深深影响了他对波兰命运的悲观看法。面对强大势力的压迫,弱小的个人似乎是无能为力,无力抵抗的,只能被动接受命运的安排。这种无奈情绪会导致人们的心理产生强烈的矛盾感、撕裂感和幻灭感,国家的分裂导致人物内心的分裂,康拉德对世界的悲观怀疑以及对人在世界生存的无力感多由此而来。除此之外,他还认为,人与人、国家与国家之间的关系始终是紧张而复杂的,如何保持和平的国际环

---

① [英]约瑟夫·康拉德:《生活笔记》,傅松雪译,江苏教育出版社2006年版,第177页。

境，如何减少战乱的发生，这是他关注的焦点。当然我们知道，虽然康拉德本人声称他关注的不是政治，他对政治没有兴趣，而是关注于人的内心活动和对于世界的看法。但是值得注意的是，他强调关注的个体生命不是终将要置身于社会文化和政治历史的框架约束下吗？这一点前提是永远无法改变的。我们看到，复杂的政治斗争不可避免地对康拉德人生观、世界观的塑造起到了至关重要的作用，这种影响直到他去世都未曾消失。

作为一名成功的文学作家，"要求作家具备一种对社会细微差别的敏锐感觉和极其微妙地表达瞬息变化的思想和情感的能力"①。而康拉德就是凭借着他对社会变迁和政治变革的敏锐洞察力，抓住历史和社会的焦点和问题所在，创作出了一部部伟大的文学作品。因此，他的作品也具有了历史学、人类学、政治学、哲学、社会心理学等多重含义。

二 悲观主义于环境

康拉德的悲观主义在文本中的体现还集中在对人类生存环境的描述上，这些文本带给读者的印象多是阴森、冷漠的，人们往往看不到阳光，看不到光芒，看不到希望。在康拉德的航海小说和丛林小说中，悲剧性的展现主要集中在人与自然的对抗冲突上。无论是黑暗丛林还是波涛汹涌的大海，永远都拥有强大的力量，人类如蝼蚁般完全无法与之抗衡，这种力量悬殊的冲突和对抗情节让人产生了深深的悲伤和无力感。这种悲伤在小说文本中，常常体现为众多英雄般的人物一旦进入隔绝黑暗的空间，就会无法抗衡，失去自我，人永远处于被动状态，纵然具有顽强的意志，试图在抗争中寻求自我拯救，却总是徒劳。有批评家曾指出陆地

---

① ［英］J. H. 斯戴普：《论〈吉姆爷〉》，刘艳译，载宁一中编选《康拉德研究文集》，译林出版社2014年版，第137页。

与海洋、东方与西方是康拉德作品中常见的对立主题,这些方面是康拉德悲剧作品主题的源泉所在:

> 在陆与海的矛盾中,康拉德倾向海,在文明与原始的冲突中又左袒原始……都是反抗"社会对自然的歪曲",都是康拉德把亚非地区和欧洲进行了对比之后的思想产物。人们一向所说的康拉德的悲观主义观点或遁世思想实质上就是这种思想的表现。①

正如他所说,康拉德的矛盾思想往往是通过主题实现的,康拉德作品中的主题往往是多重的,成对出现,且具有矛盾对立性,这些对立的主题常常构成复意。我们会看到,"陆地与大海""东方与西方""文明与原始",这种具有对立意义的词组具有明显的差异性和对抗性。燕卜荪在陈述复意的第四种类型时,曾说明各种具有不一致意义特别是对立性质的选择意义结合在一起,就表达了作者的复杂态度和思想感情,含混的细节就产生二律背反的意义。燕卜荪说:"这种含糊其辞是完全必要的,只是作者未意识到他造成了这种含混"②。当然,他并不是赞赏这种复意,而只是提出用这种方式怎么对作者思想意识中的混乱做一个判断。而这些成对的词汇在文本中被使用时,我们会看到它们在上下文的语境中显示出了互相对立的意义。而就是在这种力量悬殊的对比中,康拉德发现了"文明世界的历史徒然循环,个人孤独,人类价值荒谬"③。西方文明的发展,使得人们离自然界渐行渐远,人变得

---

① [英]约瑟夫·康拉德:《"水仙号"的黑水手》,袁家骅译,上海译文出版社 2011 年版,赵启光"译本序"第 13 页。

② [英]威廉·燕卜荪:《朦胧的七种类型》,周邦宪、王作虹、邓鹏译,中国美术学院出版社 1996 年版,第 241 页。

③ [英]约瑟夫·康拉德:《"水仙号"的黑水手》,袁家骅译,上海译文出版社 2011 年版,赵启光"译本序"第 9 页。

越来越孤独。康拉德警示我们，人与自然的逐渐疏离必将产生无法承受的恶果，众多悲剧人物的命运值得我们再三思考。

康拉德小说中的故事背景往往是大自然的环境，丛林、海洋、陆地都成为故事发生的场所。他的确花费了大量笔墨着力描绘自然，强调人是生活在自然中的，应该与自然融为一体，但是他笔下的自然并不是优美惬意的，他更强调的是对异化自然的刻画。康拉德往往以黑暗封闭的空间环境来烘托人物内心的担心焦虑，凸显个体的孤单存在。他刻意把人物设置在一个个陌生的生存环境里，故事发生的背景不是他们熟悉的文明社会，而是在原始落后的非洲大陆或不毛之地的荒野，或是在永无休止喧闹暴躁的大海，或者来到荒无人烟的异乡，与社会和熟悉的生活脱节，总是面临生存的各种难题。因此，从康拉德对自然环境的描述来看，他无疑是悲观的。

作为一名曾做过水手的作家，他最熟悉的环境自然还是海洋，许多关于海洋的小说开篇即是船和海员的生活。如：《"水仙号"的黑水手》一书中水手们赖以生存的环境常常是：

> 抛了锚的船只，散布在黑沉沉而又亮晶晶的停泊处，异常悄寂地荡漾着，高处张挂了夜泊标记的白灯，光芒微弱，朦胧隐现，庞大而不透明，好似奇异巨大的建筑物，被人们抛弃了，保持着永久的安静。[1]

从这一段落来看，"黑沉沉"表示环境的黑暗，没有光线造成的阴影，而"亮晶晶"则是明显具有明亮的光线，这种具有对立意义的矛盾叙述让人难以理解，无法从中揣测作者的用意。对于读者

---

[1] ［英］约瑟夫·康拉德：《"水仙号"的黑水手》，袁家骅译，上海译文出版社2011年版，第19页。

来说,显然此处可以作多种解释,并且极有可能产生截然相反的判断。两个相反意义词语的并置使环境的意象产生了极大的反差感,"黑暗"与"明亮"的对立显然也是作者刻意营造的一个没有色彩的黑白画卷,这种情节并置具有极大的压抑感和无力感。读者也自然由此展开思考,在这样的环境下生存,人难免会产生被世界抛弃的幻觉。作者刻意营造的自然环境可以被读者理解为对世界产生怀疑,对人生产生厌倦。又如在《黑暗的心》中,我们随处可见孤单寂寞的意象肆意弥漫开来:

> 作为一个普通乘客的闲散,因和同船人毫无接触而形成的孤单,一片油腻腻、懒洋洋的海面,千篇一律的阴森、单调的海岸,似乎让我处于一种令人伤感的、毫无意义的幻觉之中,完全脱离了生活的真实。①

在这一段描写中,乘客"闲散",海洋也"懒洋洋",康拉德用拟人的创作手法让海洋生动起来,像人一样懒散无趣,这种意义的重叠加重了复意。而"阴森"和"单调"两个贬义词并列,又加重了悲剧意味。"无意义的幻觉"和"生活的真实"作为双重情节出现,两者对立造成的冲击使读者产生极为丰富的联想。因此,整个文本段落的感情色彩是悲观的,意义是复杂且难以言喻的。

我们再来看《秘密的分享者》这部小说,康拉德的写景能力显然也触动了很多读者的心。许多批评家和研究者认为康拉德的写作风格充满了现代主义气息,显然一部分原因也是由环境描写所产生的复杂意象而得出的结论。我们可以看到,在这部小说中,环境产生了孤单可怕的意象,让人毛骨悚然:

---

① [英]约瑟夫·康拉德:《黑暗的心 吉姆爷》,黄雨石、熊蕾译,人民文学出版社2011年版,第18页。

> 陆地的阴影越划越近，越耸越高，一切都是黑黝黝、静悄悄的。船在水面上漂浮，宛如一条死人之舟，缓缓驶过埃里伯斯之门。①

船是承载人的工具，更是保证人们安全的工具，而如此重要的工具却犹如"死人之舟"，暗示船会把人带入死亡，生存就变得毫无意义。而"埃里伯斯之门"则象征着"死亡之门"，埃里伯斯是希腊神话中的人物，是"黑暗之神"，他象征着黑暗中的一切邪恶力量，船会驶过埃里伯斯之门就暗示着黑暗把人吞噬，让人窒息死亡，这是多么可怕的意象。

康拉德稍后时期写的《胜利》一书，本是一部着重刻画人物心理的作品，却开篇就出现关于阿克塞尔·海斯特所居住岛屿的环境描写，这一段描写依然充满极强的复意：

> 四周没有被难以预测的暴风雨和没有尽头的透明海洋气流包围，而是环绕着温暖的浅海；大川平静的支流环绕着地球上的大陆。这儿的常客是阴影，云彩的阴影，以及徘徊不去的毒辣热带骄阳，千篇一律，毫无生气。它的近邻（我讲的故事开始生动起来了）那是一座慵懒的火山，火山口略高于正上方的北方地平线，白天，整天放出朦胧烟熏；当夜晚降临，一点暗红朝向他，在闪亮的群星之间，一会儿放大，一会儿缩小，就像黑暗中断断续续地抽着一支巨大雪茄。②

在这里，"云彩""火山""白天""夜晚"都像人一样具有丰富的感情，它们被赋予的感情只有慵懒、冷漠和寂寞，也预示着人们

---

① 朱炯强编选：《康拉德精选集》，山东文艺出版社1999年版，第166、207页。
② ［英］约瑟夫·康拉德：《胜利：荒岛上的爱情》，何明霞、王明娥译，新华出版社2015年版，第4页。

未来会面对无尽的绝望与失落。

那么康拉德通过这种阴森暗淡的环境描写试图向读者展现什么呢？我们知道，当人们面对着一个全新环境时，通常会产生强烈的焦虑感和不安定感，感受到自己与周围环境的疏离，世界变得难以接近，无法接纳人类的存在与亲近。就像波特莱尔的名言"有时风平浪静，水面成为映照我绝望的巨大镜子"，康拉德笔下的自然环境从来都不是唯美浪漫的，而是充满敌意，危机四伏，布满陷阱的。强大冷漠的自然环境就像沉默的目击者冷眼观看着人间悲剧在他眼前一幕幕展现，人的一切努力和奋斗都显得那么可笑与稚嫩。我们可以从这样冷漠、疏离的环境中深深感受到存在主义所说的无情和荒诞感：

>　　我听说有些人已经淹死在那片白浪中了，不过他们淹死不淹死似乎无关紧要。他们被扔在那里就算完事。
>　　我们好像很快就被封闭在一个空荡荡的坟墓里的人似的，对世上的任何事都不关心了。谁也没发表意见。什么事都无关紧要了。①

就像批评家韦勒克所认为的那样，背景的设置体现了个人意志，特别是对自然背景的描绘，更可能成为意志的映射："人和自然显然是互相关联的，浪漫主义者们能够最强烈地感受到这一点。"② 康拉德让故事在这样的环境中进行，无疑反映了他的悲观主义情愫。

在小说中，很多读者发现文本包含众多象征物，也有大量的"隐喻"穿插其中。"黑暗""雾""烟"等在不同的语境中往往象

---

① ［英］约瑟夫·康拉德：《黑暗的心　吉姆爷》，黄雨石、熊蕾译，人民文学出版社2011年版，第17、102页。
② ［美］勒内·韦勒克、奥斯汀·沃伦：《文学理论》，刘象愚等译，浙江人民出版社2017年版，第217页。

征着不同的东西，如"黑暗"（Darkness）这个出现在小说标题中的核心词语同时也是很多小说的主题。"黑暗"象征着环境的冷漠无情，象征着人心的邪恶贪婪，象征着至高无上的权力，象征着悲剧的发生，还象征着残酷的死亡。在语言学意义上，"黑暗"是一个很强大的词语，具有多重引申义。作家通过象征物向文本注入无穷的意象，读者通过象征物联想到无穷的意义，象征带有极强的"张力"把文本、作家、读者三者紧密结合在一起，起到了极为关键的作用。而"雾""烟"作为抽象的象征物，自然更是丰富意义的组合。它让人产生数不尽的联想，把人带进一个虚无缥缈的世界之中。一切虚假和真实在这里含混，让人摸不清区别和统一的界限。而"隐喻"和"反讽"则是最容易产生丰富意义的修辞手法，词语的本体和喻体之间形成鲜明和强烈的比较，表层的情绪和暗示的情绪交错在一起，最容易产生复意性。隐喻具有暗示的作用，它可能强调相似的两个方面，也可能强调矛盾的两个方面，对比是最关键的方法。新批评派的维姆萨特在 1954 年出版了《象征与隐喻》一书，他高度重视隐喻在语言技巧上的作用，认为隐喻的作用是：

> 最为引人注目的是一种不存在于混同，而存在于区别之中的丰富稠密的想象……或含蓄地表现在近代浪漫主义诗歌的高度比喻性的大自然的形象之中。[①]

所以大自然的形象总是存在一种区别，这种区别产生的朦胧即使不用语言说清楚我们也可以理解，因为本体和喻体之间的区别存在着一种"张力"。文本失去"张力"，也就失去了存在的意义。

---

① ［美］威廉·K. 维姆萨特：《象征与隐喻》，杨德友译，载赵毅衡编《"新批评"文集》，中国社会科学出版社 1988 年版，第 356 页。

维姆萨特提醒我们注意，在理解想象的隐喻的时候，我们要重视这两个方面被放在一起并相互作用时能产生什么意义。词语意义的结构是语境，它让隐喻成立，当关键词 A 和 B 在语境中被重复时，往往说明了复杂的意义。显然，这是康拉德小说展现"复意性"而常用的手段。

三 悲观主义于社会

康拉德笔下的社会往往就是船上的社会，尤其在其海洋小说中，他不仅仅向读者展现了海上多姿多彩的环境，更多的是描绘了船上的小集体、小社会中彼此孤立、互相排斥的故事。他笔下的船和海洋就是世界和人的缩影，复杂又多样，隐晦又对立，冷漠、苦闷、脆弱、荒谬、陌生、恐怖、悲观等众多情绪集中在一起，碰撞后爆发，展现了他现代主义的深刻思索。作为一位书写未来的小说家，康拉德其实并未完全地抛弃传统，只是不再专注研究外部客观世界，而把目光转向对自我的审视。对真善美的追求和对实现人生价值的渴望让他开始把重点放在研究人与世界的丰富性和对抗性上。人是世界的人，世界是人的世界，是选择顺从还是选择对抗，这是个问题。面对如此复杂且深刻的问题，康拉德的解答也必然存在着不协调的地方，显得模糊又矛盾。显然，如米兰·昆德拉所说，"对自我的探究总是而且必将以悖论式的不满足而告终"[①]。

那么康拉德要通过他营造出来的悲剧世界传达什么思想呢？我们要努力地从中挖掘出悲剧世界的真正涵义。我们看到，康拉德在作品中展现了一个富有多重意象的悲剧世界，这个世界犹如史诗般浩瀚、壮观、引人入胜。他把自己对人性、政治、自然的理解以及对生命价值和存在意义的理解隐藏在小说中，致力于寻求悲剧世界的内在意义。我们看到《台风》中的马克惠船长这样理解

[①] [捷] 米兰·昆德拉：《小说的艺术》，董强译，上海译文出版社 2004 年版，第 32 页。

航行在大海上的意义：

> 航行于海洋的表面，就像有些人轻轻掠过生存的岁月，悄悄沉入一座平静的坟墓，始终没有懂得生命，也从没机会看见生命所包含的一切奸狠，狂暴和恐怖。①

马克惠船长把航行比作人生，"航行于海洋之中"和"完成人生生存之路"是两条并行且相交的情节，双重情节之间的统一性就是冷漠残酷的本质。康拉德想通过他的话语告诉我们一个存在主义的悲剧：人虽然是自由的，人可以自由选择自己的命运，但世界是冷酷无情的，存在的荒诞时刻都在提醒着我们，永远无法逃脱环境的桎梏，永远无法逃脱生存的悲苦。同时他也暗示我们，存在于这样荒诞冷漠的环境冲突中，人与人之间的敌意会四处蔓延，但是人毕竟是群体动物，要服从理性，人拥有无法推卸的社会责任和义务，必须要对自己的行为负责。

康拉德有一部非常著名的小说《"水仙号"的黑水手》，这部小说一问世就在批评界激起巨大的水花。整部小说从开头到结尾都弥漫着悲观和死亡的气息，从这部小说中，我们可以试图挖掘出康拉德悲观主义背后隐藏的深层含义。《"水仙号"的黑水手》中的主人公黑人惠特一直是批评家们关注的对象，就像赵启光在"译者序"中所说："这种独特的形象激起了评论家的巨大兴趣，评论《"水仙号"的黑水手》成了解释惠特的意义。"② 这部作品非常特别，是康拉德第一次在作品的序言中全面阐述自己的小说艺术理论。批评家们对他的文学理论看法不一，有褒有贬，但因为惠特这个人物的成功塑造，这部作品成为康拉德的代表作之一。

---

① 薛诗绮编：《康拉德 海洋小说》，上海文艺出版社2012年版，第72页。
② [英] 约瑟夫·康拉德：《"水仙号"的黑水手》，袁家骅译，上海译文出版社2011年版，"译本序"第18页。

惠特是个谜一样的神秘人物,"水仙"号上的大副在召集水手点名的时候发现少了一个人,而惠特就这样突然出现在船上,他宣称自己是当天早晨刚雇佣的水手。他身材高大,神态高傲,声音响亮,脾气暴躁,他的存在好像很奇怪地能控制住全员,极具震慑力。惠特从刚开始上船就病倒了,随后死亡的预示开始不断出现,一日多次的死亡预警反复刺激着水手们脆弱的神经,他们的精神面临崩溃。此时,舵手直言惠特就是一个将死的人,谁也救不了他,也救不了自己。船员中有人排斥,有人安慰,有人祝福,有人苛责,总之,惠特就像一个定时炸弹,随时会威胁到整条船上人们的生命,这条船上再也没有了稳定与和平,而是充满了怀疑、同情、咒骂和责难的声音。小说的结尾,惠特终于死了,故事在船员们回到英国陆地四散而去的背影中结束。

小说发表后,有的评论家把惠特贬得一无是处:"船上有一个聪明的黑人水手名叫詹姆斯·瓦特。他大部分时间躺在船舱里,最后死了,被葬入海里。这就是全部故事。"[①] 当然更多的是赞扬的声音,因为惠特这个人物形象像谜团一样,暗示无穷隐晦的意义,引发众多评论家从不同角度来阐释解读。大部分评论家持悲观论观点,如著名批评家塞德里克·瓦茨认为惠特"代表着死亡,垂死之人的景象提醒他们,他们也必须死……在伦理学上,是康拉德最无情的作品之一"[②]。而赵启光则认为惠特这个人物形象是个非常模糊的参照物,虽然他是个黑水手,但是显然和种族没有关系,只是为了强调他是从丛林中来的一个虚幻存在,就像一团阴影,成了陆地万千社会现象折射到海洋的一个反映。[③] 是的,我

---

① Robert Kimbrough, *Joseph Conrad : The Nigger of the " Narcissus"*, New York: W. W. Norton & Company, 1979, p. 215.
② Cedric watts, *A preface to Conrad*, Peking: Peking University Press, 2006, p. 195.
③ 参见[英]约瑟夫·康拉德《"水仙号"的黑水手》,袁家骅译,上海译文出版社2011年版,"译本序"第18—19页。

们赞同他的说法。在这部小说中，康拉德不是为了强调种族的区别，这和其他丛林小说中典型的黑人形象不一样。惠特是一个非常特殊的象征——他象征着一切不确定、不稳定、虚幻的事物，象征着世界上所有的矛盾和一切不和谐因素，惠特来到船上，就给生存在船上的人们带来了死亡和不详。这艘名为"水仙"号的船就象征着我们的大千世界，而这个世界因为人的存在而变得喧闹和不稳定起来。惠特不仅仅象征着死亡，象征着黑暗，更象征着陆地上的一切社会矛盾的集合。一个虚幻的人物，但是极富模糊意义。他调动起读者的想象力，集中所有的力量给这个虚幻的意象赋予了灵魂。他好像是我们中间的一个，又好像不是，惠特说："我也是这条船上的人呢"，可是叙述者却站出来评价他超然于世的一面说："他已经看透了人类无比的愚笨，已经打定主意不去过分苛求了。"① 康拉德对惠特的神情与态度的描写反复使用了"高傲""鄙夷"这样的词，可见他是把惠特凌驾于所有人之上的，就像是让他站在天空俯瞰这世间的林林总总：

> 他引得我们神魂颠倒，他永远不让疑问完全消失。他好像伟大的阴影把这条船罩没了。他尽管预言迅速腐朽的来临，同时似乎连毫毛也没伤一根：他蹂躏我们的自尊心，他天天指摘我们缺乏道德的勇气；他玷污了我们的生活。②

而惠特最后终于死了，他的死亡带来了震撼人心的意象："他死了，好比一个古老的信仰死了，震撼了我们整个社会基础。人们失去了共同的联系；一个伤感的谎言造下的，坚强有力，值得敬

---

① ［英］约瑟夫·康拉德：《"水仙号"的黑水手》，袁家骅译，上海译文出版社2011年版，第23页。
② ［英］约瑟夫·康拉德：《"水仙号"的黑水手》，袁家骅译，上海译文出版社2011年版，第61页。

信的联系。"① 这不免使读者产生巨大的怀疑:"惠特到底是谁?""他到底是实体还是假象?""他为何拥有如此巨大的能量?"可见惠特这个康拉德故意设置的谜团,让大家在怀疑中不断猜测,整个叙事过程充满种种不确定。惠特就像谜一样看不透又摸不着,让读者和小说之间产生了较强的距离感,读者在犹豫中判断自己的理解是否正确。在小说中,康拉德借辛格尔顿之口道出了事实的真相:"船!什么船都没有错儿。关键在船上的人!"② 这句话点明了惠特的实质:他不是神,他集中代表着艰难生存的人类!人们生活在世界上就像惠特漂泊在大海上,孤立无援,缺乏安全感。而惠特的不详,暗示着悲剧的存在和发生,也影射复杂的社会和人类的未来必然充满着无处不在的危险和无穷无尽的痛苦。

值得注意的是,这本小说书名中采用的船名"水仙号"也是具有象征意义的。"水仙号"是一个双关语,具有映射神话寓言的含义。康拉德以"水仙"为这艘船命名,以花命名,这实在是无法和日夜与风浪搏击的船联系在一起。水仙在古希腊代表着孤独、自怜自哀,为了纪念河神与仙女的孩子美少年纳喀索斯(Narkissos)。他的容貌惊人,俊美无比,无数的少女不由自主地爱上他,可他孤傲高冷,没有女子能入他的眼。得不到回应的少女们诅咒他永远得不到自己的所爱。最终悲剧发生了,他爱上了自己的影子并惨死在湖边,在他倒下的地方,长出了这种"水仙花"。有心理学家把这种病称为"自恋症"。自恋,顾名思义,具有排他性,是一个典型的自我主义者,所以他对外在一切都不感兴趣,个人的存在是他生存的唯一目的。康拉德以此花给船命名,象征着个人与群体的矛盾,与风暴和海浪搏斗的船需要所有人的共同努力,否定团结的力量也就必

---

① [英]约瑟夫·康拉德:《"水仙号"的黑水手》,袁家骅译,上海译文出版社2011年版,第206—207页。

② [英]约瑟夫·康拉德:《"水仙号"的黑水手》,袁家骅译,上海译文出版社2011年版,第30页。

然预示着惨败的结果。与此同时,船和惠特二者也形成了明显的对立象征关系,"船在分崩离析的宇宙里好像是最后的质点,负载着罪恶贯盈的人类的备受煎熬的余孽,漂浮着经受了惩罚以后的恐怖:灾难、骚扰和痛苦。"① 这句话直接点明了船的实质,船象征着纷繁复杂、善恶并存的社会和世界,惠特就是生存在世界中的人类,我们永远无法脱离世界而独立存在,对世界的背叛和脱离会引发它疯狂的报复。世界充满了诱惑和陷阱,人们要学会如何与世界共处,学会协调与世界的关系,才能和谐发展下去。

综上所述,康拉德的悲观复杂悲怆、震撼人心、厚重深沉、令人深思。我们从他的悲剧世界找寻到隐藏在文本背后的深层内涵,他关注的始终是人的存在,映射的是矛盾而又复杂的人生,我们无法摆脱世界独立存在,我们要学会与世界和谐共处,只有人与人的团结才会带给我们力量,这就是康拉德的悲观主义带给我们的思考。在世界文学范围内,乐观的调子层出不穷,悲剧更能震撼人的心灵!

第二节 康拉德小说的乐观精神

毋庸置疑,康拉德的小说具有明显的悲观特征。在他的笔下,人类难以逃脱悲惨命运的禁锢,人生是荒诞的存在。但是,康拉德笔下的荒诞和怀疑同时又是一种批判和否定。虽然谴责和驳斥人类在生命进化和社会发展中的种种弊病的过程是痛苦的,但指向却是积极乐观的。他对人生的思考严肃而沉重,表达的态度则是积极向上的。比如,有论者曾经这样谈及怀疑背后的实质:

---

① [英]约瑟夫·康拉德:《"水仙号"的黑水手》,袁家骅译,上海译文出版社2011年版,第70页。

  他的怀疑是身在文学田园中的思考，是对人的存在的可能性的探究。他的怀疑是自觉的批判意识，显示了作家对人类与世界的责任心与道德感……更大的奉献在于他用怀疑与悲观向世界与人展示人的存在的危机……激发了人类在世界中存在的自觉与反省意识……他们有共同的目的或理想：人的自由，人的完整，人的个性，人的尊严，人的存在的合理性……从怀疑走向思考，从悲观走向反抗，从思考与反抗走向人的自觉。①

此说颇是。康拉德的小说并未止步于悲剧，悲剧中的抗争与希望是其主旨所在，浪漫与激情并未离开他笔下的人物。因而，康拉德的悲观主义又可以称为积极的悲观主义。悲观主义和乐观精神我们都可以在小说中找到对应的文本，但并没有构成差异和矛盾的复意，他们同时存在于小说文本和作家的思想中，构成了两个平行层面的复意。

一　沉沦中的抗争

  虽然康拉德的小说主题沉重悲怆，发人深省，但是同时我们也能从众多小说的字里行间找到其深层的乐观复意。打开康拉德的作品，我们不难看到，康拉德笔下的众多人物在跟命运抗争的过程中，虽有过妥协和无助的绝望，但往往最终都没有屈从于黑暗的胁迫；虽然伤痕累累，但最终却通过反抗与抗争完善了自己，也救赎了沦丧的道德和扭曲的人性。康拉德不仅用悲观的笔调展示了对世界、对社会的怀疑与否定，同时也展现了自己对未来生活和生命的期盼与肯定。

  我们看到，虽然康拉德在很多小说中强调"死亡"的象征意

---

① 仵从巨：《"城堡"与"迷宫"——欧美现代主义文学论集》，四川民族出版社1998年版，第23—24页。

义，故事往往以主人公的惨死告终，但是从部分小说的结局中，我们还是能找到战胜自我、战胜死亡的希望。虽然这个抗争的过程往往伴随着血和泪，但是毕竟还是给予身处绝望中的人们一丝生的希望，这个过程往往是通过人物的积极抗争来实现的。如小说《诺斯托罗莫》中的查尔斯·高尔德，因为开发银矿激起了膨胀的贪欲，他的灵魂屈从于银子的诱惑，最终导致无数的暴力争斗发生。他曾经是一个拥有崇高理想的勇士，开发银矿也只是为了让自己早日实现理想。现实与理想的碰撞让他内心摇摆，饱受煎熬：

> 起初他不得不迁就现存的腐败环境。腐败简直是不加掩饰地嚣张，对一个有胆量不惧怕它无坚不摧的淫威的人来说，连恨都不值得了。在他眼里简直是卑鄙得连愤怒都不必要。他则以一种冷峻、无所畏惧的鄙夷利用他，同时，板着面孔，礼貌周全的形式更是将他的鄙夷表露无遗，这使得局面的屈辱性削减了不少。也许他在心底里受着煎熬，因为他不是一个怀抱着懦弱思想的人。[①]

在这一段描写中，我们看到了高尔德对腐败行为的态度。文本中出现了几个表示他态度的关键词："有胆量""无所畏惧""鄙夷"。从这三个关键词的关联上我们可以联想出它在文本中体现出来的丰富意义。毫无疑问这些都是表示肯定和赞赏的词汇，代表了高尔德本性中的正直、善良和勇敢。而这样有胆识，无坚不摧的英雄，却做出了让自己"迁就"、"利用"和"屈辱"的事情来，这是让人无法想象的。段落的双重意义开始变得含混又暧昧，构成了矛盾的情节对立。读者无法做出自己的明确判断，他到底

---

① ［英］约瑟夫·康拉德：《诺斯托罗莫》，刘珠还译，译林出版社2001年版，第107页。

具有怎样的品格？似乎"是"和"否"两种答案都说得通。这种模糊语言和双重情节的使用让读者分不清作者的真实思想和意图，这就构成了第六种类型的复意。摸不清作者的意图，只能让读者不得不琢磨出自己的说法，这个过程就十分有可能产生"歧义"。随后康拉德借别人之口开始作出解释，居住在这个城市的人表达了对高尔德行为的理解，如总工程师对担心自己会因大暴乱而陷入危险的医生这样说道：

> 整个高尔德特区都将受到威胁……总有一天中立会保不住，而查尔斯·高尔德很明白这一点。我相信他已为每一个绝境做好了准备。像他那种人从来没想过会无限期地受制于愚昧和腐败……高尔德挽救这一大批银子的愿望却依然符合逻辑。①

文本意义由此发生翻转，高尔斯似乎不是无药可救，而是不愿意受制于中立的态度，暂时做出妥协，这个情节也暗示了高尔德终将会选择反抗来摆脱愚昧和腐败的威胁。果然最终的结果还是充满希望的，高尔德打败了叛军，也战胜了自己。因此，随着故事情节的不断改变和翻转，文本的意义发生了转变，文本的模糊性通过情节的设置变得更加丰满，读者们也如愿从悲剧中看到了希望的星星之火。

我们在上一节提及"大海"这个象征给文本意义带来的悲观意象，海洋残酷理性，不会因为人的坚韧与勇敢而产生丝毫的怜悯，而康拉德又通过"船员"这个对应物的设置，让文本的意义发生了改变。在文本中，船员留给人们的印象除了具有积极向上

---

① ［英］约瑟夫·康拉德：《诺斯托罗莫》，刘珠还译，译林出版社2001年版，第240—241页。

的热情,还有在困难中迎风而上的坚韧力量。在《"水仙号"的黑水手》中,康拉德设置了两个勇敢坚韧、忠于职守的船员,舵手辛格尔顿和船长阿里斯笃。当危险来临的时刻,他们不仅不害怕,还会迎难而上,为了责任与道德奋不顾身。他们的性格不屈不挠,具有坚强的信念,无论情况如何危险,永远镇定冷静,时刻保持最大程度的乐观精神,用无畏任何苦难的勇敢行为最终战胜了灾难。他们的精神带给我们一种向上的力量,让人们有信心、有勇气面对一切困难。我们在小说很多情节中都感受到一股永不服输的精神和顽强拼搏的意志,如船员们在与恶劣天气搏斗的时刻:

> 风吹得他们的眼睛充满了泪水,风势剧烈时几乎将他们从摇曳不稳的所在刮跑了。脸上泪汗纵横,头发飘扬四散,他们就在水天之间飞上飞下,骑跨在桁臂的末端。蜷缩着蹲在踏脚索上,两腿夹紧了吊索,让双手得以自由,或者靠着索链站起身来。他们的思想模模糊糊地在求安息与求生存的两种欲望之间徘徊,他们僵硬的手指放开了帆顶的耳环,不是去摸索着寻找小刀,就是拼了命抵挡那飞扑着的帆布的猛烈打击。他们瞪着狂野的眼睛互相凝视着,一只手打着癫狂的手势,另一只手抓住了他们的性命。[①]

当然,他们的乐观精神是值得赞颂的,同时我们也意识到英雄也是人,人性是两面的,根据事情的发展和情况的改变,人随时可能会从善的一面转向恶的一面,他们当然也会面临欲望的诱惑。而我们欣喜地看到,海员们总能抵抗住本性中懦弱的一面和容易向困难妥协的潜意识,他们具有高度的责任感和良好的品质,团

---

① [英]约瑟夫·康拉德:《"水仙号"的黑水手》,袁家骅译,上海译文出版社2011年版,第121页。

结一心。从小说文本中可以看到,几乎所有的船员都在船长的带领下以坚定的信念和团结的力量来抵抗狂风暴雨的来袭:

> 他们静待着这条船整个儿地翻一下身把他们扔下海去,除了狂风大浪的极端可怕的吼声以外,那些人没有发出一点责难的怨声,每人都不惜牺牲还有许多年可活的生命去看"那些可恶的桅樯滚下海去"。①

船员们就像英雄一样受人敬仰,他们的品格在黑暗中熠熠发光。特别是小说中的诸多船长们,他们的品行带给人们积极向上的精神力量。如小说《台风》中的马克惠船长和《阴影线》中的船长"我",面对大自然恶劣的环境,他们一直坚守岗位,奋起反抗,不惧一切直面死亡威胁。他们具有不屈的意志,勇敢与狂风暴雨顽强搏斗,与大海做着殊死斗争。康拉德作为一名成功的小说家,很多小说的情节相当精彩,他对语言的使用已经达到了登峰造极的地步,再苛刻的批评家也不得不承认这一点。康拉德具备高超的小说技巧,他展示的平常之物在文本意义上其实都并不平常,往往隐含多重深意,平铺直叙的叙述中也暗藏了诗意的朦胧。

《阴影线》是康拉德表达乐观精神最有代表性的一部小说。新船长"我"带领着一船染上热病的船员,在海上航行21天后,顺利到达目的地,完成了在世人看来不可能完成的任务。途中经历了一层又一层的至暗时刻,每一次抗争之后,就会有前进的收获。康拉德以此告诉人们,只有不断地冲破黑暗的桎梏,才可能到达成功的彼岸。我们看到,在航行的途中,厄运一个接一个地盯上这艘船,在启航的当天,船员们就无精打采,船便被黑暗团团围住:

---

① [英]约瑟夫·康拉德:《"水仙号"的黑水手》,袁家骅译,上海译文出版社2011年版,第77页。

第四章 悲观主义与乐观精神的复意所指

> 只见四周空无一人,一片寂静。放眼望去,只能看到朦胧又单调的海岸线。黑暗好像从无声和孤寂的水中露出水面,将船团团围住。我倚在栏杆上,倾听着夜的声息。四周悄然无声,我的船像一个行星,在万籁俱寂的空间沿着指定的道路歪歪斜斜地飞行。①

"黑暗"这个象征再次出现,预示灾难和死亡的降临。黑暗把船围住,暗示他们将无法解脱,就算挣扎也只是死路一条。康拉德反复使用"无声""孤寂"这样的词语,多次强调环境的冷漠无情,它把船隔绝在世界的外面,无声无息,没有存在感,不会有任何人前来帮助他们。除此之外,他还运用了比喻的修辞手法,把船比喻成在浩瀚宇宙中孤单的行星,再次加深了寂寞恐怖的意象。如此强烈的意象会让读者产生极大的视觉冲击感,读者跟随着作者的视角徜徉在悲观绝望的画面中无法自拔。大量修辞手法的运用产生了朦胧的画面感,复杂的意义溢出文本。此后,厄运变本加厉,船上开始流行病疫,船员们病情加重,而船上等待救命的奎宁药却被调包,变成了毫无用处的东西,"我"面临的黑暗达到了极点。"我"感受到一种不可名状的恐怖和难以言说的神秘感,黑暗变成恶魔入侵了人心,折磨了人的意志,也闯进了他们封闭而更加黑暗的舱房:

> 一切都处在绝对的静止之中……只要时机成熟,黑暗就会无声无息地笼罩住船上的那一点点星光,一切都将在没有叹息、没有反抗、没有怨言中终止。我们的心脏就会像停止走动的闹钟一样停止跳动。②

---

① 朱炯强编选:《康拉德精选集》,山东文艺出版社1999年版,第269页。
② 朱炯强编选:《康拉德精选集》,山东文艺出版社1999年版,第297页。

行走至此,"我"完全失望,或者说是绝望,"怎么也不可能甩掉这种末日来临的感觉,笼罩着我的沉静好像是毁灭的前兆,它也给我某种宽慰,好像我的心灵与永恒的寂静溶为一体了。"① 这种悲观绝望似乎已经让人无路可走,自暴自弃了。到此为止,我们以为整部小说的主旋律就是由悲观的意识来主导的,故事的结局一定是以悲剧而结束的。没想到,康拉德掉转了笔锋,没有再固着于大自然的黑暗、星光或阴霾,而是随着船长"我"走到了船员们所在的后甲板。他写道:

> 我轻声地问道:"水手们,你们在那儿吗?"我看见几个稀稀落落、模糊不清的黑影站起身,来到了我的眼前,还听到一个人在说:"都在这,先生。"另外一个人更正道:"所有还能做一点事的人都在这儿,先生。"②

后甲板上稍微能动的船员们在"我"的指挥下,把主帆卷了起来,准备顺水而行。他又写道:"他们步履维艰、气喘嘘嘘地跟在我的身后,无力地拉着一根根绳索,他们像泰坦诸神一样辛苦地工作着。"③ 把步履维艰、气喘吁吁的船员们视作天神与地神所生之子泰坦诸神,实际上是点出了西方版的人定胜天,有了这些力大无比、勇猛善战的诸神,还有什么黑暗不能战胜?故事到此还没有结束,随后的情节更加震撼人心:

> 我突然想起应该留一个人掌舵……一个坚韧的幽灵带着瘦弱的身躯,无声无息地出现在船尾的灯光下,他头上那双深陷的眼睛在笼罩着我们的一片漆黑中发光。在这被一片黑暗吞噬

---

① 朱炯强编选:《康拉德精选集》,山东文艺出版社 1999 年版,第 297 页。
② 朱炯强编选:《康拉德精选集》,山东文艺出版社 1999 年版,第 297—298 页。
③ 朱炯强编选:《康拉德精选集》,山东文艺出版社 1999 年版,第 298 页。

的世界中——宇宙中，他头上那双深陷的眼睛仍在发光，他伸向舵轮的裸露的前臂似乎也在发光。我对这发光的影子低语道："直线前进。"①

故事的结局彰显了康拉德思想中的乐观精神，船员们以一己之力，焕发出泰坦诸神之光，驱散黑暗，到达了光明的彼岸。至此，康拉德已完整阐释了西方版的人定胜天，船员的眼睛在漆黑中发光，裸露的前臂也似乎在发光，这些光芒正驱散吞噬世界的黑暗，这打破黑暗的光芒也映射出康拉德悲观主义思想中的希望之光。

康拉德通过这篇小说告诉世人，每个人都可以依靠自己的努力，走过世界的阴暗线，走过人生的阴暗线，在黑暗中奔向光明的未来。正因如此，他将这一小说作为儿子博里以及所有青少年的礼物。在篇首，他这样写道："向博里及所有和他一样跨过时代阴暗线的青少年们致以我终生的敬意！"② 康拉德通过这部小说带给人们很大的启示：人生是有着阴暗面和光明面的，如何生存下去，决定权掌握在自己的手中。生存从来都不是一件容易的事情，每个人都努力与自身的阴暗面进行抵抗，从思想和行动两个方面探求生存真谛，做一个叩问存在的积极行动者，就可以在这个荒诞绝望的世界寻求一条出路，找到光明和希望。

二　水手伦理下的青春活力

部分评论家坚称康拉德是一个富有浪漫骑士精神和理想主义的作家，因为"骑士精神的核心是忠诚，具体表现为勇敢、视荣誉为生命是其重要特质"③。这和康拉德的英雄观不谋而合。康拉德本人曾是一个具有浪漫情怀、富有激情的水手。作为水手，应具

---

① 朱炯强编选：《康拉德精选集》，山东文艺出版社1999年版，第298—299页。
② 朱炯强编选：《康拉德精选集》，山东文艺出版社1999年版，第211页。
③ 董小燕：《西方文明：精神与制度的变迁》，学林出版社2003年版，第98—99页。

有最基本的责任感、集体荣誉感和对生命的热情。康拉德对海洋怀有浓烈的热忱和激情，作为曾经与飓风大浪勇敢搏斗的水手，面对命运的挑战怎会随意缴械投降？正如有论者曾经指出的，康拉德的本质就在于拥有"水手伦理下的骑士之心"。他这样写道：

> 水手精神和骑士精神确实有相互重合的内涵，比如强调忠诚，勇敢，坚守责任等……康拉德的独特之处在于他笔下优秀的海员有着更高层次的忠诚和勇敢，具有更高贵的品质，即不但忠于职责更忠诚于自己的信念，不但勇敢面对自然大海，更勇敢面对自己的人性和内心。[①]

但是，认真分析和体悟一下康拉德的小说，我们会发现，骑士之心正渐行渐远，已经沦为时代的记忆，康拉德在水手精神与水手伦理下生发出了一种新的青春活力。康拉德做过海员，又身为一名热爱海洋文化，热爱自然与丛林的作家，自然骨子里就拥有海员面对困境时不畏艰险的积极抗争精神。也正因为如此，他的小说在告别骑士精神的同时，又自觉或不自觉地孕育出一抹理想主义和乐观主义的曙光，呈现出昂然不屈的青春活力，这实际上是他本人精神世界的凤凰涅槃。我们可以以他的刚果之行为例，先看一下作为水手康拉德的生活。他写下了两本《刚果日记》，详细记录了刚果之旅。第一本受到了很多批评家的关注，特别是他的真实的航行信息和《黑暗的心》中的刚果之行有非常大的关系。[②] 第一本日记稍微沉重，记录了康拉德在刚果的所见所闻。如，他在1890年7月3日写到：

---

　① 庞伟奇：《直面虚无的灵魂救赎——约瑟夫·康拉德创作精神主体研究》，博士学位论文，福建师范大学，2009年。

　② Quoted to, Joseph Conrad, *Heart of Darkness and the Complete Congo Diary*, Richmond: ALMA CLASSICS LTD, 2015, p. 90.

第四章 悲观主义与乐观精神的复意所指

  头脑有点冷。11 点到达班扎曼特卡。在市场露营,身体欠佳不能去拜访传教士。水资源短缺、匮乏,露营地很脏。2名丹麦人依然在公司。好好休息一夜以后,早晨六点出发。穿过低矮的丘陵,进入了宽阔的山谷或者中间有个缺口的平原,收到一份关于国家视察的提议。几分钟以后,我在一个营地看到了一具巴克贡戈人的尸体。是被枪击吗?可怕的味道。①

他的记录十分详尽,包括每天的行程,周边的人与环境,每天发生的事情,以及他的内心感受,很多因素对他以后的小说创作之路产生了很大的影响。第二本则详细记录了整个沿河而上的航行过程和周边景色的信息,里面包含大量的航海术语,体现了他专业性的一面。从日记中,我们可以看到他每天详细地记录天气,记录轮船的具体情况. 他经过的每一条河,每一个城市的名字,每一处的地形、位置以及他见到的人。如:

  第 16 天 5 小时 10 分钟到达第 17 纬度点(达到的长度为 5.5 米),新到达的地点在北纬 NE1/2N. 第十七纬度点是一个长而平行的岩石脊,离海岸不远。在 P 点附近有一条长长的岩石山脊,一直延伸到河中(从这里到金沙萨下游要一天时间。蒸汽轮机 12 小时就可以)一直到法国海岸,左岸的小山呈淡红色。②

由此可见,他善于观察,十分细心,是一个极富责任,认真专业的船员,对航海有着高度的热情。他对待轮船就像自己的孩子一

---

① Joseph Conrad, *Heart of Darkness and the Complete Congo Diary*, Richmond: ALMA CLASSICS LTD, 2015, p. 92.
② Joseph Conrad, *Heart of Darkness and the Complete Congo Diary*, Richmond: ALMA CLASSICS LTD, 2015, p. 107.

样，事无巨细，亲力亲为。

这次刚果之行对康拉德来说是一次非常特殊的航程，因为这次在刚果的经历，他得了严重的痛风病，折磨了他整个后半生。但是在这样的情况下，他仍然以极大的热情和饱满的冲劲完成了《在西方的目光下》、《秘密分享者》和《文学和人生札记》这些重要作品。《康拉德传》的作者纳伊德引用了康拉德妻子杰西的话，来说明他是在什么样的情况下完成这些作品的：

> 康拉德精神崩溃，还受痛风困扰。浑身上下哪儿都疼，喉咙、舌头、头……可怜的孩子，他完全活在小说里，没完没了地写，还坚称大夫和我要送他去疯人院……他已经分不清小说和现实了，甚至还和小说里的人物对话。①

一个如此坚强与命运和疾病抗衡的人，一个在恶劣条件和艰难状况下仍然坚持写作的人，我们应当认为他是一个乐观积极的人。最能体现康拉德这一理念的，还是其短篇小说《青春》。在这篇小说中，他讲述了一位年轻二副的一段经历，二副"我"随朱迪埃号运煤船前往曼谷，在危机起伏的航行中完成了青春的洗礼。小说对青春进行了直接而丰富的阐释。在康拉德笔下，青春是理想，是信念。"我"上船后，首先映入眼帘的是船尾上写着"不成功，毋宁死"的格言，正是那句格言打动了"我"，让他不禁爱上了那条古老的帆船，因为这种浪漫的情调与氛围，让"我"感受到它向"我"的青春发出了召唤：

> 此后，这句格言一直伴随着"我"，每当这艘只剩下躯壳的

---

① ［英］约瑟夫·康拉德：《在西方目光下》，赵挺译，上海译文出版社2014年版，第14页。

第四章 悲观主义与乐观精神的复意所指

破船猛烈晃动,船尾高高耸起的时候,我觉得它似乎有意要显示它尾部的几行大字:"朱迪埃,伦敦;不成功毋宁死"。这既像是召唤,又像是挑战,也像是对那满天乌云的无情呼喊。哦,青春啊!青春的力量,青春的信念,青春的幻想啊![1]

从这一段落,我们看到了康拉德隐藏的热血和激情,英雄主义的浪漫冲破了一切阻挠,一句格言变成了坚定的信念萦绕在康拉德的心头。这艘船象征着青春的力量,象征着不屈的精神,也象征着永不改变的信仰。此刻我们仿佛看到了充满着活力和光芒的康拉德,那么耀眼,那么高大。当然,青春也意味着磨炼,意味着考验。任何人在面对青春时,感情都是极其复杂,极其微妙的,青春对康拉德来说意义重大。让我们来看下面这个精彩的段落:

对我来说,青春还使我变得坚韧起来。在我面前,是整个东方世界,是全部生活;我觉得我在那条船上经受锻炼并初露头角……而此时我正享受着天真无知充满希望的青春年华。船缓缓地前进,度过一个接一个永远过不完的日子。船尾新镀过金的装饰物在夕阳照射下闪闪发光,好像在对渐渐暗下来的海面喊出漆在那儿的几个大字:"朱迪埃,伦敦;不成功毋宁死。"[2]

在之前的章节我们已经提到过,"不成功毋宁死"在文本中出现了多次,按照燕卜荪的词义分析方法,这是整部小说的关键句。关键句集中代表了作者的思想,具有复杂的意义,直接点明了小说的主旨。整部小说的核心就是这个信念,"不成功毋宁死"在语气程度上已经达到了最高级,如果不奋斗,如果不拼搏,如果不成

---

[1] 薛诗绮编:《康拉德海洋小说》,上海文艺出版社2012年版,第13—14页。
[2] 薛诗绮编:《康拉德海洋小说》,上海文艺出版社2012年版,第21页。

功,那我宁可死。这种为了信念奋斗终生的誓言响彻心扉,最高程度的励志话语代表了康拉德悲观主义思想背后的另一面,此时这种乐观精神跃然纸面,再也不是暗藏在主情节后面的副情节,主情节和副情节开始并驾齐驱,成为整个文本的双重旋律。这种双重旋律并不是矛盾的,而是并置平行的,我们知道,让文本产生复意性并不只是依靠对立的矛盾,平行前进的双重情节一样会使文本的意义更加多元,更加深奥。

在康拉德笔下,青春是冒险,是刺激。

"我们问自己,还有比这更荒唐的事吗?我想,不坏,这事挺好的,多了不起!我真想知道接下去还要发生什么。哦,青春啊!"① 当朱迪埃号沉没,"我"要带着一艘救生艇离开时,"你们知道我当时是怎么想的吗?我想的是只要一有机会,就立即和他们分手。我要我的第一次指挥权完全归我所有。若是有机会独立航行,我才不愿意跟着他们一起走哩。我要由我自己来发现陆地。我要胜过另外两条小艇。青春啊!这一切都是青春!傻乎乎的、迷人的、美丽的青春。"②

他认为青春"是傻乎乎的,是迷人的,是美丽的";褒义词和贬义词的并列使用表达了他强烈的感情,这种感情往往具有含糊说不清的众多意义。青春也是激情,是坚强,是"那种我能永远坚持,直到海枯石烂、人类末日我还能坚持下去的感觉。"③ 这个句子的表达用了"夸张"的手法,这个修辞手法的运用常常用来表示最高的程度和极强的语气。由此我们可以感受到康拉德对青春的歌颂与热爱,这种热血澎湃的激情很容易让读者产生共鸣。当然,

---

① 薛诗绮编:《康拉德海洋小说》,上海文艺出版社2012年版,第31—32页。
② 薛诗绮编:《康拉德海洋小说》,上海文艺出版社2012年版,第41—42页。
③ 薛诗绮编:《康拉德海洋小说》,上海文艺出版社2012年版,第44页。

康拉德是一个理性的文学家,虽然青春让人疯狂,让人感动,但是他也清楚地意识到,作为欧洲白人的"我"们的青春似乎已经远去:

> 我们疲惫的眼睛仍然始终不渝地、急不可待地想从生活中找到些什么东西,而这东西在你盼望着它的时候却已经逝去——在叹一口气、眨一眨眼的时间里不知去向了——和青春、和力量、和浪漫的幻想一起无影无踪了。①

但是显然我们还能从小说中找到和"白人青春一去不复返"具有对立意义的情节,那就是东方正展现出青春的力量和魅力。东方展现给了世界希望和力量,未来光明的曙光在东方:

> 但对我来说,全部东方都包含在我的青春幻境之中。当我睁开我年轻的眼睛时,整个东方都在一刹那间显现出来了。我在和大海的搏斗中遇到了它——那时我还年轻——我看见它正在望着我。现在剩下的也就是这么一点了!只不过是一瞬间:一瞬间的力量,一瞬间的魅力——一瞬间的青春!②

读到这里,我们也不由得被康拉德作品中的青春活力所感动,更为他深邃的历史洞察力所折服。康拉德展现给读者的不仅仅是青春的力量,更是人类存在和人类未来行动的指示。就像存在主义学者们所描绘的,人在阴暗、荒诞的世界生存,无能为力,无法自拔,能唤醒我们的只有振奋的精神和积极向上的力量。就像萨特自己认为的那样,他的存在主义学说不是悲观的,从根本上说

---

① 薛诗绮编:《康拉德海洋小说》,上海文艺出版社2012年版,第52页。
② 薛诗绮编:《康拉德海洋小说》,上海文艺出版社2012年版,第51页。

是乐观的,是行动的。我们只有行动起来,才可以完善自我,成就自我。

三 积极的悲观主义

我们已经看到,康拉德的小说世界蕴含着双重情节,悲观主义与乐观精神的并存把文本意义结合成为一个整体。当我们在思考康拉德根深蒂固的思想到底是什么的时候,读者们会对此问题得出截然不同的结论。有的读者认为康拉德是个悲观论者或者虚无主义者,有的则认为康拉德推崇积极的乐观精神,其实这两种看法都不难在文本中找到依据,这种双重情节是并行不悖的。我们应该尝试找到把双重情节联系在一起的"张力",并挖掘出背后的深层含义。康拉德的作品总是呈现出悲观与乐观、消极与积极、对立并相融的矛盾特性,所以他本人的艺术哲学常常被人称为"积极的悲观主义"。命运的前方遥遥无期,看不到希望,但是通往终点的道路不止一条,人类可以进行积极的选择和精神的抗争,这也是西方古典精神的要义之所在。

希腊神话中有凭借个人意志与命运抗争,具有不屈不挠、积极斗争精神的俄狄浦斯王;荷马创作出的西西弗斯也是这样一个有着悲剧命运,但永不服输,积极不断向高处挣扎的神话人物。西西弗斯触犯了众神,对他的惩罚就是要求他每天把一块沉重的大石沿着陡峭的山坡推向山顶,每当他费尽全身力气眼看就要推到山顶的时候,大石因其自身重量一次又一次滚落,他眼睁睁看着竭尽全力才推上去的大石瞬间滚落到山下却无可奈何。他一次又一次地从平原到山顶,又从山顶到平原,吃尽苦头。诸神皆认为这种面对无效无望劳动所产生的绝望与痛苦自然可被称为最为严厉的惩罚,他的生命终将沉浸在无限的痛苦之中,无限循环,痛不欲生。西西弗斯的命运显然是个令人绝望的悲剧,最大的痛苦莫过于每当他马上就要接触到成功时,成功却与他擦肩而过,失望和悲痛就像泉水一样涌出来淹没了他。他不断地重复，永无止境地做这一件事，带给他的只有强度逐渐复加的痛苦，当达到最高程度的绝望时就会压垮人的意志。但是令人惊奇的是，他的痛苦中还夹杂着一丝欢乐，通常这种极端对立的感情是很难合二为一的，但是显然西西弗斯的快乐矛盾又真实。对他来说，他体验到的是绝望的痛苦，亦是反抗的快乐：

> 他离开山顶的每个瞬间，他渐渐潜入众神洞穴的每分每秒，都超越了自己的命运。他比所推的石头更坚强……假如他每走一步都有成功的希望支撑着，那他的苦难又从何谈起呢？……西西弗斯沉默的喜悦全在于此。他的命运是属于他的。岩石是他的东西。①

在这里，我们看到了存在主义的精神光芒，存在即是快乐，人是自由的，那么我的苦难也是我的快乐。西西弗斯这个神话人物的痛苦正是人类生存的荒诞最形象的象征，同时他又代表着人类不颓废、不绝望的乐观精神。对他来说，反抗荒诞命运是他生存的动力，他是个矛盾的综合体，既痛苦又激情，既悲怆又崇高。

从这个过程可以看出，人的思考和选择从中起到很大的作用，现实是悲观的，客观世界是令人绝望的存在，面对这样的生存环境而采取什么样的态度是人们可以自由选择的。人们可以选择沉沦、放弃、悲观、自暴自弃等，也可以选择行动、反抗和不屈服。就像加缪所说的"我反抗故我存在"，他至少肯定了荒诞人积极乐观的一面：

> 荒诞人直面人生，不逃避现实，摈弃绝对虚无主义，怀着

---

① ［法］加缪：《西西弗神话》，沈志明译，上海译文出版社2017年版，第131—133页。

反抗荒诞人士的激情，坚持不懈，或许能创造一点人生价值："一个人的失败，不能怪环境，要怪他自己。"①

唯有反抗才能阻止荒诞，唯有造反才有生存的价值。这恰恰也是康拉德通过他的小说创作告诉人们的真理，是康拉德复杂的人生态度之体现，也是康拉德高超创作技巧和艺术高度之所在。

燕卜荪在谈及双重情节的关系时曾强调两者的融合性，互相冲突的意义不仅仅是对立平行的，也是能够融合整一的，这才是文学作品的魅力所在。燕卜荪指出，他们之间的结构关系除了并列性、一致性，还有相互联系性。当双重情节发生融合时，文本会产生更多的意义，作品也会更加富有活力，不同类型的读者都可以接受并获得满足。悲剧暗藏着希望，这是典型的双重情节的相互联系，他们看似孤立却转化为一个整体结束了冲突，体现出联合的力量。比如康拉德作品中有不少形象复意的"积极虚无主义者"②，他们的力量显然比普通人更为强大，带来的意义也比普通人更为复杂多元。如《诺斯托罗莫》中的查尔斯·高尔德，《水仙号上的黑水手》中的舵手辛格尔顿、船长阿里斯笃，《台风》中的马克惠船长和《阴影线》中的船长"我"等，他们都努力与自身的阴暗面进行抵抗，从思想和行动两个方面探求生存真谛，做一个叩问存在的积极行动者，试图在这个荒诞绝望的世界寻求一条出路。面对社会的黑暗以及人性中善的缺乏，康拉德没有犹豫和退缩，而是带着深沉的思索，将笔触指向人类的内在，从而发现

---

① [法] 加缪：《西西弗神话》，沈志明译，上海译文出版社 2017 年版，沈志明"序"第 4 页。

② 加缪从尼采的虚无主义中吸取某种积极意义，虚无主义者把人生隶属于某些价值，以致很难摆脱现实困境。当这些所谓的价值崩溃之时，世人就产生两种截然相反的态度：一种是消极虚无主义，表现为绝望、消沉、无欲、疲乏、无聊，而另一种是积极虚无主义，求助于意志、活力、投机、冒险、行动。参见 [法] 加缪《西西弗神话》，上海译文出版社 2017 年版，沈志明"序"第 8 页。

人生意义。他对人类深陷荒诞之中的自我发现和认识超越了许多同期作家,努力营造了一个有序与无序、信仰与怀疑并存且互为矛盾的无限追寻的世界。

否定和怀疑来自康拉德对存在的思考,积极和希望则是康拉德对这个世界的理想与肯定。这一点康拉德与存在主义的观念十分一致。萨特反对先天的性善论和性恶论,认为哲学必须从主观开始,"存在先于本质",首先必须有人,之后才有了一切。人是他自己认为或者自己愿意成为的那样,可以自由规划和抉择自己的一切,而不是因为人性。人成为善人或者恶人起决定作用的是人自由选择的行动,成为英雄或者懦夫也出于人的主动选择,而不是源自本性或者天性。懦夫不是因为生理机体成为懦夫,而是因为自己的行动让自己成为懦夫。正因为如此,人要为自己的选择负责,要为自己的错误承担责任,任何真理和行动都包括了客观外在环境和人的主动选择。萨特认为,人类的命运取决于自己,人除了采取行动没有别的希望可言,只有行动才会有人的生活,振作和奋发起来的懦夫就不再是懦夫和失败者。萨特还认为存在主义是一个严肃的乐观主义哲学,只有行动起来才能找到希望:

> 我认为希望是人的一部分,人类的行动是超越的,那就是说,它总是在现在中孕育,从现在朝向一个未来的目标,我们又在现在中设法实现它,人类的行动在未来找到它的结局,找到它的完成,在行动的方式中始终有希望在……我从不绝望,我从未认真考虑过绝望可能作为一种属于我的品质。①

由此,我们可以清晰地看到存在主义者们意识到并不矛盾的矛盾

---

① [法]让—保罗·萨特:《存在主义是一种人道主义》,周煦良、汤永宽译,上海译文出版社2012年版,第37—39页。

双方，就像萨特一直说的"绝望不是希望的对立面"，他们之间的关系是这样的一种奇特关系：

> 这里我们碰到一个矛盾的问题……一方面，我保留这样一种观念，即一个人的生命显示着它本身是一种失败；凡是他想要完成的，他无法实现。它甚至无法构想他所愿意构想的，或者去感觉他所愿意感觉的。这种观念通常引向绝对的悲观主义。然而，在另一方面，它的一个基本特点是希望。而希望就意味着我不能采取一项行动而不设想我将使这项行动得到实现……希望存在于行动的性质本身之中，那就是说，行动同时也是希望。①

康拉德的作品也是如此，他作品中的悲观与积极也是并不矛盾的矛盾双方。康拉德的内在精神一直是积极乐观的，他在《对亨利·詹姆斯的赞美之词》这篇文章中曾经提到，亨利·詹姆斯的作品所展现出来的内涵，实际上并不是向这个世界妥协。一切带有屈从的暗示皆为一种假象，哪怕只有一点点，也不是他思想深处真实的想法。在他的作品中，无论男女主人公都是行动着的，都怀有积极乐观的人生态度去拥抱生活，除此之外，还有着顽强的信念和意志。这些主人公们拒绝被打败，他们的人生以各种方式在人生战场上肆意驰骋。正是这些人造就了作品中最为典型的形象，好战搏击且永不言败的人物形象。② 康拉德在作品中表达的就是这样一种乐观存在主义的观点：面对荒诞的存在人们应该用积极的悲观主义勇敢面对，每个个体都可以用自己不同

---

① ［法］让—保罗·萨特：《存在主义是一种人道主义》，周煦良、汤永宽译，上海译文出版社 2012 年版，第 42 页。
② 参见 ［英］约瑟夫·康拉德《生活笔记》，傅松雪译，江苏教育出版社 2006 年版，第 17—23 页。

的存在方式对生命做出不同的诠释,人类必须勇敢面对困境,用顽强自我来战胜一切困难。缺乏怀疑的时代是不可想象的,绝望并不可怕,自我意识的建立和积极的态度才是人生最重要的抉择。如若用精准的眼光透视分析冷酷的世界,人类终将会迎来光明与希望的曙光。我们看到,康拉德在《生活笔记》中的话语掷地有声:

> 过去我们曾经经历若干失败,飞船高空坠落,草原上的草也曾因干旱而枯萎,但那已经成为过去式了。此后,人类将以不屈不挠的顽强斗志来抵御痛苦和磨难,人类眼中无畏的胜利之光将就此使太阳的光辉暗淡……要努力找寻属于自己的那片大地和天空,发出自己的声音。上帝赐予我们表达的勇气和力量,赐予我们反观自身的智慧。[1]

综上所述,康拉德的小说具有平行且互相交融的双重情节,悲观主义和乐观精神在康拉德的思想中同时存在,并映射在小说文本上。他的悲观意蕴体现在注重反映人物精神的"异化"与世界的"荒诞",向人们传达出黑暗、绝望、孤独、怀疑、死亡的意象。维多利亚时期的乐观向上和骄傲自信在康拉德这里已经被转换为深度的悲观与怀疑。不过,与其他悲剧作家不同的是,康拉德更强调"积极的悲观主义",康拉德可以说是"一个悲观主义和理想主义并存、信仰论者和怀疑论者共生的奇特混合体"[2];他的小说中弥漫的不仅仅只有悲观与荒诞,冷漠与孤立,同时也并存着多重对立的声音,充满了悲观与乐观,消极与积极,怀疑与肯定等

---

[1] [英]约瑟夫·康拉德:《生活笔记》,傅松雪译,江苏教育出版社2006年版,第21页。

[2] Batchelor Jone, *The Edwardian Novelists*, London: Gerald Duckworth & Co. Ltd, 1982, p. 184.

重重复意。在他构建的这重重复意中，康拉德敏锐地洞察了时代的变迁，以及科学、文学和哲学领域的变化，意识到了社会秩序、责任感与稳定性正在逐步被瓦解和破坏。与之同时，他的作品关注人类灵魂的救赎，期待乐观精神的回归。小说中众多人物都具有向上的信念，勇于面对自然和自己的内心，面对荒诞绝望的世界敢于反抗，面对险境临危不惧，可以说他们的行动是积极的，态度是乐观的。康拉德给人们带来了一种对未来不颓废、不绝望，在荒诞中奋起反抗，与荒诞的人生命运抗争到底的新的希望。

>>> 第五章
殖民主义与反殖民主义的复意表达

对于帝国主义国家海外殖民活动以及殖民地社会与生活的描述，是康拉德小说的主题，在文学批评界一直居于重要位置。最初一个时期，评论家们多认为他的作品具有强烈的反殖民主义倾向，是对帝国主义在殖民地所犯罪行的谴责与揭露，具有鲜明的革命性。20世纪70年代，尼日利亚的钦努阿·阿契贝对康拉德《黑暗的心》展开了全面批判，并上升到文明与文化之争。他认为：

> 约瑟夫·康拉德乃是一个彻底的种族主义者。在对其作品的众多批评中，这一简单的事实却遭到掩盖，这是因为白种人针对非洲人的种族主义态度乃是如此平常的思考方式，以至于当它表现出来的时候，都没有人加以注意了。①

此说一出，在英美文学评论界引发了一场持续争论。有相当一批评论家仍坚持认为康拉德作品所体现的是反殖民主义，是伟大的帝国主义解构者。② 直到近年，依然如此。如亚当·霍克希尔德

---

① [尼日利亚]钦努阿·阿契贝：《非洲形象之一种：康拉德的〈黑暗的心〉中的种族主义》，载约瑟夫·康拉德《黑暗的心·吉姆爷》，黄雨石、熊蕾译，人民文学出版社2011年版，第456页。
② 参见段方《帝国主义神话的营构》，《兰州大学学报》（社会科学版）2004年第3期。

在《陌生土地上的陌路人：约瑟夫·康拉德与全球化的黎明》一文中，两次将康拉德视为一个"杰出的例外"。他认为：

> 在19世纪末期和20世纪的第一个十年，没有什么比欧洲帝国主义更深刻地重塑了世界。它重新绘制了地图，充实了欧洲，也将数百万非洲人和亚洲人置于死地……令人吃惊的是，这些事件却很少出现在欧洲作家的作品中，惟约瑟夫·康拉德是一个杰出的例外。

他还认为：

> 如果世纪之交的作家真的触及帝国主义，通常是为了歌颂，就像英国的约翰·巴肯和拉迪亚德·吉卜林，以及法国和德国类似的文学啦啦队。约瑟夫·康拉德是一个杰出的例外。①

与之同时，与阿契贝站在同一立场，指责康拉德作品殖民主义倾向的评论家也为数众多，美国学者爱德华·W. 赛义德更是将康拉德视为殖民话语体系的制造者与传播者。他曾明确指出紧跟帝国主义的就是殖民主义，目的是向边远土地移民：

> 到19世纪末，帝国已经不再仅仅是一个影子了，也不再化身为一个不受欢迎的罪犯的形象，而是体现在康拉德（Conrad, Joseph）、吉卜林（Killing, Ludyard）、纪德（Gide, Andre）和洛蒂（Loti, Pierre）等人作品的关注中心里。②

---

① ［美］亚当·霍克希尔德：《陌生土地上的陌路人：约瑟夫·康拉德与全球化的黎明》，卢南峰译，美国《外交事务》（Foreign Affairs）2018年3/4月刊。
② ［美］爱德华·W. 赛义德：《文化与帝国主义》，李琨译，生活·读书·新知三联书店2016年版，"前言"第9页。

造成上述现象的原因当然与康拉德小说的叙事文本有关，康拉德在有关殖民与反殖民内容的叙述中，往往使用矛盾式复意的手法，其小说中的双重叙事法，每条叙事线索都具有正、反两个版本，使其对殖民者与被殖民者都不是简单的单向描述，或选择性地以偏概全，而是都具有鲜活的两面身影。在大量生动的故事中，无论是要寻找殖民主义的蕴义，还是反殖民主义的蕴义，都可信手拈来。在这种情况下，不同的评论家基于不同的立场、不同的话语体系，自然会得出不同的研究结论，致使对康拉德小说的矛盾争论延续百年，成为典型的世纪之争。

国内文学评论界在延续着以往对于康拉德小说针锋相对的评论外，试图从另外一个角度解决这一问题。比如，在对康拉德小说对殖民主义态度的研究中，正面认识其殖民主义与反殖民主义倾向的并有，充分揭示其矛盾性特征，并探寻其矛盾性产生的根源，或者在其矛盾性中寻找统一性的一面，取得了一系列成果，推进了康拉德及其小说的研究。但是，他们对矛盾性的解释和对矛盾的弥合仍局限于作品表层，并未真正解决这一问题，存在着若干可继续讨论之处。造成上述状况的主要原因，除与康拉德小说的叙事文本有关外，还在于话语体系的选择。评论界一直在使用殖民主义、反殖民主义或后殖民主义的话语范式，并未研究这一范式是否适用于对康拉德小说中矛盾式复意的解析，使得关于康拉德小说的争论相持不下，难有定论。

第一节 关于殖民者与被殖民者的双面文本

康拉德小说中关于殖民者与被殖民者的描述引人入胜，且与众不同。在细腻的笔触，清晰的逻辑以及广阔的叙事中，康拉德始终以一个文本实现着双线叙事，同时展现着殖民者与被殖民者两个世界,两个世界的故事又往往套着正反两个版本。殖民与被殖民世界的双重情节、殖民世界内部的双重情节、被殖民世界的双重情节同时出现,情节与意义的多重层面叙述交汇对抗,此起彼伏,整个文本的意义互相矛盾或平行,将解读权交给了读者。

一　对殖民世界的双面解读

很多批评家认为,康拉德是一位具有批判精神的作家,因为他身处殖民主义和帝国主义最强盛的时代,在众多作家高唱着殖民赞歌,极力颂扬沙文主义和帝国主义,并为帝国主义侵略和殖民扩张做辩护时,康拉德却能跳出其中,在作品中展示了殖民主义的罪恶,塑造了一个个贪婪、腐化的殖民者形象。他在作品中强调了殖民主义给殖民地人民带来的痛苦和迫害,强烈地批判了殖民主义、种族主义对人性的扭曲和摧残。他对弱势民族是同情的,是关注的,肯定了殖民主义必定会削弱、会灭亡的结局。在这一方面,我们可以说他是反对殖民主义的。可是在他小说的另一面,在殖民者的世界出现与之截然不同的版本。白人殖民者是带着教化、拯救、传播文明的"光荣任务"来到野蛮大陆的,他们举止优雅,形象高大,像救世主一样带着福音来拯救处于水深火热之中的非洲土著。从这方面来看,身为白人作家的康拉德似乎依然无法摆脱自己内心深处的种族优越感,处于文明世界之外的非洲黑人被物化成了陌生"荒原"中的一部分,期待着被拯救,被教化。在康拉德的小说世界,我们看到了众多的对立情节,非洲的原始与西方的文明,黑暗大陆的荒凉与西方世界的发达,没有思想无教养的黑人与优雅知性的欧洲人,"自我"与"他者"的世界在康拉德的小说创作中被强行拉大,双方的矛盾对立显得有些尴尬。

从表象上看,双重情节的两面呈现尖锐对立的局面,这种矛盾式复意属于意义最复杂最含混的一类,因为每一层复意的递进都代表着逻辑混乱程度的增强,由上下文语境规定了两个完全对立的意义,这种对立赋予小说主题一个很高的强度,这种复意的产生是来自思维层面的,特别彰显了作者思想中的根本分歧。因此,我们可以看出康拉德的思想是被撕裂成完全相反的两部分的,是充满怀疑和矛盾的,那么真实的情形又是怎样呢?

细读文本,我们不难看到,在康拉德所展现的殖民者世界中,殖民者的残暴、贪婪与奸诈一直充斥在画面里。康拉德以一个个具体事例,将殖民者耀武扬威、横行无忌的残暴行径刻画得淋漓尽致。他曾描述一艘刚果河中的法国军舰:

> 海岸上连一个草棚子都没有,可是那艘军舰却正在炮轰岸上的丛林。仿佛法国人正在那里进行一场大战。船上的旗子像一片破布似的耷拉着,在船舷低处伸出一大排口径六英寸的大炮炮口;油光光、黏糊糊的海浪一会儿懒懒地把船抬起,一会儿又让他落下,不停地摇晃着它的单薄的桅杆。它停在由大地、天空和海水组成的一片寥廓的空间里,不知为了什么,向着一个大陆开炮。嗵,那六英寸的大炮又响了;一小团火光冲出去,又消散了,一团白色的烟雾很快消失了,一颗很小的炮弹发出一声微弱的尖叫,然后什么事也没有了。当然,也不可能发生任何事情。这种做法只让人感到有几分疯狂;让人看着感到既滑稽又可悲;尽管船上有人很严肃地告诉我,那边有一个土人——他把他们叫作敌人![1]

通过这一段描写,可以看出,康拉德对殖民主义的批判和斥责往往是通过使用写作手法"反讽"来实现的。新批评派克林斯·布

---

[1] [英]约瑟夫·康拉德:《黑暗的心 吉姆爷》,黄雨石、熊蕾译,人民文学出版社2011年版,第18—19页。

鲁克斯的一个很伟大的贡献就是为现代文论提供了一个"反讽"的概念。他把"反讽"定义为:"语境对于一个陈述语的明显的歪曲"①。语境使意义颠倒,康拉德巧妙地利用语境产生了语调的反讽批判,实现了深刻的目的。对弱小的殖民地群众来说,入侵他们家园的殖民者无疑拥有强大的力量,他们拥有大批杀伤性武器,带着科技与文明的力量前来殖民地掠夺资源。而殖民者们只是人,刚果河中的这艘法国军舰一定拥有着更为强大的力量,它造成的破坏力不容小觑。这种强大的力量绝对不是非洲土著们可以轻易抗衡的,可是在这段文本中,我们却惊讶地发现"船上的旗子像破布",有着"单薄的桅杆",看起来连"油光光、黏糊糊的海浪"都无法抵抗,大炮只有"六英寸",只能发出"一小团火光","一小颗子弹"发出"微弱的尖叫",它的破坏力"什么事也没有"。这种明显带有挖苦、嘲笑意义的"反讽"让人不禁发笑,这艘军舰的滑稽可笑也象征着殖民者和殖民行为的可笑。"反讽"手法的大量运用,文本语调变得极其复杂,上下文的语境都面临强大的压力,这种"嬉弄的反讽"被认为是作者主观意识的问题,而非无意识造成的混乱。康拉德把他们结合起来,把文本意义的多层结构组织到一起,形成一股强大的语言力量,来表达他强烈的思想感情。

细读文本,我们也不难看到被殖民的痛苦和绝望,他们的惨状让人震惊。康拉德曾详尽描写了刚果河岸的一片树林,那是一片黑暗的树林,有着"令人悲伤的寂静",以至于"刚走进那片树林,马上感到仿佛是跨进了地狱的一个最阴暗的角落"。② 显然,康拉德把这片令人悲伤、寂静的树林意喻为殖民地的"黑非洲",比之为

---

① [美]克林斯·布鲁克斯:《反讽——一种结构原则》,载赵毅衡编选:《"新批评"文集》,中国社会科学出版社 1988 年版,第 335 页。
② [英]约瑟夫·康拉德:《黑暗的心 吉姆爷》,黄雨石、熊蕾译,人民文学出版社 2011 年版,第 22 页。

第五章 殖民主义与反殖民主义的复意表达

"地狱的一个最阴暗的角落"。何以如此？他提供了所见所闻：

> 黑色的身躯蹲着，躺着，有的坐在两棵树中间倚在树干上，有的趴在地上，有的身子一半暴露在阳光中，一半没在阴影里，表现出各种痛苦、认命和绝望的姿势。山崖上又传来一声爆炸声，我脚下的土地跟着轻轻摇动了几下。那边的工作正在进行着。工作！这里正是一些参与那件工作的人最后躺着等死的地方。
>
> 他们都死得很慢——这是很明显的。他们不是敌人，他们也不是罪犯，他们现在已不属于尘世所有——他们只不过是疾病和饥饿的黑色影子，横七竖八地倒在青绿色的阴影中。通过有期限的合同，他们让人完全合法地从海岸深处各个角落里弄来，迷失在这难以适应的环境中，吃着他们从来不曾吃过的食物，他们生病，失去了工作能力，然后才能获得允许，爬到这里来慢慢死去。这些半死的形体和空气一样自由——也几乎和空气一样单薄。①

显然，这里是被殖民者榨干血汗后的遗弃之所，是他们最后的归宿。读到这儿，殖民者的残暴、血腥直击肺腑，冲击着每个人的心灵。除此之外，他还一针见血地指出了这些殖民者的强权逻辑。他写道：

> 他们是一些征服者，要干他们那一行，你只需要有残暴的力量就行；若你具有那种力量，也没有什么可以吹牛的，因为你的强大只不过是由于别人弱小而产生的一种偶然情况罢了。②

---

① ［英］约瑟夫·康拉德：《黑暗的心 吉姆爷》，黄雨石、熊蕾译，人民文学出版社2011年版，第22页。
② ［英］约瑟夫·康拉德：《黑暗的心 吉姆爷》，黄雨石、熊蕾译，人民文学出版社2011年版，第8页。

值得注意的是，康拉德对殖民者的描述并非仅限于泛泛地揭露与反讽，较之同时期其他作家，他在对待殖民主义的态度上更有艺术上的自觉，也更加懂得如何使用语言技巧。他刻画了众多贪婪、残暴殖民者的形象，通过这些人物形象来展示殖民主义的罪恶。比如康拉德在描述殖民世界的黑暗时使用了大量的象征符号，这是他思想意识的折射，直接反映了他的思想和世界观。如要挖掘出康拉德隐藏在文本中的思想意义和价值追求，无疑要通过这些象征符号来揭示。黑格尔曾经指出象征的作用："象征所要使人意识到的却并不应是它本身那样一个具体的个别事物，而是它所暗示的普遍性意义。"① 康拉德有意识地使用这些象征符号，就是让读者努力找寻这种"所暗示的普遍性意义"，隐晦但是却透露出他的思想和认识。

在康拉德所使用的象征符号中，《黑暗的心》中的库尔茨与《吉姆爷》中的布朗是两个典型符号。库尔茨是披着道貌岸然的绅士外衣下的奸诈之人，是一个久处刚果殖民地的商人：

> 他的母亲是半个英国人，他的父亲又是半个法国人。可以说全欧洲都曾对库尔茨的成长做出过贡献；后来我还听说，肃清野蛮习俗国际社还曾委托他写一份报告以作为该社未来工作的指南，这自然是再合适不过了。那个报告他也已经写了出来。我见到过。我读过一遍。文笔优美，到处洋溢着动人的才华，我想只是调子太高一些。②

从这段文本我们可以知道，库尔茨在小说中是一个"核心"，也是一个"象征物"，他象征着西方世界一切跟他有着相同观念的白

---

① ［德］黑格尔：《美学》（第2卷），朱光潜译，商务印书馆1979年版，第10页。
② ［英］约瑟夫·康拉德：《黑暗的心　吉姆爷》，黄雨石、熊蕾译，人民文学出版社2011年版，第68页。

人，他是所有具有白人殖民意识的"群体"。"全欧洲都曾对库尔茨的成长做出过贡献"这句话就给整个欧洲的罪恶行径下了一个定论，他批判的不只是来到非洲大陆的白人殖民者，而是整个欧洲社会。为了土地、金钱和他们的统治欲、权力欲，他们把整个非洲变成了欧洲的奴隶，这句呵斥是一把利剑，直指殖民主义的内部核心。而库尔茨提交的报告，总结了整个欧洲的霸凌史，也总结了整个非洲的血泪史，康拉德用"反讽"再次讥笑这份象征着殖民主义进程的报告，库尔茨用"动人的才华"完成了他征服非洲的"壮举"。至此，我们也看到了康拉德用心经营的小说世界，他的世界没有浪漫的感情，没有花哨的节奏，有的是凌厉的笔触和妙笔生花的语言能力，他用笔代替了枪炮成为批判和战斗的工具。

库尔兹作为全体白人殖民者们的"象征物"，自然提到了白人的殖民理论，有段文本赤裸裸地展现了白人殖民者的真实目的：

> 他一开始就提出一种理论，说我们白人，从我们现在已经达到的发展水平来看，"在他们（野人）的眼中必然显得像是一些超自然的生物——我们是带着神的力量前去接近他们的"，等等。"我们只要简简单单运用一下我们的意志力，就可以发挥出一种实际上没有止境的有益的力量"，等等。[①]

这其实是帝国主义时代典型的强权逻辑，也是殖民者的共识。但是，库尔茨并未就此为止，而是在这一面纱之下进行了一系列奸诈的暴行。为了让土著人对其敬畏，他肆意杀戮，将被杀者的头颅挂在住所四周。威迫土著人的首领每天请安，趴在地上，敬之

---

① ［英］约瑟夫·康拉德：《黑暗的心 吉姆爷》，黄雨石、熊蕾译，人民文学出版社2011年版，第68—69页。

若神灵。但是,这位神灵做了什么呢?他表面上是购买象牙的商人,背地里却是杀人越货的强盗。当库尔茨虚伪的面纱被完全摘下,殖民者的高贵形象彻底崩塌。稍后,康拉德又补了一笔,点出库尔茨为一己私利,暗中派人袭击前来接替他的人所乘的汽船。至此,库尔茨这位白人殖民者被牢牢钉在了道德审判的耻辱柱上。

《吉姆爷》中的布朗与库尔茨不同,他是一个地道的强盗,具有"冷血的凶残",有着"二十年目无王法、不顾后果地恃强凌弱"的"一个普通强盗的成功"。① 当他和同伙被吉姆所在的帕图森的土著人围困之际,吉姆同意放其一条生路,并派土著人柯涅柳斯前去送信。布朗不仅不感恩离开,更不想遵守什么约定。康拉德记下了他内心的活动:

> 他最初听到柯涅柳斯要求准许上来的声音时,那只不过带来了有一个逃跑的空子的希望。还不到一个钟头,他的脑子里又充满了别的想头。出于一种极端的需要,他到那儿去偷吃的,可能还要偷几吨橡胶或树脂,也许再偷点儿钱,却发现自己陷入了致命的危险。此刻,在卡西姆提出这些建议之后,他又开始想着把这整个国家偷到手了。②

结果也是如此,布朗被吉姆网开一面,得以逃脱后,随即从一条小路潜回,大开杀戒。康拉德以此刻画出另一种类型的西方殖民者的狰狞。

细读文本,我们不难发现,在康拉德所展现的殖民者的世界中,除了残暴与掠夺外,还有另外一个画面,就是给殖民地带去

---

① [英]约瑟夫·康拉德:《黑暗的心 吉姆爷》,黄雨石、熊蕾译,人民文学出版社2011年版,第434页。
② [英]约瑟夫·康拉德:《黑暗的心 吉姆爷》,黄雨石、熊蕾译,人民文学出版社2011年版,第406页。

的光明与福音，尽管人与事例都不多见，但其人物形象却十分高大。如康拉德笔下欧洲殖民者设置的贸易站，它们的作用不仅仅在于掠夺货物，赚取金钱，更重要的一个作用就是教化，教给"野蛮人"知识，传播给他们文明。"这里的每一个站都应该像是设在大路边指向美好前景的灯塔，他们当然是贸易中心，但同时还应该负起增进人道主义，改善生活和实行教化的责任来。"①《吉姆爷》中的吉姆是最为典型的代表。吉姆与康拉德本人的经历有着几分相似，作为水手，四处飘荡，见多识广，有着西方白人世界的优良美德与骑士风范。他来到帕图森后，获得当地土著的拥戴，成为这一地区的主导者、改造者。康拉德对吉姆十分偏爱，不吝赞赏之辞，比如吉姆初到帕图森时"他进入了这片他注定要在这儿以他的美德出名的国土，他的名声从内地青青的山峦一直传到沿海白带般的浪涛。"②对吉姆在帕图森的所作所为，康拉德也作了几近完美的描述。直到吉姆听信布朗的承诺，对布朗施以同类的同情，酿成大祸，康拉德仍无半点贬抑。康拉德花费了不少笔墨描述吉姆坦然面对人们的惩罚，中枪倒地时的场景：

  那白人环顾左右，向所有的脸投去骄傲而毫不畏缩的一瞥。随后他把手放在嘴唇上，向前扑倒，死了。
  一切就这样结束了。他在一团云雾中逝去，内心仍然深不可测，被人遗忘却没有被人宽恕，而且太过浪漫。即使在他孩子气的想象最无拘束的岁月里，他也不可能见过这样一种非凡的成功的诱人的外观！因为很可能就在他投出最后那一瞥骄傲而毫不畏缩的目光的短暂时刻，他看到了那机会的面孔，那机

---

① ［英］约瑟夫·康拉德：《黑暗的心 吉姆爷》，黄雨石、熊蕾译，人民文学出版社2011年版，第45页。
② ［英］约瑟夫·康拉德：《黑暗的心 吉姆爷》，黄雨石、熊蕾译，人民文学出版社2011年版，第306页。

会就像一个东方的新娘，戴着面罩，来到他身边。①

此时吉姆俨然伟岸的骑士，或者说更像是救世的主。康拉德通过这样的人物形象塑造再现了他潜意识中的白人种族优越论，再次强调了西方人的强大与地位的崇高，白人纵然犯错，精神上也是高尚的，终会被精神上的道德感所救赎。这一点是作为"他者"的非洲黑人和有色人种完全无法比拟的。

简而言之，康拉德的殖民世界有正、反两个版本，他对殖民主义的态度具有两面性。一方面他强烈反对帝国主义和殖民主义，谴责殖民主义给殖民地及人民带来的巨大伤害；另一方面，他无法从白人种族优越论中跳脱，认为殖民主义还是起到了教化和拯救的作用，依然赞美讴歌了传播文明和先进文化的殖民者。

二 对被殖民世界的双面解读

康拉德笔下殖民者的世界有双重文本让我们解读，同样，在康拉德所展现的被殖民世界中，也发生着复杂多面的故事。细读文本，我们可以看到，康拉德的故事所集中展现的是被殖民世界的黑暗、愚昧、落后、污秽，让人不忍卒视。后殖民批评的先驱、黑人作家及批评家钦努阿·阿契贝曾对此进行了猛烈的抨击，认为康拉德把非洲和欧洲对立起来，非洲作为参照物，被刻画成荒凉野蛮之地，意在显示欧洲文明的进步和优越。他于1975年在美国马萨诸塞州大学的讲座上发表了著名演讲《非洲的一种形象：论康拉德〈黑暗的心〉中的种族主义》，他在演讲中称康拉德完全看不到帝国主义的剥削和种族主义，把非洲人描述成野蛮的、没有语言能力的、非人化的怪物，对非洲人无尽的嘲讽和污蔑，他是

---

① ［英］约瑟夫·康拉德：《黑暗的心 吉姆爷》，黄雨石、熊蕾译，人民文学出版社2011年版，第445页。

第五章　殖民主义与反殖民主义的复意表达

歧视非洲的，是怀有深深偏见的，是宣扬把黑色人种非人格化的小说。① 应该说，阿契贝的评论失之偏颇，有点过于片面化，但是我们在康拉德的文本中的确能找到阿契贝所说的原型。比如，在《黑暗的心》中，他笔下的刚果河两岸了无生机，俨然死去的世界。他这样写道：

> 一条条河流，人间的死亡之流，流进流出，两边的河岸已经化为烂泥，已成为浓稠泥浆的河水不停地冲刷着一些弯弯曲曲的红树，它们似乎在一种完全无能为力的绝望中对着我们痛苦地扭动着身子。在任何地方我们停留的时间都很短，不可能留下特殊的印象，可是一种随时存在的模糊的压抑感却越来越沉重地压在我的心头。这仿佛是在一个类似噩梦的环境中进行的一次十分无聊的旅行。②

康拉德在小说中设置了两个彼此对立的象征符号——泰晤士河和刚果河。关于泰晤士河的描写，康拉德显然像很多英国政治家、文学家发出的感叹一样，认为泰晤士河是世界上最优美的河流，对其语言表达都是优美的，叙述语调都是轻快的，色彩都是明亮艳丽的，用到的形容词皆为褒义词，如"静谧""晴朗""安详""宁静""温和""寥廓""莹澈""一波万顷"等等；而对刚果河的描写则完全相反。在康拉德笔下，刚果河象征着野蛮之地，是无声荒原一般的黑暗腹地，对其描绘所使用的语言文字让读者内心沉重而绝望，十分压抑。举目望去，通篇皆是贬义词，如"空荡

---

① 参见［尼日利亚］钦努阿·阿契贝《非洲形象之一种：康拉德的〈黑暗的心〉中的种族主义》，载约瑟夫·康拉德《黑暗的心·吉姆爷》，黄雨石、熊蕾译，人民文学出版社2011年版，第448—450页。
② ［英］约瑟夫·康拉德：《黑暗的心　吉姆爷》，黄雨石、熊蕾译，人民文学出版社2011年版，第19页。

荡""沉重""凝滞""无趣""荒无人烟""阴森""黑暗"等等。褒贬义的强烈对比，可以直接体现出作家对该事物的感情和认识，非洲在康拉德眼里，无疑是一块让人厌恶的无聊荒凉之地。从这些文本细节来看，我们无法否认康拉德对非洲的歧视和偏见态度，类似的情节我们还可以找到很多。在这里，印象派画家塞尚的观点或许可以让我们理解康拉德为什么会设置这样的两个对比象征符号。塞尚认为："种族和籍贯会影响艺术家对自然的感受。"① 对康拉德来说，这两条河象征着完全相反的价值观念，从文本意义上，可以说反映了康拉德潜在的白人至上思想。他是英国人，是白人作家，潜意识里自然认可大英帝国拥有强大的统治力量，泰晤士河就是力量、文明与进步的象征。所以康拉德刻意设置了这样两个对立的象征符号，通过对比展现了非洲的原始和落后，强调了这样的荒蛮之地需要先进的文明社会来拯救。

康拉德在对两岸黑人们的细节描写中，也反复地描述其如何野性、丑陋、愚昧。比如，对于他所乘汽船上的黑人司炉，他直接比喻为"一条穿着漂亮短裤、戴着插有羽毛的帽子、用两条后腿走路的狗""他的牙齿也是用锉子锉过的……羊毛似的头发剪成非常奇怪的式样，两边的脸颊上还各有三个作为装饰的伤疤"②。由此可见，康拉德对非洲黑人的形象塑造更倾向于动物而非人类。对于途中所见沿岸的黑人，他也有详尽的勾画：

当我们十分艰难地绕过一个河湾的时候，眼前可能突然出现一片芦苇墙、茅草尖屋顶，耳边骤然响起一阵突然爆发的狂喊，在一片浓密、低垂、一动不动的枝条下，许多只黑色的手

---

① ［英］保罗·史密斯：《印象主义》，张广龙译，中国建筑工业出版社2004年版，第24页。
② ［英］约瑟夫·康拉德：《黑暗的心 吉姆爷》，黄雨石、熊蕾译，人民文学出版社2011年版，第50—51页。

第五章　殖民主义与反殖民主义的复意表达

臂在挥动，许多双手在鼓掌，许多只脚在跺地，你可以看到无数摇晃着的身躯和转动着的眼睛。汽船沿着这一片黑色的不可理解的狂乱情景慢慢前进。这些史前人是在诅咒我们，是在向我们祈祷，还是在欢迎我们——谁知道呢？我们已经无法理解我们所在的环境；我们像幽灵一般滑过去，很像是一些面对着疯人院暴乱的头脑清醒的人，百思不解，又暗自感到惊恐。①

先是出现了"一片黑色的不可理解的狂乱"，又定义为像是"面对着疯人院的暴乱"，我们看到的只有黑色的肢体动作，只会狂喊、挥动、鼓掌和跺地，没有语言，只有原始和野蛮，黑人们的愚昧与落后跃然而出。

细读文本，从另一方面，我们还可以看到，康拉德在着力刻画被殖民者愚昧与落后的同时，也为读者展现了刚果河两岸黑人的活力与激情，而且，他以十分欣赏的笔触进行了描述。康拉德在这里把他们描述为一群具有生活热情，活力四射的劳动者，这两种截然不同的画面成为很多批评家眼中的矛盾复意体现。比如，马洛在岸边看到一条满载着黑人的小船，他们划船的时候十分富有激情，他们"呼喊着""歌唱着"；他们"有骨头""有肌肉"，这些黑人自然真实，富有活力，"有一股狂野的活力和强烈的活动能量"②。马洛对黑人的称呼立刻改变为"这些家伙"——很显然，这个称呼是面向人甚至是朋友才会使用的。更加难能可贵的是，他认为黑人是自由的，不需要别人的许可就可以自由来去。他甚至还将临危之际，黑人与白人的不同表现进行比较，直接表达了对黑人的认可和对白人的鄙夷。比如，小说写到马洛所乘的汽艇

---

① [英]约瑟夫·康拉德：《黑暗的心　吉姆爷》，黄雨石、熊蕾译，人民文学出版社2011年版，第49页。
② [英]约瑟夫·康拉德：《黑暗的心　吉姆爷》，黄雨石、熊蕾译，人民文学出版社2011年版，第18页。

遇到袭击时，白人们慌作一团，脸都因为紧张扭曲了，瑟瑟发抖，眼睛都忘记眨动了，可是反观黑人们呢：

> 那些黑人则是一副警惕的、很自然地关注的表情；他们的表情基本上是平静的，他们中有一两个在往回收锚链的时候甚至还咧着嘴笑了。①

类似的描述我们还能读到很多，如果要从中拣取对殖民者的揭露痛斥，不难得出康拉德就是一个反殖民主义者的结论；如果从中拣取对被殖民者的丑陋描述，则不难得出康拉德就是一个殖民主义者的结论；如果同时拣取对殖民者的揭露和对被殖民者的丑陋描述，又会得出康拉德作品矛盾性的结论。

安·德·戈德马尔在1984年采访昆德拉时，提到一个很著名的观点，那就是：

> 小说有某种功能，那就是让人发现事物的模糊性……确切地说，小说家的才智在于确定性的缺乏，他们萦绕于脑际的念头，就是把一切肯定变成疑问。小说家应该描绘世界的本来面目，即谜和悖论②。

哈罗德·布鲁姆则怀疑：

> 它是否有能力将我们从它那无望的蒙昧主义中拯救出来……

---

① ［英］约瑟夫·康拉德：《黑暗的心　吉姆爷》，黄雨石、熊蕾译，人民文学出版社2011年版，第55页。
② ［英］乔治·艾略特等：《小说的艺术》，张玲等译，社会科学文献出版社1999年版，第76页。

第五章 殖民主义与反殖民主义的复意表达　247

康拉德的措辞……自始至终含糊不清。①

我们认为，小说创作要使用艺术性的语言，而非科学性的语言。科学真理要求不能出现悖论的踪迹，而文学真理的方法往往使用悖论语言。新批评派的克林思·布鲁克斯就极力推崇悖论语言的使用，他认为真理的表达要依靠悖论语言的使用。② 悖论语言可以帮助人们透过现象表达真理，而且在意义的传递过程中，印象会更加模糊含混，产生更大的矛盾式复意力量。康拉德小说文本往往有两个平面，这两个平面的翻转和交汇就会出现重叠和矛盾，最终导致读者的体验感含混复意。一方面，在阅读和接受康拉德作品的过程中，读者不断与文本互动，文本与读者个人的世界观、人生观与价值观相互作用，交错融合，形成了属于自己的个人判断。另一方面，康拉德小说矛盾式复意的两个方面体现为"史诗和牧歌"式的情节，这种情况会让读者在理解的过程中同时接受来自两方面的复杂含义，造成了读者阐释的复意。

燕卜荪提出，读者的经验是理解文本意义的重要条件，他们不能被动接受作者给出的东西，而是应该在这个基础上发现一些新的东西。他认为，对于读者来说，在对待复意的两个方面时，不要宣称对作者的作品在进行解释说明，而是要说读者在试图展现作者的思想意识，或者说读者在揭露他自己心中所产生的东西。这样的方法是更合理，也更符合逻辑的。无论对于作者或者读者，能够展现在文本上的东西都一定有其道理和价值，这比寻求影响复意效果的原因更值得关注。因此，他坚信"更可取的作法是同时把两方面都提到，如果有一方面你说

---

① ［美］哈罗德·布鲁姆：《小说与小说家》，石头、平萍、刘戈译，译林出版社2018年版，第211页。

② 参见克林思·布鲁克斯《悖论语言》，赵毅衡译，载赵毅衡编选：《"新批评"文集》，中国社会科学出版社1988年版，第314页。

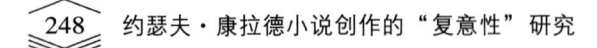

对了，就该满足了。"① 路易斯·M. 罗森布拉特曾经在其专著《读者、文本和诗歌》中解释了这个过程：

> 读者将他（她）过去的经验和当下的个性带进了文本，在文本序列性符号的吸引下，读者汇聚他（她）的资源，并从记忆、思考和情感中晶化出一种新的秩序、新的经验……这成了读者持续的生活经验之流的一部分，可以从任何一个对其为人处事而言很重要的角度来进行反思。②

由此可以看出，读者在阅读文本的过程中产生的判断往往是"不可靠的"，对作家及其作品的认识也是有局限性的、是片面的，受历史时期、个人经验、理论认识、情感变化等的影响。而作为读者的批评家们在阐释时也要依托不同的文学理论：

> 没有一种文学理论能够解释每个人的概念性框架中多包含的所有因素，也由于我们读者都拥有不同的文学经验，所以不可能存在一种"元理论"——一种主宰性或总括性的文学理论，涵盖读者就某个文本提出的所有可能性阐释。③

正因为没有一种理论能涵盖所有问题，每一种理论都有不同的批评取向，这种取向往往会聚焦在阐释过程的某一点，而非全面。那么建立在这种片面基础上的认识常常带有种种不确定性和难以言说的矛盾性。不同的理论家研究相同的文学文本，视角不同，

---

① ［英］威廉·燕卜荪：《朦胧的七种类型》，周邦宪、王作虹、邓鹏译，中国美术学院出版社1996年版，第378页。
② ［美］查尔斯·E. 布莱斯勒：《文学批评：理论与实践导论》，赵勇等译，中国人民大学出版社2015年版，第12页。
③ ［美］查尔斯·E. 布莱斯勒：《文学批评：理论与实践导论》，赵勇等译，中国人民大学出版社2015年版，第13页。

不可避免会反应不一，在阅读和接受的过程中也可能不断出现新的认识，随时推翻之前对作品的界定。所以，面对同一部小说，或者同一个作家的作品，不同的批评家可能做出不一样的判断，这是可行的，也是合理的，这正是康拉德小说创作强大生命力的反映。处于不同历史时期的批评家做出完全不一样的分析和阐释，且都各有其道理，这说明康拉德作品极具复意性特征。

第二节 关于殖民主义与反殖民主义复意的矛盾解读

由于读者的阅读经验以及所依托的批评理论的不同，会导致他们对文本的理解和阐释也具有复意性，他们甚至会得出截然相反的结论，对康拉德小说的批评显然也是如此。在对康拉德作品的讨论中，主张其为殖民主义者和反殖民主义者的批评家们往往针锋相对，双方都对对方观点进行了系统有力的反击，基于现有讨论范式与话语体系，谁也无法说服对方，我们也不必介入。在主张康拉德作品矛盾性的评论中，有若干角度的不同观点，得出了不同的认识，似乎可以解决康拉德作品中的矛盾性问题，但认真推敲其论证，则可发现并非如此。

一 否定式解读

所谓否定式解读，就是承认康拉德小说文本中的矛盾式复意，但否认其在殖民主义与反殖民主义问题上存在矛盾的两面性，并运用后殖民主义的批判思想，判定康拉德就是殖民话语体系的制造者与传播者。

根据后殖民主义理论，殖民者的入侵不仅仅是为了利益的获得，还有另一种精神文明层面的压迫和欺凌。这种对文化精神上的控制由殖民话语体系的营建而完成，更为可怕和残忍。以赛义德为代表的后殖民主义批评家们认为，康拉德反殖民主义背后的真相就是康拉德"白人至上"的思想。他们指出，以康拉德小说为代表的著作在刻画描写东方世界时，总是出现一些刻板印象。不仅如此，在这些文本里，作家们特别强调"他们"和"我们"不一样，因此就只能被统治。当文化与民族、国家紧密结合在一起的时候，就有了"他们"与"我们"的区别，而且常常带有一定程度的排外主义：

>如关于非洲人（或者印度人、爱尔兰人、牙买加人、中国人）的心态的陈词滥调，那些把文明带给原始的或野蛮的民族的设想，那些令人不安的、熟悉的、有关鞭挞和死刑或其他必要的惩罚的设想。当"他们"行为不轨或者造反时，就可以加以惩罚，因为"他们"只懂得强权和暴力。①

很多批评家也坚信康拉德在作品中传达了强烈的殖民话语，无论是背叛船员的吉姆还是贪得无厌的库尔兹，无论他们道德多么败坏，行为多么无耻，康拉德和叙述者马洛等白人始终把他们认同为"我们中的一员"，东方及有色人种自然成为"他们"中的一员。当马洛第一次见到吉姆时，就发自内心由衷的喜爱，认为他是个正派人，那自然是因为他白人的外表和英国人的身份。康拉德创造了一个并非英雄的白人人物，却让他在东方土地上取得了非凡的成就，有了惊人的事业。这就是殖民统治的真相，打着和平的旗号，却占据了东方土地，掠夺了东方财富。吉姆是"爷"，是那片丛林的"霸主"，是领袖，而马来人只能身为白人的仆人，被

---

① ［美］爱德华·W. 赛义德：《文化与帝国主义》，李琨译，生活·读书·新知三联书店2007年版，第2、4页。

驯化得忠心耿耿，百般顺从。因此很多批评家认为，大英帝国的殖民历史在吉姆的人生经历中体现得淋淋尽致，"我们"与"他们"的划分标准就是东方与西方的区别，他用这样的方式把东方人与西方人割裂开来，强行划清了白人与非白人的界限，强调了尊贵先进的"我们"与无知荒蛮的"他们"之间的区别，"他者"被描绘成野蛮的、贫穷的、原始的、黑暗的、沉默的、非人的存在。除此之外，"我们"与"他们"作为两个具有明显对立意义的词语，意义相对固定，因此彼此之间具有排他性。"他们"是完全排除在"我们"的范围外的。这两个词语作为小说《吉姆爷》的关键词构成了文本的双重情节，带来了一连串的矛盾，也给文本意义带来了丰富的蕴涵。这两个极具暗示性和复意性的关键词，它们产生的意义与整个语境都有着极为密切的关系，他们之间的对立映射出了整个语境的张力。

也有学者借用后殖民主义批判思想，解读康拉德作品中关于殖民话语既对立又统一的矛盾关系，该研究方法将文本的虚构性作为认识这一矛盾的基本途径，展开其研究思路。如段方提出，康拉德在组织与建构帝国主义与殖民文化的同时也加入了强烈的批判，这体现出了康拉德对西方未来建设者表现出的怀疑与忧思。她认为，吉姆可以被称为是一个帝国主义话语操纵下的小说人物，正是帝国主义的话语为吉姆编织出了自我理想：

  吉姆在"帕特那"跳船事件中的表现充分说明了这种理想的脆弱性。帝国叙事者又借助话语的力量为他创造了一个文本境界，在那里他的帝国主义理想变成了"现实"。但是，小说中有意识的文本性又让读者体会到叙事背后的欲望与强权，从而对文本的虚构性产生警惕。[①]

[①] 段方：《帝国主义神话的营构》，《兰州大学学报》（社会科学版）2004年第3期。

不过，在解读过程中，往往出现生硬的比附，未必符合康拉德作品的本意，从而影响了解读效果。如该文以《吉姆老爷》中"帕特那"沉船事件作为康拉德帝国主义话语视角的例证，作者叙述了该事件的原型，是19世纪80年代"吉达"号的跳船案件。这是一家属于新加坡海运公司的航船，船长和船员为英国人，他们的任务是运送乘客去麦加朝圣。这次航行的路途十分不顺利，船在行驶的过程中，船上的设备出事，暴风雨又让船有了沉没的危险，于是英国的这些船员抛下了这些穆斯林乘客，他们全部从船上逃走。这篇文章分析了康拉德如何对此进行改造，并纳入小说中的过程，文章认为康拉德创造性地复现了这个故事，把这艘船变成了一个国际化的舞台，变成了一个典型的白人统治的世界。船主和承包商以及船上的每一个成员都来自不同的国家，有着不同的文明和传统。与现实事件不同的是船员弃船而逃的缘由被康拉德更改了。在"吉达"号的跳船案件中，马来的穆斯林们完全信任白人的品行与智慧，把自己全身心交付给了白人，而康拉德在小说中塑造的马来穆斯林"却不是坐以待毙的羔羊"①。文章还写道：

"帕特那"受到撞击之时，船员开始不明就里。笔者认为，在这个小小的殖民世界里，本土居民对帝国主义的统治不满（詹姆逊所谓被"窒息的怒火"）被康拉德置换（displace）成了那块神秘撞击大船的舷板。这突然的撞击让白人的行动能力陷入瘫痪，最终吓得他们弃船逃生。"本土人士在西方咄咄逼人的侵略下从来就不是束手无策的。积极的反抗总是存在的，而且最终会赢得胜利。"可帝国主义的话语却总在抹杀这一点。②

---

① 段方：《帝国主义神话的营构》，《兰州大学学报》（社会科学版）2004年第3期。
② 段方：《帝国主义神话的营构》，《兰州大学学报》（社会科学版）2004年第3期。

第五章 殖民主义与反殖民主义的复意表达

该文的逻辑思路是："帕特那"号就是一个殖民者与被殖民者共在的国际舞台，康拉德将"吉达"号上的穆斯林与英国船员的冲突改换成"撞击大船的舷板"，实际上是以帝国主义的话语抹杀被殖民者的反侵略斗争。但是，若换一个角度，也可以发现，"吉达"号上的英国人是在与穆斯林冲突后才弃船而走的；而康拉德笔下的白人却是在穆斯林们毫不知晓之时，自行崩解，弃船而去的，而且，康拉德还描写了白人们走后，两个马来水手坚守岗位，使"帕特那"号避免了更大的灾害。对此，是否可以解读为康拉德对殖民者的否定和被殖民者的肯定呢？

而该文就康拉德对吉姆临死之前的描述这样解读："'他来了，他来了！'的声音此起彼伏，好像歌剧里的合唱，简直有点英雄慷慨就义的风采。"① 因此，得出结论：这也是帝国主义话语的虚构，"是对帝国主义道德优越神话的肯定"。但是，打开小说文本，读一下这一段的描写，却发现上述分析有些牵强。《吉姆爷》中该部分原文如下：

> "他来了！他来了！"人们交头接耳，发出一片嗡嗡声，他朝着那传出这声音的地方挪动了一下。"他曾经说用他的脑袋担保的，"一个声音高叫。他听到这话，便转向人群。"不错。是用我的脑袋担保。"有几个人向后缩了缩。吉姆在多拉明面前等了一会儿，然后轻声说道，"我是怀着悲痛来的。"他又等了等。"我做好了准备，手无寸铁地来的，"他重复说道。②

对照小说文本，不难看出，"人们交头接耳，发出一片嗡嗡声"转换成了"声音此起彼伏，好像歌剧里的合唱"；"有几个人向后缩

---

① 段方：《帝国主义神话的营构》，《兰州大学学报》（社会科学版）2004年第3期。
② ［英］约瑟夫·康拉德：《黑暗的心 吉姆爷》，黄雨石、熊蕾译，人民文学出版社2011年版，第444页。

了缩"，转换成了"土人们一见他来便纷纷退让"。这样的解读，难以帮助我们找到康拉德真正的观点和思想，无法真实又全面地再现康拉德。

二 调谐式解读

对于康拉德小说中的矛盾式复意，批评界曾试图运用不同手段进行调谐式解读。与否定式解读不同，调谐式解读承认康拉德小说矛盾性的存在，并努力为这一矛盾存在进行合理的解释。其中，有两种解释路径较具代表性。

一种路径是以创作技巧与写作手法来讨论康拉德在殖民问题上的矛盾性，试图得出合理解释。比如，张春梅在《前卫的反殖民主义者——约瑟夫·康拉德》一文中提出，康拉德虽然在《吉姆爷》这部小说中把殖民地人民刻画成符合"东方主义"的人物形象，吉姆被塑造成一名成功的欧洲贸易代表，从这些方面可以把康拉德定义为一个坚定的殖民主义者：

> 但是，通过反讽技巧的运用，通过安排生命、事业都处于巅峰的吉姆的突然死亡，康拉德巧妙地否定了帝国主义的殖民统治，他自己也因此成了后殖民文学的一个先声，一位具有前瞻性的反殖民主义者。[①]

但是，从文章的进一步分析，我们看不到康拉德是如何通过"反讽"否定帝国主义的殖民统治。比如，她认为康拉德的小说与众不同，故事里的主角已经不再是传统的、令人尊敬的英雄，而是带有悲壮气概的反英雄人物。她还认为，康拉德这种小说创作模式不同于以往对海

---

① 张春梅：《前卫的反殖民主义者——约瑟夫·康拉德》，《集美大学学报》（哲学社会科学版）2009年第1期。

第五章 殖民主义与反殖民主义的复意表达 255

外英雄骑士的塑造,成功颠覆了殖民探险小说的传统模式,嘲讽了"白人至上"这种思想意识。从上述分析看,故事的主人公不是"载誉而归"的英雄,"而是带有几分悲壮色彩的反英雄式人物",这显然是指吉姆。但是,从《吉姆爷》小说文本看,吉姆是带有几分悲壮色彩,但并非"反英雄式人物",而是康拉德所欣赏的英雄,他是"我们"中的一员。而且,即使《吉姆爷》"不同于英国传统的海外英雄骑士的描写",塑造了一个"反英雄式人物",也不能就此认定是对帝国主义殖民统治的反讽。该文进一步分析道:

  他们要么缺少智慧和毅力,要么凶残又愚蠢,或是缺乏理性和道德观。在《吉姆老爷》里,我们看到的是白人道德的沦丧,看到的是一个缺乏实际的帝国英雄气概和胆略的英俊白人青年,根本看不到白人的"种族优越性"。①

从上述分析可以看到,作者讲述了两个白人事例:一个是"凶残又愚蠢"的布朗,一个是"缺少智慧和毅力"的吉姆。即使从前者身上可以看到白人道德的彻底沦丧,从后者身上看到的"是一个缺乏实际的帝国英雄气概和胆略的英俊白人青年",其效果充其量是让读者们"根本看不到白人的'种族优越性'"。这是对殖民者十分直接的揭露,不知反讽之意从何而来? 但是,作者仍论述道:

  小说通过描述殖民探险者道德的脆弱和虚伪,通过描述殖民地人民对白人所寄予的期望和信任,对殖民主义所宣称的白人道德"优越性"进行了强有力的嘲讽和批判。②

---

 ① 张春梅:《前卫的反殖民主义者——约瑟夫·康拉德》,《集美大学学报》(哲学社会科学版)2009年第1期。
 ② 张春梅:《前卫的反殖民主义者——约瑟夫·康拉德》,《集美大学学报》(哲学社会科学版)2009年第1期。

审读文意,难悟其逻辑关系:作家对殖民探险者道德的沦丧与虚伪的描写可以说是对白人道德"优越感"进行强有力的批判,但并不是嘲讽;对"殖民地人民对白人所寄予的期望和信任"的描写,如何达到对白人道德优越性的嘲讽和批判呢?

当然,反讽的确是康拉德常用的表现手法,而且往往将其作为小说的主题,旗帜鲜明地加以运用,无需进行发掘或释读。比如,康拉德的政治小说《间谍》篇幅较短,故事简单,但其中的道德思考和政治洞察却十分复杂。这是康拉德在小说中第一次把故事地点设置在了发达国家,并且是一个真实的城市——英国伦敦。这跟他以往丛林小说的亚非拉背景有着明显的区别。而令人震惊的是,文明发达的白人城市在康拉德的笔下竟然是肮脏、潮湿、阴暗,布满污秽和泥泞的存在,这本身就具有较强的反讽意味。康拉德在1906年这样评价自己对反讽手法的运用:"我承认,在我看来,这个故事中我成功地(也是真诚地)运用了反讽的手法来处理一个特别的——或者说轰动的题材。"[①]《间谍》整个故事的方方面面都带有浓重的反讽意味,这部小说刻画无政府主义一次格林尼治爆炸案的事件。一个多重身份的间谍伍洛克有个傻妻弟,可是这个弟弟却被妻子视为生命。伍洛克让白痴妻弟参与一次恐怖行动,炸药提前爆炸,白痴妻弟死于这场意外。伤心欲绝的妻子选择杀死伍洛克然后自杀,没想到被一个无政府主义者欺骗,最终跳海自尽。故事本身荒谬可笑,情节怪异离奇,让人更加意外的是最终他们所有举动都毫无意义,白痴妻弟被炸死,家庭被拆解,行动未完成,建筑物完好无损。这样的毫无意义就是康拉德展示给我们的残酷现实和荒谬人生。这部小说叙事没有逻辑,具有很大的模糊性和隐蔽性,整部作品都是不安定的基调,复杂又无情。叙事和众多零碎的意象互相结合,赋予了作品很大

---

① Aubry, G. J., *Joseph Conrad: Life and Letters*, J. M. Dent & Sans Led, 1927, p. 85.

的反讽意味，让我们对黑暗，时间、空间都有了更深层次的理解。康拉德借这部小说表达了对西方文明社会秩序的怀疑，也表达了对白人精神世界和价值体系崩溃的担忧。对于这部作品，评论界的焦点大多集中在反讽与道德的关系。如利维斯在《伟大的传统》中指出：

> 他的反讽针对的是道德信仰上自我中心主义的幼稚、传统道德立场的因循性以及习惯和利己之心在断言绝对是非曲直时所表现出来的愚钝的自信。①

而美国批评家罗伯特·斯佩尔特认为利维斯没有理解反讽的意义，"因为反讽就是这部小说的主题"②。道格拉斯·休伊特强调西方社会的行为在这部作品无时无刻不受到反讽的质疑，认为这些反讽"摧毁了那些令我们怡然自得的假定，迫使我们更深层地反思我们的信仰和价值"③。

另一种路径是通过综合分析释读康拉德在殖民问题上的矛盾性。如傅俊、毕凤珊在《解读康拉德小说中殖民话语的矛盾》④一文中，从英国殖民主义文化对康拉德的影响出发，分析其作品中殖民主义意识的产生；又从康拉德的生活经历与人生阅历出发，分析其作品中反殖民主义意识的由来。相当一部分评论者在研究这一问题时，采用的都是类似路径。这一分析工具解决了康拉德作品中矛盾性两个方面的源头问题，但并未回答其作品中矛盾性

---

① ［英］F. R. 利维斯：《伟大的传统》，袁伟译，生活·读书·新知三联书店2002年版，第350—351页。
② Spector Robert. D., *Irony as Theme: Conrad's "Secret Agent"*, in Nineteenth Century Fiction 13. 1, 1958, pp. 69 – 71.
③ Hewitt Douglas, *Conrad: A Reassessment*, London: Bowes&Bowes, 1975, p. 88.
④ 傅俊、毕凤珊：《解读康拉德小说中殖民话语的矛盾》，《外国文学研究》2002年第4期。

存在的价值，也未回答康拉德为什么会在自己的作品中充分展现矛盾性的两个方面。为深化对这一问题的探讨，傅俊、毕凤珊另辟蹊径，提出康拉德之所以有力地批判了殖民主义，同时又坚定地捍卫了支撑殖民主义的西方意识形态，其采用的文学体裁与语言也是一个重要因素。文章认为，《黑暗的心》与《吉姆爷》这两部著作，二者都同时采用了帝国主义时期小说创作常见的一种形式——冒险小说。这种形式客观上有效地宣扬了支撑殖民扩张的西方意识形态。文章还提出：

> 康拉德选择英语作为他的文学创作语言，这一选择削弱了他揭露和批评殖民主义、帝国主义的力度，因为英语本身是英帝国实行殖民统治的有效工具。①

我们认为，上述分析忽略了文学体裁、语言与内容的关系，当时流行的冒险小说的有关内容可能"有效地宣扬了支撑大英帝国殖民扩张的意识形态"，但这一体裁本身并不具备这一作用；同样，英语可以成为"殖民统治的有效工具"，但不会削弱康拉德揭露和批评殖民主义、帝国主义的力度。

第三节　殖民主义与反殖民主义矛盾解读的解读

美国著名理论家乔纳森·卡勒在评论 20 世纪初的世界文学发展时说：

---

① 傅俊、毕凤珊：《解读康拉德小说中殖民话语的矛盾》，《外国文学研究》2002 年第 4 期。

第五章 殖民主义与反殖民主义的复意表达

人仅需要与自己灵魂中的魔鬼搏斗的最后和平时代,也就是乔伊斯与普鲁斯特的时代,一去不复返了。在卡夫卡、哈谢克、穆齐尔、布洛赫等人的小说中,魔鬼来自外部世界,即人们称为历史的东西。这一历史已经不再像冒险家的列车;它变得是非个人的,无法控制的,无法预测的,无法理解的,而且没有人可以逃避它。正是在这一时刻,大批中欧伟大的小说家看见、触及并抓住了现代那些终极悖论。①

显然,这一批19世纪末20世纪初的伟大小说家中就有康拉德的位置。众多批评家皆认可康拉德是多方面都充满悖论的作家。他的悖论特别出现在对待殖民主义的态度问题上。他既不赞同西方世界中的文化文明优越论,甚至认为西方世界和非洲世界一样的原始和野蛮,但是也不彻底地否定殖民主义和帝国主义。大部分批评家认同康拉德的殖民话语是矛盾的,是互相违背的,矛盾彼此对立,且双方面似乎都说得通。对康拉德有关作品矛盾性的种种研究,也一直是康拉德研究的重要方面,产生了若干研究成果,但迄今为止,一直未达成一致认识,而且,因对康拉德小说矛盾性研究而引发的学术上的矛盾与分歧反而不断扩大。

造成上述状况的主要原因,在于话语体系的选择,评论界一直在使用殖民主义、反殖民主义或后殖民主义的话语范式,并未研究这一范式是否适于对康拉德作品中矛盾性的解析,使得关于康拉德作品矛盾性的争论相持不下,对其矛盾性的分析与弥合也难有定论。可见,如果执着于原有话语体系,不仅难以解析康拉德作品中的矛盾,还会使人们陷入更多的矛盾解读之中,要摆脱这一困境,必须另辟蹊径。

基于此,我们认为,对康拉德小说的认识应当抛开传统话语体

---

① [美]米兰·昆德拉:《小说的艺术》,董强译,上海译文出版社2004年版,第15页。

系，回到康拉德所生活的时代，从起点上重新认识康拉德。

一 康拉德的时代之思

康拉德的时代正是资本主义快速发展告一段落，垄断资本主义占据主导地位，帝国主义开始形成时期。这一时代有两大突出特点：一是资本主义世界的各种矛盾日益激烈，国家与国家之间的竞争、市场的争夺不断加剧，各国内部的社会矛盾不断激化，特别是工人阶级与资产阶级的矛盾难以调和。二是欧美资本主义国家的殖民扩张不断强化，到19世纪70年代，欧洲资本主义国家已经占有相当规模的殖民地。其中，英国是最大的殖民帝国，其殖民地遍及全球，号称"日不落帝国"，包括大洋洲的澳大利亚、新西兰，美洲的加拿大，亚洲的印度、斯里兰卡、马来西亚，非洲的开普敦等；法国占有非洲的阿尔及利亚、塞内加尔和法属几内亚，亚洲的越南南部和柬埔寨等；西班牙虽已衰落，但仍占有菲律宾、古巴、波多黎各以及非洲的一些地区；葡萄牙占有非洲的莫桑比克和安哥拉等；荷兰占有印度尼西亚和苏里南；俄国的势力已从西伯利亚伸进了外高加索、中亚和中国的黑龙江流域；美国则控制了拉丁美洲的政治、经济命脉。[①] 从19世纪的最后30年到20世纪初，各帝国主义的殖民掠夺与殖民竞争更为激烈，以非洲为例，1875年，这块大陆的11%在欧洲人手中；到1902年，则达到90%。[②]

在这一文明变动的格局中，新的社会思想与社会思潮纷纷涌现，马克思与恩格斯创立了科学社会主义学说，并产生了巨大影响，引领推动了世界无产阶级革命运动；此外，英国思想家赫伯特·斯宾塞的社会达尔文主义、德国思想家尼采的唯意志论等也产生了重要影响。社会思想与社会思潮变化的总趋势是主观主义

---

① 参见齐涛主编《世界史纲》，泰山出版社2012年版，第520页。
② 参见［美］罗伯特·E. 勤纳等《西方文明史》，王觉非等译，中国青年出版社2003年版，第816、839页。

取代了客观主义、相对主义取代了绝对主义、多元主义取代了一元主义,虽然人们都在探讨人类文明的发展之路,但严峻的社会现实与世界的复杂性,又决定了人们在相当一个时期难以达成共识,许多人甚至感到自己已陷入一个"黑暗的荒原",十分绝望,就像英国诗人马太·阿诺德所描述的没有任何欢乐、爱、光明和信念的世界,更别提和平以及对苦难的救助了。

燕卜荪曾明确指出:复意是"有意识地在制造一种似是而非,以暗示一个更大的真理"①。康拉德在谨慎思索殖民主义的本质,也在思索殖民地人民的未来。康拉德是一位作家,同时也是一位前卫的思想者,他从未简单地接收某一社会思想,而是以批判的眼光看待各种社会思想,看待帝国主义世界与殖民地世界,以其作品实现对他所追求真理的思考。我们有充足的理由断定,康拉德并非"帝国主义神话的营构者",但他也不是帝国主义的否定者,他对英国文明与欧洲文明的认可度与归属感常溢于文本。也正因为如此,当其面临文明变动格局中的种种问题时,康拉德又是毫不留情的批判者。

康拉德在《在西方目光下》一书的"作者札记"中即明确告诉读者,客观性是他追求真理的标准之一:

> 写作中最令我焦虑的是,如何做到并保持不折不扣的客观性。在写作中保持绝对客观公正是我需要承担的一项义务,它对我既有历史意义又有传承意义,一部分原因来自民族与家庭的独特经历,还有一部分来自我所秉持的基本信念,即真理本身可以将小说创作中的一切虚构合理化,无论这种虚构一点不讲求艺术质量也好,还是希望发生在男女角色所处时代的文化当中。②

---

① [英]威廉·燕卜荪:《朦胧的七种类型》,周邦宪、王作虹、邓鹏译,中国美术学院出版社1996年版,第390页。
② [英]约瑟夫·康拉德:《在西方目光下》,赵挺译,上海译文出版社2014年版,"作者札记"第2页。

我们看到，康拉德在《在西方目光下》中，旗帜鲜明地反对沙俄专制制度，但同时又反对革命者与革命运动。他认为专制统治是一件非常愚蠢的事情，摒弃法制就意味着将自身建立在一种极其混杂的道德混乱之上，统治的残暴也必将导致一个乌托邦式的革命主义采取更为残暴、更为野蛮的回击手段。毁灭成了他们的行动方向，目的是要把体制搞垮，只有这样人心的本质才会改变。康拉德为此痛心疾首，因为他认为本性难移，把一切都毁灭也只会改一下名号而已，根本无关痛痒。因此，康拉德在其小说文本背后所关注的，不是帝国主义的是与非，而是西方文明的命运与前景。值得注意的是，康拉德对于西方民主制度也表达了明确的不满甚至否定。他在小说中无情地嘲笑和挖苦了相对开明的西方民主制度。美国学者理查德拉佩尔在该书导读中分析了文本一个情节：

> 在小说第三部分结尾处，拉祖莫夫只身一人来到罗讷河上的一个孤寂小岛写作日记，却意外发现让—雅克·卢梭这位西方现代民主主要奠基者的塑像。康拉德借用书中叙述者嘲讽的话语对他进行了谴责。这个小岛名叫让—雅克·卢梭岛，"有一种天然整饬之美"。"这个以让—雅克·卢梭命名的弹丸之地人迹罕至，显得幼稚、可憎和空洞，有种荒凉感，而且还让人感到矫揉造作，寒酸之至"。在小说中，叙述者对日内瓦不加掩饰的蔑视反映出对让—雅克·卢梭这位日内瓦最著名市民的鄙夷不屑。①

让—雅克·卢梭这位法国著名的启蒙思想家和民主政论家出生于

---

① [英]约瑟夫·康拉德：《在西方目光下》，赵挺译，上海译文出版社2014年版，"中文版导读"第5—6页。

瑞士日内瓦，他于 1755 年出版了《论人类不平等的起源和基础》，1762 年出版了《社会契约论》。这两本政治哲学名著申明了对人类文明的反省以及对实现社会平等的追求，他的民主主义倾向和反专制口号深深影响了资产阶级自由民主传统。而康拉德用"反讽"的手法嘲弄了这个以思想巨人命名的"孤岛"，"幼稚""可憎""空洞"等表述暗示了他对资本主义民主制度的嘲弄。西方世界的政治繁荣和经济繁荣是拿自由和平等来做交换的，西方世界文明自由的"假象"让他们自满，认为他们的法律制度和经济制度已经完善到顶峰，他们的高高在上和目中无人是因为他们觉得西方世界的发达程度已经站到了世界的制高点，但是真实的情况是什么呢？物欲横流，却让人的心灵空洞寂寥。

基于此，康拉德在《黑暗的心》和《吉姆爷》中未对殖民与殖民主义进行明确的评判，而是将殖民者与被殖民者两个世界展现在读者面前。而且，对于每一个世界都展现其正反两个版本，这种结构本身恰恰表明康拉德一直在认真思考着这一问题，只是尚未找到一条路径，尚未有自己的答案。因此，将所有画面彻底摊开，从康拉德所铺开的画面中，我们仍可追寻到他对于人类文明命运的忧思与探寻。

二　康拉德对没落的欧洲的忧思

康拉德对欧洲的没落和时代的黑暗有多处描写，这是基于感性认识，经由深刻而痛苦的理性分析之后所形成的认知。欧洲经济的持续衰退，经济产业的衰败也带来了价值观和话语体系的丧失，他们的声音呈现逐渐衰弱的趋势，战争和政局的混乱也让平等和自由成了一句空话。康拉德通过自己的作品展现了他对欧洲未来的认识，他明确表达出自己对英帝国没落的判断，也表现出对文明变动格局中西方文明进程的焦虑与不安。

如前所述，康拉德在小说文本中使用了泰晤士河和刚果河作为对立的象征符号，暗示了西方殖民世界与非西方世界的对抗与矛盾。他认为泰晤士河是世界上最美丽、最耀眼的河流，静谧晴朗，显得十分安详和温和。这条河对于康拉德来说有着深刻的意义和内涵，象征着整个大英帝国的强大力量和文明发达的社会体制。对康拉德来说，他对英国的感情是毋庸置疑的——是英国给他打开了一扇窗，让他结束了四海为家的流浪生活；是英国给他带来了坚定的信心，让他那颗充满怀疑的心不再敏感多疑；是英国赋予他多元化的创作环境，让他成为世界著名小说家。因此，英国在康拉德的心中是一个特殊的存在，泰晤士河也像亲人一样让他感觉亲切平和。尤其是当他彻底归化英国，正式成为英国公民后，他更加有了归属感和稳定感。因此泰晤士河在他的小说作品中始终是积极向上、繁荣文明的象征，可是同时他又是一个理性的作家，他并没有沉浸在自己的感情中，让感情蒙蔽双眼，他清晰地表达了他对泰晤士河未来的惆怅，也暗示着对殖民主义未来前景的担忧。

  在这部小说中，有多段对泰晤士河风景的描述，在这一段段对景色的描述上，我们可以找寻到康拉德的思考。值得注意的是，与其他作家不同，环境常常是康拉德营造复杂叙事框架和表达思想的工具，它已经不仅仅是一种描绘风景写实的手法，而是一种表达思想和传递感情的载体。康拉德擅长使用印象主义的手法捕捉一刹那零碎的印象，语言创作的权力是属于作家的，印象往往都是主观的，并不属于客观世界的真实反映，而是作家个人意识的体现，因此展现在小说文本中的印象隶属于他潜意识思想的复刻。我们可以从环境营造的印象中找到他对整个欧洲未来的预测。我们看到，在《黑暗的心》中，他首先肯定了泰晤士河的功勋与荣光：

    它熟悉所有整个民族为之骄傲的人……他们不管曾受封与

否，都可以称得上真正的骑士，伟大的海上游侠骑士。它载过所有那些名字像明珠般在时间的夜空中闪烁的船只……它认识所有那些船只和船上的人……那些追逐黄金或名望的人，手里拿着宝剑，常常还拿着火炬，也都是从这条河上出去的，他们是大陆上权势的使者，是带着圣火火种的人。有什么伟大的东西不曾随着这河水的退潮一直漂到某片未知的土地的神秘中去！……人类的梦想，共和政体的种子，帝国的胚胎。①

在这段小说文本中，康拉德用"比喻"、"拟人"和"夸张"的修辞手法表达了对泰晤士河的敬佩和认可，具有极强的画面感，十分吸引读者的目光。他的叙述语气较为强烈，显示出对泰晤士河的贡献和荣光饱含一种浪漫主义的热情。他用骄傲的语气告诉世人泰晤士河为人类和世界做出了巨大的贡献。可是，文本意义的转折就在一瞬间，"人类的梦想，共和政体的种子，帝国的胚胎"，接连使用的这三个名词词组揭示了无穷无尽的意义。在这里，泰晤士河象征着英国，象征着全体白人殖民者，象征着整个西方世界。文本的多重复意暗示我们，白人殖民者打着追求平等和自由的幌子，带着文明和先进的理念和工具，占领了属于殖民地人民的土地，他们的内部一片空虚混乱，发出反君主制、实现共和制的口号，却对外干着帝国主义的苟且。这种拥有腐败制度和贪婪欲念的国家、社会，怎么会有未来发展可言？因此，象征着英帝国的泰晤士河是应该出现"落日夕照"的，所以此后康拉德对泰晤士河风景的描写开始出现明显的转折，河水不再闪着晶莹的光彩，河岸不再平坦空旷，天空也不再静谧晴朗，取而代之的是河岸开始被浓雾遮住，河两岸的树木开始变得茂密神秘，落

---

① ［英］约瑟夫·康拉德：《黑暗的心 吉姆爷》，黄雨石、熊蕾译，人民文学出版社2011年版，第5页。

日来临前的河面乌云笼罩,阴森恐怖。这让我们无法想象,如此寂寥可怕的风景是出现在一个"地球上这个最庞大同时也最伟大的城市的上空"。此时此刻的康拉德内心面临极大的冲突,因为这种"落日夕照"让他陷入一种无法自拔的矛盾当中:"我摆脱不了末日的景象,笼罩我的寂静正是灭亡的先导。但它又给了我一种快感,似乎我的灵魂与幽冥沉寂的永恒达成了妥协。"① 这种落日的寂寞感和无奈感正是末日来临的前兆,果然,我们又在文本中找到了他矛盾情感的佐证。尽管拥有如此伟业,但太阳还是落下,黑暗依然降临。他又写道:

> 太阳落了下去,一片黑暗降临到河面上……那座硕大无朋的城市坐落的地方,天空仍然留着不祥的标记:阳光中的一片昏黑朦胧,群星下的一片死灰色的闪光。②

更为重要的是,在全书的结尾,康拉德明确给出了泰晤士河的未来:

> 远处的海面上横堆着一带黑云,那流向世界尽头的安静的河流在乌云密布的天空之下阴森森地流动着——似乎一直要流入无边无际的黑暗深处。③

在康拉德小说中,如此阴森可怕的死亡意象通常出现在被殖民者的世界,"黑暗深处"也一直是野蛮大陆的代名词。战后空无一

---

① [英]约瑟夫·康拉德:《阴影线》,赵启光译,中国和平出版社2005年版,第100页。
② [英]约瑟夫·康拉德:《黑暗的心 吉姆爷》,黄雨石、熊蕾译,人民文学出版社2011年版,第5页。
③ [英]约瑟夫·康拉德:《黑暗的心 吉姆爷》,黄雨石、熊蕾译,人民文学出版社2011年版,第108页。

人的荒原、人迹罕见的村庄、笔直伸向黑暗深处的河流，有黑色东西出没的树林空地，随时随地会产生浓雾的海面，会发出死灰色闪光的电筒，这都是被殖民世界的象征物，而此时此刻，象征着整个西方先进文明和荣耀的泰晤士河竟然也开始弥漫"浓雾"，竟然也出现了"死灰色的光"，甚至已经通向了"黑暗深处"。可见，康拉德通过这些意象告诉我们，浓雾蒙蔽了西方世界人们的双眼，也阴暗了西方统治者们的心。这样的未来，这样的世界只有走向没落和灭亡这一条道路，别无他途。

康拉德通过对殖民者与被殖民者两个世界的全方位展现，揭示出殖民体系的本质及其必然命运。他在《黑暗的心》一开篇就将古罗马人对英国的征服与英国殖民者在海外的殖民进行比较，找出了两者间的巨大差异，以此证明英国的殖民模式是反文明的野蛮。他是这样描写古罗马人初到英国时的情景的：

> 在一千九百年以前，那时罗马人刚刚来到这里——就在前一天……这条河上开始出现了光明，自从——你说骑士们？是的，可是那光明完全像在平原上滚动着的火光，也像是云彩里的一道闪电。我们就生活在那闪光之中——但愿只要地球还会转动，它也就不会熄灭吧！可是就在昨天，这里还是一片黑暗。[1]

他在详尽描写了罗马人在当年征服英国并给英国带来文明时的成功感受之后，他笔锋一转，又写道：

> 我们现在谁也不会再有和他们完全相同的感觉了，使我们免于产生这种感觉的是效率——对效率的热衷。不过这些家伙

---

[1] ［英］约瑟夫·康拉德：《黑暗的心 吉姆爷》，黄雨石、熊蕾译，人民文学出版社2011年版，第6—7页。

实际上也算不了什么，他们并不是殖民主义者；他们的机构只不过是临时拼凑起来的，我猜想也就如此而已。①

在此后的大部分章节中，他对于到达非洲的欧洲人与 1900 年前到达英国的罗马人的不同，尽数道来。在他笔下，有炮轰山野丛林中一个土人的法国人；有"爬到这里来慢慢死去"的遭受非人压榨的非洲人；有以库尔茨为代表的依靠暴力与屠杀被殖民者的抢劫者，等等。通过这些生动丰腴的故事情节，可以让人们明白殖民主义无法实现对非洲的救赎，只能把非洲推向更为黑暗的世界。但是，康拉德又找不到让非洲从黑暗走向光明的道路。比如，他一方面欢迎当时兴起的"刚果改革者"运动，主张改善非洲劳动者非人的境况，但又对其持保留态度，② 并不认为这一运动能改变非洲的命运。

因而，在人类文明进程中，以英国为代表的近代殖民体系的本质就是强权与掠夺，不可能是光明的使者，必然要退出历史舞台。但是，我们不能简单地以此判定康拉德是一位"前卫的反殖民主义者"，在他的作品中，也讴歌了若干肩负正义、撒播文明的殖民者，最为典型的就是《吉姆爷》中形象高大、具有骑士风范的吉姆，而且他对于古罗马人的殖民行为也赞赏有加。康拉德的本意既非肯定殖民主义，亦非否定殖民主义，他是通过对殖民者与殖民地的现实客观认知，解决当时那个时代历史发展所面临的问题与困惑。

三 康拉德对非洲和东方的理性认识

康拉德通过对殖民者与被殖民者两个世界的全方位展现，构建了文学世界中的全球观，尤其是他对西方世界之外的非洲与东方

---

① ［英］约瑟夫·康拉德：《黑暗的心 吉姆爷》，黄雨石、熊蕾译，人民文学出版社 2011 年版，第 8 页。
② 参见［美］亚当·霍克希尔德《陌生土地上的陌路人：约瑟夫·康拉德与全球化的黎明》，卢南峰译，美国《外交事务》（Foreign Affairs）2018 年 3/4 月刊。

第五章　殖民主义与反殖民主义的复意表达

的观照，开一代之风气。从康拉德的作品不难发现，尽管他对非洲和东方世界的描述也存在着偏见，但绝非同时代或更早一些作家的歧视与猎奇，他一直试图客观公正地认识西方以外的世界。康拉德的作品对非洲的愚昧、落后与黑暗有充分的认识，但是，他认为非洲的落后与黑暗不是种族优劣所致，而是历史发展阶段的不平衡所致。比如，在他描写非洲黑人的种种不可理喻的行为、动作与语言后，再三强调：

> 我们所以不能理解是因为我们已经离得太远，无法记起了，因为我们是在地球开始时期的黑夜中旅行，那段时间早已过去，几乎没有留下任何痕迹——也没有留下任何记忆。①

甚至，还将这些丑陋的非洲人视作自己的远祖，他认为白人和非洲人在人性上能产生共鸣，哪怕非常微弱，但是却有着血缘上的关系：

> 可是真正让你激动的正是这种认为他们也——和你我一样——具有人性的想法，他们这种狂野和热情的吼叫使你想到了你自己的远祖。丑陋。是的，的确是很丑陋。可是，如果你是个真正的人，你自己就会承认，那可怕的无所顾忌地吵闹声在你心中也能引起极端微弱的共鸣，你也隐约感到，那声音似乎包含着某种你——你这个离开地球开始时期的黑夜已经那么遥远的人——也能够理解的意义。为什么不能呢？人的思想能够想象一切——因为一切都包容在人的思想之中，过去的一切以及将来的一切。②

---

① [英]约瑟夫·康拉德：《黑暗的心　吉姆爷》，黄雨石、熊蕾译，人民文学出版社2011年版，第49页。
② [英]约瑟夫·康拉德：《黑暗的心　吉姆爷》，黄雨石、熊蕾译，人民文学出版社2011年版，第50页。

虽然康拉德还未找到"黑非洲"的成功之路，但他已经感觉到非洲人自身具有走向现代文明的强大基因。比如，他对划船的黑人群体的描述，赞叹他们"狂野的活力和强烈的活动能量"，而且将之譬之为"海岸边的浪头"。又如，他在将危险时刻黑人与白人的比较中，得出了黑人更胜一筹的结论。这些都象征着非洲的未来与希望。

与之同时，康拉德对东方世界进行了认真的思考与探索。东方虽也是与非洲同样的殖民世界，但康拉德并非套用他对于非洲的思考，而是立足东方本身，对东方社会也进行了深入的剖析与细致的观察。在康拉德笔下，东方是神秘的，是静谧的，是美好的，是人们渴望前去的地方。这样的东方曾经强烈地吸引着西方人的目光："特别是对一个欧洲人来说，东方几乎是被欧洲人凭空创造出来的地方，自古以来就代表着罗曼司、异国情调、美丽的风景、难忘的回忆、非凡的经历"[①]，在他笔下，东方的自然环境与非洲大不相同，充满着阳光与温暖。他这样写道：

> 窗户总是大开着，从窗外吹进来的和风给这间光溜溜的房间里带来了天空的温柔、大地的沉闷，以及东方海洋那令人着迷的气息。风中夹着香味，使人想到永久的休息，那是没有终止的梦境所带来的礼物……那是一条通过东方的大道，——在锚地，花环般的小岛星罗棋布，沐浴在节日般的阳光下，那里的船只犹如玩具，那欢快活泼的景象就像假日里的一场盛大的露天演出，头上是东方的天空那永久的恬静，整个空间直到天水相交之处都充满了东方的海洋那含笑的和平。[②]

[①] [美]爱德华·W. 赛义德：《东方学》，王宇根译，生活·读书·新知三联书店2007年版，第1页。

[②] [英]约瑟夫·康拉德：《黑暗的心 吉姆爷》，黄雨石、熊蕾译，人民文学出版社2011年版，第122页。

反过来说，东方的舒适和恬静也会不由得引起殖民者们的注意和贪欲，吉姆为什么会选择留在东方，正是由于东方生活的美好以及在这里能感受到的深深的"白种人的优越感。"可是，吉姆因为放走了海盗布朗和同伙们，最终还是死于东方统治者的枪下，这也代表着东方开始觉醒，他们也终将会把西方殖民者赶出自己的领地。欧洲人声称肩负着传播文明、传播先进技术的重任，深入"黑暗之心"，"黑暗"的腹地，实质上只是凭借着欧洲人的优势强制掠夺相对落后、未开化地区的丰富物产，奴役处于"野蛮"状态的"他者"。康拉德在1898年的《马来亚的观察家》中也表示东方正在快速地崛起："欧洲人对东方人的迅速崛起，对于今天所取得的进步感到非常惊奇，一时都有点不知所措。他们快要忘了忍耐和智慧的奇迹正是从东方来到了这个靠行动的力量而非冥想确立生命价值的西方世界。"① 而对于东方的出路，康拉德以布朗为例，阐明东方不会被殖民者所征服；又以吉姆为例，阐明东方也不会被白人世界所改造，隐含地揭示了东方会走上一条不同于欧洲，也不同于非洲的道路。

　　当然，在康拉德作品中，东方人仍然在浑噩、沉睡之中，尚未觉醒。在《吉姆爷》中，他用将近四分之一的篇幅讲述"帕特纳"号的故事，而且，他的初衷是"只讲那艘朝圣的轮船的事，不讲别的。"② 为什么？这是因为康拉德在这个故事中虚构了沉睡的东方人。他这样写道：

　　　　在船篷下面，怀着严苛信仰的朝觐者们在垫子上、毯子上、光溜溜的木板上睡着……这些男男女女，还有小孩，将自

---

① ［英］约瑟夫·康拉德：《生活笔记》，傅松雪译，江苏教育出版社2006年版，第171页。
② ［英］约瑟夫·康拉德：《黑暗的心　吉姆爷》，黄雨石、熊蕾译，人民文学出版社2011年版，第111页《吉姆爷》作者注。

己完全托付给了白种人的智慧和勇气，相信他们不信神的力量和他们的轮船的铁壳；老的少的，强的弱的——在睡眠这个死神的兄弟面前，都平等了。①

此后，小说着力渲染"帕特纳"号遇到危险时，东方人的昏沉和白人的自私与不负责任，这实际上是要唤醒沉睡的东方。

我们必须理性地看到，康拉德的视域一直比较广阔，他致力于把全球文化都纳入到他的关注范围内。在文学史上，康拉德显然是一个独特的存在，他有着与众不同的复杂人生经历，他把生命中很大一部分时光献给了大海，身为海员游历了世界上大面积的土地，这些多元文化经历使他接触到不同种族的各类异域文化，文化间的碰撞与种族间的交往构成他小说创作的背景与素材，他的小说创作体现出多元化的国际背景，与四个民族文化息息相关：

> 这四大民族文化区是：波兰、俄罗斯（斯拉夫）——法国（拉丁）——英国（盎格鲁—萨克逊）——亚非地区（殖民地各民族）。②

这四大民族文化的融合和碰撞让康拉德的人生与创作充满了数不清的矛盾和含混，他们互相影响，彼此制约，他们之间的区别与对立并不仅仅是种族的差异，还包括了不同社会结构与多样生产方式的差别。

综上，所谓康拉德小说的殖民主义和反殖民主义的矛盾式复意体现在他对殖民态度的矛盾对立上，而作出这种矛盾性的判断在

---

① ［英］约瑟夫·康拉德：《黑暗的心　吉姆爷》，黄雨石、熊蕾译，人民文学出版社2011年版，第126页。

② ［英］约瑟夫·康拉德：《"水仙号"的黑水手》，袁家骅译，上海译文出版社2011年版，译本序第3页。

一定意义上可以说是评论家们的设定。康拉德小说中的双重情节使殖民者和被殖民者都有鲜活的两面身影，无论要寻找殖民主义还是反殖民主义的蕴意都可信手拈来，致使对康拉德作品的矛盾争论延续百年，成为典型的世纪之争。康拉德所描述的殖民者的残暴可以认为是对帝国主义的批判，所描述的被殖民者的愚昧可以视作带有殖民主义目光，其描述中的不同画面也可以理解为其作品内涵意义的矛盾性。但我们更应当关注的是，康拉德对殖民者与被殖民者全景式的描述，不是简单的肯定或否定，也不是要展现所谓"矛盾性"，而是摈弃了当时占主导地位的"西方中心论"，以全球化的视野，全面深入地洞察历史与现实，尤其是深入认识被西方主流作家所不屑的"文明世界"以外的世界，以其作品回应文明格局变动中的历史之问，实现对人类文明命运的思考。康拉德把自己全球化的视角融入作品当中，他关注的始终是文化价值观与人类文明的进步，一直站在时代的前列，遥望着全球相连的世界。

>>> 第六章
男权思想与女性意识的意图复意

我们无法简单直接地判定康拉德到底是一个男权主义作家，还是一个重视女性存在、具有女性意识的作家，因为从文本来看，这两方面的思想往往是并存且相互影响的，他对女性和男性的理解和认识矛盾交织在一起，含混不清，表明作者的一种复杂的思想状态。这种意图复意让读者十分迷惑，也让评论家们十分矛盾。传统的男权霸权主义和新兴的女权主义话语对康拉德共同产生影响，让他的思想及性格变得暧昧不清，具有模糊性，需要我们对其小说文本中的男性叙事视角和女性关怀重新梳理，再辩证、全面地进行理性考量，从其设定的各种选择意义的矛盾表象中找寻康拉德的真实意向。

第一节　男性叙事视角

康拉德的小说往往是男人的世界。在康拉德文学世界中，女性存在感较为微弱，男强女弱的力量对比十分强烈，特别是他运用了一些歧视性较强的词汇和语言来描绘女性，这些都给了女权主义批评家们以抨击的理由。因此，康拉德被众多批评家认定为是一名拥有"男权思想"的小说家。如：尼娜·佩利坎施特劳斯在

1987年冬天的一部著作《小说》中,宣称康拉德的小说《黑暗的心》是"残酷的性别歧视"①;伊莱恩·肖沃特也认为,康拉德假设了一个明显的男性读者圈,无论是显性的还是隐性的,他都将女性排除在对现实的认识之外。② 从这方面来说,似乎可以认定康拉德是"有罪的"。他对女性的认知和定位受传统父权制影响,的确比较传统,较为保守。他的作品往往以男性叙述者的视角进行展开,看问题也以男性的思想作为考量,强悍的男性与弱小的女性是基本范式,男性是主宰社会、主宰世界的主要力量。

一 男性叙述者

在许多人眼中,康拉德作为一个存在于男权制盛行时代的男性作家,潜意识里必然肯定男性的社会主导地位,对女性往往不重视,尤其是不认可女性的社会地位。小说文本中大量的带有男性叙事者视角的内容也往往给女权主义者以抨击的理由。女权主义批评家们不仅指责康拉德的男权意识,更直接把矛头对准了被称之为康拉德思想意识代言人的马洛——其多部小说的男性叙述者。

从文本来看,马洛在女性意识上难免备受指责。如批评家托马斯·莫泽曾尖锐地指出马洛在叙事中只提及五位女性人物,这些女性可能是有意烘托其作为帝国男儿的责任和义务,与西方父权意识如出一辙。③ 我们可以看一下这五位女性人物,一位是帮他安排工作的姨妈,两位是手织黑毛线的看门人,另两位则是库尔兹的白人未婚妻及非洲情妇。

首先,马洛对女性独立存在的意义持否定态度。这五位女性人

---

① Quoted to, Cedric Watts, *A Preface to Conrad*, Peking, Peking University Press, 2005, p.180.
② Quoted to, Cedric Watts, *A Preface to Conrad*, Peking, Peking University Press, 2005, p.181.
③ 参见宁一中《康拉德学术史研究》,译林出版社2014年版,第21页。

物的占比在康拉德宏大磅礴的叙事结构中显得十分渺小。在马洛的意识中，他认为女人不应该也没能力承担男性世界的责任、荣誉和职责，她们只是男性世界的依附者。稍微有点能力的女性都会遭到他肆意的嘲笑，我们可以在小说中找到多处马洛充满女性歧视的话语。比如，马洛的姨妈是个热心肠，她热心帮助马洛得到随行出海的工作，可是马洛非但没有感激之心，反而讥笑自己的姨妈无知可怜，也无法接受自己竟然需要女人的帮助才能获得社会工作。他说：

> 我竟然开始去找女人帮忙。我，查理·马洛，为了找到一份工作，竟去找女人帮忙。我的天哪！①

马洛显然具有父权意识，认为男性是社会的中流砥柱，是女性的精神支撑，男人寻求女人的帮助这样的事情无疑是令他完全无法接受的耻辱。他用了两个"竟然"强调这件事是如此不可思议，这是对他男性沙文主义的巨大侮辱。社会经济结构、政治结构都是由男性主导的，找工作这样的事理应在男性世界解决，而他一个顶天立地的男人却丧失了对生活的支配权。对他来说，这的确可怕。从另一个方面来说，马洛的思想一直处于摇摆状态，极为不稳定，他怀疑一切，自然也对两性关系产生了不确定的模糊感，这种暧昧不明的思想从他一边鄙视女性，一边还要接受女性帮助的情节中可以看出端倪。

马洛随后踏上征程，开始跟随水手远赴重洋寻找他所崇拜的库尔兹。他一路听闻许多关于库尔兹的故事传说，没想到，等他真正找到库尔兹的时候，库尔兹却快要死了。毕竟这是个由男人主

---

① [英]约瑟夫·康拉德：《黑暗的心 吉姆爷》，黄雨石、熊蕾译，人民文学出版社 2011 年版，第 11 页。

宰的世界,他对库尔兹感情生活的叙述涉及不多,但是马洛却花了不少时间描述库尔兹的白人未婚妻和黑人情妇。这两个女性的形象和性格可以说是完全对立的,一个贤淑,另一个疯狂;一个有教养,另一个粗鲁野蛮。可是,在面对库尔茨死亡这件事上,她们的反应出奇的一致。她们都拥有着失去一切的忧伤——男人的死亡意味着整个世界的崩塌和死亡。马洛通过自己的话语向世人展现了女性失去男性依靠后的无助与迷惘:

  她举起胳膊,仿佛要拉住一个正在她面前退走的人,两臂用力前伸,在窗口愈来愈暗的狭窄的光亮中只看到她那双绞在一起的苍白的手,永远见不到他!……只要我还活着,我将永远看得见这个能言善辩的幽灵,同时我还会看见她,一个悲伤的,我十分熟悉的魂灵。她现在这姿态和另外一个同样悲伤的女人的姿态十分相似,那女人曾浑身佩戴着全然无用的符咒,在那地狱的河流——黑暗之流——的闪光中,伸出她光着的棕色的双臂。①

显然,这个段落中双重情节的复意对比显示出马洛潜藏的女性偏见,男性承担了主要的社会责任和统治地位,社会结构与家庭生活中两性地位的不平等让女性居于服从,丧失独立自主的能力,无论多么优雅的女性失去了男性的庇护都失去了应有的夺目光芒。此时,"棕色的手臂"和"苍白的手"似乎连在一起,共同表达她们的悲观绝望。令她们悲痛欲绝的事实是:从今往后,失去了男性作为生命支撑的她们将会终生困在只有自己的圈子里独自生存。在马洛的眼中,无论是白人女性还是黑人女性都需要男人的爱和

---

  ① [英]约瑟夫·康拉德:《黑暗的心 吉姆爷》,黄雨石、熊蕾译,人民文学出版社2011年版,第106页。

存在才能活下去，她们与真理没关系，与整个世界没关系，是被排除在社会和世界之外的存在。我们看到，故事的高潮发生在库尔兹死后，她的未婚妻哀求马洛告诉她库尔兹临终前说的最后一句话：

  说给我听听……我需要——我需要——有点什么——什么东西——让我——让我可以靠它活下去。

她的话语断断续续，语无伦次的表达表达了她内心的脆弱和无助。当马洛欺骗她说库兹最后一句话是她的名字时，她无比激动：

  一声轻微的叹息……一声无比欢欣而十分可怕的喊叫，一声蕴含着不可思议的胜利和无法诉说的痛苦的喊叫……我知道——我肯定就是这样的。①

在这里，我们看到两组表示强烈对比的词语，表示了她极为复杂的感情。"欢欣"与"可怕"，"胜利"与"痛苦"。马洛用这两组极为矛盾的词组，构建出了女性在面对自己卑微存在与弱小地位时无助呐喊的画面，简单的词语却蕴含了丰富的意义，让人遐想万千。更令人不可思议的是，所谓库尔兹临死前的最后一句话是呼喊她的名字，竟然只是马洛看她可怜而编造的一句谎言。很显然，在马洛的意识中，他认为她能活下去的唯一理由就是男人的牵挂，她的余生只能活在这句可以作为心灵安慰的谎言中，这真是可悲可叹！小说中的女性无法脱离男性独立存在，如此缺乏自身存在感，而马洛的谎言又无情剥夺了女性的知情权，让她永远

---

① ［英］约瑟夫·康拉德：《黑暗的心　吉姆爷》，黄雨石、熊蕾译，人民文学出版社2011年版，第107页。

在虚无世界飘荡,她自身似乎并没有任何存在的价值和意义。

其次,马洛对女性的认识是肤浅、刻薄的。在马洛对女性的认知中,女性是无知愚昧的,她们没有受过良好教育,无法与男性在社会、政治等方面并驾齐驱,共同处理社会事务,因此才被男性世界排斥与隔离。早在18世纪,最具女权意识的"亚马逊女战士"中最出色的沃斯通克拉夫特承认,在她所处时代的女性的确是低人一等,从出生开始女性就无法和男性一起受教育,无法接触到世界,因此很多女性难免变得无知和懒惰。她也曾发出质疑:"如果女人和男人拥有同样的理性禀赋,那么是谁让男人来做独一无二的裁判的?"[1] 但是可惜的是,同时代的男性往往看不到这一点,马洛就是这样的代表。他声称让人觉得十分奇特的现象是妇女对许多事情的不明真相,妇女永远生活在自己的小圈子里,过去和将来都不会有这样的一个世界存在:

> 这个世界整个来说是过于美好了,如果她们真要建立起这么一个世界,那它等不到第一次太阳落山就会彻底瓦解。自从世界创造世界以来我们男人一直与之和平相处的那些该诅咒的生活现实必然起而作乱,把它彻底砸烂。[2]

他对女性的认识是建立在父权制基础上的,他表达了同时代男性的心声。生存在男性主宰的社会,女性只需要无条件服从和跟随,不需要拥有属于自己的世界,也不需要有自己的主动意识。对女性来说,马洛的思想是极为不公正、不平等的,因此,马洛的话语饱受诟病。小说文本中类似的话语随处可见,再次证实了马洛

---

[1] Margaret Walters, *Feminism*, Peking, Foreign Language Teaching and Research Press, 2013, p.195.

[2] [英] 约瑟夫·康拉德:《黑暗的心 吉姆爷》,黄雨石、熊蕾译,人民文学出版社2011年版,第16页。

偏激、狭隘的女性观。我们看到,当马洛向船员们叙述航行过程时,他再次提及对女性的认识:

> 年轻女人!什么?我刚才说到女人了吗?哦,她和这个没有关系——完全没关系。她们——我说女人们——都和这件事无关——也不应该参与此事,我们必须帮助她们,让她们始终停留在她们自己的那个美好的天地中,免得让我们这个世界变得更糟糕了。哦,她一定得排除在外……你们应该明白,她是完全被排除在外的……①

可见,马洛根深蒂固地认为,女性世界是被排除在男性世界以外的,马洛基于他男权的中心立场,肆无忌惮地否定女性、讽刺女性,甚至完全不关注女性的存在。而小说中女性的生存境地也让她们无法为自己辩驳,缺失自我,处于失语状态。我们看到,马洛的旅程是一个寻找库尔茨的旅程,更是一个洗涤自我、完善自我的旅程。他试图跳出自己思维限制的怪圈,却总是无能为力,他的女性观依然像同时期其他人一样固执而又偏激。

有的批评家认为,马洛只是马洛,是小说中的一个人物,他具有歧视女性、疏远女性的观念,却无法代表康拉德的女性观。我们认为,马洛被一些批评家们称之为康拉德思想意识的代言人还是有一定依据的。马洛是康拉德小说中最重要的叙事者,他在多部小说中担当叙事者就彰显了他在康拉德小说创作中的重要性。康拉德把自己的经历和社会现实都通过叙述者和文本话语带给读者,虽然作者和叙述者是不可以混淆的,我们要区分开"叙述者""隐含作者"和"真实作者",可是我们看到,康拉德在创作小说

---

① [英]约瑟夫·康拉德:《黑暗的心 吉姆爷》,黄雨石、熊蕾译,人民文学出版社2011年版,第16、66页。

时的确创造出一个"隐含作者",产生一个"他自己"的隐藏的替身。隐含作者建立了叙事的标准,真实的作者就可以通过他来表达自己无法确定或无法选择的趣向。同样,对作家来说,这种叙事手法对文本意义的产生有多重好处:一是康拉德的真实观点被隐藏在重重叠叠的复杂叙事结构之中,他的话语通过叙事者传递,让读者分不清哪个是康拉德真正的观点,哪个是被隐藏的观点,读者阅读起来就会觉得迷雾重重,这种复意性会增强读者的好奇心,不同的读者也会产生不一样的判断。对作家来说,层叠的叙事和对立的矛盾才能让读者紧跟作者的步伐,进入他设定好的艺术世界。二是距离感会增强小说复意,从而产生美感。康拉德不喜欢直接和清晰地表达自己的感情和观点,他擅长和读者保持一定的距离,真实的意义被隐藏,吸引读者主动去挖掘,去探寻。三是叙事者和作者之间的模糊感会增强故事的层次感和立体感,故事的主旨也会更加突出。观念的暧昧会让冲突凸显,文本象征意义更加丰富,体现了世界的复杂和多变。所以,"对于康拉德来说,他不只是为了探讨叙述而叙述,而是要增强叙述技巧同作品主题之间的辩证关系。"[①] 从某种程度上说,读者从马洛的言行举止和思维模式可以探寻到作者康拉德隐藏在叙事话语下的看法和观点,但谁也不能完全确定这些观点与康拉德的真实思想之间到底存在着多少差距。

二 男女角色的反差

康拉德在小说中成功塑造了很多可圈可点的男性形象。比如:具有良好道德感、坚持用理性看待世界的马洛;单纯简单,向往骑士英雄般的人生却终毁在人性抉择上的吉姆;古怪可笑,平凡

[①] Jacob Lothe, *Conradian Narrative*, *the Cambridge Companion to Joseph Conrad*, Edited by J. H. Stape, Shanghai Foreign Language Education Press, 2000, p.176.

无奇却在风浪袭击中保持勇敢沉着个性的马克惠船长；神秘莫测、性格暴躁却又懦弱，给整艘船带来死亡预示和阴影的惠特；曾经幼稚热情、无忧无虑，最终成长为深沉勇敢、有责任感的船长"我"；曾是威名远扬、威震四方的英雄却又背叛理想、背叛自己的诺斯托罗莫；自信有胆略、死心塌地的理想主义者却参与到残酷权力斗争中的高尔德；扭曲信仰，无原则葬送自己的记者德考特；身兼数职，冷酷无情，无政府主义地下组织的头目伍洛克；焦虑无助，卖友求荣，受情报机构胁迫饱受心理折磨的拉祖莫夫；中立懦弱、充满绝望和怀疑的海斯特；渴望拥有光辉灿烂的事业却选择背离诚实信条、孤单悔恨的威廉斯，等等。康拉德笔下的这些男性人物形象饱满鲜明，每个都具有典型的辨识度，并搭配精准的性格与心理刻画，由此可见在男性形象塑造上，康拉德十分用心。

除此之外，作为一名成功的丛林作家和海洋作家，他笔下成功塑造了众多英雄式的男性水手，这些水手具有良好的品质和忠诚度，具有高度责任感和理想的道德境界。他们不但勇敢面对大海，更敢于直面自己的人性缺陷。他们有坚定的人生信条，有属于自己职责范围内的工作，在危难时刻，他们甚至可以牺牲自己以拯救他人。这种精神境界是康拉德海上世界的精华。在《吉姆爷》中，大副鲍勃为救一位身高马大的妇女，宁愿牺牲自己的生命；《"水仙号"的黑水手》中有着为了救黑人惠特而去偷糕点的厨师水手，等等。这些男人们不仅勇敢坚强，坚守自己的岗位和责任，也做到了忠诚无畏，直面死亡的威胁。康拉德的小说世界里，男人们是英雄、是勇士，地位高高在上，遥不可攀，是欧洲文明的宣扬者，他们甚至渴望主宰整个大陆。诚然，他笔下的男人或许不够完美，有的平庸贪婪，有的背信弃义，有的堕落无耻，但是不可否认的是，他们的存在是现实的，是生动的，是活生生的人，有着色彩斑斓的生活和理想，且数量众多。他们是强悍的，并担负着教化和拯救的重任。

众所周知，现代女性文学批评第三波浪潮源自于 20 世纪 60 年代的"性解放运动"，她们致力于揭露传统父权机制，特别强调女性形象塑造在文学中产生的重要作用，因此女性文学批评家们特别关注对传统文学中女性形象的挑战。在她们看来，文学塑造中的女性形象是非常重要的社会化形式，女性角色向人们展示了女性的标准，影响着对男女两性问题的思维定式。那么从这个角度再反观康拉德女性人物形象塑造问题，我们就明白为什么女权主义对康拉德的批评火药味如此浓烈了。首先，与小说中男性人物形成巨大反差的是，康拉德小说中的女性人物数量少得可怜，很多文本只出现了两三位女性，甚至有的故事快结束了女性还未出现。她们往往不是叙事的中心，是相对边缘化的。其次，康拉德小说中已经出现的女性角色，大多数被刻画成单纯善良，毫无心机，把爱情视作生命全部的角色。她们面孔模糊，性格单一，没有给人留下较为清晰的印象，读者有时甚至发现不了女性人物的存在。再次，康拉德小说中认可的女性形象往往是完美顺从型的女性。康拉德擅长把女性刻画为维多利亚时期流行的刻板印象，她们体贴入微，知书达理，安心处于家庭依附位置上，不追求家庭和社会地位，在家中相夫教子，这是最能满足男性幻想的女性形象。

显然，康拉德受到了当时社会大部分男性认知的影响，认为知性优雅、体贴入微、懂牺牲的女性才是完美女性的理想形象。他笔下的男性人物在社会活动中做着"大事"，做着不可替代的社会工作，而女性自然应该舍弃自我理想，在家中完成琐碎"小事"即可。通过小说中这些秀丽端庄的完美女性形象，我们可以探寻到康拉德心目中对理想女性的认识和憧憬，这可以从《黑暗的心》中库尔兹的白人未婚妻的个人形象塑造上找到答案。

库尔兹的白人未婚妻是一个典型的维多利亚时期视爱情和男人

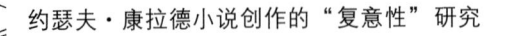

为生命的传统家庭妇女,她对爱情忠贞不渝,对丈夫盲目崇拜,纵然丈夫有了情妇,也始终不改初心,她以库尔兹为天,深深爱着库尔兹。让我们先来看看康拉德怎样描述她的品性:

> 她在忠诚待人、坚守信仰和忍受痛苦方面都具有一个很成熟的人的能力……她的眼光是那样朴实、诚恳、和善。①

她对库尔兹有着依附性的崇拜,这种盲目和坚定却再次证明了她家庭地位的可悲。离开库尔兹,连独立存在的必要都没有。她甚至对马洛说:

> 你也非常崇拜他吧……了解他而不崇拜他是根本不可能的……了解他的人谁也不可能不——爱他。②

一个背叛理想、背叛道德而自甘堕落的人物,在她眼里却高大伟岸,这多么具有欺骗性和讽刺性。而失去了库尔兹,对她来说仿佛失去了整个世界,由此可见,她是库尔兹的附属物,没有自己存在和生存的意义与价值。库尔兹死了,她说:

> 对我来说——对咱们来说……这是多么大的损失……对整个世界来说,也是如此……我曾经非常幸福——非常幸运——非常骄傲……可我现在却非常不幸——永远的不幸。③

---

① [英]约瑟夫·康拉德:《黑暗的心 吉姆爷》,黄雨石、熊蕾译,人民文学出版社2011年版,第103页。
② [英]约瑟夫·康拉德:《黑暗的心 吉姆爷》,黄雨石、熊蕾译,人民文学出版社2011年版,第104页。
③ [英]约瑟夫·康拉德:《黑暗的心 吉姆爷》,黄雨石、熊蕾译,人民文学出版社2011年版,第105页。

对这样的女性来说，爱情就是生命的全部，婚姻就是生活的全部，男性就是世界的全部。除此之外，一无所有。所以，马洛才会认可库尔兹的一直所说的"我的未婚妻"，"你们应该已经明白，她是完全被排除在外的。"① 她不仅被排除在库尔兹的事业、地位、理想之外，也被排除在整个男性世界之外。她是个孤单的"他者"，自始至终活在自己的世界中。

在康拉德的笔下，我们可以看到，在现实冷酷、黑暗狂野的世界上，只有男性是强大的，是可以担负起社会责任的英雄；柔弱的女性无法独立面对生存的艰难和社会的复杂，只能依附男性存在。因而，康拉德作品中女性人物的出现往往隐藏在男性人物的强大气场之下，处处需要强大男人的保护。男性世界和女性世界是两个互不联系的世界，两者疏离陌生，被分隔在两个不同空间。不仅如此，在小说的情节叙事中，女性往往被设置为受害者的角色，男人有义务和责任保护处于弱者地位的女性。如此一来，我们不难看出康拉德对男女角色关注的反差。他们的力量对比如此悬殊，男性强大勇猛，话语铿锵有力，他们的一举一动可以对整个故事的发展起到决定性作用；而女性不仅数量极少，面目模糊，而且没有任何判断力和话语权，处于男性的从属地位。

三　失语的女性存在

正因为男女角色的巨大反差，男女力量的巨大悬殊，在女性观方面，对康拉德的批评往往措辞十分强烈。乔治·吉辛曾在写给康拉德的信中这样说：

---

① ［英］约瑟夫·康拉德：《黑暗的心　吉姆爷》，黄雨石、熊蕾译，人民文学出版社2011年版，第66页。

你小说中那些沉默不语或者少言寡语的女性棒极了，你是如何鬼斧神工地用沉默来让他们表达自己的心声的呢？①

是的，康拉德作品中很多女子都是"无名"且"无声"的，沉默无言是康拉德笔下女性人物的一个重要共同点。众所周知，名字代表着一个独立的个体，代表着个性的存在。一个无姓无名的女性，经济地位、家庭地位和社会地位就都无从谈起。此外，无名无姓更增加了形象的模糊感和复意的朦胧感，没有具体形象自然存在感会降低。如：《阿尔梅耶的愚蠢》中阿尔梅耶的土著妻子自始至终没有出现她的名字，一直被人称为"马来女孩"、"林格的养女"或者"阿尔梅耶夫人"，她完全没有自我意识，只能作为阿尔梅耶的附属品出现，是个被排斥的"他者"；《诺斯托罗莫》中的完美女性代表、具有崇高道德观的"高尔德太太"，也仅仅是作为"高尔德太太"出现，我们几乎不知道她姓甚名谁，只是偶尔才会出现"唐纳·艾米利亚"这个名字，让读者都觉得陌生、荒谬。又如：《黑暗的心》中库尔兹的未婚妻被称为"his Intended"，只是被称为"他的心上人""他的未婚妻"；且库尔兹提到她的次数极少，每次提到她都是和其他物品一起出现，具有极大的象征意义。如：

我的未婚妻，我的象牙，我的贸易站，我的河流。
我的未婚妻，我的贸易站，我的前途，我的思想。②

由此可见，在库尔兹的意识中，他的未婚妻和财富、地位、荣誉

---

① Nadelhaft Ruth, *Joseph Conrad：A Feminist Reading*, Hemel Hempstead：Harvester Wheatsheaf, 1991, p. 34.

② ［英］约瑟夫·康拉德：《黑暗的心　吉姆爷》，黄雨石、熊蕾译，人民文学出版社2011年版，第67、95页。

是一样的，只是代表着他在白人世界的荣耀、优越感以及十足的占有欲。女人和他在非洲获得的巨额财富以及他光明的前途地位一样，都只是保证他高高在上的荣誉与成就的必需品，只是他的身外之物罢了。征服女人、征服爱情与征服荣誉、征服土地一样，给了库尔兹极大的自信和骄傲。这些作为附属品存在的女性，我们还可以在不少小说中找到案例。《吉姆爷》中的"珠儿"也是一个非常典型的女性人物。这是一个用生命爱慕吉姆的姑娘，她在故事高潮过去的后半场姗姗来迟，叙事者马洛自始至终都没有提到过她的名字，她只是伴随着"那姑娘""他所爱的姑娘"这样的话语出现。她的出场是在土著的传说中开始的，土著们关于吉姆有一个奇异的传说，传闻吉姆得到了一个无价之宝，一块巨大的翡翠。大家都在猜测这块珠宝被吉姆藏到了什么地方，而"珠儿"就是伴随着这样一个故事出现的：

> 这样一块珠宝……最好的保存办法就是藏在一个女人的身上。然而却不是每个女人都可以藏的。她必须年轻……而且对爱情的诱惑无动于衷。他怀疑地摇了摇头，但是这样一个女子似乎确有其人。他听说有个身材挺高的姑娘，那个白种人对他很尊重，很关心，凡是出房门都有人伺候着。人们说，几乎天天可以看见那白人跟她在一起，他们公然并肩而行，他将她的手臂挽在她的臂下——他的手臂紧紧贴在他的身侧——就像这样——那样子太不寻常了……无可怀疑，她戴着那白种人的珠宝，就藏在她的胸前。①

由此可见，她在大家的眼中只是一个物品，一个帮助吉姆私藏珠

---

① [英]约瑟夫·康拉德：《黑暗的心　吉姆爷》，黄雨石、熊蕾译，人民文学出版社 2011 年版，第 336 页。

宝的移动口袋，并非作为一个真正的人而存在。"珠儿"也不是她真正的名字，是吉姆赐给她的名字。"珠儿"的英文意思为"珠宝"。显然，从吉姆对她的命名我们也可以看出，人象征着东西，字里行间都能感受到吉姆对她的不尊重，他无意识中就把这个女人变成了一个货品而不是人。

这一个情节让人们不得不想起笛福的鲁滨逊给野人星期五的起名，两个情节是一样的性质，这个女人也连自己的名字都没有。女人没有名字，也就意味着丧失了自我身份和自我意识。萨特曾经说：

> 命名永远意味着名字为被命名的客体作出牺牲……当名字面对有本质性的物体时就现实了自身的非本质性。[1]

作为一个人，名字的意义在于它可以用来代表一个人，可以区别于别的人，名字让人们真正认识一个人。如果只是作为一个符号存在，那么和物品没有什么区别。不仅如此，珠儿的英文是跟吉姆学的，她的一切恨不得都来自吉姆的赐予：

> 她讲起英文来有趣极了，和他一样吞音，声调也和他一样孩子气。她的柔情就像扑棱着的翅膀一样盘旋在他头上。她完完全全生活在他的思维里，以至他的一些外在形态也成了她的，她的动作，像伸胳膊、转脑袋、瞥眼瞧人的样子，都让人想到他。[2]

---

[1] ［法］让—保罗·萨特：《他人就是地狱：萨特自由选择论集》，关群德等译，天津人民出版社2007年版，第104页。

[2] ［英］约瑟夫·康拉德：《黑暗的心 吉姆爷》，黄雨石、熊蕾译，人民文学出版社2011年版，第338页。

第六章　男权思想与女性意识的意图复意

看到这里，相信读者已经完全确信，她存在的意义就是模仿吉姆，成为吉姆的一部分。

随着故事的发展，读者还会看到，珠儿和库尔兹的未婚妻一样，对吉姆的爱是她生命中的全部。珠儿自始至终都怀有深深的恐惧感和不安全感，因为害怕吉姆有一天会彻底抛弃她、离开她，她无时无刻不想得到吉姆的承诺、吉姆的誓言或者吉姆的解释。她的爱情十分卑微，极度的怀疑和固执的恐惧只是渴望得到一个爱情的保障。可是，反观吉姆呢，他做的任何一个决定都从来没有考虑过珠儿的感受，因为珠儿是被排除在他的世界之外的，只是一个听众和仆从。吉姆对她的感情只是建立在一种被人喜爱的责任感中而已。他这样对马洛说道：

> 她很喜欢我，你看不出来吗？……我也……当然并不知道……脑子里从来就没这根弦……当你明白了，当有人使你天天都明白，你的存在对另一个人来说是必要的——你瞧，是绝对必要的，那你就会对你的行为有不同的看法了。我就是有人使我感觉到这一点的……咳，这也是一种责任……我相信我当得起。①

从断断续续的话语中，我们能感受到吉姆面对感情不坚定和犹豫的态度，通过吉姆对爱情的见解，我们不难理解为什么故事的最后，吉姆会毫无感情地离开珠儿；而那姑娘呢，显然失去了吉姆的庇护，她的生存也彻底没有意义了："'他离开我了'，她静静地说：'你们总是离开我们——为了你们自己的目的。'"她的脸绷着，生命的全部热度似乎都退去了，退到她胸膛中某个不可接近

---

① ［英］约瑟夫·康拉德：《黑暗的心　吉姆爷》，黄雨石、熊蕾译，人民文学出版社2011年版，第355页。

的点内：

> "同他一起死倒还容易些"，她继续说道，微微做了个疲倦的姿势，好像要放弃那不可思议的东西……我抓起她的手，没有反应，我放下它时，它便垂下去，垂向地板。那种比眼泪、哭喊和责备还要来得可怕的冷漠似乎使时间和安慰都不起作用了。你感到无论你说什么，都传不到那个载着寂静和使人麻木的痛苦的座位。①

珠儿的爱情可怜又可悲，她的一生就只在追寻一个男人，男人走了，她的生存价值就不存在了，如同失去了灵魂的僵尸走肉。她始终意识不到自我的存在，就像一个影子一样无名、无姓，又无声。被誉为美国"女权主义第二浪潮之母"的贝蒂·弗里丹在1963年出版的著作《女性奥秘》中，就戳穿了这个掩盖在爱情下的女性神话。她曾经慷慨激昂地控诉即使是生活在富裕的中产阶级家庭的妇女也受着极其受限制的生活，而大部分的妇女都垂头丧气地接受了这种限制。她认为，如果每个妇女问问自己真的需要什么，然后才能真正意识到"无论是丈夫、孩子、房中之物、性还是活得跟其他妇女一样，都不能给她一个自我"②。

综上，通过文本分析，我们似乎可以认为，康拉德作品中的女性观与维多利亚时期的女性观是一致的，康拉德作品中的许多女人被除名、被物化，丧失存在感。但是，康拉德是否在借此大肆宣扬男性价值体系，否认女性价值呢？我们认为，不能遽下结论，还要读完康拉德作品中女性形象的另一面。

---

① ［英］约瑟夫·康拉德：《黑暗的心 吉姆爷》，黄雨石、熊蕾译，人民文学出版社2011年版，第391—392页。
② Margaret Walters, *Feminism*, Peking, Foreign Language Teaching and Research Press, 2013, p. 265.

第二节 女性关怀者

　　细读康拉德小说文本，我们可以发现，康拉德并非一味宣扬男性价值体系，他也并未否认女性价值。在这一问题上，他往往是多项选择，既有宣扬男性价值体系的一面，又有认可女性价值的一面，因而，体现在表达方式上则是较为典型的意图复意。所以读他的有关小说，我们往往需要从多层面着手，从文本中找寻能体现他含混思想的蛛丝马迹。当然，我们已经看到康拉德作品中所体现的男性叙事者之特性十分鲜明，那么与之相对，他笔下的女性形象都是模糊不清、无名无姓的吗？答案是否定的，在其小说的某些方面，我们也能清晰地看出康拉德对女性的关怀。他笔下的女性形象不乏散发着高尚气息的女性，还有一些积极与命运抗争的女性角色。这些女性被塑造得勇敢，有毅力，在很多方面不输男性。不仅如此，在关键时刻，甚至还能起到拯救男性的作用。在这些女性角色身上，我们能看到康拉德的真诚和关怀，甚至能看到以悲观主义和怀疑主义思想著称的康拉德阴郁的心中饱含着的感恩和热情。

一　高尚的女性

　　康拉德作品中有大量男性人物存在，他们富有激情，热爱集体，彰显了男性英雄主义。但不可否认的是，康拉德笔下还有若干颇具特色的女性角色，她们贤淑善良，柔弱中带着坚强，不怕困难，勇于牺牲，可以从另一个角度为康拉德辩护，让读者重新认识康拉德所描述的女性世界，感受康拉德作品散发出来的女性关怀。高雅与坚强的女性形象并存，且两者相互交融，显示了康拉德看待女性复杂又含混的思想和心态。

在对女性形象的塑造方面，康拉德无疑受传统浪漫主义精神影响极深。他的父亲阿波罗虽然热衷各种政治活动，但是同时也爱好文学创作，具有良好的文学基础，并极具浪漫精神，他曾创作了大量的戏剧以及社会讽刺类的文学作品。特别是母亲爱娃去世以后，他的父亲对康拉德影响极大，不仅是他成长的照顾者，也是他的私人家教。在父亲的影响下，他阅读了大量文艺复兴时期、浪漫主义和现实主义文学作品，丰富的阅读体验带给他人生初期的方向指引。他们父子俩沉浸在文学和学习中，他在父亲翻译的"唯一活在法兰西人民心中的伟人"[1] 维克多·雨果《海上劳工》里度过了自己的青春，而"人类最伟大的戏剧天才"威廉·莎士比亚则引领他走进了英国文学。除此之外，还有瓦尔特·司各特、费尼莫尔·库珀、查尔斯·狄更斯等众多作家打开了他文学的大门。这些文学作品为他以后的文学创作打下了坚实的基础。除此之外，波兰文学对他影响极大，阿波罗给他大量的波兰浪漫主义诗歌作为阅读材料。文艺复兴时期和浪漫主义时期的文学作品擅长运用比喻、象征、夸张、对比等修辞手法，来抒发对理想世界的追求，而此时的女性形象符合"真、善、美"的特征，优雅善良，但是往往地位低人一等，是男性的附属品，女性被束缚在男性世界的桎梏中，无法脱身。随着时代的进步，文学作品中的女性形象开始逐渐有了反抗社会现实的勇气，为了爱情的追求勇于奉献和牺牲，逐渐有了独立的自我意识。这些类型的女性形象我们都可以在康拉德的小说中找到对应。虽然康拉德早年时期，浪漫主义已告衰歇，但是他早年在波兰受到了如密茨凯维奇等浪漫主义作家的影响，有着大量浪漫主义经典的阅读经验，他性格中又具有冒险精神和高尚的理想，因此，浪漫主义仍然是康拉德小说中占有重要位置的元素之一。康拉德一生很少接触女性，他对

---

[1] [法] 雨果：《雨果文集—历代传说》，吕永真译，译林出版社 2013 年版。

女性形象的期待以及女性观的确立都来自文艺复兴和浪漫主义文学的影响。此外，他崇尚美德，赞美歌颂具有良好品质的人，那么具有相同品质的女性自然就成为他心目中的理想女性，最终他把自己对完美女性的理解呈现到文本上，呈现到我们面前。值得一提的是，虽然康拉德身边极少出现女性，但是1894年他终于找到了自己的终身伴侣杰西·乔治。康拉德比杰西大16岁，杰西工作普通、出身贫寒，他们的感情并不像普通夫妻那样稳定，断断续续的。他的终身挚友爱德华·加内特曾因他们之间差距较大的教育背景等问题对他们的感情表示反对，可是他们最终还是选择走入婚姻。显然，康拉德含混矛盾的女性观也影响了他的感情和婚姻生活，好在杰西给予了康拉德温暖与关怀，让他对女性的偏见和不解慢慢消融。

因此，我们在康拉德小说中，会找到与他心目中理想女性形象符合的实证。文本中的女性大多品德高尚，聪颖庄重，隐忍克制，体现了康拉德的浪漫主义情怀，他对女性的美好想象就集中在这些完美女性身上。特别是和小说中众多道德败坏、贪婪腐化的男性形成鲜明对比。这些女性形象符合康拉德对英国传统道德修养的继承和再现，是康拉德笔下美好道德的代表。康拉德是一位注重道德价值观的作家，他歌颂在道德律令要求下保持完美人性的善者。这些完美的女性形象在他眼中是善良的代表、具有值得赞颂的高尚品格。这些美好的女性超凡脱俗，给康拉德冷静、悲观的文学世界添加了一丝真善美的气息。康拉德曾经借马洛之口说：

> 只有女人能够不时在他们的爱情中加入一种明白到让人吓一跳的因素———一种超出尘世的情致。[1]

---

[1] ［英］约瑟夫·康拉德：《黑暗的心　吉姆爷》，黄雨石、熊蕾译，人民文学出版社2011年版，第16、333页。

在他的小说中，我们不难发现这样的女性存在。如：《诺斯托罗莫》中具有完美道德标准的高尔德太太，《在西方注视下》中善良的霍尔丁妹妹纳塔尼亚，《间谍》中处处为丈夫着想的温妮，等等。这些女性知书达理，受过良好的教育，举止优雅，单纯善良。虽然她们生活的世界被局限在男人的保护之下，但是她们在自己的天地中演绎了美好优雅的女性特质与热情洋溢的天性。《诺斯托罗莫》中的高尔德太太的高尚形象在一群为银子堕落、为物质利益疯狂的男性中脱颖而出，使她大不同于那些满是铜臭气的男性。在这部小说里，她的丈夫银矿经理高尔德、英雄人物般的诺斯托罗莫、被逼跳海自杀的德考特等男性都成为利益集团的走狗，被腐蚀得毫无人性，落下悲惨的结局。高尔德太太却能在淤泥一般的生存环境中保持理性，从另一个方面证明了康拉德对女性人性的肯定和赞扬。在康拉德笔下，她的形象是优雅知性，具有灵性的：

  这种灵性绝不仅仅是肢体的轻巧，而是热切敏感的智力的标志。唐纳·艾米利亚的智力是女性的，仅以照亮她展示无私与同情的路程便使她成功地征服了萨拉科。她的谈吐很有魅力，却从不饶舌……这个人的智慧使她说出的话语才具有与正直、宽容及仁慈行为同等的价值。女子的温柔，如同男子真正的刚强，表现在一种征服性的行为之中。①

从这段康拉德对高尔德太太的夸赞中，我们发现了几点与其他小说女性形象的不同。一是自高尔德太太开始女性逐渐出现了姓名，姓名的出现让她的形象由模糊转向清晰，由抽象转为具体。二是从某种意义上来说，女性首次出现和男性一样的品质——刚强

---

① ［英］约瑟夫·康拉德：《诺斯托罗莫》，刘珠还译，译林出版社2001年版，第50页。

具有征服力，她的魅力甚至可以征服整个城市。女性的地位在康拉德的潜意识中首次与男性平等。她的智慧和高尚的品格此时熠熠发光，照亮了整个男性世界。高尔德太太美丽动人，热情无私，几乎是一个完美女性的化身。来自海外的客人也不自觉地被她的谈吐所吸引：

> 她谈吐非常得体……她不容置疑的热情，加上微微讥诮的口吻，使得她关于银矿的谈话倾倒了她的客人，促使他们不住地报以严肃、赞赏的微笑，其中饱含着敬重。①

这一段情节中，我们发现表示客人态度的关键词为"敬重"（Revere）。顾名思义，"敬重"表达了尊敬之意，恭敬尊重。这个词被康拉德运用在女性身上，显示出他不仅承认女性具有和男性一样的优秀品质，也肯定了女性在社会交往中所起的作用。她们不再是男人的累赘和负担，而是可以出现在社会交往的场合承担一定的社会责任，具有了一定的独立性和主动性。由此我们可以感受到康拉德观念中另一个层面对女性的肯定、认可和欣赏。

与此同时，形成强烈对比的情节是高尔德为了实现自己的政治野心，疏远妻子，背叛人民，成为物质利益的俘虏。可是，高尔德太太并没有抛弃他，反而给了他温暖、理解和同情，表现出极大的宽容。发生暴乱之际，她冷静应对，首先想到的就是丈夫、孩子们以及所有痛苦的人。从莫尼汉姆医生的视线中，我们能看到一个极富爱心、勇敢从容的高尔德太太：

> 他相信她值得他每一点滴的效忠……然而对高尔德太太的忠诚却离不开对她丈夫安危的思考……心里充满了对高尔德太

---

① ［英］约瑟夫·康拉德：《诺斯托罗莫》，刘珠还译，译林出版社2001年版，第51页。

太太的温柔的敬意。"她想着那个姑娘",他自忖,"她想着维奥拉的孩子,她想着我,想着伤员,想着矿工,她总是想着每个穷苦悲惨的人!但如果查尔斯在这场被倒霉的阿维拉诺斯们拖进的混战中遭遇不测的话,她会怎么办呢?没人似乎在想着她。"①

她的坚强与勇敢让很多男性都自叹不如,她高尚的品德让人敬畏和崇拜,危难时刻设身处地为别人思考,"总是想着每个穷苦悲惨的人"却"没人似乎在想着她"。我们看到了女性的崇高,却也同时感受到整个社会对女性的狭隘认识带给她的悲凉。从另一个反面,也体现了康拉德思想中的意图含混,他努力创造女性的完美形象但自己又无法完全接受现实。当然,除了高尔德太太,《诺斯托罗莫》中的唐·约瑟的妻子阿维拉诺斯小姐也是一名受过良好教育的淑女。她举止端庄,身材高挑,人们对她的人品及修养崇敬有加。从这些女性形象的成功塑造我们可以看出康拉德女性观中的另一面。

我们关注到,在小说文本中,高尔德太太成为唯一不被银子俘虏的人,哪怕她的丈夫变得再坏,她也坚定地守护对丈夫炽热的爱。忠贞不渝是康拉德作品中很多女性人物共有的特征,无论男人如何变化,女人们永远都忠贞于爱情,忠贞于丈夫。这个方面可能是让康拉德面临歧视女性指责的重要原因之一,但是,我们也可以换一个角度,超脱女权或男权的藩篱,从普遍的人类情感价值看,忠贞不渝也是一种重要美德。比起那些背叛理想、背叛朋友、背叛世界、背叛自己的男人们来说,忠贞不渝的女性们简直是强多了,可以称之为道德模范和榜样。康拉德作品中对女性

---

① [英]约瑟夫·康拉德:《诺斯托罗莫》,刘珠还译,译林出版社2001年版,第286—289页。

美德的歌颂，体现了他思想上对女性肯定和理解的另一层面，值得我们关注。

二 反抗命运的女性

康拉德一生与女性接触极少，他对女性的理解和认识是建立在对文学作品女性形象的学习和吸纳上，自文艺复兴时期以后，文学作品中的女性的形象开始逐渐发生一些变化，由完全的依赖变得相对独立，由被动接受变得学会思考，由限制自由变得寻求解放。女性的自我意识逐渐觉醒，虽然依旧没有实现社会生活和婚姻生活的完全自由和平等，但是她们开始有了行动，有了反抗意识。女性形象的这种变化也体现在康拉德的小说中，他的作品中出现了一批积极反抗命运，勇敢抗争的女性人物。当然，这些女性多是柔弱与刚强并存，思想和心理上都还有着犹豫和不坚定，但是这至少代表着康拉德的女性观不只是悲观的，而是积极与消极并存的，有明显的意图复意色彩。

首先，我们还是要提及深爱吉姆的"珠儿"，她用自己的生命爱着吉姆，我们看到了她无知、懦弱的一面。她凡事要依赖吉姆，语言需要吉姆教，甚至一举一动都模仿吉姆，我们可以说她是吉姆的玩偶和附属。但是，小说文本中还存在另外一个对立的情节，在小说的结局部分她勇敢面对危险去救吉姆的一幕，让她的个性逐渐变得鲜明。她不再是一个玩偶，而是有了独立意识，有了自主行动。当吉姆面临危险时，是珠儿把他从美梦中叫醒，和他一起面对凶手；为了保护他，珠儿甚至不怕死亡的威胁。当吉姆理想破灭，万念俱灰，希望以自己的死来寻求解脱的时候，他所爱的姑娘珠儿挺身而出：

（她）坐在门槛上，仿佛要用她的身体保卫他，以免来自外界的危险的侵入……她冲着他的耳朵大声喊"打"！她又反

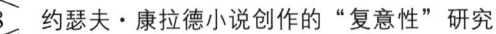

复地对吉姆说："你打不打？""你逃不逃呢？""最后再问一次，你要不要自卫？"①

此时，她不屈的精神和反抗命运的强烈意愿让人动容，读者被她的炙热和果敢而感动。为了阻止吉姆赴死，她紧紧搂着吉姆，具有坚强的意志和坚韧的心性。当吉姆抓住她的手臂以摆脱她的搂抱时，她吊在他两只手上向后仰，甚至头发都碰到了地面。吉姆用尽力气都难以把她的手指掰开。此时的珠儿完全转变了形象，从一个唯唯诺诺、顺从听话的女人变成了一个极具胆识、坚毅勇敢的女性。

跟珠儿相似的女性，还有小说《胜利》中的莉娜。在极度危险的时刻，她克服了原有的胆怯，找到了令她骄傲的热情。她勇敢地与凶恶残忍的恶棍琼斯先生周旋，她的勇敢支撑着屋里的男人里卡多和海斯特，给了他们极大的信心和勇气。海斯特催促她逃走，莉娜却选择坚定地面对。小说对此描写道：

在明亮的广场门口，他见到了那个女孩——那个她多么渴望见到的女孩，她坐在椅子上，两手搭在椅子扶手上，像个骄傲的公主……她坐在房间里——这是个活生生的、悲哀的事实，而不是讽刺的幻觉。她并不是在森林里，而是在那里！女孩似乎软绵绵地坐着，毫不畏惧，弓着腰，十分温柔。②

随后，一场激烈的危险角逐后，被莉娜魅力征服的里卡多看到莉娜在小屋等他，诧异于她的冷静，因为在他的印象中，当女性陷

---

① ［英］约瑟夫·康拉德：《黑暗的心 吉姆爷》，黄雨石、熊蕾译，人民文学出版社2011年版，第442页。
② ［英］约瑟夫·康拉德：《胜利：荒岛上的爱情》，何明霞、王明娥译，新华出版社2015年版，第352页。

第六章 男权思想与女性意识的意图复意

入危险境地时第一反应往往是慌乱和迷茫,而男人们则应该是她们的港湾和依靠。此时,莉娜不屈不挠的精神和临危不乱的冷静让他敬畏和惊叹。为了和她深爱的海斯特永远在一起,她要杀死暴力的里卡多,她的内心在不断翻腾,颤抖、激动、战栗的情绪交织在一起,无论如何她都要挽救海斯特的生命,拿到那把象征死亡的刀。当她骗取了里卡多的信任,可以实现自己的目标时,她紧张却很果敢:

> 当她弯腰从拉卡多那里接过这把刀的时候,她那神秘的眼睛里闪过一道火光——红色的光芒隐藏在白色的迷雾之中,而白色的迷雾包裹着她那充满渴望的灵魂。她做到了!死亡之刺此时在她手里,毒蛇的毒液被提取了出来,在她的掌握之中……女孩的心理不明白该怎么做了,如果他们要打一架的话,她可能只好放下匕首,徒手和他打斗了……是的,那片森林——她要在那里解决掉这个可怕的混蛋,那个带来死亡的毒刺。[①]

此时,她把手里的刀比喻成"死亡之刺",象征着她灵魂的质变。她为了爱而变得坚强无畏。反抗代表着她自我意识的苏醒,她可以自己做出决定,可以与男人一决胜负。她的表现与小说的题目遥遥呼应,她战胜了自己,取得了胜利!这是她对自我的重新认识,也是她争取女性独立的一次胜利!当然,我们遗憾地看到,康拉德虽然在情节上安排女性尝试摆脱社会制度和偏见思想的禁锢,但是当事件回归到社会现实上,女性还是不能取得根本上的胜利,莉娜最后还是中枪身亡,康拉德的进步在于用莉娜的精神

---

① [英]约瑟夫·康拉德:《胜利:荒岛上的爱情》,何明霞、王明娥译,新华出版社2015年版,第356—361页。

改变了懦弱自私的海斯特,她取得了精神上的最终胜利!

除了她们之外,康拉德作品中还有很多如此勇敢、积极面对生活和命运的女性。如:《黑暗的心》中,库尔滋的非洲情妇野蛮可怕,如同妖妇,可也正是因为她的帮助,库尔茨才能最终逃了出去;短篇小说《白痴》里,软弱、可怜的苏珊最终杀死辱骂和欺凌她的军人丈夫博卡杜;《明天》里,内心懦弱的姑娘贝丝却不断试图摆脱父亲打骂和控制,等等。这些女性形象在某种程度上为康拉德辩驳,她们不再是躲在男人背后顾影自怜、凄惨度过一生的弱者,而是能勇敢反抗命运,甚至成为保护男性、解救男性的勇者。康拉德通过这种"女英雄"般的女性形象建构表达了他比其他"父权"作家进步的女性观,他向读者初步展示了女性意识觉醒,男女平等意识的萌芽。

通过康拉德精心塑造的这样一批女性人物,我们看到,纵然她们依旧处于向男性世界"从边缘向中心"过渡的过程中,依然处于水深火热的困境中,但是她们意志坚强,临危不惧,远远强于很多猥琐懦弱、贪婪暴躁的男性人物。正是这些积极乐观的女性人物让读者开始重新审视康拉德的女性观,重新思索康拉德的性别歧视和父权制影响等问题,也让读者对康拉德的认识站在一个更为全面、更为理性、更为辩证的角度上。

第三节　对康拉德意图复意的理性思考

通过对康拉德在男权思想与女性意识问题上意图复意的分析,我们可以看到,康拉德在这一问题上往往含混不清,表露出一种复杂的思想状态。正因为康拉德女性观的含混意识,批评界对文本的复意产生了多重解释,他们的争执集中在两个方面:一方面,他的人物设置、性别占比,叙事方式、语言用词等都显示出他对女性的否定和轻视;另一方面,他又同时肯定了女性善良天性和道德遵从,感动于女性在危急时刻积极的行动。他对女性的矛盾认识使他陷入深刻的怀疑。正因为康拉德内心中存在如此复杂和纠结的感情,所以众多评论家至今也无法对他的女性观有一个明确、清晰的评价,依然处于不断辩解又不断反驳的局面中。我们认为,必须清晰、客观、理智、辩证地看待康拉德对女性的含混态度,他一直强调人类处境的不确定性,是一个充满怀疑精神的作家,对他小说中的男性话语问题,我们也需要历史地思考,客观地评判,多维度地分析,不能因为片面的认识而曲解康拉德在男女看法和人类困境方面的认识。

一 历史地思考

由前面的论述可知,关于康拉德作品矛盾争议的根本原因还是评判标准问题。比如,康拉德笔下正面的女性形象往往是依附于男性的、柔弱的、忠贞的勤劳女性,是温暖体贴的温柔顺从型女性。对此,有的评论家解读为女性歧视或男权主义,有的评论家则解读为女性关爱。又如,对康拉德作品中男女人物的比例失衡以及失语的女性存在,有的评论家认为是康拉德作品体裁使然。如批评家黛安娜·布莱顿即认为:

> 康拉德小说中的女性与作品所表现的主题不无关联。由于航海、探险和殖民属于男人的事业,女性被排除在外,因为她们不具备那样的能力。[1]

但也有的评论家认为康拉德有"厌女恐惧症"[2],并引发了很多对

---

[1] 宁一中:《康拉德学术史研究》,译林出版社2014年版,第25页。
[2] Cedric Watts, *Preface Books: A Preface to Conrad*, Beijing: Peking University Press, 2005, p.99.

康拉德的批判声音：

> 康拉德看待妇女犹如他看待人民一样，是个悲观论者……对现实中的妇女痛心失望得多……康拉德作品中的男主人公，如同吉卜林作品中的一样，常常对女人感到害怕……还有谨慎，男人以此为骄傲，经过理性的思考的谨慎，对她们是格格不入的。①

我们认为，应当跳出概念和范畴的圈子，历史性地认识康拉德作品中男性与女性的内在逻辑。我们可以先从康拉德所处的历史时代入手。打开女权运动发展史，不难看到，早在18世纪末法国大革命时期，人类历史上第一个妇女权利宣言《妇女和女性公民权利宣言》便已发表，该宣言第一次提出"女人生来自由，而且和男人平等"的口号。19世纪初，被誉为最出色"亚马逊女战士"的玛丽·沃斯通克拉夫特第一次提出了"女性权利"的思想。她指出：

> 让妇女盲目服从破坏了全部的神圣人权，不让女性分享人权是不公正的，是同人权原则背道而驰的，把妇女排斥在人权之外的"妇女天生缺乏理性、劣于男人"的理论是站不住脚的。②

她将人的权利扩展到女人，走出了关键性的一步。此时，女性的生活状况开始发生变化，一些女性不仅获得了以前男人才拥有的自由权、财产权、安全权等法律权利，而且开始追求自由意愿，

---

① ［法］安德烈·莫洛亚：《康拉德 大海如镜》，百花文艺出版社2000年版，第219—220页。
② ［英］玛丽·沃斯通克拉夫特、约翰·斯图尔特·穆勒：《女权辩护 妇女的屈从地位》，汪溪译，商务印书馆2007年版，第105页。

可以跟男性一样随时接受教育，可以创作文学作品，可以在公众场合发表演说，拥有了属于女性自己的声音。19世纪早期，女性诉求开始得到越来越多的表达，她们可以宣讲自己的观点和看法。直到19世纪下半期，各种有组织的运动出现，她们努力地为自己争取改进教育，增加工作机会以及获得选举权等运动。1843年，玛丽恩·里德的著作《为女性申辩》为女性做了非常有效的申诉，她提出无知并不等于美德，女人也是为自己而生的。她再三强调，女性在理性、有道德和负责任方面和男性是一样的，她的观点获得了很多人的支持。哈里·特泰勒的伴侣约翰·斯图尔特·穆勒则更进一步从两性关系和道德层面指出女性平等是社会进步的需要。最终在20世纪掀起了西方第一次女权主义思想浪潮，对传统男性霸权主义和父权制产生了极大冲击。但是，我们必须看到，女权主义并未从根本上改变传统社会，女权主义大旗下女性的种种申诉仍被局限在传统的框架中，也并未得到男性的充分关注。1869年，约翰·斯图尔特·穆勒在他出版的《论女性的从属地位》一书中分析了妇女处于劣势地位的原因，他承认当时存在的男女两性关系是非常不公平、不平等的，究其原因，绝非自然的结果。他曾提及"女性伟大的职责应该是美化生活……把美、精致、优雅四处散播"，却否认"所有的道德准则和当世舆情却告诉他们，女性的职责和天性就是为他人而生"。[1] 显然，这是针对当时出现的所谓"女子气质"形象做出的反应。这种男性推崇的富有教养和优雅的理想化形象显然是带有对女性的偏见的，所谓的优雅女性和"女人味儿"是和女性的自我牺牲画上等号的。这种貌似高尚的自我牺牲实质上也就意味着女性人格与存在的自我泯灭。

以英国作家托马斯·哈代笔下的英国社会为例，在维多利亚时

---

[1] Margaret Walters, *Feminism*, Peking, Foreign Language Teaching and Research Press, 2013, pp. 208、209.

代，婚姻对女性来说至关重要，意味着她们获得了某种意义上的幸福，是社会为女性安排的唯一出路。正是由于每个女性都必须选择这种固定又狭隘的生活方式，在社会机制的规约下，公共领域的大门是一直向妇女世界关闭的。她们的生活被局限在从事家务和照顾男性生活的小圈子里，成为传统意义上的贤妻良母。直到维多利亚后期，由于女权主义运动的兴起，妇女问题被广泛关注，成为大家议论的热门话题。妇女开始行动起来，主张获得各种与男人平等的权利，但是对于性别歧视、种族歧视、阶级歧视等问题导致的偏见依然没有得到根本的解决。哈代深刻揭露了社会现实，他让我们见证了两性的不平等造成的女性歧视和婚姻关系中性义务对女性的摧残和伤害。在他的小说世界，他为我们展现了男权制社会是如何欺凌、蔑视女性的存在。不过，可惜的是，哈代并未找到女性解放的出路，在他的几部代表作中，我们不难发现，作品中的女主角们的婚姻生活都十分不幸，包括自信勇敢的芭思希芭，任情由性的游苔莎，谨遵父言的格雷丝，大胆控诉社会不平等的淑等。她们生活在痛苦压抑之中，无法反抗，在性别现实困境的巨大压力下，她们选择了娜拉式出走的反抗方式，离开自己长期依赖的丈夫，离开压抑单调的婚姻，甚至离开长久居住的家乡。然而，她们的"离开"可以说是不彻底的，短暂抑或是失败的。等待她们的或是重新面对对婚姻不忠的丈夫；或是接受类似命运的重蹈覆辙；或是主动选择继续生活在固守痛苦婚姻和心灵的折磨之中。总之，婚前这些纯真活泼、大胆追寻快乐的勇敢女性一旦进入婚姻的围城后，就像被折断翅膀的小鸟，永远被道德、宗教、法律、舆论等共筑的社会高墙所困，难以逃脱。[①]

---

① 参见郭高萍《从托马斯·哈代小说看维多利亚时代女性的生存困境》，《乐山师范学院学报》2010年第6期。

社会现实如此,哈代如此,这一时期的作家们也大多如此。康拉德对这一社会现实忧心忡忡,在作品中对女性地位及存在状况进行了多方位描述,既有大量的负面内容,又有相当正面的理性表达。这可以为女权主义文学批评提供充分靶向。女权主义文学批评起源于20世纪60年代的"妇女运动",因为文学世界中女性角色的塑造对女性在社会中的影响产生了很大的作用。她们意识到:

> 妇女在文学中的表现被视为最重要的社会化形式之一,因为它塑造出女性的"标准角色"。①

因此,女性主义批评家们发起了对文学传统女性形象的挑战。在传统小说中,妇女一般极少为生计而奔波,她们的活动范围集中在家庭和婚姻上,她的社会地位取决于男性伴侣的角色,批评家们把目光放在她们的婚姻是否幸福、生活是否圆满如意上。20世纪70年代后,特别是1970年凯特·米莱特的《性别政治》发表后,女权主义批评家们热情高涨。她们宣称:

> 女性主义的主要努力就是暴露所谓父权机制,也就是影响着男男女女,维系不平等性关系的文化"思维定式"。②

英美派女性主义文学批评家桑德拉·吉尔伯特和苏桑·格巴也在女权主义名作《阁楼上的疯女人:女作家与19世纪的文学想象》中指出:

> 男性作家把女性塑造成温柔善良、逆来顺受、极富自我牺

---

① [美]乔纳森·卡勒:《文学理论入门》,李平译,译林出版社2019年版,第116页。
② [美]乔纳森·卡勒:《文学理论入门》,李平译,译林出版社2019年版,第118页。

牲精神的理想女性或天使，这种形象背后隐藏着男性父权制社会对女性的歪曲和压抑。①

那么，我们就不难理解她们为什么把矛头对准了康拉德。但是，是否应当注意这样一个问题，即：以数十年后的话语体系去评论历史的康拉德并无不当，若是以数十年后的话语体系去要求历史的康拉德，难免有刻舟求剑之嫌。

我们还要综合考虑康拉德自己的历史经历。受早年经历和成长环境的影响，他的婚姻观和女性观存在明显缺陷，康拉德对女人的厌恶和不理解或许跟自小丧母有关，在人生观、世界观形成的关键时刻没有女性帮助他树立正确的女性认知。除此之外，他的爱情观和婚姻观也使他对女性的认识出现了较大的偏颇，导致一切女性形象在他的笔下都是模糊不清、值得怀疑的。婚姻关系是两性关系很重要的一个方面，对婚姻的认知会影响到他对女性的看法。作为一名水手，康拉德的婚姻观无疑是失败的。康拉德借助他的小说展现了他的婚姻观，《青春》中的比尔德船长说的："水手和妻子没有关系。"《诺斯托罗莫》中的米切尔船长也赞同："我自己从来没有结婚，作为一名水手应该克制自己。"② 而康拉德虽然已婚，却常年飘荡在海上，一连几个月都见不到妻子和孩子。纵然见面了，感情也总是断断续续，没有持续稳定的感情基础。非正常的婚姻生活和失之偏颇的婚姻观自然导致他对女性的错误认识。也正因为他的不理解，导致他小说中的很多男性人物拒绝跟女性扯上关系，这是评论家批判康拉德有厌女情结的一个很大的原因。如《在西方目光下》，莫尼汉姆医生和拉祖莫夫的对话都

---

① ［美］桑德拉·吉尔伯特，苏桑·格巴：《阁楼上的疯女人—女作家与19世纪的文学想象》，耶鲁大学出版社1979年版，第25页。

② Watts. Cedric, *Preface Books*: *A Preface to Conrad*, Beijing: Peking University Press, 2005, p. 182.

显示了他们对女性的排斥和不理解。其实莫尼汉姆医生的感情观和女性观是非常含混暧昧的,他不是不懂爱情,他深情爱慕着德才兼备的高尔德太太,他对女性是带有尊敬和敬佩的感情的,但是他还是坦然说出对女性的不理解:

"女人不论处于什么地位,一辈子没有什么时候是可以理喻的。"拉祖莫夫也表示了对女性的恐惧和排斥:"说实在的……管他这些女人是傻子还是疯子,和我有什么关系?我真不关心你是怎么想她们的。我——我对女人没有兴趣。随他们去吧,我又不是小说里的年轻人。你怎么会觉得我想了解女人?……这是搞什么名堂?"①

他们的话语体现了康拉德对女性的疏离,关键词"恐惧"和"排斥"集中体现出康拉德潜意识中害怕与女性交往,生活中女性角色的缺失让他无法得知如何正确与女性相处,这种陌生感和焦虑感让他排斥女性,不敢接纳与亲近她们。有的时候他也并没有意识到要真正跟女性交流,他是把女性放置在他的生活圈和关注圈以外的,他的女性关怀其实是建立在不理解和孤傲上面的。

除此之外,他将女性设定为男性对立的"他者"一面,远离男人的世界,遥远又无法理喻,疯癫任性,夸张野蛮。这种夸张描写和对女性的歪曲也恰恰是建立在这种悲观情绪和陌生感上面的。他并没有真正站在两性平衡的关系上去考察女性、理解女性,但是我们决不能因此就判定他是个"极端厌女作家",他所处时代、所处社会对女性的普遍认识、母爱缺失以及对女性缺乏接触也要纳入我们的考量范围内。如果只通过表面上他对男性的丰富

---

① [英]约瑟夫·康拉德:《在西方目光下》,赵挺译,上海译文出版社2014年版,第244、204页。

塑造来简单判断他真正的女性观，那会是一个错误，对康拉德的确是不太公平的。

值得注意的是，有的评论家结合康拉德的生活经历对其作品发展线索进行研究，不乏新意。如，康拉德的写作生涯一般被分为两个时期：（1）前期。从1895年他的第一部小说《阿尔梅耶的愚蠢》的出版，到1910年《间谍》出版，这一时期是他的作品高产期，对那些孤立陌生，陷入道德深渊矛盾的心理刻画多出现在这个时期。（2）后期。从1911年《西方目光下》的出版，到他最后一部未完成的小说《悬念》。众多评论家纷纷指出康拉德部分后期小说质量堪忧，明显下降。对康拉德后期小说质量的批判主要集中在女性风格的改变上。① 许多评论家指出，这种转变是一种"衰落"，关键在于康拉德对女人，特别是恋爱中女人的主题设置。如托马斯·穆瑟指出："康拉德不擅长完成关于爱情的作品……他无法将各种感情戏剧化。"他还指出，康拉德根本不相信爱情与婚姻，因此，他无法驾驭爱情题材的小说创作，对此无能为力。托马斯·穆瑟认为，读者无须为康拉德对爱情的否定与迟疑态度表示震惊或者恐惧，因为：

> 康拉德不可能在如此暗淡的观点和对爱情、妻子、家园与家庭作为万应灵药的信仰之间达成妥协。②

所以，面对批评界对康拉德作品中男权主义与女性问题的争议，我们要看到，康拉德并不善于描述恋爱中的女性，他对女性的了解并不全面，有很大的局限性。我们要在这种两性关系的极端不

---

① 参见［美］戈登·汤普森《康拉德的女性人物》，刘艳译，载宁一中编选《康拉德研究文集》，译林出版社2014年版，第73页。
② ［美］戈登·汤普森：《康拉德的女性人物》，刘艳译，载宁一中编选《康拉德研究文集》，译林出版社2014年版，第74页。

调和中，在康拉德对这一问题上的矛盾表达中，去解构康拉德作品中男权主义与女性问题矛盾的内在逻辑。

二 客观地评判

康拉德是一个具有丰富人生经验和社会经验的作家，他本身就充满了极大的含混性和暧昧性，所以我们必须客观地评判他潜在的思想观念，任何主观的、感性的研究方法都是有失公允的。我们认识到康拉德是一个具有深刻怀疑思想的作家，他的视线不仅仅是放在男性身上，也通过对女性的关注展现他对世界的理解。他的理想主义和怀疑主义共同作用，这种对抗的复意是我们理解康拉德思想的关键。

客观地评判要求我们不能拘泥于某一时段的某些小说，而要注重康拉德长时段的或者整体的小说作品。长期以来，批评界对康拉德女性观的激烈争论迄未止息，众说纷纭，尤其是对他的女性观的批判与斥责占据主导地位。比如：米格罗兹曾大力鞭挞康拉德小说中的女性观，他说：

> 在他对女人彬彬有礼的态度中，透露着一种非常明显的属于黑暗的父权时代的本性，在那个时代里，女人的功能就是结婚、生子、维护社会的体面。①

也有学者认为康拉德依旧是在维护父权制：

> 虽然康拉德在作品中对女性的悲剧命运表示了同情，对父权的合理性和合法性也提出了质疑……康拉德的白人女性观依

---

① Megroz. R. L., *Joseph Conrad's Mind and Method: A Study of Personality in Art*, London: Faber and Faber, 1931, p. 192.

旧是从维护父权制的立场出发的，是与西方固守的女性观相一致。①

当然，也有一部分批评家认可康拉德对女性的态度，认为他其实是一名有女性意识的作家。琼斯在1999年的《康拉德与妇女》一文中，即认为康拉德小说中的女性人物虽然用墨较少，但"女性人物在康拉德小说中并非无足轻重，而是常常发挥关键作用。"②也有批评家认为：

> 简单地把康拉德断定为一位提倡男权中心主义，宣扬帝国主义文明的作家是种不准确和不客观的评价。③

还有的批评家反驳了对康拉德"厌女恐惧症"的指责，认为康拉德的作品体现了女性关怀，特别是他能在大男子主义盛行的时代，为女性鸣不平，已经是非常可贵的了。如有的学者提出：

> 她们不是叙事的中心，很多女性人物还是由男性人物叙述出来的，她们其实并没有直接出现过。这并不能说明他患有厌女症。④

各派观点相持不下的一个重要原因，就是文本选择的片面性和单一性。放开视野，我们便可看到，康拉德海洋小说和丛林小说中

---

① 李宏：《康拉德的白人女性观》，《外语研究》2007年第6期。
② John G. Peters, *The Cambridge Introduction to Joseph Conrad*, Shanghai foreign language education press, 2008, p. VII.
③ 毛艳华：《〈黑暗的心〉所涵盖的生态女性主义观》，《浙江万里学院学报》2011年第5期。
④ 徐定喜、张建春、刘福芹、李凌：《约瑟夫·康拉德的女性观——其短篇小说中的女性形象》，《红河学院学报》2010年第6期。

虽然有大量的男性人物存在，女性角色较少，但不可否认的是康拉德笔下这屈指可数的女性角色，却可以从另一个角度为康拉德辩护，让读者重新认识康拉德描述的女性世界，感受康拉德作品散发出来深切的女性关怀。特别是政治小说中的一些女性，具有高贵的品德和令人佩服的勇气，令很多男性都自叹不如。还有康拉德后期的一些作品，如《胜利》等，他做了大胆的创新，改写了女性柔弱的一面，女性不再顺从屈服，只对男性盲目崇拜，而是具有了反抗意识和自我意识，寻求到了自我的存在。

客观地评判还要求我们不能只见树木，不见森林，要从整体文本出发，研究评判康拉德小说中的思想倾向。比如，有的评论家为说明自己的观点，可以在康拉德所有作品中寻章摘句，建立足够多的论据。也有的评论家只提出对自己观点有利的章句，对其它内容熟视无睹。这均非理性考量。要实现客观分析与评判，必须回到康拉德作品的场景中去，全面考量同一场景下的男性人物形象与女性人物形象。这样，才能正确把握康拉德对男权与女性的态度。

用这一方法，我们会发现，在批判的力度上，男性和女性都是康拉德关注的对象。在某种意义上来说，他笔下的女性甚至比处于强者地位的男性更富有洞察力和敏锐力，更加包容，更加具有大局意识。我们还会发现，康拉德从不包庇和偏袒犯错的男性，他用强烈的指责和呵斥表达对他们错误行为和丑恶嘴脸的揭露和不满；他也从不无原则地隐瞒他们内心的恐慌和懦弱，反而用了大量的篇章详细刻画他们的无知和虚荣给他人、给社会、给世界带来的伤害和绝望，用大量的反讽手法讥笑他们的可耻和卑鄙的内心。康拉德不仅批判被物质利益腐化变质，背叛忠诚、背叛信仰的故事主角，他只要有机会就会随时嘲讽虚伪和善变的男性，一个人也不会放过。

譬如《在西方目光下》这部小说，他详细描述了一个革命派的头目，一个"伟大的流亡者"彼得·伊凡诺维奇，康拉德无情地嘲讽他是个两面派：一方面，他拥有充分的良知和英国式的典雅做派，对妇女往往推崇有加，赞赏不已：

> 我们拥有俄罗斯妇女。可敬的俄罗斯妇女！我收到的来信中，写得好的大都出自妇女同胞之手。这些信语气激昂，英勇无畏，散发出甘愿奉献的崇高热忱！要想实现愿望，最主要依靠妇女。我看到她们对知识如饥似渴，真是令人钦佩。看看她们是如何吸收知识，化为己有的，真是奇妙。①

他夸夸其谈，认为妇女的作用强大，几乎可以拯救世界。他声称自己信奉的新的信仰就是女性的心灵崇高。而另一方面，他却对女性粗暴无礼，他可以随时爽约，而且反复折磨他的"女官"（也可以称之为他的秘书）：

> 在为彼得·伊凡诺维奇做了两年口述记录后，我很难再成什么派了。首先你得正襟危坐，纹丝不动。稍稍动动就会打扰彼得·伊凡诺维奇的文思。你甚至都不敢放开呼吸。至于咳嗽——哦，上帝，那是绝对不可以的……只要我一回头，彼得·伊凡诺维奇就马上跺脚大吼……好像我的表情，我的长相会令他不爽……这份差事不仅冻僵了我的腿脚，还把我内心的信仰也冻得僵硬。②

这种双重情节的区别和矛盾勾画出一个虚伪的"正人君子"，

---

① ［英］约瑟夫·康拉德：《在西方目光下》，赵挺译，上海译文出版社2014年版，第131页。
② ［英］约瑟夫·康拉德：《在西方目光下》，赵挺译，上海译文出版社2014年版，第162—163页。

直接点出了彼得·伊凡诺维奇的真实品性——实际上，他对女性毫不关心，盲目驯服，肆意折磨女性的心。与此同时，叙述者这样评价他的浮夸和虚伪的做派，文本中老语言教师的言语中流露出无尽的嘲讽，他认为伊凡诺维奇表面上俄罗斯式的单纯常常显得天真而高尚，所以他可以肆意游走在愤世嫉俗的边缘，他的派头隆重而花哨，显得古里古怪，神秘兮兮，但是留给这位老语言教师的印象却是借着墨镜的掩护，而肆无忌惮地"表现他的厚颜无耻"。的确如此，"厚颜无耻"的确可以算得上伊凡诺维奇恶劣品性的总结。更加可笑的是，伊凡诺维奇还写了一本关于自己流亡过程的生平自述，目的旨在弘扬人性和鼓吹女性崇拜，他声称要把这崇拜献给一位外交官夫人Ｓ夫人，以赞美她卓越的品德。故事中，他这样评价自己：

> 在逃亡中，他好像被两个不同的自我附体，彼此不可分割。一个是开化的文明人，是渴求心灵之爱和政治自由这样先进的人道主义理念的热情鼓吹者；另一个是鬼鬼祟祟的蛮荒野人，日复一日为了自由费尽心机，冷酷无情，犹如一头困兽。[①]

这种矛盾心理的对抗，再次证明了他人格的分裂和虚伪的品行，这是多么大的讽刺！

除了彼得·伊凡诺维奇以外，康拉德在不同作品对不同男性的讽刺和批判也不吝笔墨。我们看到文本中大量反讽手法的运用多是面向男性人物。如：他在《阴影线》中描述了汉米尔顿，一个穷得叮当响，有钱也不付账的海员，康拉德称这是一个"很有尊严"的人，"有人告诉我他把我归入局外人一类，我拉出椅子的声

---

① ［英］约瑟夫·康拉德：《在西方目光下》，赵挺译，上海译文出版社2014年版，第134页。

音不只使他抬起了眼睛，甚至还使他抬起了眉毛"①。明明处境十分落魄的海员，却摆出一副凌然不可侵犯的样子，着实可笑。而对于吉尔斯船长，康拉德称他什么都像，像个建筑师，像个教堂的门房，像个复杂航行的专家，但是"就是不像个船员"，"他呼出的是睿智的烟霭，其浓度足以让一个无知的灵魂信赖地朝他飞去"②，不仅如此，甚至怀里的大金表都能冒出"真知灼见"。而批准"我"当新人船长的艾利斯船长则被形容为"掌管附近海神的代理海神"，并嘲笑他墙角没有像放一把伞一样放着一支三叉戟。众所周知，海神象征着海的力量，威风凛凛，而这个被称为"代理海神"的船长却有着中风一样的外表，并不时发出粗鲁的吆喝声，自命不凡，爱发脾气，寥寥几笔，却让我们看到了这几个男性的荒唐和可笑。他们的愚蠢和荒诞预示了整个航行未来的风险和灾难。康拉德对于这几个男性的批判，用笔十分尖锐，由此可以看出，康拉德用反讽引申出与文本话语相反的意义和语气，让文本的讽刺力度加强，文本的多重意义加深。虽然康拉德的叙述语调平铺直叙，思维冷静平稳，但是在看似平静的表面下却隐藏着滔滔巨浪般的愤怒情绪。他的反讽比直接的斥责和批判来得更为有力。

由此我们可以看出，康拉德在批判的力度上是没有性别区别的，特别是男性更被纳入他批驳和指责的范围。妇女在某种意义上处于附属地位，缺少自己的思想，很大程度上是由于康拉德仅仅是反映出了所处社会和那个时代的现实而已，而且他对女性的态度显然要宽容得多。

三 多维度分析

多维度分析就是要从不同维度与视角对康拉德小说进行分析，

---

① ［英］约瑟夫·康拉德：《阴影线》，赵启光译，中国和平出版社2005年版，第8页。
② ［英］约瑟夫·康拉德：《阴影线》，赵启光译，中国和平出版社2005年版，第24页。

而不是先入为主，只从一个视角出发。比如，有些评论家只从种族歧视的角度来审视康拉德的女性观。他们不仅只就作品中的女性人物讨论康拉德的女性观，而且只讨论康拉德对黑人女性的歧视，讨论作为白人的康拉德对黑人女性的极端男性摧残。他们理所当然地认为，康拉德作为一名白人男性，必然会受到白人至上思想的影响，必然具有其他白人男性所具有的道德优越感和等级差别感。因而，康拉德对白人妇女的赞赏和宽容，对黑人妇女的贬低和歧视都是必然的。这种歧视特别体现在对黑人女性的形象塑造上。女权主义者乔安娜·史密斯即指出，康拉德的故事，"揭示了帝国主义的共谋和父权制……在于征服同时又抚慰野蛮的黑暗和妇女"[1]。女权主义批评家们认为，康拉德把"妇女"和"黑暗"相提并论，就是认为有着黑色皮肤的非洲妇女们就像"黑暗"一样野蛮无知，具有邪恶的本质。她们只是生活在黑暗荒原的黑影，似动物又好似魔鬼，但是永远不会作为一个人而生存在这个世界上。所以，这些批评家们断定康拉德不仅带着种族主义眼光，也带着性别歧视的观念来看待黑人妇女。

当然，我们并不讳言康拉德对黑人女性的歧视性表达。比如，库尔兹的非洲情妇是个黑人妇女，自始至终我们不知道她姓氏，她只能作为库尔兹背后沉默的影子出现。康拉德笔下的她十分野蛮原始，打扮得好像妖魔鬼怪一般。让我们来看看她的出场：

> 她身上穿着带条纹和花边的衣服，她骄傲地踏着岸边的泥土前进，浑身佩戴着的野蛮人的装饰品闪闪发光，叮当作响。她把头仰得很高，头上的发式很像一顶钢盔；她小腿上直到膝盖都缠着铜裹腿，手上直到肘部带着一副铜丝手套，深褐色的

---

[1] ［英］塞德里克·瓦茨：《论〈黑暗的中心〉》，乔修峰译，载宁一中编选《康拉德研究文集》，译林出版社2014年版，第129页。

脸上有一个红点，脖子上戴着无数玻璃珠穿成的项链；她浑身挂满了许多不可思议的物件，有符咒，有巫师送的礼物等等……她显得野蛮又无比高贵，眼神既狂野又威严……①

康拉德是个语言大师，他的构词、语义、修辞等语言艺术运用得炉火纯青，自然知晓词汇的使用会深深影响读者对人物的认识。他运用"野蛮""不可思议""狂野"等表示贬义的形容词来形容非洲黑人女性的性格特征，并且把这几个形容词放在一起加深了文本的外延意义，可以造就深层的内涵蕴意。

新批评派的学者们认为，语言词汇在表达时应该使用"词典意义"，也就是词语的本意。叠加的本意可以加深文本的外延意义，如果在"外延"意义上附加上感情色彩，这个词语带来的意义会更加丰富，会产生一定的暗示作用或者附加意义，他们称这种意义为"内涵"。读者可以由从字面意义理解文本，到逐渐地理解其中发展的、复杂的意义，从而形成阅读的张力。从康拉德的小说文本中不难找到这种连接"外延"意义和"内涵意义"的"张力"。我们对康拉德对黑人女性描述文本的理解自然也要寻求连接"外延"意义和"内涵意义"的"张力"，感知它凭借上下文的语境带来的暗示意义。那就是：这样的女性是居住在黑暗丛林的主人，神秘莫测，疯狂暴躁；她们远离文明，衣着狂放，认知狭隘。从小说另外的黑人女性身上，我们也可以找寻到相似的暗示意义和附属意义。

我们再来看小说中守门的两个黑人妇女，康拉德不仅仅赋予了她们蕴含贬义的形象，更让她们象征着灾难和死亡，对她们的形象定位是守着坟墓大门的守门人。她们的存在带来了十分可怕的

---

① ［英］约瑟夫·康拉德：《黑暗的心　吉姆爷》，黄雨石、熊蕾译，人民文学出版社2011年版，第86页。

第六章 男权思想与女性意识的意图复意　317

意象，如同行尸走肉，冰冷绝情，就像看守着地狱的大门。文本中是这样描述她们两人的存在的：

> 她们守着黑暗的大门，仿佛在编制尸衣似的织着黑色毛线，一个不停地介绍，把人介绍到无人知晓的地区去，另一个则用她那双无比冷漠的老眼望着那些愉快而愚蠢的脸。①

她们是带领着人们步入地狱大门的使者，我们发现，这样可怕的、带有死亡意象的形象的确没有在白人妇女的身上出现过。看到这里，不由让人联想到著名的女权批评家尼娜·施特劳斯对康拉德铿锵有力的指责："他是种族主义者、性别歧视者、帝国主义的共犯。"② 当然，面对这样的文本，不少评论家持相同观点。如有研究者指出，在康拉德的小说创作中，特别是早期小说的创作模式中有这样一个既定的模式，土著女人不仅仅是白人父亲的负担，也是情人的包袱，更是她们保护人的累赘。从这里我们可以看出："从后殖民批评的视角来看，康拉德的有色女性观存在着种族和性别上的双重歧视。"③ 是的，从文本上看，康拉德的确涉嫌种族和性别的双重歧视，但深究其原因，却不尽然。我们可以认为，他的有色女性观受到西方传统小说家的影响。比如，他极度推崇的法国作家莫泊桑和福楼拜，"他一贯声称……他和福楼拜有共同之处"④，他们的女性观难免会对康拉德产生直接影响，如他们对女人的看法很多都是一样的，都认为女性是放荡的、野蛮的和愚

---

① ［英］约瑟夫·康拉德：《黑暗的心　吉姆爷》，黄雨石、熊蕾译，人民文学出版社2011年版，第14页。
② ［英］塞德里克·瓦茨：《论〈黑暗的中心〉》，乔修峰译，载宁一中编选《康拉德研究文集》，译林出版社2014年版，第129页。
③ 李宏：《康拉德的有色女性观》，《外语研究》2006年第5期。
④ Mozina Andrew, *Joseph Conrad and the Art of Sacrifice: The Evolution of the Scapegoat Theme in Joseph Conrad's Fiction*, London: Routledge, p.12.

昧的。

　　我们还可以认为，康拉德受社会、历史的影响，自带着白人作家的种族优越感，很难跳脱出这个潜移默化的思维模式，这当然也直接影响他对有色人种女性的认知和态度。所以，结论自然是康拉德的确对异域女性有着深深的偏见，她们有着怪异的形象，矛盾狂躁的性格，她们的结局都很悲惨，被爱人抛弃或走上不归之路。作者同情她们的遭遇，却也流露出深深的鄙视和唾弃。白人男性永远无法也不会与异域的女性产生真正的爱情，我们也能看出来从来没有一个女性"恶魔"有着美好结局，这是康拉德的刻意安排，说明这些女性不符合康拉德的女性观念。

　　若转换一下角度，我们同样可以认为：康拉德对黑人女性的种种描述，大大拓展了这一历史时期小说家们的视野。维多利亚时代主张女权的作家们的眼光多局限在英国的白人世界，从女性作家到哈代等男性作家大率如此；而康拉德已经从全球视野关注女性，他的笔下既有白人女性，又有黑人女性，也不乏东方女性，是一种全新视野下的女性观。我们还可以这样认为，维多利亚时代作家们笔下的女性多围绕着狭小的婚姻家庭主题，缺少社会活动内容；而康拉德笔下的女性往往活动在世界的各个地域与空间，既有城市社会活动中的女性，也有丛林山野中的女性，还有海上航行中的女性，是更为丰富的女性观。我们又可以这样认为，维多利亚时代作家笔下的女性做出了种种抗争与努力，但最终仍像被折断翅膀的小鸟一样，永远被道德、宗教、法律、舆论等共筑的社会壁垒禁锢，无法逃脱；而康拉德笔下的黑人或东方女性却有着更强烈的抗争精神和更鲜明的自主意识，她们有的甚至以死抗争，有的通过自己的努力到达自由的彼岸。这是评论家们没有注意到的另一个世界的女权运动。

　　综上所述，我们认为，多维度考量首先就是宽容与接受，对于康拉德作品中所表现出的种种意图复意，应当全盘接受。在此基

第六章 男权思想与女性意识的意图复意

础上,再去梳理理解其认识与观念,建构康拉德的世界观。很多批评家都已看出来,悲观深沉的康拉德在认识世界的过程中常常面临一个僵局,那就是"两者皆有",这个特点贯穿于他整个小说创作过程中。E. M. 福斯特曾经指出康拉德的矛盾在于:"他并不愿意去解决他近期和远期想法之间的差异。"① 这导致他的一举一动都处于一种迷茫的不确定状态,显得充满怀疑和悲观精神,并最终造成他的文本晦涩难懂,种种意图复意导致理解他的思想难上加难。对一个世界观被矛盾撕裂的作家来说,采取积极的行动并不是那么容易的事情。诚然,他对待女性的矛盾态度毋庸置疑:他呼唤女性成为贤妻良母,这是他对自己理想女性的刻画和塑造;女性是一名被排斥的"他者",更是一名失语化的异士。他自己曾经在1910年《快乐的漫游者》一文中否定了自己的"女性关怀"。他说:

> 你们也许会说,这就是女人。她们总是会慈悲为怀的,她们绝对不会给一头骆驼加以不能承受的重负,也绝对不会对一只恼人的小虫下毒手的。她们这些妇道人家,把世界交给她们十分钟都不行。离开我们这些男人,世界都不会正常运行的。所以,管理世界的事情还是留给我们男人来做吧。这也许就是我们男人总是受到诅咒的原因吧,这样说虽然不是很公平,但我认为这真的是精炼的异议了!②

可见,在康拉德的观念中,男性和女性在世界上的位置和责任是按照个体力量的强弱分配的:女性负责家庭,她们个性善良纯真,事无巨细,可以把家庭和男性照顾得很好;但是却缺乏独立处理

---

① E. M. Forster, *Abinger Harvest*, New York: Harcourt, Brace, 1936, p. 139.
② [英]约瑟夫·康拉德:《生活笔记》,傅松雪译:江苏教育出版社2006年版,第121页。

事件的能力，管理世界则是一个"妇道人家"能力之外的事情，那是男人的社会责任。男性生存在这个世界上，必须肩负起一定的责任，男性必须在冷漠残酷，充满敌意的世界上找到自己的存在，为自己找到行动的意义和存在的价值。人类的处境本就是充满了种种不确定性和各种风险，人类终将为了生存而挣扎和斗争。这么艰巨和复杂的任务就交给男性来做吧——这是康拉德的理性世界，也是他理想中的生存状态。

当然，我们也应当看到，康拉德作品中同时表达了对男性特别是白人男性的失望：英雄不在，而且无可救赎。在人性与道德的博弈中，他们暴露出自己潜意识中的脆弱和懦弱，在面临社会和世界的危机时他们被贪婪和残暴的天性侵蚀人心，于是康拉德开始把目光转向勇敢、有担当的女性，甚至把拯救整个世界的希望和重担放在了女性身上。在《诺斯托罗莫》的后记中，他提到一个在那个激动人心的时代令他十分关注的人物——安东尼娅·阿韦兰诺斯。安东尼娅在康拉德心中占据了非常重要的位置，他甚至承认安东尼娅是他的代言人：

> 我希望她能帮助我说清楚我想说的话。在那些有机会看到这个殖民共和国诞生的人中间，她是我记忆中唯一活下来的人……她依靠的是女人的本能：只有她有能力激发起一个不务正业的人胸中诚挚的热情。如果说有什么能吸引我再次回访苏拉科（我痛恨所有的改变），那就是安东尼娅……把她看作我们生活信仰的旗手，只有她能毫不退缩地高举着希望的大旗。①

必须注意的是，康拉德的怀疑既是面向个人的怀疑，也是面对

---

① ［英］约瑟夫·康拉德：《诺斯托罗莫》，何卫宁译，新华出版社2015年版，作者后记。

人生和世界的怀疑。它不只是被局限在对女性的怀疑，也指向各种父权权威，甚至包括对神性的怀疑。康拉德犹如一个双面人，极不稳定而又复杂多变的社会环境造就了康拉德复杂矛盾的思想特征和创作特征。作为一个理性和客观的读者，我们应该抛弃对一个作家范式化的刻板印象，全面深入地探索他真正的思想逻辑。

>>> 结　　语

　　康拉德的文本带有极强的"复意性",这种"复意性"体现在小说文本的方方面面。他让我们看到了经验的复杂性和词汇的多义性,语言要素特别是词汇可能暗示多重或者相反的含义,由此产生的不确定性和模糊性可以帮助我们更好地理解生活的复杂和多样。复意让人们的情感变得不可名状,吸引我们探索人类经验深处的神秘。

　　前已述及,康拉德小说创作的"复意性"受其人生经历、时代与国家背景、多元文化等的深刻影响,并体现在小说复意性人物、悲观主义与乐观精神的复意所指、殖民主义与反殖民主义的矛盾式复意,男权意识与女性关怀的意图复意等等方面。小说文本的复意体现了作者思想潜意识中的复意,而小说创作的复意又让读者特别是批评家们产生了难以言说的模糊性与印象性。这三者复意的有机结合使其作品达到了相当高的美学高度。需要指出的是,康拉德小说创作的"复意性"并非单纯的艺术创造,亦非技巧与手法的结果,而在于他身处其中的复意时代和他独特的复意人生。他所处的时代处于新、旧两个时代之交,此时社会、经济、政治、文化等各方面都在发生巨大变化,各种社会矛盾、政治事件、文化思潮、科学理论同时出现,新旧并存,共同洗涤着人们的思想。因此,这一时期的许多作家都会展现出或多或少的复意性特征。但是,康拉德曲折而复意的人生与多元文化背景是其他人所不具备的。他把自己曲折而复意的人生与多元文化背景投射在小说作品中，创作出人与作品浑然一体的大写的复意。

更为重要的是，康拉德是一个思想者，他并未止步于对复意客观的复意表达，而是从中寻求未来世界的真谛，其小说中的批判性和洞察力具有划时代的开创意义。他小说中的人物所传导出的矛盾的观念，既是上一时代的余音，又是未来时代的新声，他是伫立在两个时代之交的哲人。通过康拉德小说中人物所传导出的观念，我们可以清楚地看到他对人类文明多元文化的认知，看到他超前的全球化意识。从这个意义上可以说，康拉德小说从人物到观念所蕴含的就是一部现代人类文明忧思录。

康拉德不仅是一位伟大的作家，也是一位前卫的思想家。他具有其他作家无法比拟的全球化眼光，他通过自己的作品展示了一个微缩的地球村中多元文化的融合与碰撞，同时也谨慎审视了多元文化并存的世界所产生的问题和矛盾，让我们看到了人类为自己的狭隘民族情结所付出的沉痛代价。他虽然身处19世纪，却预示了未来世纪的世界新格局。

众所周知，康拉德是英国文学史上最难以捉摸的作家之一，康拉德的生活经历异常丰富，去过世界上很多地方，包括无人涉猎的群岛和鲜有人踪的丛林。他涉足过的每一个国家和地区都有着自己独特的习俗和传统，众多迥异的文化碰撞在一起，在康拉德的身上迸发出异常灿烂的火花。他就像一根纽带，把欧洲、亚洲、大洋洲、非洲、南美洲的人民和文化紧紧联系在一起，他把不同种族、不同肤色、不同文明的人集合在他的小说中，就像一个"地球村"，把一个小型的世界展现在读者面前。让我们更加欣喜的是，康拉德带给我们的绝不仅仅如此，他的思想超越了他所生存的时代，他的视线也一直立足于全球相连的这个世界，提前预示了世界的未来发展。

"全球化"这个概念是从20世纪80年代开始才流行起来的，

随着历史车轮不断向前滚动，经济的发展需要不同国家间的相互依托，国家与国家之间的界限也越来越模糊，国际化的各种标准和准则开始出现，文化开始在不同领域融合。康拉德所处的时代是完全没有"全球化"这个概念的，可是我们发现，康拉德的人生就是一个全球化的旅程，他从沙俄统治下的波兰来到法国，又从法国来到英国，并亲身涉足了世界上众多的国家，他丰富的阅历和知识让他拥有了别人不曾拥有的全球化视角，站在了一个无人企及的权威高度。他把这种国际化视野代入了小说作品当中，在这个虚构的微缩世界建立了一个多民族的大家庭，黑人、白人、黄种人手拉手成为一个集体，共同建设和发展我们赖以生存的地球。

通过分析康拉德的作品和他的思想观念，我们发现，康拉德的思想和认识是"超前于他的时代"的。就像塞德里克·瓦茨认为的那样：

> 之所以能超越他的时代，是因为以他极机智的方式触及它的时代：康拉德惊觉巧妙而又模棱两可地设计当时的问题，从而预示了 20 世纪人们将关注的很多问题。[1]

如：道德与人性问题，后殖民主义问题，女性解放问题，经济全球化问题，等等。他提前预示了多重冲突对文明进程的影响，也预示了全球文明的未来。

首先，在社会发展方面，我们看到 21 世纪的世界，国家与国家间的经济来往越来越密切，彼此的联系沟通都是通过海运运输，船和海员就站在了世界的中心，集装箱货轮成为我们评价一个国

---

[1] [英]塞德里克·瓦茨：《论〈黑暗的中心〉》，乔修峰译，载宁一中编选《康拉德研究文集》，译林出版社 2014 年版，第 120 页。

家经济是否发达的标准之一。这样的货轮成为国家与国家之间的贸易枢纽，也是人们往来的重要通道。本国生产的货物被源源不断运往他国，制造业的材料往往来自世界各国。而与此同时，人口流动量大大增加，来自不同国家的移民开始逐渐增多，新型的大中城市不断出现，越来越多的人知晓多国语言，几千万的移民带着梦想来到北美和南美大陆，希望能有更多的机遇让他们更好地生存下去。在这个过程中，我们遇到了很多困境和难题，至今尚未解决。不同种族间的文化交流、文化碰撞成为大家热议的话题，种族差异和移民的聚集导致了更多的冲突、矛盾和隔阂，如何解决移民的不安全感、错位感和无归属感？如何避免再次发生世界大战？如塞缪尔·亨廷顿曾经就不同文明之间的冲突可能造成的后果进行分析道："文明的冲突是对世界和平的最大的威胁，建立在文明之上的国际秩序是防止世界大战的最可靠的保障。"[①] 现在，我们看到移民聚集区白人对其他族裔的种族歧视和女性歧视依然存在，他们之间冲突不断，人类面临着严重的道德堕落和道德缺失问题，正在逐渐玷污和破坏人类文明发展进程。此外，科学的发现带来社会繁荣发展的同时也使人们的内心惴惴不安："达尔文进化论的大范围推广也使人们对人类的存在与未来、人类的本质等问题产生了深深的焦虑和怀疑。凯尔文爵士的热力学第二定律、平均信息量规律表明：当太空中的太阳冷却后，地球上的生命将完全灭绝，地球终将面临黑暗。"[②] 而以上这些21世纪社会面临的各种困境和问题，身处19世纪的康拉德都已经在作品中探讨过，并成为小说关注的主题。如小说中多种族社会的紧张关系，被物质利益驱使下的道德沦丧，人无法摆脱命运安排导致的

---

① [美]塞缪尔·亨廷顿：《文明的冲突与世界秩序的重建》，周琪等译，新华出版社2009年版，第11页。

② [英]塞德里克·瓦茨：《论〈黑暗的中心〉》，乔修峰译，载宁一中编选《康拉德研究文集》，译林出版社2014年版，第120页。

悲观绝望，科技的日益发展导致的环境污染和对大自然的破坏等等。可以说，他提早就站在了时代的前端，比同时代其他作家看得都远。更加难能可贵的是，他不仅看到了未来全球化的走向，更关注到全球化带来的一系列社会问题和观念矛盾。

其次，在文学发展方面，康拉德也十分有远见，他预见了具有国际多元化背景作家群的出现以及后殖民文学的发展。在西方文坛，白人作家一直占据中心位置，白人文化成为主流文化。而近几十年我们发现，白人作家垄断渐渐被打破，各民族各种族作家开始轮番登场。20世纪的前60年，文学界影响最大的诺贝尔文学奖全部牢牢掌握在西方白人作家手中；而60年代以后，出现了明显的倾斜和变化。多种族作家开始占据主流文化，白人作家获奖变成了极为罕见的现象。来自墨西哥、南非、圣卢西亚、日本、印度的文学家频频获得国际文学大奖，黑人和少数民族裔作家的作品开始得到高度关注。移民文学和后殖民文学在20世纪后期和21世纪流行起来。这种现象在批评界引起一片哗然。1993年皮考·伊尔提出了"世界小说"的概念，指出这是一场作家们对帝国主义的文学反攻。他们和以前的殖民文学截然不同，他们不一定是饱受欺凌的殖民地人民，可能是移民、可能是少数族裔，可能是当地土著，他们是国际化社会一种新生拥有多元背景作家，他们都使用英语这种通用语言写作，可是却受着本民族和多边文化的影响。正因为如此，他们有着强烈的民族意识和坚强的意志，也具有顽强的生存能力。因此他们的作品在深度和力度上都胜出一筹。后殖民文学的教父级人物拉什迪就曾经指出，现在世界上最危险的思想就是狭隘的民族纯粹观，世界上很多丧尽天良的悲剧事件皆因此而发。后殖民文学反对狭隘的民族心理，反对种族隔离和种族歧视。这些作家有着多重身份，因此他们的心理也是不完整的，正是这种分裂和世界性才使世界进入一个新纪元。这些后殖民主义作家，他们拥有多国语言能力，生活背景皆多元又复杂。他们没有特定地域的归属，但却拥有着对整个人类和地球村的反思。这种跨语言、跨种族、跨文化、跨区域的作家们把新鲜的血液注入了世界文坛，他们改变了文化秩序，把不同文化、不同语言的精华注入到他们的文学作品中，深深体现了一种文学上的"无边界感"。世界是一个整体，文学是一个整体，这些后殖民文学家们和康拉德一样，怀疑身为个体的个人能否改变体制或者改变个人的命运，正因为如此，他们把改变世界、拯救世界的希望放在了人类团结上。而康拉德作为一个极为关注殖民主义的作家，他的作品也反映了这种全球化多元文化的融合与冲突，他的《黑暗的心》等作品在文学界上引起了轰动，也为反殖民主义做出了贡献。"它促成了国际抗议运动，最终遏制了比利时在利奥波德国王统治下的刚果的暴行。"[①] 新世纪来到，殖民主义以另一种形式出现，新殖民主义、新军事主义诞生，文化霸权、经济霸权依然存在。康拉德的作品在今天仍然让我们思考文明建立的标准和道德的基础等问题。所以我们认为，康拉德就是这样一个具有前瞻意识和后殖民意识的伟大作家，他能提前认识到文化多元是世界文明的本质，把民族意识和全球意识综合在了一起，辩证而理性地看待多民族文化并存的事实。每个民族都有自己的权利，都应该发出自己的声音，多元文化会促使世界向更和谐、更全面、更文明的方向前进。

最后，在国际政治问题上，康拉德给出了自己的预见和警示。他的作品来自19世纪，却预示了未来社会政治发展的重要问题。康拉德让我们知道，任何矛盾都是内因和外因共同造成的，社会的黑暗混乱也会使人性变得更为复杂，矛盾交错的社会让人的生存面临更大的困境。他的作品具有极其丰富的暗示意义，他在19

---

① Watts Cedric, *Preface Books: A Preface to Conrad*, Beijing: Peking University Press, 2005, p. 128.

世纪末就提前看到了恐怖主义的可怕，谴责恐怖的反革命活动给人们带来的伤害，反复叙述了一些 20 世纪突出历史事件的经历，腐败而混乱。对于战乱不断的原因，康拉德也一针见血地指出了问题所在：

> 没有共同遵守的有关保守主义的规则……在国际行为的具体实践上，也没有足够的力量来限制国家野心过度膨胀的集会意见；缺乏有效的国际制裁，这就是我们文明世界所面临的最大麻烦。①

21 世纪的世界，和平与发展是唯一的主题。而康拉德也早早地预示到了这一点，他反对战争，渴望和平。他曾经这样写道：

> 和平才是主题……在和平方面我们有最好的设想、最完美的希望。如今当今，我们为之努力所能做的就是为和平这个目标付出我们全部的精力和热忱……我们希望黎明的曙光可以冲破这沉沉的黑暗，一直照亮世界。②

在他看来，只有和平的、民主的、有秩序的世界才能带来未来的希望，他特别指出，我们的世界不仅仅只有武力和交易，更重要的是，这是我们赖以生存的家园。我们的衣食住行、生老病死都依靠着它，我们要再三思索，并且节约能源。同时他也有先见性地警示人类：

---

① ［英］约瑟夫·康拉德：《生活笔记》，傅松雪译，江苏教育出版社 2006 年版，第 213 页。
② ［英］约瑟夫·康拉德：《生活笔记》，傅松雪译，江苏教育出版社 2006 年版，第 207—211 页。

令我们担忧的是，战争也许会卷土重来。对于人类和国家来说，如何更好地运用他们的聪明智慧来抵制战争的发生，这才是我们最应该考虑的问题。①

他预感到战争随时会一触即发，世界没有永远的和平。这个世界不仅仅存在着理性和道德，我们还要看到企图征服世界的野心。人类的欲望永远无穷无尽，所以我们要随时做好和人性深处欲望博弈的准备。战争与和平永远是最永恒的矛盾体，人类应该时刻保持警惕心和清醒的头脑，理智冷静对待世间一切矛盾。这给身处 21 世纪的我们敲响了警钟。大国关系如此复杂、紧张，康拉德通过对复意性的认识让我们知道世界是一个复杂的存在，人与人之间，人与世界，不同国家之间都存在着严重的差异和不理解，这种紧张的关系会导致战争的发生，导致恐怖事件的发生，最终受到伤害的始终是我们生存在地球上的人。而对未来世界格局，康拉德也给出了自己的答案：

　　他们在东方奠定了足以和西方对抗的力量格局，现在的东方已经完全有资格在世界上发出自己的声音；如此一来，世界局势发生了变化，西方社会还没有准备好对于东方的限制，只好仓皇应对。②

他预示到了未来世界新格局，东方以一种崭新的强大姿态登上国际舞台，成为比肩西方的强大力量。

　　综上，康拉德所处的时代是完全没有"全球化"这个概念的，

---

① ［英］约瑟夫·康拉德：《生活笔记》，傅松雪译，江苏教育出版社 2006 年版，第 211 页。
② ［英］约瑟夫·康拉德：《生活笔记》，傅松雪译，江苏教育出版社 2006 年版，第 211 页。

可是我们发现，他对于这个世界的关注与观照是超越时代的。在殖民化的浪潮下，欧洲国家所关心的是殖民地的财富、矿产与劳动力，对于殖民地的社会与历史、殖民地的未来，他们鲜有关注。如霍克希尔德所言：

> 成千上万的人在殖民地生活或工作，帝国的果实在各处炫示，殖民地的财富建造了富丽堂皇的大厦和宏伟的纪念碑，法国波尔多有马达加斯加大街，伦敦有喀土穆路，商店里充斥着外国小饰品和香料。1897年，超过100万游客参观了布鲁塞尔郊外的世博会，那里有267名刚果男人、女人和孩子，他们住在茅舍里，在池塘边划独木舟。在美国也有类似的人类展览。然而，作家们大多沉默不语。①

可以说，全球化的历史在16世纪便已开启，但长达数百年中，全球化只是以列强的海外拓展与海外殖民为主体，真正以全球化的眼光，观察与思考"文明世界"以及"文明世界"以外的世界的命运问题，康拉德是开风气者。正如美国历史学家马娅·亚桑诺夫在《守候黎明》一书中所言："康拉德不会知晓'全球化'这个词汇，但从沙俄行省远涉重洋来到英国安家的这一旅程却使得他将"全球化"表现得淋漓尽致。"② 的确，康拉德的人生就是一个全球化的旅程，他从沙俄统治下的波兰来到法国，又从法国来到英国，并亲身涉足了世界上众多的国家，他丰富的阅历和知识让他拥有了别人不曾拥有的全球化视角，站在了一个无人企及的权威高度。

---

① ［美］亚当·霍克希尔德：《陌生土地上的陌路人：约瑟夫·康拉德与全球化的黎明》，卢南峰译，美国《外交事务》（*Foreign Affairs*）2018年3/4月刊。
② ［美］马娅·亚桑诺夫：《守候黎明：全球化世界中的约瑟夫·康拉德》，金国译，社会科学文献出版社2018年版，"序幕"第9页。

总之，康拉德是一个伟大的作家，他具有其他作家无法比拟的全球化眼光，他的思想和认识是"超前于他的时代"的。更为重要的是，康拉德"超前于他的时代"的种种思想与认识是通过其小说创作的复意性来实现的。他通过自己的作品展示了一个微缩的地球村中多元文化的融合与碰撞，同时也谨慎审视了多元文化并存的世界所产生的问题和矛盾。他的小说从方方面面展示了他的国际化视野，每个独立的国家之间正在互相融合，在摩擦与冲突中演变成一个整体的世界，而这个完整的世界也反过来影响着每一个国家。他提前预示了多重冲突对文明进程的影响，也预示了全球文明的未来。

>>> 主要参考文献

一 康拉德作品中译本

梁遇春译:《青春》,北新书局1931年版。

袁家骅译:《台风及其他》,上海商务印书馆1934年版。

薛诗绮译:《罗曼亲王》,载《世界文学》1979年第4期。

马小弥译:《文明的前哨》,载《世界文学》1984年第4期。

甄沛之等译:《台风及其它三个短篇》,联经出版有限公司1989年版。

陈仓多译:《吉姆爷》,台北县书华出版事业公司1994年版。

薛诗绮译:《康拉德海洋小说》,百花出版社1994年版。

方平等译:《青春——康拉德小说选》,上海译文出版社1997年版。

朱炯强编选:《康拉德精选集》,山东文艺出版社1999年版。

金圣华译:《海隅逐客》,译林出版社2000年版。

倪庆饩译:《大海如镜》,百花文艺出版社2000年版。

隋刚、杜芳译:《康拉德短篇小说选》,外文出版社2000年版。

张梦井译:《金箭》,北岳文艺出版社2000年版。

胡南平译:《黑暗的心脏 "水仙号"上的黑家伙》,译林出版社2001年版。

刘珠还译:《诺斯托罗莫》,译林出版社2001年版。

张健译:《间谍》,外国文学出版社2002年版。

田秀珍译:《傻子》,载《马辛厄姆公寓的幽灵》,作家出版社2005

年版。

傅松雪译：《生活笔记》，外文出版社 2006 年版。

黄雨石、熊蕾译：《黑暗的心　吉姆爷》，人民文学出版社 2011 年版。

袁家骅译：《"水仙号"的黑水手》，上海译文出版社 2011 年版。

薛诗绮编：《康拉德 海洋小说》，上海文艺出版社 2012 年版。

胡宝贵译：《魔鬼湖》，载《美国佬都是骗子》，译林出版社 2013 年版。

赵挺译：《在西方目光下》，上海译文出版社 2014 年版。

何明霞、王明娥译：《胜利：荒岛上的爱情》，新华出版社 2015 年版。

魏杰译：《秘密特工》，金城出版社 2015 年版。

梁遇春译：《青春》，辽宁人民出版社 2017 年版。

纪飞编译：《阴影线》，清华大学出版社 2017 年版。

毕文清译：《一段回忆》，江苏凤凰文艺出版社 2018 年版。

梁遇春、宋龙艺译：《康拉德海洋小说　黑暗的心》，北京理工大学出版社 2018 年版。

梁遇春、朱一苇译：《康拉德海洋小说　吉姆爷》，北京理工大学出版社 2018 年版。

马东峰译：《康拉德海洋小说　诺斯托罗莫》，北京理工大学出版社 2018 年版。

王燕珍、项泽华译：《康拉德海洋小说　间谍》，北京理工大学出版社 2018 年版。

徐成译：《阴影线：一部自白》，人民文学出版社 2022 年版。

二　学术专著

贝克、王文斌、张文涛：《权利语录》，江苏人民出版社 2008 年版。

柴华：《中国现代象征主义诗学研究》，中国社会科学出版社 2016 年版。

常耀信：《英国文学大花园》，湖北教育出版社2007年版。

常耀信：《英国文学通史》，南开大学出版社2013年版。

陈广兴：《约瑟夫·康拉德小说情节研究》，上海外语教育出版社2011年版。

陈太胜：《象征主义与中国现代诗学》，北京大学出版社2005年版。

陈钦庄等：《世界文明简史》，浙江大学出版社2008年版。

程光炜主编：《寻根文学研究资料》，百花洲文艺出版社2017年版。

董小燕：《西方文明：精神与制度的变迁》，学林出版社2003年版。

费小平：《家园政治：后殖民小说与文化研究》，北京大学出版社2010年版。

高继海：《英国小说名家名著评析》，中国社会科学出版社2006年版。

格非：《小说叙事研究》，清华大学出版社2002年版。

关桂云：《文学术语》，中国社会科学出版社2017年版。

何顺果：《全球化的历史考察》，江西人民出版社2012年版。

候维瑞：《现代英国小说史》，上海外语教育出版社1985年版。

侯维瑞、李维屏：《英国小说史》，译林出版社2005年版。

胡强：《康拉德政治三部曲研究》，中国社会科学出版社2008年版。

胡燕春：《"英、美新批评派"研究》，中国社会科学出版社2010年版。

贾小平：《家园政治：后殖民小说与文化研究》，北京大学出版社2010年版。

蒋承勇等：《英国小说发展史》，浙江大学出版社2005年版。

金东雷：《英国文学史纲》，吉林出版集团有限责任公司2010年版。

老舍：《老舍文集》，人民文学出版社1990年版。

李美华：《英国生态文学》，学林出版社2008年版。

李维屏：《英国小说人物史》，上海外语教育出版社2008年版。

李维屏等：《英国短篇小说史》，上海外语教育出版社2011年版。

李维屏：《英国文学思想史》，上海外语教育出版社 2012 年版。

李文军：《文化批评视角下的约瑟夫·康拉德研究》，科学出版社 2021 年版。

梁秋实：《英国文学史》，新星出版社 1981 年版。

刘文荣：《19 世纪英国小说史》，中国社会科学出版社 2002 年版。

马克垚主编：《世界文明史》，北京大学出版社 2016 年版。

孟华：《比较文学形象学》，北京大学出版社 2001 年版。

聂珍钊、杜鹃、唐红梅、朱卫红等：《英国文学的伦理学批评》，华中师范大学出版社 2007 年版。

宁一中：《康拉德学术史研究》，译林出版社 2014 年版。

宁一中编选：《康拉德研究文集》，译林出版社 2014 年版。

庞伟奇：《直面虚无的灵魂救赎——约瑟夫·康拉德创作精神主体研究》，江苏大学出版社 2016 年版。

齐涛：《世界通史教程·近代卷》，山东大学出版社 1999 年版。

齐涛主编：《世界史纲》，泰山出版社 2012 年版。

乔国强、薛春霞：《什么是新批评》，上海外语教育出版社 2011 年版。

钱乘旦：《世界现代化历程》，江苏人民出版社 2012 年版。

邱运华：《文学批评方法与案例》，北京大学出版社 2006 年版。

瞿世镜、任一鸣：《当代英国小说史》，上海译文出版社 2008 年版。

阮炜、陈晓红、李小均等：《英国跨文化小说中的身份错乱》，上海三联书店 2013 年版。

生安峰：《霍米·巴巴的后殖民理论研究》，北京大学出版社 2011 年版。

申丹、韩加明、王丽亚：《英美小说叙事理论研究》，北京大学出版社 2005 年版。

童庆炳主编：《文学理论新编》，北京师范大学出版社 2017 年版。

王守仁：《英国文学批评史》，南京大学出版社 2013 年版。

王守仁、何宁：《20世纪英国文学史》，北京大学出版社2006年版。

王斯德主编：《世界通史》，华东师范大学出版社2018年版。

王卫新、隋晓荻：《英国文学批评史》，上海外语教育出版社2012年版。

王佐良、周珏良：《英国20世纪文学史》，外语教学与研究出版社2006年版。

仵从巨：《"城堡"与"迷宫"——欧美现代主义文学论集》，四川民族出版社1998年版。

吴学先：《燕卜荪早期诗学与新批评》，高等教育出版社2002年版。

徐达斯：《世界文明孤独史》，作家出版社2019年版。

曾繁仁等：《20世纪欧美文学热点问题》，高等教育出版社2002年版。

赵毅衡：《新批评文集》，中国社会科学出版社1988年版。

朱维之、赵澧、崔宝衡、王立新主编，《外国文学史》，南开大学出版社2010年版。

[美] A. J. 艾耶尔：《二十世纪哲学》，李步楼等译，上海译文出版社2015年版。

[美] 爱德华·W. 赛义德：《赛义德自选集》，谢少波、韩刚等译，中国社会科学出版社，1999年版。

[美] 爱德华·W. 赛义德：《东方学》，王宇根译，生活·读书·新知三联书店2007年版。

[美] 爱德华·W. 赛义德：《来自第三世界的痛苦报道：爱德华赛义德文化随笔集》，陈文铁译，上海译文出版社2013年版。

[美] 爱德华·W. 赛义德：《文化与帝国主义》，李琨译，生活·读书·新知三联书店2016年版。

[英] 艾勒克·博埃默：《殖民和后殖民文学》，盛宁等译，辽宁教育出版社/牛津大学出版社1998年版。

[法] 安德烈·莫洛亚：《康拉德 大海如镜》，百花文艺出版社

2000 年版。

［英］巴特·穆尔·吉尔伯特等编纂：《后殖民批评》，杨乃乔等译，北京大学出版社 2001 年版。

［英］巴特·穆尔·吉尔伯特：《后殖民理论》，外语教学与研究出版社 2018 年版。

［美］保罗·H. 弗莱：《耶鲁大学公开课：文学理论》，北京联合出版公司 2017 年版。

［英］保罗·史密斯：《印象主义》，张广龙译，中国建筑工业出版社 2004 年版。

［英］彼得·巴里：《理论入门：文学与文化理论导论》，杨建国译，南京大学出版社 2013 年版。

［英］彼得·沃森：《20 世纪思想史》（上、下），朱进东、陆月宏、胡发贵译，上海译文出版社 2008 年版。

［美］查尔斯·E. 布莱斯勒：《文学批评：理论与实践导论》，中国人民大学出版社 2014 年版。

［英］戴维·洛奇：《小说的艺术》，卢丽安译，上海译文出版社 2010 年版。

［英］戴维·洛奇：《二十世纪文学评论》，葛林等译，上海译文出版社 1987 年版。

［英］F. R. 利维斯：《伟大的传统》，袁伟译，生活·读书·新知三联书店 2009 年版。

［英］弗吉尼亚·伍尔夫：《论小说与小说家》，瞿世镜译，上海译文出版社 2000 年版。

［美］弗兰克·梯利：《西方哲学史》，贾辰阳、解本远译，吉林出版集团有限责任公司 2014 年版。

［英］福斯特：《小说面面观》，朱乃长译，中国对外翻译出版公司 2001 年版。

［美］哈罗德·布鲁姆：《小说与小说家》，石头、平萍、刘戈译，

译林出版社 2018 年版。

［德］黑格尔:《美学》第 2 卷,朱光潜译,商务印书馆 1979 年版。

［南非］J. M. 库切:《内心活动:文学评论集》,黄灿然译,浙江文艺出版社 2010 年版。

［法］加缪:《西西弗神话》,沈志明译,上海译文出版社 2017 年版。

［德］康德:《康德说道德与人性》,高适编译,华中科技大学出版社 2012 年版。

［美］克里尚·库马尔:《千年帝国史》,石炜译,中信出版集团 2020 年版。

［美］克里斯托弗·巴特勒:《现代主义》,朱邦芊译,译林出版社 2018 年版。

［英］莱斯利·史蒂文:《人性七论》,商务印书馆 1994 年版。

［美］勒纳等:《西方文明史》,王觉非等译,中国青年出版社 2003 年版。

［美］勒内·韦勒克:《批评的诸种概念》,罗纲、王馨钵、杨德友译,上海人民出版社 2015 年版。

［美］勒内·韦勒克:《辩异:读〈批评的诸种概念〉》,刘象愚、杨德友译,上海人民出版社 2015 年版。

［美］勒内·韦勒克、奥斯丁·沃伦:《文学理论》,刘象愚等译,浙江人民出版社 2017 年版。

［美］理查德·利罕:《文学中的城市:知识与文化的历史》,黄福海、吴子枫译,上海人民出版社 2009 年版。

［美］罗伯特·E. 勒纳等:《西方文明史》,王觉非等译,中国青年出版社 2003 年版。

［英］罗伯特·拜德勒克斯、伊恩·杰弗里斯:《世界历史文库:东欧史》,韩炯等译,东方出版社 2013 年版。

［英］罗素:《西方哲学史》,何兆武、李约瑟译,商务印书馆 2007 年版。

［英］马·布雷德伯里、詹·麦克法兰：《现代主义》，上海外语教育出版社 1992 年版。

［英］玛丽·沃斯通克拉夫特、约翰·斯图尔特·穆勒：《女权辩护 妇女的屈从地位》，汪溪译，商务印书馆 2007 年版。

［美］马娅·亚桑诺夫：《守候黎明：全球化世界中的约瑟夫·康拉德》，金国译，社会科学文献出版社 2018 年版。

［美］迈克尔·费伯：《浪漫主义》，翟红梅译，译林出版社 2020 年版。

［美］迈克尔·坦纳：《尼采》，于洋译，译林出版社 2013 年版。

［美］曼弗雷德·B. 斯蒂格：《全球化面面观》，译林出版社 2013 年版。

［美］门罗·C. 比厄斯利：《西方美学简史》，高建平译，北京大学出版社 2006 年版。

［捷］米兰·昆德拉：《小说的艺术》，董强译，上海译文出版社 2004 年版。

［德］尼采：《悲剧的诞生》，周国平译，译林出版社 2014 年版。

［德］尼采：《善恶的彼岸》，魏育青等译，华东师范大学出版社 2016 年版。

［英］尼尔·麦格雷戈：《大英博物馆世界简史》，余燕译，新星出版社 2017 年版。

［英］诺曼·戴维斯：《欧洲史（上卷）》，郭方、刘北成等译，世界知识出版社 2007 年版。

［美］乔纳森·卡勒：《文学理论入门》，李平译，译林出版社 2019 年版。

［英］乔治·艾略特等：《小说的艺术》，张玲等译，社会科学文献出版社 1999 年版。

［美］乔治·桑塔亚那：《人性与价值》，陈海明、仲霞、乐爱国译，商务印书馆 2015 年版。

［法］ 让—保罗·萨特：《他人就是地狱：萨特自由选择论集》，关群德等译，天津人民出版社 2007 年版。

［法］ 让—保罗·萨特：《存在主义是一种人道主义》，周煦良、汤永宽译，上海译文出版社 2012 年版。

［法］ 让—保罗·萨特：《存在与虚无》，陈宣良译，生活·读书·新知三联书店 2014 年版。

［美］ 塞缪尔·亨廷顿：《变革社会中的政治秩序》，华夏出版社 1988 年版。

［美］ 塞缪尔·亨廷顿：《文明的冲突与世界秩序的重建》，周琪等译，新华出版社 2009 年版。

［美］ 塞缪尔·亨廷顿主编：《文化的重要作用》，程克熊译，新华出版社 2010 年版。

［美］ 桑德拉·吉尔伯特，苏桑·格巴：《阁楼上的疯女人——女作家与 19 世纪的文学想象》，耶鲁大学出版社 1979 年版。

［美］ 斯塔夫里阿诺斯：《全球通史：从史前到 21 世纪》，吴象婴等译，北京大学出版社 2020 年版。

［美］ 梯利：《西方哲学史》（影印本），北京大学出版社 2015 年版。

［英］ 托·斯·艾略特：《传统与个人才能》，卞之琳、李赋宁等译，上海译文出版社 2012 年版。

［英］ V. S. 奈保尔：《康拉德的黑暗我的黑暗》，张敏译，南海出版公司 2015 年版。

［英］ 威廉·燕卜荪：《朦胧的七种类型》，中国美术学院出版社 1996 年版。

［英］ 沃特斯：《女权主义简史》，朱刚、麻晓容译，外语教学与研究出版社 2008 年版。

［奥］ 西格蒙德·弗洛伊德：《精神分析新论》，郭本禹译，译林出版社 2011 年版。

［奥］ 西格蒙德·弗洛伊德：《自我与本我》，车文博主编，九州出

版社 2014 年版。

［美］西摩·查特曼：《故事与话语：小说和电影的叙事结构》，徐强译，中国人民大学出版社 2013 年版。

［美］小埃·圣胡安：《超越后殖民理论》，孙亮、洪燕妮译，中国人民大学出版社 2016 年版。

［美］约翰·克劳·兰色姆：《新批评》，王蜡宝、张哲译，文化艺术出版社 2010 年版。

［法］雅各布·卢特：《小说与电影中的叙事》，申丹、徐强译，北京大学出版社 2011 年版。

［法］雨果：《雨果文集——历代传说》，吕永真译，译林出版社 2013 年版。

［美］约翰·佩克、马丁·科伊尔：《文学术语与批评》，上海外语教育出版社 2016 年版。

三　学位论文及期刊论文

蔡江云：《在道德救赎与殖民叙事之间——〈吉姆老爷〉中矛盾的殖民话语》，《海南师范大学学报》2007 年第 4 期。

常中华、王志芳：《康拉德小说〈间谍〉中反讽的艺术特色》，《外国文学研究》2010 年第 10 期。

池桢：《幻想与真实：重写先秦人性论前的理论思考》，《史学月刊》2010 年第 9 期。

陈红：《从〈秘密的分享者〉看康拉德的双重性格》，《理论观察》2000 年第 2 期。

陈慧良：《康拉德小说中的叙事视角与主题表达的关联性研究》，《华北电力大学学报》，2007 年第 3 期。

陈敬玺：《评约瑟夫·康拉德〈黑暗的心灵〉》，《西安电子科技大学学报》2007 年第 3 期。

丛新强：《文明断裂的挽歌与焦虑——论〈食草家族〉及其含混性

意义》,《齐鲁学刊》2018 年第 5 期。

邓颖玲:《〈诺斯托罗莫〉的空间解读》,《当代外国文学》2005 年第 1 期。

段方:《帝国主义神话的营构》,《兰州大学学报》2004 年第 3 期。

傅俊、毕凤珊:《解读康拉德小说中殖民话语的矛盾》,《外国文学研究》2002 年第 4 期。

甘美华:《近代伟大的海洋故事家——约瑟夫·康拉德》,《文化译丛》1985 年第 2 期。

郭高萍:《从托马斯·哈代小说看维多利亚时代女性的生存困境》,《乐山师范学院学报》2010 年第 6 期。

何煦:《康拉德的〈吉姆爷〉:对帝国神话的颠覆》,《江苏社会科学》2006 年第 2 期。

侯维瑞:《约瑟夫·康拉德的小说创作》,《外国文学》1984 年第 9 期。

黄萍:《信任 怀疑 反思——析〈吉姆爷〉叙事声音的第一次转变》,《西华大学学报》2007 年第 6 期。

黄绚:《康拉德的东方叙事——评析〈阿尔迈耶的愚蠢〉和〈吉姆老爷〉的殖民特性》,《涪陵师范学院学报》2006 年第 1 期。

赖干坚:《论约瑟夫·康拉德小说的特色》,《外国文学研究》1991 年第 3 期。

李宏:《康拉德的有色女性观》,《外语研究》2006 年第 5 期。

李宏:《康拉德的白人女性观》,《外语研究》2007 年第 6 期。

李京平、蒋学清、胡志先:《〈黑暗之心〉中的殖民主义及殖民主义象征》,《北京交通大学学报》2006 年第 4 期。

李昆峰:《康拉德〈吉姆爷〉之心理学解读》,《贵州师范学院学报》2010 年第 7 期。

李勤:《"镜像"中的"他者"——拉康的主体理论映照下的康拉德作品分析》,《南京师大学报》2009 年第 6 期。

李文军：《殖民主义与反殖民主义之争——论康拉德〈黑暗的心〉中的东方主义色彩》，《宁夏师范学院学报》2009年第1期。

李卫华：《试析燕卜荪"双重情节分析法"》，《河北师范大学学报》2007年第5期。

李云童：《论约瑟夫·康拉德小说的悲剧内涵》，《作家》2012年第22期。

刘军艳、蒋晶：《论〈诺斯托罗莫〉中的道德内涵》，《湖南科技学院学报》2011年第7期。

刘少杰：《剖析约瑟夫·康拉德的独特创作风格》，《时代教育（教育教学）》2011年第7期。

刘姗姗：《珠儿——〈吉姆爷〉中的"抹大拉的玛利亚"》，《宁德师专学报》2011年第3期。

刘莹：《荒诞主题的存在主义解读——关于〈黑暗的心〉的一种阐释》，《绵阳师范学院学报》2007年第3期。

吕伟民：《〈"水仙号"的黑水手〉的双重叙事结构》，《郑州大学学报》2002年第2期。

毛艳华：《〈黑暗的心〉所涵盖的生态女性主义观》，《浙江万里学院学报》2011年第5期。

卿丽园：《论〈红字〉中的含混性》，《牡丹江大学学报》2014年第12期。

阮文峰：《解读〈黑暗的心〉的双重性》，《商丘师范学院学报》2010年第7期。

尚睿：《约瑟夫·康拉德小说地理空间研究述评》，《安徽理工大学学报》2013年第4期。

佘军、张良红：《马洛的尴尬：殖民话语对外——对小说〈黑暗的心脏〉的另一种解读》，《苏州教育学院学报》2006年第4期。

沈洁瑕：《论霍桑短篇小说〈美之艺术家〉中的含混》，《安徽职业技术学院学报》2015年第4期。

石经纬：《读约瑟夫·康拉德作品——〈黑暗的中心〉随感》，《理论界》2004 年第 4 期。

石云龙：《康拉德丛林小说创作简论》，《江苏外语教学研究》1998 年第 2 期。

宋晓星：《从后殖民主义角度分析康拉德在〈黑暗之心〉中的亲殖民倾向》，《大家》2010 年第 15 期。

隋刚：《试析约瑟夫·康拉德的自我观》，《北京第二外国语学院学报》1994 年第 5 期。

王冬燕：《约瑟夫·康拉德〈黑暗的心〉的反殖民主义思想》，《绥化学院学报》2006 年第 3 期。

王黎：《霍米·巴巴混杂性理论在〈黑暗的心〉中的体现》，《新疆职业大学学报》2010 年第 4 期。

王丽娅：《后殖民主义小说的继承与发展——从康拉德到奈保尔》，《文艺研究》2011 年第 9 期。

[新] 王润华：《〈骆驼祥子〉中〈黑暗的心〉的结构——老舍与康拉德比较研究》，《中国现代文学研究丛刊》1995 年第 3 期。

王伟：《关于〈吉姆爷〉主题的争论》，《齐鲁学刊》2002 年第 3 期。

王秀杰：《被埋没的女性存在：解读约瑟夫·康拉德的〈黑暗的心脏〉》，《大连大学学报》2006 年第 2 期。

魏亮：《文学术语 ambiguity 的翻译研究》，《中国科技术语》2017 年第 4 期。

吴寒：《权力统治下的身份寻找——解读约瑟夫·康拉德的〈在西方的眼睛下〉》，《长春理工大学学报》2013 年第 10 期。

肖萌：《黑与白——〈黑暗的心〉的主题探究》，《山东文学》2010 年第 9 期。

肖瑜：《〈Seven Types of Ambiguity〉之 "ambiguity" 的译名研究》，《湖南广播电视大学学报》2013 年第 3 期。

徐定喜、张建春、刘福芹、李凌：《约瑟夫·康拉德的女性观——

其短篇小说中的女性形象》，《红河学院学报》2010 年第 6 期。

徐定喜、张建春、刘福芹、李凌：《"堕落的天使"——康拉德短篇女性人物形象解读》，《牡丹江大学学报》2011 年第 3 期。

许锦霞：《康拉德研究在中国的理解和接受状况》，《科技信息》2006 年第 5 期。

徐晓雯：《康拉德与〈吉姆爷〉》，《外国文学》1994 年第 2 期。

姚丽梅：《〈黑暗的心〉中象征手法的应用》，《文教资料》2007 年第 20 期。

杨福玲、段维彤：《解读人性的内涵——从康拉德的小说〈黑暗的心〉看人性的涵义》，《天津大学学报》2011 年第 4 期。

于丽锦：《从〈黑暗的心〉解读人性的内涵》，《贵州大学学报》2010 年第 1 期。

余婉卉：《"圣洁的沉默语言"——论康拉德帝国叙事中的风景》，《长江学术》2011 年第 2 期。

张春梅：《前卫的反殖民主义者——约瑟夫·康拉德》，《集美大学学报》2009 年第 1 期。

张健：《论康拉德的小说〈间谍〉》，《文史哲》1981 年第 5 期。

赵海平：《读〈"水仙号"船上黑水手〉的〈序言〉》，《国外文学》2004 年第 3 期。

赵海平：《福特的印象主义与约瑟夫·康拉德》，《国外文学》2006 年第 1 期。

赵海平：《康拉德〈序言〉形象化的续篇：〈故事〉》，《天津外国语学院学报》2007 年第 1 期。

赵晓红：《论约瑟夫·康拉德文学创作中的叛逆精神》，《北京第二外国语学院学报》1996 年第 3 期。

赵晓颖：《论〈奥尔米耶的痴梦〉小说题目的三重象征意义》，《文教资料》2011 年第 8 期。

张香宇：《孤独的人笔下的孤独"爷"》，《山东文学》2009 年第

1期。

郑婕:《论康拉德小说中"白色神话"的颠覆》,《绵阳师范学院学报》2008年第10期。

朱洪祥:《康拉德〈黑暗的心〉研究述评》,《盐城师范学院学报》2009年第4期。

朱洪祥:《自我的成长 叙述的政治——全球化语境下的康拉德政治思想研究》,《名作欣赏》2009年第29期。

朱洪祥:《约瑟夫·康拉德的〈胜利〉中的怀疑主义思想研究》,《名作欣赏》2013年第21期。

朱学帆:《为康拉德一辩——透过〈黑暗之心〉解读康拉德的女性观》,《现代交际》2011年第8期。

庄天赐:《约瑟夫·康拉德丛林小说中的现代主义写作手法》,《理论界》2005年第12期。

陈广兴:《康拉德小说的情节研究》,博士学位论文,上海外国语大学,2006年。

邓颖玲:《康拉德小说的空间艺术》,博士学位论文,湖南师范大学,2005年。

胡强:《"焦虑时代"中的"道德现实主义"——康拉德政治三部曲研究》,博士学位论文,浙江大学,2006年。

姜宁:《幻想的艺术——约瑟夫·康拉德的神经美学解读》,博士学位论文,上海外国语大学,2015年。

李文军:《自我、他者、世界——论约瑟夫·康拉德丛林小说中的双重性》,博士学位论文,山东大学,2011年。

宁一中:《巴赫金的"狂欢化"理论与〈吉姆老爷〉解读》,博士学位论文,北京大学,1996年。

庞伟奇:《直面虚无的灵魂救赎——约瑟夫·康拉德创作精神主体研究》,博士学位论文,福建师范大学,2009年。

秦丹:《燕卜荪史学研究——以语词分析批评思想为中心》,博士学位论文，湖南师范大学，2013 年。

隋刚：《康拉德和艾略特的主题表现和意象运用的比较研究》，博士学位论文，上海外国语大学，1992 年。

王美萍：《康拉德与浪漫主义批判》，博士学位论文，华东师范大学，2010 年。

王晓燕：《多元文化语境下的康拉德研究》，博士学位论文，苏州大学，2005 年。

谢冬文：《约瑟夫·康拉德小说中的殖民者原型化创伤批判》，博士学位论文，北京语言大学，2022 年。

徐晓雯：《黑暗中的微光：约瑟夫·康拉德在其小说中对精神孤独的抗争》，博士学位论文，北京外国语大学，1997 年。

祝远德：《他者的呼唤——康拉德小说他者建构研究》，博士学位论文，四川大学，2006 年。

白俊峰：《论康拉德小说中的"狂欢化"人物》，硕士学位论文，上海师范大学，2009 年。

边祥云：《燕卜荪复义理论在中国的接受研究》，硕士学位论文，重庆师范大学，2018 年。

程金辉：《帝国主义世界没有真正的英雄——〈黑暗的心〉和〈吉姆爷〉主题分析》，硕士学位论文，辽宁师范大学，2006 年。

董晓霞：《康拉德的困境：反对殖民主义的斗士还是殖民主义的拥护者》，硕士学位论文，中国海洋大学，2008 年。

郝险峰：《论〈吉姆爷〉中吉姆的双重身份》，硕士学位论文，四川师范大学，2002 年。

韩瑞辉：《陌生世界的闯入者：论约瑟夫·康拉德小说中的孤独意识》，硕士学位论文，暨南大学，2004 年。

黄颖：《康拉德小说中女性形象的复调性建构》，硕士学位论文，广西大学，2009 年。

姜帆：《康拉德"政治三部曲"道德伦理主题的矛盾性研究》，硕士学位论文，南京师范大学，2018 年。

李方华：《〈吉姆老爷〉中康拉德的帝国主义情结分析》，硕士学位论文，湖南大学，2008 年。

李鹏：《康拉德小说双希文化冲突的表现及原因探析》，硕士学位论文，南京师范大学，2011 年。

李慧：《论约瑟夫·康拉德〈间谍〉中病态的都市性格》，硕士学位论文，湘潭大学，2012 年。

李文婕：《维多利亚晚期帝国主义的文本化——从意识形态角度解读约瑟夫·康拉德之〈黑暗的中心〉》，硕士学位论文，西南师范大学，2004 年。

刘建：《约瑟夫·康拉德小说的悲剧意蕴》，硕士学位论文，南京师范大学，2006 年。

刘旭彩：《康拉德——现实主义和现代主义之间》，硕士学位论文，吉林大学，2004 年。

卢玮：《英美新批评的"复义"理论研究》，硕士论文，华中师范大学，2005 年。

孟晓：《约瑟夫·康拉德的叙述方法》，硕士学位论文，山东大学，2005 年。

欧阳锦屏：《〈阴影线〉成长主题的原型批评分析》，硕士学位论文，湘潭大学，2008 年。

潘琦：《约瑟夫·康拉德小说中的悲剧主人公研究》，硕士学位论文，黑龙江大学，2022 年。

王鹏：《小说〈黑暗的心脏〉中折射出的矛盾性》，硕士学位论文，山东大学，2009 年。

王小可：《"边缘性"在约瑟夫·康拉德小说中的呈现》，硕士学位论文，南开大学，2007 年。

王秀丽：《约瑟夫·康拉德小说中的人性表现》，硕士学位论文，南京师范大学，2008 年。

吴丽琴：《〈诺斯托罗莫〉中的殖民矛盾——约瑟夫·康拉德的后殖民思想研究》，硕士学位论文，成都理工大学，2018 年。

解超群：《〈黑暗之心〉的后殖民主义解读》，硕士学位论文，西北大学，2010 年。

徐定喜：《约瑟夫·康拉德短篇小说中的"他者"形象》，硕士学位论文，江西师范大学，2008 年。

徐萌：《从〈诺斯托罗莫〉看康拉德的悲观思想》，硕士学位论文，东北师范大学，2007 年。

闫佩：《约瑟夫·康拉德城市小说的伦理观》，硕士学位论文，河北师范大学，2013 年。

晏玉屏：《约瑟夫·康拉德〈黑暗的心〉的新历史主义解读》，硕士学位论文，湖南师范大学 2010 年。

杨露佳：《论约瑟夫·康拉德〈机缘〉中的精神危机》，硕士学位论文，湘潭大学，2012 年。

杨露炜：《疏离与责任：康拉德精神之核》，硕士学位论文，苏州大学，2003 年。

杨怡蕾：《论约瑟夫·康拉德小说陆地环境书写中的殖民主义思想矛盾》，硕士学位论文，上海师范大学，2022 年。

尹慧萍：《论印象主义在约瑟夫·康拉德〈在西方眼睛下〉中的运用》，硕士学位论文，湖南师范大学，2009 年。

叶丽玲：《论康拉德的现代主义特征》，硕士学位论文，上海师范大学，2006 年。

于秋漪：《〈文心雕龙〉与新批评文本细读方法研究》，硕士学位论文，山东大学，2019 年。

于艳琼：《论约瑟夫·康拉德小说的现代主义特色》，硕士学位论文，南京师范大学，2010 年。

岳春梅：《〈吉姆爷〉中的现代主义特征》，硕士学位论文，四川师范大学，2010 年。

张敏：《老舍：康拉德在中国的"秘密分享者"》，硕士学位论文，中山大学，1997年。

张亚：《约瑟夫·康拉德小说里的原野》，硕士学位论文，天津工业大学，2017年。

赵启光：《康拉德作品主题——陆与海、文明与原始、俄国与西方》，硕士学位论文，中国社会科学院研究生院，1981年。

郑翔丹：《从后殖民主义角度分析约瑟夫·康拉德〈黑暗之心〉中的矛盾心理》，硕士学位论文，山东师范大学，2014年。

周治家：《含混的魅力——论荒诞派喜剧的语言特色》，硕士学位论文，山东师范大学，2010年。

四 康拉德作品英文版

Joseph Conrad, *Heart of Darkness and the Secret Agent*, New York: Bantam Classics, 1920.

Joseph Conrad, *Personal Record*, London: Dent, 1946.

Joseph Conrad, *The Rescue*, London: Outlook Verlag, 1970.

Joseph Conrad, *Chance*, London: Outlook Verlag, 1970.

Joseph Conrad, *Language and Fictional Self-consciousness*, London: Arnold, 1979.

Joseph Conrad, *Joseph Conrad Collection*, Oxford: Benediction Classics, 1988.

Joseph Conrad, *Joseph Conrad's Letters to R. B. Cunningham Graham*, Cambridge: Cambridge University Press, 1988.

Joseph Conrad, *Lord Jim*, Oxford: Oxford Univ. Press, 1991.

Joseph Conrad, *Three Novels: Heart of Darkness, The Secret Agent and The Shadow Line*, London: Red Globe Press, 1995.

Joseph Conrad, *The Mirror of the Sea*, Rockwell: Wildside Press, 2003.

Joseph Conrad, *Typhoon*, Rockwell: Wildside Press, 2003.

Joseph Conrad, *Nostromo*, Rockwell: Wildside Press, 2004.

Joseph Conrad, *Heart of Darkness and the Secret Sharer*, New York: Signet Classics, 2008.

Joseph Conrad, *The Duel*, New York: Random House US, 2011.

Joseph Conrad, *Joseph Conrad the Dover Reader*, New York: Dover Publications, 2014.

Joseph Conrad, *Heart of Darkness and the Complete Congo Diary*, Richmond: ALMA CLASSICS LTD, 2015.

Joseph Conrad, *The Shadow-Line*, New York: Horse's Mouth, 2015.

Joseph Conrad, *The Inheritors, An Extravagent Story*, New York: Horse's Mouth, 2015.

Joseph Conrad, *The End of the Tether*, New York: Horse's Mouth, 2015.

Joseph Conrad, *Under Western Eyes*, The Unabridged Original Classic, Mehta: Createspace Independent Publishing Platform, 2017.

Joseph Conrad, *Victory*, Paris: Delphi Classics, 2017.

Joseph Conrad, *Selected Short Stories*, Hertfordshire: Wordsworth Editions Ltd, 2018.

Joseph Conrad, *The Heart of Darkness*, London: Macmillan, 2018.

Joseph Conrad, *Victory: An Island Tale*, London: Simon & Brown, 2018.

Joseph Conrad, *The Secret Agent*, Richmond: ALMA Books, 2020.

五 英文学术专著

A. C. Ward, *Twentieth Century English Literature*, New York: Methuen, 1965.

A. J. Saxon, *Ambiguity*, New York: Lulu, 2007.

Albert Guerard, *Conrad the Novelist*, Massachusetts: Harvard University Press, 1958.

Allan Hunter, *Joseph Conrad and the Ethics of Darwinism*, New York:

Routledge, 2014.

Allan H. Simmons, *Joseph Conrad*, New York: Palgrave Macmillan, 2006.

Allan H. Simmons, *Joseph Conrad in Context*, Cambridge University Press, 2014.

Ambrosini Richard, *Conrad's Fiction as Critical Discourse*, Cambridge: Cambridge University Press, 1991.

Anthony Ossa Richardson, *A History of Ambiguity*, Princeton University Press, 2019.

Andrew Mozina, *Joseph Conrad and the Art of Sacrifice: The Evolution of the Scapegoat Theme in Joseph Conrad's Fiction*, New York: Routledge, 2001.

Ash Beth Sharon, *Writing in Between: Modernity and Psycho-social Dilemma in the Novels of Joseph Conrad*, Hampshire: Macmillan, 1999.

Baldick Chris, *The Modern Movement*, Beijing: Foreign Language Teaching and Research Press, 2007.

Barthes Roland, *Criticism and Truth*, Katrine Pilcher Keuneman, trs, New York: Continuum, 2007.

Batchelor Jone, *The Edwardian Novelists*, London: Gerald Duckworth & Co. Ltd, 1982.

Bancroft, William Wallace, *Joseph Conrad: His Philosophy of Life*, Montana: Kessinger Publishing, 2010.

Beaumont Matthew, *Adventures in Realism*, Oxford: Blackwell Publishing, 2007.

Bernard Constant Meyer, *Joseph Conrad*, Princeton: Princeton University Press, 2015.

Bertrand Russell, *The History of Western Philosophy*, Touch Stone, 1967.

Bock Martin, *Joseph Conrad and Psychological Medicine*, Texas: Texas Tech University Press, 2002.

Bradbrook, M. C, *Joseph Conrad: Poland's English Genius*, New York: Cambridge University Press, 1988.

Brooker Peter, Thacker Andrew, *Geographies of Modernism: Literature, Cultures, Spaces*, London: Routledge, 2005.

Buchan, *Critical Assessments*, Carabine. Ed, 1904.

Con Coroneos Space, *Conrad and Modernity*, New York: Oxford University Press, 2000.

Cedric Watts, *A Preface to Conrad*, Peking: Peking University Press, 2005.

Chris Fletcher, *Joseph Conrad*, Shanghai: Shanghai Foreign Language Education Press, 2009.

Christoph Lindner, *Fictions of Commodity Culture: From the Victorian to the Postmodern*, Burlington: Ashgate, 2003.

Curle, Richard, *Joseph Conrad a Study*, Montana: Kessinger Publishing, 2010.

Dallin D. Oaks, *Structural Ambiguity in English*, Continnuum-3PL, 2000.

Daniel. R. Schwarz, *Conrad: Almayer's Folly to Under Western Eyes*, London: Macmillan Press Ltd, 1980.

Dannis Walder, *The Nineteenth Century Novel: Identities*, London: Routledge, 2001.

David Lodge, *Working with Structuralism*, London: Routledge & Kegan Paul, 1981.

Delange Gail Fincham Attic, *Conrad at the Millennium: Modernism, Postmodernism, Postcolonialism*, New York: Columbia University Press, 2001.

Dryden Linda, *Joseph Conrad and the Imperial Romance*, , Hampshire: Macmillan Press Ltd. , 2000.

E. M. Forster, *Abinger Harvest*, New York: Harcourt Brace, 1936.

Eagleton Terry, *The English Novel: An Introduction*, Oxford: Blackwell Publishing, 2005.

Edward Garnett, *"Introduction" to Joseph Conrad, Conrad's Prefaces to His works*, New York: Haskell House, 1971.

Freedman, William, *Joseph Conrad and the Anxiety of Knowledge*, University of South Carolina Press, 1988.

Ford Madox Ford, *Joseph Conrad: A Personal Remembrance*, New York: The Ecco Press, 1989.

Frank. Kermode, *The Art of Telling: Essay on Fi-ion*, Massachusetts, Harvard University Press, 1983.

Gene M. Moore, *Joseph Conrad's Heart of Darkness: A Casebook*, Oxford: Oxford University Press, 2004.

George Rosemary Marangoly, *The politics of Home: Postcolonial Relationship and Twentieth-Century Fiction*, Cambridge: Cambridge University Press, 1996.

Gibson Andrew, *Postmodernity, Ethics and the Novel*, New York: Routledge, 1999.

Greaney Michael, *Conrad, Language, and Narrative*, Cambridge: Cambridge University Press, 2002.

Guy Josephine M, *The Victorian Social-Problem Novel: The Market, the Individual and Communal Life*, London: Macmillan Press, 1996.

H. L. Mencken, *A Book of Preface*, New York, A. A. Knoph, 1917.

Halliwell Martin, *Modernism and Morality: Ethical Devices in European and American Fiction*, New York: Palgrave, 2001.

Harold Bloom, *Joseph Conrad's Heart of Darkness*, NY: Chelsea House Publisher, 1987.

Harpham Geoffrey Galt, *One of Us: The Mastery of Joseph Conrad*, Chicago: The University of Chicago Press, 1996.

Hawthorn Jeremy, *Joseph Conrad: Language and Fictional Self-Con-*

sciousness, London: Arnold, 1990.

Hugh Sykes Davies, George Watson, *Joseph Conrad: Alienation and Commitment*, in *The English Mind*, Cambridge: Cambridge University Press, 1964.

Ian Watt, *Essay on Conrad*, Cambridge: Cambridge University Press, 2000.

J. H. Stape, *Joseph Conrad*, Cambridge: Cambridge University Press, 2000.

J. H. Stape, *The Cambridge Companion to Joseph Conrad*, Shanghai: Shanghai Foreign Language Press, 2000.

Jacob Lothe, *Conradian Narrative*, *the Cambridge Companion to Joseph Conrad*, Edited by J. H. Stape, Shanghai Foreign Language Education Press, 2000.

James Vinson, *Great Writers of the English Language: Novelists*, Macmillan Press Led, 1979.

Jean M. Szczypien, Echoes from Konrad Wallenrod in*Almayer's Folly and a Personal Record.* University of California Press. 1998.

Jeffrey Meyers, *Joseph Conrad: A Biography*, Cooper Square Press, 2000.

John G. Peters, *Joseph Conrad and Impressionism*, Cambridge: Cambridge University Press, 2001.

John G. Peters, *The Cambridge Introduction to Joseph Conrad*, Shanghai: Shanghai Foreign Language Education Press, 2008.

John Richetti, *The Columbia History of the British Novel*, Beijing: Foreign Language Teaching and Research Press, 2005.

Jordan Elaine, *Joseph Conrad*, London: Macmillan, 1996.

Joseph Conrad, *The Modern Imagination*, London: Dent; Totowa. N. J. : Rowman and Littlefield, 1974.

Kaoru Yamamoto, *Rethinking Joseph Conrad's Concepts of Community*, London: Bloomsbury Academic, 2018.

Kaplan Carola M, Peter Mallios, and Andrea White, *Conrad in the*

Twenty-first Century: *Contemporary Approaches and Perspectives*, New York: Routledge, 2005.

Krajka, Wieslaw, *Joseph Conrad*: *Between Literary Techniques and Their Messages*, Colo: East European Monographs, 2009.

Kieron O'Hara, *Joseph Conrad Today*, London: Imprint Academic, 1988.

Klein Bernhard, *Fiction of the Sea*: *Critical Perspectives on the Ocean in British Literature and Culture*, Burlington: Ashgate, 2002.

Kort Wesley A., *Place and Space in Modern Fiction*, Gainesville: University Press of Florida, 2004.

Lilian Fede, *Marlow's Descent into Hell*, Nineteenth-Century Fiction, 1955.

Lissa Schneider, *Conrad's Narrative of Difference*: *Not Exactly Tales for Boys*, London: Routledge, 2003.

Leavis, *The Great Tradition*, Harmondsworth: Penguin Books Ltd, 1980.

Lewis Pericles, *Modernism*, *Mationalism*, *and the Novel*, Cambridge: Cambridge University Press, 2000.

M. Dabroeski, *Rozmowaz J. Conradem*, *Tygodnik Illustrowany*, Warszawa, 1914.

Margaret Walters, *Feminism*, Peking: Foreign Language Teaching and Research Press, 2013.

Mark Wollaeger, *Joseph Conrad and the Fictions of Skepticism*, California: Stanford University Press, 1990.

Mark Wollaeger, *Modernism*, *Media and Propaganda*: *British Narrative from 1900 to 1945*, Princeton: Princeton University Press, 2006.

Megroz. R. L, *Joseph Conrad's Mind and Method*: *A Study of Personality in Art*, London: Faber and Faber, 1931.

Middleton, Tim, *Joseph Conrad*, London: Routledge, 2006.

Michael Trinkwalder, *Ambiguity in Shakespeare's History Play "King Henry V"*, GRIN Publishing, 2012.

Mozina. Andrew, *Joseph Conrad and the Art of Sacrifice: The Evolution of the Scapegoat Theme in Joseph Conrad's Fiction*, London: Routledge, 2005.

Nadelhaft. Ruth, *Joseph Conrad: A Feminist Reading*, Hemel Hempstead: Harvester Wheatsheaf, 1991.

Najder Zdzislaw, *Joseph Conrad: A Life*, Camden House, 2007.

Natalie Melas, *All the Difference in the World: Postcoloniality and the Ends of Comparison*, Stanford: Stanford University Press, 1997.

Normand Sherry, *Joseph Conrad*, London: Routledge Publication, 2013.

Pall Mall Gazette, *Critical Assessments*, Manchester Guardian, 1900.

Pall Sheehan, *Modernism, Narrative and Humanism*, Cambridge: Cambridge University Press, 2002.

Paul Wiley, *Conrad's Measure of Man*, Madison: University of Wisconsin Press, 1954.

Peter Lancelot mallios, *Our Conrad, Constituting American Modernity*, Stanford C. A.: Stanford University Press, 2010.

Phelan, James, *Joseph Conrad: Voice, Sequence, History, Genre*, Ohio State University Press, 2008.

Raval, Suresh, *The Art of Failure: Conrad's Fiction*, London: Allen & Unwin, 1986.

Reminiscences of Jadwiga Kaluska, quoted in Roman Dyboski, *From Conrad's Youth*, CUFE, 1868.

Richard Curle, *Joseph Conrad: A Study*, Garden city, NY: Doubleday, Page & Co, 1914.

Richard J. Ruppel, *Homosexuality in the Life and Work of Joseph Conrad: Love between the Lines*, London: Routledge, 2008.

Robert Kimbrough, *Joseph Conrad: The Nigger of the "Narcissus"*, New York: W. W. Norton &Company, 1979.

Robert Kimbrough, *Joseph Conrad's Heart of Darkness*, New York: Norton Critical Edition, 1988.

Roman Taborski, *Apllo Korzeniowski*, Wroclaw: Zaklad im Ossolinskich, 1957.

Samuel Hynes, *Two Rye Revolutionaries*, Sewanee Review, 1965.

Sigmund Freud, *New introductory Lectures on psychoanalysis*, W. W. Norton & Co, 1995. 98.

Stauffer, Ruth M. , *Joseph Conrad: His Romantic-Realism*, Montana: Kessinger Publishing, 2010.

Strozier, Robert M. Foucault, *Subjectivity, and Identity, Historical Constructions of Subject and Self*, Detroit: Wayne State University Press, 2002.

Susan Jones, *Conrad and Women*, Oxford: Clarendon Press, 1999.

Thomas. Brassey, *British Seamen, as Described in Recent Parliamentary and Official Documents*, London: Longmans, Green & Co, 1877.

Varey Simon, *Space and the Eighteenth-Century English Novel*, Cambridge: Cambridge University Press, 1990.

Villiers Peter, *Joseph Conrad: Master Mariner*, Sheridan House, 1988.

Walpole Hugh, *Joseph Conrad*, North Charleston: Createspace Independent Publishing Platform, 2016.

William Empson, *Seven Types of Ambiguity*, New York: New Directions Publishing Corporation, 1966.

Wilson Follett, *Joseph Conrad: A Short Story*, Garden city, NY: Doubleday, Page & Co, 1915.

Zdzislaw Najder, *Conrad in Perspective: Essays on Art and Fidelity*, New York: Cambridge University, 1997.

Zdzislaw Najder, *Joseph Conrad: A Life*, Camden House Inc; Newedition, 1988.

>>> 后　　记

　　约瑟夫·康拉德是世界文坛一位极具迷惑性、矛盾性和复杂性的作家，他的作品曾引起广泛关注和巨大争议。对我来说，选择这样一个扑朔迷离、多层多面的研究对象具有极大挑战性，与此同时，研究过程中所遇到的种种困难也极大激发了我的工作热忱，使我对康拉德小说产生了浓厚的兴趣。

　　每一次打开康拉德小说，便会感觉团团迷雾笼罩其上，让人无法知晓康拉德真实的意图；研究分析的过程中，更是常常陷入困境。因此，我尝试引入新的研究工具与研究视角，一方面，采用威廉·燕卜荪的复意理论，进行康拉德小说世界的多重空间建构；另一方面，引入历史学的研究视角，从康拉德所处的世界历史格局与康拉德个人的历史两个维度，解构康拉德复杂的思想世界。随着研究的逐步深入，团团迷雾逐渐消散，得以挖掘出隐藏在复意和含混表象背后康拉德深邃的思想精华，以及他对人类文明、人类未来命运的深刻忧思和一系列哲学与人文思考。

　　本书写作的过程十分不易，可谓困难重重，但是能全身心沉浸在康拉德独具匠心、色彩斑斓的小说艺术世界中，又是一个极为享受、身心愉悦的过程，这段时间会成为我人生中一段非常宝贵的回忆。本书的内容源自于我的博士学位论文，自答辩顺利通过之时，我便全身心投入补充、修改之中。在充分借鉴、吸收国内外学者研究成果的基础上，补充了博士论文的薄弱环节与不足之处，形成了这部呈现在大家面前的小书。在此，我要特别感谢我的博士生导师仵从巨教授，导师指导我以新的视角和方法透视康拉德及其作品，并在理论上加以提升。我还要由衷感谢在博士学位论文审阅和本书写作过程中给予我重要指导的刘林教授、刘晓艺教授、傅礼军教授等，他们的宝贵意见，使我受益匪浅。

  我一直希望可以从一个新的视角认识康拉德，更深入、准确地把握其作品的精神内核，但我的观点是否客观，对康拉德思想的发掘是否到位，还有待学界前辈与同仁的评判。

校潇

2022 年 12 月